칸초니에레

대우고전총서
Daewoo Classical Library

061

칸초니에레

Canzoniere

··

프란체스코 페트라르카 지음 | 김운찬 옮김

아카넷

옮긴이 서문

대우재단의 후원으로 프란체스코 페트라르카Francesco Petrarca (1304~1374)의 『칸초니에레*Canzoniere*』를 국내 최초로 완역하여 출판하게 되어 기쁘게 생각한다. 일부 발췌 번역본은 출판되어 있으나 체계적인 완역본이 없어 아쉬웠는데, 이번 기회에 조금이라도 아쉬움을 달랠 수 있으면 좋겠다. 르네상스 시대의 탁월한 이탈리아 시인 페트라르카가 끼친 영향력과 그 가치의 중요성에 대해서는 거의 모두가 공감하고 있을 것이다.

서로 다른 언어 사이의 근본적인 차이로 인하여 모든 번역에는 한계가 있을 수밖에 없는데, 운율이나 음절 수, 리듬 등 형식이 중요한 역할을 하는 운문 작품의 번역에서는 더더욱 그렇다. 단테가 『향연*Convivio*』에서 성경의 「시편」을 예로 들면서 지적했듯이, 시의 규범에 따르는 원문의 조화와 아름다움이 훼손될 수밖에 없기 때문이다. 더구나 14세기 이탈리아어, 즉 피렌체 속어로 쓴 페트라르카의 이 작품은 쉽게 접근할 수 없었다.

이번 번역에서는 형식보다 내용에 충실하기 위하여 노력했다. 가능하다면 페트라르카의 표현을 최대한 존중했고 약간 어색해 보이더라도 원문 그대로 옮겨보았다. 하지만 비슷한 발음을 이용한 말장난이나 함축적인 이중 의미를 담은 표현은 그 효과를 충분히 전달하기 어려웠다. 따라서 불가피한 경우에는 풀어서 옮겼고, 필요할 때는 원문의 표현이나 함축 의미를 역주에서 설명했다.

언어의 차이뿐만 아니라 사고방식과 인식, 관념의 차이도 이해할 필요가 있었다. 그러기 위해서는 텍스트 외적 자료들, 예를 들어 당시의 정치, 철학, 종교, 풍습, 역사적 사건 등도 살펴보아야 했다. 거기에서 얻은 정보들을 간략하게 역주 형식으로 덧붙였다. 이미 알고 있는 독자에게는 읽기를 방해하는 사족으로 보일 수 있겠으나 그렇지 않은 독자에게는 텍스트 이해와 감상에 도움이 되기를 바란다. 서정시의 감상에서는 표현을 통해 작가의 내면세계와 동조하고 공감하는 것이 중요할 텐데, 번역의 경우 역주의 보완 설명이나 정보가 간접적으로나마 도움을 줄 것이다.

이 번역에서는 우고 도티Ugo Dotti(1933~2017) 교수가 해설하고 편집하여 1996년 로마 돈첼리Donzelli 출판사에서 두 권으로 펴낸 판본을 많이 참조했고, 일부 다른 판본과 대조하면서 작업했다. 거의 10년에 걸쳐 틈나는 대로 애정을 기울여 번역하고 다듬었어도 여전히 미흡한 부분이 남아 있을 것이다. 독자 여러분의 너그러운 양해와 지적을 기대한다.

고전 작품의 가장 큰 특징은 시간과 공간을 넘어서서 보편적으로 공감할 수 있는 부분을 간직하고 있다는 점이다. 페트라르카의『칸초니에레』도 르네상스의 대표적 고전으로서 현재를 살아가는 우리에게 여러 가지 이야기를 들려줄 수 있으리라고 생각한다. 그리고 고전은 대부분 읽을 때마다 새로운 모습으로 다가오기 때문에 시간 날 때마다『칸초니에레』를 여기저기 뒤적이면서 새로운 감흥을 느낄 수 있다면 더 좋을 것이다.

2024년 여름
김운찬

차례

. . . .

1부

1[1]

내가 지금의 나와는 약간 달랐던
젊은 시절 초기의 혼란스러움[2]에
내 심장[3]을 채우던 탄식의 소리를
4 흩어진 시들[4]에서 듣는 여러분,[5]

---

1) 『칸초니에레』 전체에 대한 일종의 서문으로 덧붙은 이 1번 소네트는 물론 나중에 쓴 것이다. 아마 1347~1350년에 이루어진 두 번째 편집 과정에서 쓴 것으로 짐작되는데, 라우라가 죽기 전해인 1347년에 쓴 작품으로 보는 학자도 있고, 1350년 겨울과 봄 사이에 썼다고 주장하는 학자도 있다. 다른 한편으로 이 소네트는 시집 전체의 프롤로그이자 동시에 에필로그로 읽을 수도 있으며, 그런 맥락에서 말년의 작품으로 보는 학자도 있다. 당시의 운문 작품에서 으레 그랬듯이 제목은 따로 없고 보통 첫 행 전체나 일부를 제목처럼 사용한다. 각 작품의 숫자는 페트라르카의 최종 편집본의 순서에 따른 숫자다.
2) 원문에는 *errore*, 즉 "실수", "오류"로 되어 있는데, 라우라에 대한 사랑의 환상과 혼란스러움을 가리킨다.
3) 그냥 "가슴"으로 옮길 수도 있으나, 사랑의 시이기 때문에 "심장"으로 옮겼다. 하지만 다른 맥락에서 어색할 경우 "가슴"으로 옮길 것이다.
4) 원문에는 *rime sparse*, 즉 "흩어진 운율들"로 되어 있다. 페트라르카의 이 서정시 모음집을 일반적으로 *Canzoniere* 또는 *Rime*, 말하자면 『시집』이라고 부르지만, 페트라르카가 자필로 옮겨 적은 필사본('바티칸 라틴 필사본 codice Vaticano Latino 3195번')의 첫 장에 직접 쓴 라틴어 제목은 *Francisci Petrarchae laureati poetae Rerum vulgarium fragmenta*, 그러니까 『계관시인 프란체스코 페트라르카의 속어로 쓴(또는 세속적인) 단편적 시들』이다. 거의 40여 년에 걸쳐 여러 기회에 쓴 시를 모아놓았기 때문에 통일성이 없다는 의미에서 그렇게 부른 것이다.
5) 독자들에게 하는 말이다.

경험으로 사랑을 이해하는 사람이 있다면,
헛된 희망과 헛된 고통 속에서
내가 울고 생각하는 다양한 방식을
8   용서하고 불쌍히 여겨주기를 바랍니다.

하지만 오랫동안 내가 모든 사람의
이야깃거리였다는 것을 이제 잘 알고,
11   그래서 종종 나 자신이 부끄러운데,

내 헛된 방황의 결과는 부끄러움과
후회이며, 세상에서 즐거운 것은
14   덧없는 꿈이라는 것을 분명히 깨달았지요.

2[1]

수많은 모욕을 단번에 처벌하고
즐거운 복수를 하기 위하여
아모르[2]는 몰래 활을 들었지요,
4　　해치려고 오랫동안 기다리는 사람처럼.

모든 화살이 으레 꽂히는 곳[3]으로
그 치명적인 타격이 내려왔을 때,
나의 힘은 모두 심장으로 모여
8　　그곳과 눈[4]에서 방어하려고 했지요.

1) 이 소네트와 이어지는 소네트 세 편은 1356~1358년에 이루어진 세 번째 편집본, 소위 '코레조Coreggio 편집본'에 실린 것으로 추정된다. 아마도 1348~1350년에 쓴 것으로 짐작되는 네 편 모두 앞의 1번 소네트와 함께 라우라에 대한 사랑의 이야기에서 서문 역할을 하며 나름대로 구체적인 주제를 보여준다. 이 소네트 에서는 어떻게 사랑에 빠지게 되었는지 이야기한다.
2) 원문에는 대문자로 시작하는 *Amor*로 되어 있는데, '사랑'을 뜻하는 라틴어이거 나 아니면 이탈리아어 *Amore*에서 e를 생략한 것으로 볼 수 있다. 로마 신화에 서 신격화하여 사용하는 보통명사 아모르 또는 쿠피도Cupido는 사랑의 신으로 그리스 신화의 에로스에 해당한다. 그런 사실을 강조하듯 페트라르카는 대부분 대문자로 쓰고 있는데, 문맥에 따라 "아모르" 또는 "사랑"으로 옮길 것이다.
3) 사랑이 자리를 잡는 심장을 가리킨다.
4) 사랑이 라우라의 아름다움과 함께 들어오는 길목이다.

하지만 첫 공격에 혼란해졌으니,

필요할 때 무기[5]를 잡거나

11   아니면 높고 힘든 산꼭대기[6]에서

이제는 나를 구하고 싶어도 구할 수 없는

괴로움으로부터 신중하게 피할

14   힘도 없었고 시간도 없었답니다.

---

5) 『칸초니에레』에서 자주 나오는 전쟁의 은유로, 아모르의 화살 공격에 자신을
방어하기 위한 무기다.
6) 사랑의 공격에 대항할 수 있는 이성의 요새를 의미한다.

3[1]

자기 창조주에 대한 연민으로
태양의 빛살이 창백해졌던 날, [2]

---

1) 라우라를 처음 본 시간을 찬양하는 이 소네트는 라우라가 죽은 지 1주기가 되던 1349년 4월 6일에 쓴 것으로 보는 학자도 있다. 처음 사랑에 빠진 순간에 대해 구체적으로 이야기하면서 앞의 2번 소네트와 밀접하게 연결되어 있다.

2) 예수의 수난일을 가리킨다. 페트라르카는 고대 로마의 시인 푸블리우스 마로 베르길리우스Publius Maro Vergilius(B.C. 70~B.C. 19)에 대한 문헌 연구에도 심혈을 기울였다. 특히 그의 주요 저술 세 편에 4세기 말 로마의 문법학자 세르비우스 마리우스 호노라투스Servius Marius Honoratus의 해설이 붙은 필사본을 가지고 연구하면서 페트라르카는 그 여백에다 다양한 메모를 남겼는데 거기에는 라우라에 대한 소중한 정보들도 담겨 있다. 나중에 페트라르카는 시에나 출신의 화가 시모네 마르티니Simone Martini(1284?~1344)에게 부탁하여 표지에 세밀화를 그려 넣게 했다. 이 필사본은 현재 밀라노의 암브로시우스 도서관Biblioteca Ambrosiana에 소장되어 있고, 따라서 『암브로시우스의 베르길리우스Virgilio ambrosiano』로 일컬어진다. 그 메모에서 페트라르카는 1327년 4월 6일 오전 6시에 아비뇽Avignon의 생트 클레르Sainte Claire 성당에서 라우라를 처음 보았고, 21년 후 같은 날, 그러니까 1348년 4월 6일 오전 6시에 라우라가 흑사병으로 죽었다고 이야기한다. 이 두 날짜는 211번 소네트와 336번 소네트의 마지막 세 행에서도 언급된다. 그런데 예수의 수난일은 부활절과 함께 해마다 유동적으로 바뀌는 성금요일인데, 1327년 4월 6일은 금요일이 아니라 월요일이었고, 따라서 날짜가 일치하지 않는다. 1327년 예수의 수난일은 4월 10일이었다. 아마 라우라를 숫자 6과 연결하려고 일부러 그렇게 설정한 것으로 보인다. 실제로 라우라와 『칸초니에레』는 여러 가지에서 숫자 6과 연결되는데, 단테Dante Alighieri(1265~1321)가 베아트리체Beatrice를 숫자 3 또는 9와 연결하려고 노력한 것과 대비된다.

나는 깨닫지도 못했는데, 여인이여,[3]
4　아름다운 그대의 눈이 나를 묶어 붙잡았다오.

당시는 아모르의 타격에
조심할 때가 아닌 것 같았기에
의심 없이 안심하고 갔는데, 내 고통이
8　모두의 고통[4] 속에서 시작되었지요.

아모르는 완전히 무방비의 나를 발견하고
눈을 거쳐 심장으로 가는 길을 열었고,
11　그 눈은 눈물의 출구이자 통로가 되었습니다.

그런데 나에게는 화살로 그런 상처를 주고
무장한 그대에게는 활도 보여주지 않는 것은[5]
14　명예롭지 않은 것처럼 보입니다.

---

3) 라우라에게 하는 말이다.
4) 예수의 수난에 대한 그리스도교인 모두의 고통을 가리킨다.
5) 아모르가 정숙함으로 "무장한" 라우라를 공격하려고 하지 않았다는 말인데,
라우라가 페트라르카의 사랑에 전혀 반응을 보이지 않았다는 뜻이다.

4[1]

이쪽과 저쪽 반구半球[2]를 창조하시고
화성[3]보다 목성[4]을 더 너그럽게 창조하신
그 경이로운 위업에서 무한한

4   섭리와 기술을 보여주신 분[5]께서는

벌써 오랫동안 진실을 감추고 있던
말씀[6]을 밝혀주기 위해 지상에 오셨고,

---

1) 마찬가지로 서문 역할을 하는 이 소네트는 라우라가 태어난 장소를 찬양한
   다. 라우라의 출생 장소에 대해 일부 학자는 아비뇽 근처의 코몽쉬르뒤랑스
   Caumont-sur-Durance로 보고, 일부는 그 위쪽의 르 토르Le Thor로 본다. 그리
   고 라우라가 누구인가에 대해서는 전통적으로 위그 드 사드Hugues de Sade(사
   디즘으로 유명한 사드 후작의 선조다)의 아내 로르(이탈리아어 이름은 라우라
   Laura) 드 노베Laure de Noves(1310~1348)일 것으로 본다. 이 소네트는 페트라
   르카가 이탈리아 북부의 도시 파르마Parma에 처음 머무르던 1341년 5월 말부
   터 1342년 초에 쓴 것으로 보는 학자도 있다.
2) 북반구와 남반구, 즉 지구를 가리킨다.
3) 로마 신화에 나오는 전쟁의 신 마르스(그리스 신화의 아레스)의 이름을 딴 화
   성은 "잔인한 별"로 인식되었다(31번 소네트 12행 및 41번 소네트 10행 참조).
4) 목성은 로마 신화의 유피테르(그리스 신화의 제우스)의 이름을 딴 행성이며,
   따라서 화성보다 지상 세계에 너그러운 영향을 준다고 생각했다.
5) 하느님.
6) 원문에는 *le carte*, 즉 "종이들"로 되어 있는데 성경을 가리킨다.

요한과 베드로를 그물에서 거두어[7]
8   하늘의 왕국에 참여하게 하셨습니다.

그분께서 로마가 아니라 유대에서
태어나는 은총을 베푸신 것은 무엇보다
11   비천함을 언제나 찬양하셨기 때문인데,

이제 작은 마을에 태양 하나 주셨으니,[8]
그렇게 아름다운 여인이 세상에 태어난
14   그곳과 자연에게 감사를 드립니다.

---

7) 예수가 어부였던 두 사람을 제자로 삼은 것을 의미한다.
8) 라우라가 소박하고 작은 마을에서 태어났다는 뜻이다.

5[1)]

아모르가 내 심장에 새긴 이름으로
그대를 부르기 위해 한숨을 내쉴 때,
그 달콤한 첫음절의 소리가
4   밖에서 찬양하며 들려오기 시작한다오.

이어서 만나는 위엄 있는 그대의 품위[2)]는
위대한 임무[3)]를 향해 내 용기를 북돋우지만,
마지막 음절이 외친다오. "침묵해라. 그녀를
8   찬양하는 것은 네가 아닌 다른 사람의 일[4)]이니까."

그렇게 소리 자체가 찬양과 존경을
가르치니, 사람들이 부르기만 해도

---

1) 이 소네트는 라우라Laura의 이름을 구성하는 음절이 포함된 낱말들을 활용한
   시로 일종의 말장난을 하고 있다. 여기에서는 프로방스어 또는 라틴어에서 나
   온 이름으로 라우레타Laureta라고 부르는데, 세 음절 LAU, RE, TA(또는 A)가
   포함된 낱말에서는 그 음절을 강조하기 위하여 대문자로 쓰고 있다. 순서대로
   보면 첫 번째 계열은 LAUdando(찬양하며), REal(위엄 있는), TAci(침묵해라)
   이고, 두 번째 계열은 LAUdare(찬양), REverire(존경), Apollo(아폴로)다.
2) 원문에는 *stato*, 즉 "상태"로 되어 있다.
3) 라우라를 찬양하는 일이다.
4) 원문에는 *è d'altri homeri soma che da' tuoi*, 직역하면 "네 어깨와는 다른 어
   깨의 짐"으로 되어 있다.

11   모든 존경과 영광에 합당하지요,

혹시라도 아폴로가 언제나 푸른
자기 나뭇가지[5]에 대해 인간의 혀가
14   주제넘게 말하는 것을 경멸하지 않는다면.

---

5) 월계수를 가리킨다. 고전 신화에서 아폴로(그리스 신화의 아폴론)의 놀림을 받
은 아모르는 복수하기 위해 아폴로에게 사랑의 화살을 쏘고, 요정 다프네에게
는 증오의 화살을 쏘았고, 다프네는 뒤쫓는 아폴로에게 붙잡히지 않기 위해 강
의 신인 아버지에게 기도하여 월계수로 변신했다(오비디우스, 『변신 이야기』
제1권 452~567행 참조). 라우라라는 이름은 아폴로에게 신성한 월계수(라틴
어로는 laurus)에서 유래했으며, 페트라르카는 라우라와 월계수를 동일시하여
노래한다.

6[1]

아모르의 올가미에서 가볍게 벗어나
느린 내 걸음 앞에서 날아가듯이
몸을 돌려 달아나는 그녀[2]를 뒤쫓으려고
4   미친 듯한 내 욕망은 길을 벗어났고,

안전한 길[3]로 이끌기 위하여
아무리 불러도 전혀 듣지 않고,
박차를 가하거나 돌리려고 해도 소용없으니,
8   아모르가 천성적으로 저항하게 만들기 때문이지요.

그리고 강하게 고삐를 자신 쪽으로 이끌기에,
나는 나의 뜻과는 상관없이
11   죽음으로 이끄는 그[4]의 지배를 받고,

---

1) 이 소네트는 아비뇽에 살던 1326~1337년에 쓴 것으로 보인다. 피렌체의 공증
   인이었던 페트라르카의 아버지는 정치 싸움의 소용돌이에 휘말려 단테와 함께
   망명의 길을 떠났고, 일자리를 찾기 위해 1309년 소위 '아비뇽 유수幽囚'로 교
   황청이 옮겨간 프랑스의 아비뇽으로 이주했다. 이 소네트에서 페트라르카는
   라우라에 대한 사랑을 고삐 풀린 말에 비유하고 있다.
2) 아모르의 영향을 전혀 받지 않는 것처럼 페트라르카의 사랑에 반응을 보이지
   않는 라우라를 가리킨다.
3) 이성과 절제의 길이다.
4) 고삐 풀린 말 같은 욕망을 가리킨다.

외로이 월계수[5]에게 가서

쓴 열매[6]를 주워 맛보면, 열매는

14 상처를 달래지 않고 더 괴롭게 한다오.

---

5) 여기에서 월계수는 라우라를 상징할 뿐만 아니라, 그녀에 대한 시들로 계관시
   인의 영광을 얻고 싶은 페트라르카의 세속적 욕망을 동시에 투영하고 있다. 실
   제로 페트라르카는 시인으로서의 탁월함을 인정받아 1341년 로마의 원로원이
   수여하는 월계관을 머리에 쓰고 계관시인이 되었다.
6) 세속적 욕망의 덧없음을 암시한다.

7[1]

탐식과 잠, 게으른 안락함[2]은
세상에서 모든 덕성을 쫓아냈으니,
유행에 사로잡힌 우리 본성은
4 대부분 자신의 길을 잃었고,

인간의 삶을 형성하는 하늘의
온갖 너그러운 빛이 꺼졌으니,
헬리콘[3]의 샘물이 솟게 하려는 사람을
8 마치 놀라운 일처럼 가리키는군요.

---

1) 일부 학자에 의하면 이 소네트는 1332년 이전에 쓴 것으로 추정되며, 수신
   자는 역사가이며 도미니쿠스회 수도자였던 조반니 콜론나Giovanni Colonna
   (1298?~1343?)라고 한다(1330년부터 페트라르카가 섬겼던 같은 이름의 조반
   니 콜론나Giovanni Colonna(1295?~1348) 추기경과 구별해야 한다). 이 작품은
   사랑의 주제에서 벗어나 인문주의적 관념을 주제로 삼고 있다. 페트라르카는
   특히 서간문들을 통해 게으르고 이익에만 몰두하는 당시 사회적 분위기를 강
   하게 비판했다.
2) 원문에는 *piume*, 즉 "깃털"로 되어 있는데, 깃털로 속을 채운 침대를 뜻한다.
3) 그리스 중부 보이오티아 지방에 있는 해발 1,749미터의 산으로, 고전 신화에
   서 아폴로와 무사 여신들에게 신성한 곳이다. 거기에는 특히 무사 여신들에게
   봉헌된 두 개의 샘 아가니페와 히포크레네가 있는데, 그 샘물이 솟아나게 한다
   는 것은 문학에 헌신한다는 것을 의미한다.

누가 월계수를 원하고, 누가 은매화[4]를 원할까요?

"헐벗고 가난하게 가는구나, 철학[5]이여."

11   천한 돈벌이에 몰두한 무리는 말하지요.

다른 길[6]에서는 동료가 소수일 것이므로

더더욱 부탁하니, 고귀한 정신[7]이시여,

14   당신의 담대한 위업을 버리지 마십시오.

---

4) 은매화銀梅花(학명은 *Myrtus communis*)는 도금양과의 늘푸른떨기나무로 고전
신화에서 베누스(그리스 신화의 아프로디테)에게 신성한 나무다. 월계수가 지
혜와 승리, 영광을 상징하는 것과 대비된다.

5) 지식에 대한 욕망이나 시와 학문의 길을 가리킨다.

6) "천한 돈벌이"와는 다른 덕성과 지식의 길이다.

7) 이 소네트의 수신자를 가리킨다.

8[1]

우리를 너에게[2] 보내는 자[3]를 종종
눈물에 젖은 잠에서 깨우는 여인[4]이
맨 처음 지상의 육신에 아름다운
4　　옷을 입었던 언덕[5] 아래에서

모든 동물이 바라는 이 유한한 삶[6]을 위해
우리는 자유롭고 평온하게 돌아다녔고,
우리의 삶을 방해하는 것을
8　　길에서 만나리라고 의심하지 않았지.

하지만 우리가 예전의 평온한 삶에서
지금 이끌려 온 비참한 상태와

---

1)　이 소네트는 아비뇽에 살던 1326~1337년에 쓴 것으로 보인다. 작품에서 말하
　　는 화자는 페트라르카가 산 채로 붙잡아서 친구에게 보내는 작은 동물들인데,
　　아마도 새들일 것으로 짐작된다.
2)　산 채로 붙잡혀 다른 동물과 함께 합쳐지는 동물들이 말하고 있다.
3)　페트라르카를 가리킨다.
4)　페트라르카를 울게 하는 라우라다.
5)　라우라가 태어난 코몽쉬르뒤랑스 또는 르 토르의 언덕이다(4번 소네트 12행의
　　역주 참조).
6)　원문에는 *vita mortal*, 즉 "필멸의 삶"으로 되어 있다.

11   죽음[7]에 대해 하나의 위안이 있으니,

우리를 이렇게 만든 자에 대한 복수로,
그는 다른 사람의 힘으로 더 강한
14   사슬에 묶여 극단적인 상태에 있어.[8]

---

7) 붙잡힌 동물들이 곧이어 맞이할 죽음이다.
8) 페트라르카가 라우라에 대한 사랑의 강한 사슬에 묶여 삶의 극단적인 상태에
   있다는 뜻이다.

9[1]

시간을 표시하는 태양[2]이
황소자리로 돌아와 머물렀을 때,
불타는 뿔[3]에서 힘이 내려와
4   세상을 새로운 색깔로 입히고,[4]

밖에 펼쳐져 있는 강변과 언덕을
꽃들로 장식할 뿐만 아니라,
햇살이 전혀 들지 않는[5] 안에서도
8   땅의 습기[6]가 자체적으로 잉태되어

거기에서 이런 결실[7]을 얻는 것처럼,

---

1) 이 소네트도 아비뇽에 살던 1326~1337년에 쓴 것으로 보이는데, 한 문장으로
   되어 있다. 이 작품은 친구에서 송로버섯을 선물로 보내면서 동봉하는 시다.
   하지만 그것보다 라우라의 아름다움을 찬양하는 작품처럼 보인다.
2) 원문에는 *pianeta*, 즉 "행성"으로 되어 있다. 고대부터 유럽의 천문 개념에서
   는 태양도 행성으로 간주되었다. 태양이 황소자리에 있는 기간은 4월 20일부
   터 5월 20일까지다.
3) 황소자리의 뿔이다.
4) 봄이 되어 꽃피고 녹음이 우거지는 것을 말한다.
5) 원문에는 *non s'aggiorna*, 즉 "낮이 되지 않는"으로 되어 있다.
6) 원문에는 *humore*, 즉 "체액體液"으로 되어 있다.
7) 땅속에서 자라는 송로버섯을 가리킨다.

그렇게 여인 중에서 태양인 그녀[8]는

11   아름다운 눈빛을 돌려 나에게

사랑의 생각과 행동과 말을 창조했지만,

그녀가 어떻게 눈빛을 돌리고 움직이든지

14   나에게는 봄이 전혀 없다오.

---

8) 라우라를 가리킨다. 다른 여러 곳에서도 종종 태양은 라우라를 가리킨다.

10[1]

유피테르의 분노[2]도 폭풍우로
진정한 길에서 벗어나게 만들지 못한,
우리 희망이 의지하는 영광의 기둥[3]이자
4   로마[4]의 위대한 명성이시여,

우리가 시를 지으면서 오르내리는
가까운 멋진 언덕과 초록 풀밭 사이의

---

1) 아비뇽에 살던 1326~1337년에 쓴 것으로 추정되는 이 소네트도 한 문장으
   로 되어 있다. 16세기 이후의 전통적인 해석에서 이 소네트의 수신자는 로마
   의 귀족 대大 스테파노 콜론나Stefano Colonna(1265?~1348)라고 보았다. 최근
   에는 스테파노의 아들로 페트라르카의 친한 친구였던 자코모 콜론나Giacomo
   Colonna(1300/1301~1341)가 수신자라고 주장하는 학자도 있다. 그러니까 자
   코모가 1328년 봄 롬베즈Lombez의 주교로 임명되었을 때 페트라르카가 친한
   친구 몇 명과 함께 부임지로 따라갔는데, 당시의 감회를 노래했다는 것이다.
   자코모는 페트라르카를 자기 형 조반니 추기경(1295?~1348)에게 소개하여 섬
   기게 했다.
2) 교황 보니파키우스 8세Bonifacius VIII(재위 1294~1303)가 콜론나 가문을 탄압
   하고 박해한 것을 암시하지만, 보다 일반적으로 당시 로마와 이탈리아가 부딪
   힌 어려움을 가리키는 것으로 해석되기도 한다.
3) 원문에는 라틴어 columna로 되어 있는데, 이탈리아어로는 colonna다. 여기
   에서는 로마의 유명한 콜론나 가문을 가리킨다.
4) 원문에는 latino, 즉 "라틴"으로 되어 있다. 콜론나 가문이 고대 로마 시대부터
   유력한 가문이었다는 것을 암시한다.

여기[5]에서는 궁전이나 극장, 주랑 대신에

8   전나무, 너도밤나무,[6] 소나무가

우리의 지성을 땅에서 하늘로 높여주고,

밤마다 어둠 속에서 부드럽게

11   탄식하고 우는 나이팅게일이

우리 가슴을 사랑의 생각으로 채우지만,

나의 주인[7]이시여, 당신과 함께 있지 않으니

14   큰 즐거움이 불완전하고 부족할 뿐입니다.

---

5) 페트라르카가 친한 친구들과 함께 있던 장소다.

6) 원문에는 *faggio*로 되어 있는데, 참나뭇과의 너도밤나무속(라틴어 학명으로는 *Fagus*)에 속하는 나무를 통칭한다.

7) 이 소네트의 수신자를 가리킨다.

11¹⁾

내 가슴속에서 다른 모든 욕망을 쫓아내는
커다란 욕망을 그대가 안 다음부터,
여인이여, 밝은 곳이나 어두운 곳에서
4 베일을 벗은 그대를 나는 본 적이 없소.

욕망으로 내 정신을 죽인
아름다운 생각²⁾을 감추고 있었을 때는
연민이 가득한 그대 얼굴을 보았지만,

---

1) 앞의 시들이 소네트 형식인 것과 달리 이 작품은 발라드_{ballade}(이탈리아어 이
름은 발라타_{ballata}) 형식으로, 아비뇽에 살 때 쓴 것으로 짐작된다. 본문에서
말하는 바에 의하면 라우라에 대한 사랑에 빠진 지 얼마 지나지 않아 쓴 것처
럼 보인다. 『칸초니에레』에 실린 일곱 편의 발라드 중에서 첫 번째 작품이며,
13세기 이탈리아에서 널리 인기를 끌었던 '청신체' 시들의 영향을 뚜렷하게 보
여주는 것으로 평가된다. '청신체淸新體(dolce stil novo)'란 '달콤한 새로운 문
체'라는 뜻으로, 그 이름은 단테가 『신곡』의 「연옥」 24곡에서 붙인 것이다. 로망
스어 계열의 언어들에서 유행하던 발라드는 특히 노래와 춤을 위한 시로 다양
한 형태의 후렴을 활용한 음악성을 특징으로 한다. 후렴의 시행 숫자에 따라 구
별되는데, 2행이면 '작은 발라드', 3행이면 '중간 발라드', 4행이면 '큰 발라드'로
부른다. 이 작품의 형식은 후렴이 11음절 시행 3개와 7음절 시행 1개로 구성된
'큰 발라드'이며, 후렴 하나에 11음절 시행 10개로 이루어진 연 하나로 구성되
어 있다.
2) "내 정신", 즉 합리적이고 이성적인 능력을 압도한 사랑의 감정을 가리킨다.

아모르가 그대에게 나에 대해 알려준 뒤부터[3]
금발 머리칼은 베일에 둘러싸였고,
10   사랑스러운 눈길은 안으로 숨었다오.
그대에게서 가장 바라는 것[4]을 빼앗겼으니,
베일은 나를 그렇게 다루면서,
더울 때나 추울 때나, 괴롭게도
14   그대 눈의 달콤한 눈빛을 가리는군요.

---

3) 라우라가 페트라르카의 사랑에 대해 알게 된 다음부터를 가리킨다.
4) 위에서 말한 "사랑스러운 눈길"이다.

12[1]

만약 나의 삶이 쓰라린 고통과
괴로움을 막을 수 있게 되어
내가, 여인이여, 노년으로 인해 약해진
4   아름다운 그대 눈의 눈빛을 보고,

금빛 머리칼이 은빛이 되는 것을 보고,
화관[2]과 밝은[3] 옷을 벗는 것을 보고,
내가 고통 속에 소심하고 신중하게
8   탄식하도록 만드는 얼굴이 창백해지는 것을 보면,

마침내 아모르가 나를 대담하게 만들어
나의 고통과 지난 세월과 날들과 시간이
11   어떠했는지 그대에게 밝힐 것이니,[4]

---

1) 이 소네트는 아비뇽에 살던 1326~1337년에 쓴 것으로 보는 학자도 있지만, 노년에 대한 작품임을 고려하여 훨씬 나중에 쓴 것으로 보는 학자도 있다. 참고로 노년의 사랑 고백이라는 비슷한 주제를 다루는 315~317번 소네트 세 편은 1351~1352년의 작품이다. 이 소네트도 한 문장으로 되어 있다.
2) 당시 젊은 여자들이 머리에 쓰던 장식을 가리킨다.
3) 원문에는 *verdi*, 즉 "녹색"으로 되어 있는데, 젊은이들의 생생한 색깔을 가리킨다.
4) 자신의 사랑과 그로 인한 고통을 마침내 라우라에게 고백할 것이라는 뜻이다.

만약 세월이 내 욕망과 어긋나더라도,
나의 고통에 최소한 때늦은
한숨의 위안이라도 약간 올 것이오.

14

13[1]

때때로 다른 여인들 사이에 있는 그녀[2]의
아름다운 얼굴 속에서 아모르가 빛날 때면,
그녀가 다른 여인보다 아름다울수록[3]
4   사랑에 빠진 내 욕망은 더 커진답니다.

내 눈이 그렇게 높이 바라본
장소와 시간, 순간을 축복하면서 나는
말한다오. "영혼이여, 그때 그런 영광을
8   합당하게 받은 것에 감사해야 해.

그녀에게서 사랑의 생각이 너에게 와서
모든 사람이 바라는 것[4]을 경멸하면서
11   뒤따르는 너를 최고의 행복으로 초대하고,

---

1) 전통적으로 이 소네트는 아비뇽에 살던 1326~1337년에 쓴 것으로 보았지만,
   1350년대의 작품으로 보는 학자도 있다. 이 작품은 61번 소네트에서 절정에
   이르는 축복의 모티프를 부분적으로 앞당기고 있다.
2) 라우라를 가리킨다.
3) 원문에는 *quanto ciascuna è men bella di lei*, 즉 "모든 여인이 그녀보다 덜
   아름다울수록"으로 되어 있다.
4) 세속적인 가치와 욕망을 의미한다.

그녀에게서 활기찬 우아함이 너에게 와서

올바른 길[5]을 통해 너를 하늘로 안내하니,

14   나는 벌써 커다란 희망으로 날아오르지."

---

5) 원문에는 *destro sentero*, 즉 "오른쪽 길"로 되어 있다. 고대의 전통을 이어받은 중세의 관념에서 소위 '피타고라스의 Y', 그러니까 갈림길 이론에 따라 오른쪽은 선이고 왼쪽은 악이라고 믿었다. 말하자면 오른쪽은 천국으로 인도하고, 왼쪽은 지옥으로 인도한다는 것이다.

14[1]

불쌍한 내 눈이여, 너를 꺼뜨린[2] 여인의
아름다운 얼굴로 내가 너를 돌리는 동안,
부탁하건대, 부디 조심해라,
4 내가 탄식하도록 아모르가 너에게 도전하니까.

오로지 죽음만이 나의 생각들에게
사랑의 길을 가로막아
구원의 달콤한 항구로 안내할 수 있지만,
더 작은 방해물로도
너의 빛은 꺼질 수 있어. 너는 약하고
10 불완전하게 만들어졌기 때문이야.
그러니 괴로운 눈이여, 벌써 가까이 다가온
눈물의 시간[3]이 오기 전에,

---

1) 아비뇽에 살던 1326~1337년에 쓴 두 번째 발라드로 라우라가 있는 곳을 떠나
   야 하는 상황에 대해 노래하고 있으며, 뒤따르는 15~16번 소네트와 밀접하게
   연결되어 있다. 연인이 있는 곳에서 멀어지는 심경을 시의 주제로 삼는 전통은
   프로방스 음유시인들과 청신체 시인들에게 널리 퍼져 있었다. 형식은 후렴이
   11음절 시행 3개와 7음절 시행 1개로 구성된 '큰 발라드'다. 후렴 하나에 10행
   의 연 하나, 즉 11음절 시행 9개와 7음절 시행 1개로 구성되어 있다.
2) 원문에는 morti, 즉 "죽게 만든"으로 되어 있는데, 라우라의 눈부신 아름다움
   에 압도되었다는 뜻이다.
3) 작별의 시간을 뜻한다.

이 마지막 순간 그 오랜 고통에
14   이제 짧은 위안을 얻도록 해라.

15[1)]

힘겹게 끌고 가는 지친 육신과 함께
나는 걸음마다 뒤돌아보고,
그러면 그대의 대기[2)]에서 위안을 얻어
4   조금 더 가며 말한다오. "불쌍한 신세여!"

그리고 이제 내가 떠나는 달콤한 행복[3)]과
기나긴 여정과 내 짧은 삶을 생각하면,
혼란해지고 창백해져서 걸음을 멈추고
8   눈을 땅바닥으로 떨군 채 눈물 흘린다오.

때로는 슬픈 눈물 속에서 의혹이
나를 엄습하지요. "이 육신은 자기 영혼[4)]으로부터
11   멀리 떨어져 어떻게 살 수 있을까?"

하지만 아모르가 대답하지요. "이것은

---

1) 주제 면에서 앞의 14번 발라드를 이어받아 라우라가 있는 곳에서 멀리 떠나는
   심경을 노래한다.
2) 라우라가 있는 곳에서 불어오는 대기를 가리킨다.
3) 라우라를 가리킨다.
4) 마찬가지로 라우라를 가리킨다.

인간의 모든 성질에서 벗어난[5]

14   사랑하는 자들의 특권이라는 것을 잊었는가?"

---

5) 사람들을 지배하는 법칙에서 벗어났다는 뜻이다.

16[1]

새하얀 백발의 자그마한 노인이
자기 삶을 살았던 달콤한 장소를 떠나고,[2]
사랑하는 아버지가 가는 것을 보고
4   깜짝 놀란 가족과 헤어진 다음,

자기 삶의 막바지에 이르러
늙은 육신을 이끌면서
세월에 망가지고 여정에 지쳤어도
8   가능한 한 좋은 의지로 힘을 내어

저 위 하늘에서 다시 보기를 희망하는[3]
그분의 모습[4]을 보고 싶은

---

1) 마찬가지로 라우라가 있는 곳에서 떠나는 심경을 노래하는 이 소네트는 한 문
   장으로 되어 있다.
2) 뒤이어 말하듯이 노년에 순례 여행을 가기 위하여 자기 고향에서 떠나는 것을
   가리킨다.
3) 죽은 뒤에 천국에서 다시 만나기를 바란다는 뜻이다.
4) 예수 그리스도의 얼굴 모습이 남아 있는 천을 가리킨다. 로마의 산피에트로San
   Pietro 성당에 보관된 이 천을 보기 위한 순례는 당시 유럽 신자들에게 예루살
   렘 코스, 스페인의 산티아고 코스와 함께 주요 순례 코스 중 하나였다. 그리스
   도교 전설에 의하면 성녀 베로니카Veronica는 골고다 언덕으로 십자가를 지고
   가던 예수 그리스도의 피와 땀에 젖은 얼굴을 아마 천으로 닦아주었고, 그때

11   욕망을 따라 로마로 가는 것처럼,

그렇게, 불쌍하구나, 이따금 나는,
여인이여,[5] 가능하다면 다른 여인들에게서
14   열망하는 그대의 모습을 찾으러 간다오.[6]

예수의 얼굴 모습이 천에 찍혔다는 것이다. 이와 관련하여 성녀의 이름은 vera
icona(그리스어로는 eikon), 즉 "진정한 모습"에서 나온 것이라고 주장하기도
한다.
5) 라우라에게 하는 말이다.
6) 노인이 신성한 천을 보기 위해 로마로 순례를 떠나는 것처럼, 페트라르카 자신은
    다른 여인들의 얼굴에서 라우라의 얼굴 모습을 찾으러 돌아다닌다는 것이다.

17[1)]

유일하게 나를 세상과 떨어지게 하는
그대에게로 내 눈을 돌릴 때면
고통스러운 한숨들과 함께
4   얼굴에서 쓰라린 눈물이 쏟아진다오.

정말로 달콤하고 사랑스러운 미소는
불타는 내 욕망을 약간 잠재우고,
그대를 뚫어지게 응시하는 동안
8   나를 고통의 불길에서 막아주지요.

하지만 떠나면서 치명적인 눈[2)]이
나에게서 달콤한 눈길을 거둘 때면
11   내 영혼은 얼어붙는답니다.

그리고 마침내 사랑의 열쇠로 풀려난

---

1) 이 소네트와 이어지는 두 편의 소네트는 아비뇽에 살던 1326~1337년의 후반
   부에 쓴 것으로 보이며, 부분적으로는 앞의 세 작품에서 노래한 주제와 연결되
   어 있다. 세 편 모두 라우라의 눈부신 모습을 찬양하고, 그 앞에서 즐거우면서
   동시에 괴로운 심정을 노래한다.
2) 원문에는 *stelle*, 즉 "별들"로 되어 있는데, 페트라르카에게 "치명적인" 라우라
   의 눈을 가리킨다.

영혼은 수많은 상념과 함께
14   심장에서 벗어나 그대를 뒤따른다오.

18[1]

내 여인의 아름다운 얼굴이 빛나는 곳,
그쪽으로 완전히 몸을 돌리고,
기억[2] 속에 남은 빛[3]이 안에서
4   나를 완전히 불태우고 파괴할 때면,

내 심장이 찢어질까 두렵고
삶[4]의 종말이 다가온 것 같아
나는 빛을 잃은 장님처럼 떠나니,
8   어디로 갈지도 모르면서 떠난다오.

그렇게 죽음의 위협[5] 앞에서
달아나지만, 평소에 그렇듯이 욕망은
11   나와 함께 갈 정도로 빠르지 못하지요.

---

1) 이 소네트는 당시 전통적인 청신체 시의 표현 방식에서 벗어나 새로운 방향성
   을 모색하는 작품으로 평가된다.
2) 원문에는 *pensir*, 즉 "생각"으로 되어 있다.
3) 라우라의 빛나는 얼굴을 가리킨다.
4) 원문에는 *luce*, 즉 "빛"으로 되어 있다.
5) 원문에는 *colpi*, 즉 "타격", "공격"으로 되어 있다.

죽은 언어[6]는 사람들을 울릴 테니까,

나는 말없이 가면서 내 눈물이

14   외롭게 뿌려지기를 바란답니다.[7]

---

6) 원문에는 *parole morte*, 즉 "죽은 말"로 되어 있는데, 언어로 써놓은 시를 가리
    킨다.

7) 말하자면 시로 표현하지 않고 외롭게 울겠다는 뜻이다.

19[1]

세상에는 태양에 저항할 정도로
강한 시력을 가진 동물[2]도 있고,
어떤 동물은 강한 빛에 약하여
4   단지 저녁에만 밖으로 나가고,

또 어떤 동물[3]은 환히 빛난다고
불 속에서 즐기고 싶은 어리석은 욕망에
다른 능력[4]을 시험하다가 불에 타니,
8   불쌍하구나, 이 마지막 무리가 내 자리랍니다.[5]

그 여인의 빛을 견딜 만큼 나는
강하지 않고, 어두운 장소나
11   늦은 시간을 피할 줄도 모르니까요.

---

1) 이 소네트 역시 아비뇽에 살던 1326~1337년 후반기에 쓴 것으로 짐작된다.
   즐거움과 괴로움을 동시에 주는 라우라의 찬란한 모습에 대해 노래하는 마지
   막 세 번째 작품이다.
2) 고대부터 독수리는 태양을 직접 바라볼 수 있을 정도로 강한 시력을 갖고 있다
   고 믿었다.
3) 불빛에 이끌리는 나방들을 가리킨다.
4) 불은 빛날 수도 있지만, 불태울 수도 있다. 여기에서는 불태우는 능력을 가리
   킨다.
5) 자신도 불빛에 이끌렸다가 불타버리는 나방과 같다는 뜻이다.

그런데도 눈물에 젖고 허약한 눈으로
그녀를 보라고 운명은 나를 이끌고,
14 나는 타버릴 것을 잘 알면서도 뒤따른다오.

20[1]

여인이여, 아직 그대의 아름다움을 시로
노래하지 않은 것[2]이 때로는 부끄러워
그대를 처음 보았을 때를 회상하면서
4　나는 다른 어떤 여인도 좋아하지 않는다오.

하지만 그것은 나의 팔로 들 무게도 아니고[3]
완벽하게 다듬을 작품[4]도 아님을 발견하고,
자기 능력을 평가할 줄 아는 나의 재능은
8　그런 작업에서 완전히 얼어붙지요.

여러 번 말하려고 입술을 열었지만
목소리는 가슴 한가운데에 머물렀으니,
11　어떤 목소리가 그리 높이 올라갈 수 있을까요?

---

1)　이 소네트도 일반적으로 아비뇽에 살던 1326~1337년의 작품으로 보지만,
　　1350년대의 작품으로 보는 학자도 있다. 여기에서 페트라르카는 라우라의 아
　　름다움을 찬양하기에는 자신의 시적 능력이 부족하다고 한탄한다.
2)　원문에는 *si taccia*, 즉 "침묵한 것"으로 되어 있다.
3)　라우라에 대해 시로 노래하는 것은 페트라르카 자기 능력에 적합한 작업이 아
　　니라는 뜻이다.
4)　원문에는 *ovra da polir colla mia lima*, 즉 "나의 줄로 매끄럽게 만들 작품"으
　　로 되어 있다.

여러 번 시를 쓰려고 시작했지만
나의 펜과 손과 지성은

14 첫 번째 공격에서 패배했답니다.

21[1]

오, 달콤한 나의 전사 여인[2]이여, 아름다운
그대의 눈과 화평하기 위해 수천 번
내 심장을 제공했지만, 높은 마음으로
4   그대는 아래를 보려고 하지 않는군요.

혹시 다른 여인이 내 심장을 원한다면
빈약하고 잘못된 희망을 품는 것이니,[3]
나는 그대가 싫어하는 것을 경멸하기에,
8   내 심장은 이제 예전 같지 않다오.

만약 내가 심장을 내쫓는데, 불행한
망명 속에 그대의 도움을 받지 못한다면,
11   혼자 있거나 다른 누구에게[4] 가지도 못하고

---

1) 아비뇽에 살던 1326~1337년에 쓴 것으로 보이는 이 소네트는 라우라에 대한
   사랑 때문에 페트라르카 자신이 내쫓는 심장에 대해 노래한다. 그것 역시 프로
   방스 서정시와 청신체 시에서 널리 유행하던 주제다.
2) 라우라를 가리킨다. 그녀가 페트라르카 자신에게 전쟁을 일으킨다는 의미에서
   은유적으로 그렇게 부른다. 여기에서 전쟁은 사랑의 고통과 괴로움에 대한 은
   유로 페트라르카가 즐겨 사용하는 표현이다.
3) 라우라 외에는 다른 어떤 여인도 사랑하지 않을 것이라는 뜻이다.
4) 원문에는 *ov'altri il chiama*, 즉 "다른 사람이 그를 부르는 곳으로"로 되어 있다.

자연스러운 자신의 길도 잃을 것이니,

그 심각한 죄는 우리 둘[5]의 것이며,

14   그대를 사랑하는 만큼 그대 것이라오.

---

5) 페트라르카와 자기 심장을 가리킨다.

22¹⁾

땅에 사는 모든 동물은
태양을 싫어하는 동물이 아니라면
낮 동안에 힘들여 일하지만,
하늘에 별들이 빛날 때는
누구는 집으로, 누구는 숲속 둥지로 가고
6   최소한 새벽까지 휴식을 취하지요.

그런데 나는, 아름다운 새벽이
땅의 주위에서 어둠을 떨쳐내고
숲에서 동물들을 깨우기 시작할 때부터
태양과 함께 한숨을 멈추지 않고,
그러다 별이 빛나는 것을 보며
12   눈물을 흘리고 낮을 기다린다오.

---

1) 『칸초니에레』에 실린 아홉 편의 세스티나sestina 중에서 첫 번째 작품으로, 아비
뇽에 살던 1326~1337년에 쓴 것으로 짐작된다. 형식은 모두 6연으로 되어 있
고, 각 연은 11음절 시행 여섯 개로 되어 있고, 결구는 11음절 시행 세 개로 구
성된 전형적인 도식으로 이루어져 있으며, 모두 두 음절 낱말로 각운을 맞추
고 있다. 세스티나는 12세기 프로방스의 음유시인들이 사용하던 형식 중 하나
로, 아르노 다니엘Arnaut Daniel이 처음 창안한 것으로 알려져 있다. 기본 형식
은 모두 6연으로 구성되고, 각 연은 6행연구六行聯句, 즉 여섯 개의 시행으로 구
성되며, 대개 3행으로 이루어진 결구가 덧붙는다.

밤이 밝은 낮을 쫓아내고,
여기는 어둡고 다른 곳은 새벽일 때,[2]
나는 예민한 물질[3]로 나를 만든
잔인한 별들을 생각에 잠겨 바라보면서
나를 야생적인 사람[4]처럼 보이게 만드는
18 태양을 처음 보았던 날[5]을 저주한답니다.

밤이든 낮이든 그렇게 잔인한 야수[6]가
숲속에서 자란다고 나는 믿지 않고,
그녀 때문에 밤낮없이 울면서도
첫잠이나 새벽[7]에도 지치지 않으니,
나는 이 땅에서 죽어갈 육신이지만
24 내 확고한 욕망은 별에서 오기 때문이라오.[8]

빛나는 별들이여, 당신들에게 돌아가거나[9]

---

2) 원문에는 *le tenebre nostre altrui fanno alba*, 즉 "우리의 어둠이 다른 곳에
 새벽을 만들 때"로 되어 있다.
3) 원문에는 *sensibil terra*, 즉 "예민한 흙"으로 되어 있다. 예민한 물질로 만들어
 졌기 때문에 천체의 영향을 받는다는 뜻이다.
4) 원문에는 *un buom nudrito in selva*, 즉 "숲속에서 양육된 사람"으로 되어 있다.
5) 그러니까 페트라르카 자신이 태어난 날을 가리킨다.
6) 라우라를 "잔인한 야수"에 비유하고 있다.
7) 휴식에 적합한 시간을 가리킨다.
8) 라우라에 대한 사랑이 하늘의 영향에 의해 숙명적으로 정해졌다는 뜻이다.
9) 고대부터 플라톤을 비롯하여 많은 사람이 인간의 영혼은 하늘 또는 별에서 왔

저 아래 사랑의 숲으로 떨어져

먼지가 될 육신을 남기기 전에,

단 하루에 수많은 세월을 보상하고,

태양이 질 때부터 새벽까지 나를

30   풍요롭게 해줄 연민을 그녀에게서 볼 수 있다면!

태양이 진 뒤 별들만이 우리를

보고 있을 때, 단 하룻밤만이라도

그녀와 함께 있고, 새벽이 오지 않는다면,

그리고 아폴로가 이 아래 땅에서

뒤쫓던 날처럼 내 팔에서 빠져나가기 위해

36   그녀가 푸른 나무[10]로 변신하지 않는다면![11]

하지만 태양이 그렇게 달콤한 새벽에 이르기 전에

나는 메마른 숲[12]에서 땅속에 묻힐 것이고,

39   대낮에 조그마한 별들이 가득할 것이라오.

다가 육신이 죽은 뒤 별로 돌아간다고 믿었다.

10) 원문에는 *verde selva*, 즉 "초록 숲"으로 되어 있는데, 늘푸른나무인 월계수를 가리킨다.

11) 아폴로와 다프네 사이의 사랑 이야기를 인용하고 있다(5번 소네트 13행의 역 주 참조).

12) 다음 구절과 마찬가지로 불가능한 것을 가리킨다. 그러니까 페트라르카 자신 이 바라는 그런 일은 절대 일어나지 않을 것이라는 뜻이다.

23[1]

젊은 나이의 달콤한 시절에,
나중에 내게 불행이 된[2] 잔인한 욕망[3]이
태어나 아직은 여린 새싹이었던 무렵,[4]
노래함으로써 고통이 완화되도록
5 아모르가 내 심장[5]에서 경멸당하는 동안

---

1) 『칸초니에레』에 실려 있는 모두 스물아홉 편의 칸초네canzone 중에서 첫 번째
   작품이다. 바티칸 도서관이 소장한 필사본 '바티칸 라틴 필사본 3196번', 소위
   '초고들의 문서'에도 실려 있는 이 칸초네와 관련하여 남긴 메모에 의하면 초기
   작품에 속한다. 일반적으로 1333~1334년에 쓰기 시작하여 이후 몇 차례 수정
   한 작품으로 보인다. 형식은 모두 8연으로 되어 있으며, 각 연은 20행으로 되
   어 있는데, 11음절 시행 열아홉 개에 7음절 시행 한 개다. 결구는 11음절 시행
   아홉 개로 구성되어 있어 전체 169행으로 『칸초니에레』에서 가장 긴 작품이다.
   이 작품은 소위 '변신의 칸초네'로 널리 알려졌는데, 페트라르카는 오비디우스
   의 『변신 이야기』에서 영감을 받아 라우라에 대한 이루지 못할 사랑으로 인해
   여러 가지로 변신했다고 이야기한다. 칸초네는 이탈리아의 전통적인 시 형식
   으로 보통 11음절 시행과 7음절 시행을 활용하여 다양한 방식으로 운율과 각
   운을 맞춘 형식을 가리키지만, 일반적으로 시를 총칭하는 용어로 쓰이기도 한
   다. '칸초니에레'도 여기에서 파생된 용어다. 또 음악과 밀접한 관계를 맺고 있
   으므로 '노래'를 의미하기도 한다.
2) 원문에는 per mio mal crebbe, 즉 "나의 불행으로 성장한"으로 되어 있다.
3) 라우라에 대한 사랑을 가리킨다. 그 사랑이 나중에는 불행의 원인이 되었다는
   뜻이다.
4) 원문에는 quasi in berba, 즉 "거의 풀이었던"으로 되어 있다.
5) 원문에는 albergo, 그러니까 "거주지" 또는 "숙소"로 되어 있는데, 아모르, 즉

내가 얼마나 자유롭게 살았는지 노래하리다.

이어서 그것에 대해 아모르가 얼마나 분노했는지,

그 뒤에 일어난 일과 많은 사람에게

내가 본보기가 된 것에 대해 말하리다.

10   비록 나의 고통은 수많은 펜이

이미 지쳤을 정도로 다른 곳[6]에

적혀 있으며, 고통스러운 삶을 증언하는

쓰라린 내 탄식의 소리가

모든 계곡에 메아리치고 있지만 말이오.

15   만약 여기에서 내 기억이 평소처럼

도와주지 않는다면 고통 때문이니,[7]

기억에게 고통을 주는 유일한 생각[8]은

다른 모든 생각을 돌아서게 만들고,

강제로 나 자신을 잊게 만들면서

20   내 안의 것[9]을 가져가니, 나는 껍질이라오.

그러니까 아모르가 나를 처음

공격한 날부터 많은 세월이 흘렀고,

그래서 젊었던 내 모습은 변했으며

사랑이 거주하는 심장을 가리킨다. 초기에는 페트라르카가 아모르를 받아들이
지 않고 경멸했다는 뜻이다.

6) 다른 시들을 가리킨다.

7) 원문에는 *iscúsilla i martiri*, 즉 "고통이 기억을 용서하게 하라"로 되어 있다.

8) 사랑의 생각이다.

9) 심장을 가리킨다.

얼어붙은 생각들[10]은 심장 주위에

25 거의 금강석 같은 보호막을 둘러싸서

단호한 의지가 느슨해지지 않게 했고,

아직은 눈물이 내 가슴을 적시지 않았고

잠도 깨우지 않았으며, 내 안에는 없는 것이

다른 사람에게 있어서 경이로워 보였다오.[11]

30 불쌍하다, 나는 지금 누구인가? 누구였던가?

삶은 죽음[12]을 찬양하고, 낮은 밤을 찬양하는구나.

왜냐하면 내가 말하는 잔인한 자[13]는

그 당시까지 자기 화살의 타격이

옷을 통과하지 못했다는 것을 깨닫고

35 강력한 여인[14]을 호위로 대동했으니,

그녀에게는 계략이나 힘도 소용없었고

용서를 구하는 것도 소용없었으며,

그 둘[15]은 나를 지금 모습으로 변신시켜,

살아 있는 인간에서 추운 계절에도

40 잎이 지지 않는 푸른 월계수로 만들었다오.[16]

---

10) 냉정한 생각들, 즉 이성적이고 합리적인 생각들이다.

11) 당시에는 자신에게 없던 사랑이 다른 사람에게서 나타나는 것을 이해할 수 없었다는 뜻이다.

12) 원문에는 el fin, 즉 "종말" 또는 "끝"으로 되어 있다.

13) 아모르를 가리킨다.

14) 라우라를 가리킨다.

15) 아모르와 라우라다.

16) 첫 번째 변신으로 고전 신화에 나오는 다프네(5번 소네트 13행의 역주 참조)처럼 늘푸른나무 월계수로 변했다는 것이다.

내 몸이 변신하는 것을 처음
깨달았을 때 얼마나 당황했는지!
머리칼은 전에 화관[17]으로
쓰고 싶었던 잎사귀가 되었고,
45 　내가 서 있고 움직이고 달리던 발은
영혼에 응답하던 모든 사지처럼
페네이오스강[18]이 아닌 다른 강[19]의
물결 옆에서 두 개의 뿌리가 되었고,
양쪽 팔은 두 개의 가지가 되었다오.
50 　이어서 나를 더 얼어붙게 만든 것은,
너무 높이 올라간 나의 희망이
벼락을 맞아 죽어 쓰러졌을 때[20]
하얀 깃털들로 뒤덮이는 것이었으니,[21]
그 희망을 언제 어디에서 되찾을지
55 　몰랐기 때문에, 혼자 눈물을 흘리면서
잃어버린 곳에서 밤이나 낮이나

---

17) 월계관을 가리킨다. 페트라르카는 시인으로서 최고 명예인 계관시인이 되기
　　를 원했다(6번 소네트 12행의 역주 참조).
18) 그리스 테살리아 지방에 흐르는 강의 이름이자 그 강의 신으로 다프네의 아
　　버지였다.
19) 아비뇽을 가로질러 흐르는 론Rhône강을 가리키는 것으로 해석된다.
20) 뒤이어 이야기하듯이 고전 신화에 나오는 파에톤이 태양 마차를 몰고 너무
　　높이 올라갔다가 유피테르의 벼락을 맞고 강으로 떨어진 것을 암시한다.
21) 백조로 변신하기 시작한 것이다.

강변과 강물 속으로 찾아 돌아다녔으며,
이후로 내 혀는 그 잔인한 추락에 대해
말할 수 있는 동안 침묵하지 않았으니,

60 나는 백조의 소리와 색깔을 띠게 되었소.[22]

그래서 사랑하던 강변을 따라서 갔고,
말하고 싶을 때 이상한 목소리로
언제나 연민을 구하면서 노래했지만,
거칠고 잔인한 마음[23]이 유순해질 정도로

65 달콤하고 부드러운 어조로
사랑의 탄식을 울릴 줄 몰랐지요.
생각만 해도 괴로운데 느낌이 어땠냐고요?
하지만 달콤하고도 쓰라린 나의 적[24]에 대해
이전에 내가 말했던 것보다

70 훨씬 더 많은 것을 말할 필요가 있다오,
비록 그건 모든 말을 넘어설지라도.[25]
보기만 해도 마음을 빼앗아 가는 그녀는

---

22) 두 번째 변신으로 백조로 변했다는 말인데, 여기에서 페트라르카는 유피테르의 벼락을 맞아 강으로 떨어진 파에톤의 이야기와, 파에톤의 비극을 목격한 그의 친구 키그누스가 백조로 변한 이야기(오비디우스, 『변신 이야기』 제1권 367~380행 참조)를 혼동하고 있다.
23) 라우라의 마음이다.
24) 라우라에 대한 사랑을 전쟁에 비유하여 그녀를 "적"이라 부른다. 이런 은유는 다른 작품에서도 자주 나온다.
25) 어떤 말로도 충분히 표현할 수 없다는 뜻이다.

내 가슴을 열고 심장을 움켜잡으면서
말했지요. "이것에 대해 말하지 마시오."

75 그런 다음 다른 모습으로 혼자 있는 그녀를 보고
나는 알아보지 못했으니, 오, 인간의 감각이여.
그래도 두려움에 가득하여 진실을 말했고,
그녀는 곧바로 예전의 모습으로
다시 돌아가, 오, 불쌍하구나, 나를

80 살아 있는 당황한 돌멩이로 만들었다오.[26]

그녀가 얼마나 화난 모습으로 말했는지
돌멩이 안에서 나는 떨면서 들었지요.
"나는 아마 당신이 생각하는 사람이 아니오."
나는 생각했어요. "그녀가 나를 돌에서 풀어주면

85 어떤 삶도 지겹거나 슬프지 않을 것이니,
나의 주인[27]이여, 돌아와 다시 울게 해주오."
어찌 되었는지 모르나, 나는 발을 움직였고
다른 사람이 아닌 나 자신을 탓하면서
그날 내내 절반은 죽고 절반은 살아 있었다오.

90 하지만 시간은 짧고, 좋은 의욕에

---

26) 사랑의 심경을 시로 표현하지 말라는 금지 명령을 어겼기 때문에 세 번째 변
신으로 라우라가 자신을 돌로 만들었다는 것이다. 로마 신화에서 메르쿠리우
스(그리스 신화의 헤르메스)의 도둑질을 목격한 노인 바투스는 발설하지 않겠
다는 약속을 지키지 않았다가 돌로 변했다(오비디우스, 『변신 이야기』 제2권
685~707행 참조).

27) 아모르를 가리킨다.

펜은 가까이 다가갈 수 없으니,
나는 마음속에 새겨진 많은 것을
남겨두고 단지 일부만 말할 것이므로
듣는 사람에게는 이상하게 보일 것이오.
95 죽음이 내 심장을 움켜잡고 있는데,
침묵하면서[28] 그 손으로부터 되찾거나
약해진 힘에 도움을 줄 수도 없었으며,
생생한 목소리는 금지되어 있었고,
그래서 펜과 잉크로 외쳤다오.
100 "나는 내 것이 아니니, 죽으면 그대 탓이오."

그러면 그녀의 눈앞에서 연민을 받을
가치가 있으리라고 믿었으며,
그런 희망에 대담해졌지만,
겸손함이 때로는 경멸을 꺼뜨리고
105 때로는 불태우는데, 나는 오랫동안
어둠에 싸인 뒤에야 그것을 알았으니,
그런 부탁에 내 빛[29]이 사라졌기 때문이오.
그리고 주위에서 그녀의 그림자도
발자국도 찾지 못했기에,
110 나는 길에서 잠을 자는 사람처럼
어느 날 지쳐 풀밭에 몸을 던졌지요.

---

28) 말하지 말라는 라우라의 명령에 따라 침묵했다는 뜻이다.
29) 라우라를 가리킨다.

그리고 달아나는 눈빛을 비난하면서
슬픈 눈물에 고삐를 늦추고
원하는 대로 쏟아지게 놔두었는데,
115 태양 아래에서도 사라지지 않는 눈雪처럼
완전하게 소진되지 않는 것을 느꼈고
너도밤나무 아래에서 샘이 되었다오.
오랫동안 나는 그 젖은 길을 갔지요.
사람에게서 샘이 나왔다는 말을 누가 들었나요?
120 하지만 분명하고 잘 알려진 이야기라오.[30]

오직 하느님에 의해서만 고귀해지는 영혼은,
다른 자에게서 그런 은총이 올 수 없기에
자기 창조주의 모습과 비슷하고,
따라서 수많은 모욕 뒤에 겸손한
125 마음과 태도로 자비를 간청하는 자를
용서하는 데 싫증을 느끼지 않는다오.
그리고 자기 방식과 달리 많은 간청을
받아들일 때도 그분[31]을 반영하니,
죄짓는 것을 더 두려워하도록 그러하지요.

---

30) 원문에는 *E parlo cose manifeste et conte*, 즉 "그리고 나는 명백하고 잘 알려진 것을 말한다오"로 되어 있다. 네 번째 변신으로 샘이 되었다는 것이다. 고전 신화에서 밀레토스의 딸 비블리스는 쌍둥이 오빠 카우누스를 사랑했고, 달아나는 오빠를 뒤쫓다가 쓰러져 샘이 되었다고 한다(오비디우스, 『변신 이야기』 제9권 450~665행 참조).

31) 하느님을 가리킨다.

130   또 다른 죄를 준비하는 자는
　　　죄를 진정으로 참회하지 않기 때문이오.
　　　나의 여인은 연민에 움직여 고맙게도
　　　나를 바라보았고, 고통이 죄와 함께
　　　나란히 가는 것을 보고 인정한 다음
135   너그럽게 나를 처음 상태로 돌려놓았답니다.
　　　하지만 세상에는 현명한 사람이 믿을 것은 없으니,
　　　나중에 다시 간청하자, 내 뼈와 신경을
　　　단단한 돌로 바꿔버렸고, 그리하여
　　　오랜 짐[32]에서 풀려난 목소리는
140   죽음을 불렀고, 그녀의 이름만 불렀다오.[33]

　　　기억하건대, 황량하고 멀리 떨어진
　　　동굴 속을 방황하며 고통스러운 영혼으로
　　　내 무절제한 대담함을 오래 후회했고,
　　　그러다 그 불행의 끝을 발견하고
145   다시 지상의 육신 속으로 돌아왔으니,
　　　아마 더 큰 고통을 느끼기 위해서라오.
　　　나는 욕망을 뒤쫓아 예전에
　　　으레 그랬듯이 어느 날 사냥하러 갔고,

---

32) 육신을 가리킨다.
33) 다섯 번째 변신으로 목소리만 남았다고 이야기한다. 고전 신화에서 요정 에코는 유노(그리스 신화의 헤라)의 벌을 받아 메아리로만 대답할 수 있게 되었는데, 나르키소스를 사랑했다가 실연의 고통에 뼈는 돌이 되었고 목소리만 남았다고 한다(오비디우스, 『변신 이야기』 제3권 339~401행 참조).

그 아름답고 잔인한 야수[34]는
150 태양이 가장 강렬하게 타오를 때
샘물가에 벌거벗고 있었지요.
나는 다른 모습에 만족할 줄 몰랐기에
바라보았는데, 부끄러움을 느낀 그녀는
복수하려 했는지, 몸을 숨기려 했는지,
155 손으로 내 얼굴에 물을 뿌렸다오.
거짓말처럼 보이겠지만 사실대로 말하니,
나는 본래 모습에서 벗어남을 느꼈고
곧바로 숲에서 숲으로 방황하는
외로운 사슴으로 변했으며
160 지금도 나의 개들 무리에게서 달아난다오.[35]

칸초네여,[36] 나는 나중에 귀중한 비로
내려와 유피테르의 불[37]을 조금 꺼뜨린
그 황금 구름[38]이 전혀 아니라

---

34) 라우라를 야수에 비유하고 있다(22번 세스티나 19행 참조).
35) 여섯 번째 변신은 악타이온의 신화와 연결되어 있다. 악타이온은 사냥하러
   갔다가 우연히 목욕하는 디아나(그리스 신화의 아르테미스)의 알몸을 보았다
   가 사슴으로 변했고, 자기 사냥개들에게 물려 죽었다(오비디우스, 『변신 이야
   기』 제3권 138~257행 참조).
36) 칸초네의 경우 종종 결구에서 시인은 자기 작품에게 여러 가지를 부탁하고
   권유하는 말을 덧붙였다.
37) 사랑의 욕망을 가리킨다.
38) 고전 신화에서 유피테르는 청동 탑에 갇혀 있는 다나에게 황금 비로 변하
   여 접근했고, 둘 사이에서 페르세우스가 태어났다(오비디우스, 『변신 이야기』

아름다운 눈길이 불붙인 불꽃이었고,[39]

165   내 시들에서 찬양하는 그녀를 높이며

허공으로 높이 날아오르는 새[40]였으며,

새로운 모습으로도 처음의 월계수[41]에서

떠날 줄 몰랐단다,[42] 그 달콤한 그늘만으로도

169   내 가슴에서 다른 즐거움을 쫓아내니까.

　제4권 611행, 제6권 113행 참조).

39) 라우라의 아름다운 눈길에 불꽃으로 타올랐다는 것인데, 이 구절은 유피테르가 강의 신 아소포스의 딸 아이기나를 사랑했고 불로 변신하여 유혹했다는 이야기(오비디우스, 『변신 이야기』 제6권 113행 참조)를 연상시킨다.

40) 독수리를 가리킨다. 이 구절은 유피테르가 독수리로 변하여 미소년 가니메데스를 납치해 데려간 일화(오비디우스, 『변신 이야기』 제10권 155~161행 참조)를 연상시킨다.

41) 월계수는 라우라의 상징이기도 하다(5번 소네트 13행의 역주 참조).

42) 아무리 "새로운 모습"으로 변신했어도 "처음의 월계수", 즉 처음 사랑한 여인 라우라에게서 떠나지 않고 충실했다는 뜻이다.

24[1]

위대한 유피테르가 천둥을 칠 때
하늘의 분노를 막는 영광의 나뭇가지[2]가
시를 쓰는 사람을 으레 장식해 주는
4   월계관을 나에게 거부하지 않았다면,[3]

나는 이 시대가 부당하게 내버린
당신의 여신들[4]에게 친구가 되었을 텐데,
그 모욕[5]이 처음 올리브나무를 발명한
8   여신[6]에게서 나를 멀리 떼어놓고 있으니,

---

1) 아비뇽에 살던 1326~1337년에 쓴 것으로 짐작되는 이 소네트는 페루자
   Perugia 출신 시인 안드레아 스트라마초Andrea Stramazzo의 소네트에 대한 화답
   의 시다. 여기에서 페트라르카는 라우라에 대한 사랑 때문에 시와 공부에서 멀
   어졌고, 시적 영감이 거의 메말랐다고 이야기한다.
2) 월계수를 가리킨다. 대大 플리니우스Gaius Plinius Secundus(A.D. 23~A.D. 79)
   를 비롯하여 여러 고전 작가의 기록에 의하면 월계수는 "하늘의 분노", 즉 벼
   락을 맞지 않는다고 믿었고, 페트라르카도 그런 믿음을 뒤따르고 있다.
3) 페트라르카는 라우라에 대한 사랑으로 인해 계관시인이 될 만한 작품을 쓰지
   못했다고 생각한다.
4) 문학과 예술과 학문을 수호하는 무사 여신들을 가리킨다. 페트라르카는 당시
   사람들이 학문과 예술에서 멀어졌다고 한탄한다.
5) 아모르의 모욕이다.
6) 지혜와 학문의 여신 미네르바(그리스 신화의 아테나)를 가리킨다. 미네르바는
   인간에게 올리브나무를 선물했다고 한다.

가장 불타는 태양 아래 에티오피아의

모래도, 무척 사랑하던 합당한 것[7]을 잃고

11   불타는 나처럼 타오르지 않기 때문이라오.

그러니 더 평온한 샘을 찾으시오,[8]

울면서 떨어뜨리는 눈물 외에

14   나의 샘은 모든 습기를 잃었으니까요.[9]

---

7) 계관시인의 월계관을 암시한다.

8) 안드레아 스트라마초는 페트라르카에게 헬리콘 샘(7번 소네트 7행의 역주 참
조)에게 간청하듯이 시 몇 편을 요구했는데, 거기에 대해 자기 샘은 메말랐으
니, 다른 시인을 찾아보라고 대답한다.

9) 메마르고 빈약해졌다는 뜻이다.

25¹⁾

아모르는 울었고, 그에게서 절대로 멀리
떨어지지 않은 나도 때로는 함께 울었지요,
쓰라리고 이상한 결과로 당신의 영혼이
4   그의 매듭²⁾에서 풀려난 것을 보면서.

이제 하느님께서 올바른 길³⁾로 돌려놓으셨으니,
진심으로 하늘을 향해 두 팔을 쳐들고
사람들의 정당한 기도를 은총으로
8   너그럽게 들어주시는 그분께 감사한다오.

만약 사랑의 삶⁴⁾으로 돌아오면서
멋진 욕망에게 등을 돌리게 만들려는
11   구덩이나 둔덕을 중간에 만난다면,

1) 이 소네트 역시 아비뇽에 살던 1326~1337년에 쓴 것으로 짐작되는데, 잠시
    방황하다가 다시 사랑에 대한 시를 쓰기 시작한 친구 시인에게 보낸 작품이다.
    그 친구가 누구인지에 대해 여러 추측이 있었지만, 단순한 문학적 설정일 수도
    있다.
2) 사랑의 매듭이다.
3) 오른쪽 길, 즉 선의 길이며(13번 소네트 13행의 역주 참조), 9행에서 말하는
    "사랑의 삶"을 가리킨다.
4) 사랑의 시를 다시 쓰기 시작한 것을 암시한다.

진정한 가치를 향해 올라가야 하는

오르막길이 얼마나 험하고 힘든지,

14   얼마나 가시밭길인지 보여주기 위해서라오.

26[1]

파도와 부딪쳐 싸우다가 패배한 배가
간신히 육지에 도착하고,
불쌍한 모습의 사람들[2]이 해변에서
4   무릎을 꿇고 감사를 드릴 때도,

목에다 밧줄을 감고 있던 사람이
감옥에서 풀려났을 때도,
나의 주인[3]과 그렇게 오래 싸우던 검을
8   내려놓은 것[4]을 보는 나보다 즐겁지 않으리다.

시로 아모르를 찬양하는 여러분은 모두
예전에 길[5]을 잃었다가 사랑의 시를
11   멋지게 짜는 이 사람[6]을 찬양하시오.

---

1) 앞의 25번 소네트와 마찬가지로 친구 시인에게 보내는 작품이다.
2) 배에 타고 있던 사람들이다.
3) 아모르다.
4) 아모르에게 굴복하여 다시 사랑에 대한 시를 쓰기 시작한다는 뜻이다.
5) 25번 소네트 5행에서 말한 "올바른 길", 즉 사랑의 삶을 의미한다.
6) 원문에는 *buon testor*, 즉 "훌륭한 직조자"로 되어 있는데, 이 소네트의 수신자인 친구 시인을 가리킨다.

선택받은 자들의 왕국[7]에서는
회개한 영혼이 완벽한 아흔아홉보다
14   더 영광되고 더 높이 평가되니까요.[8]

7) 천국을 의미한다.

8) "하늘에서는, 회개할 필요가 없는 의인 아흔아홉보다 회개하는 죄인 한 사람 때문에 더 기뻐할 것이다"(한국천주교주교회의, 『새번역 성경』(2005), 「루카복음서」 15장 7절).

27[1]

자기 옛 선조의 왕관으로 머리를
장식하고 있는 카를로[2]의 후계자는
바빌론[3]과 그 이름을 딴 자[4]의 뿔을
4   약하게 만들려고 이미 무기를 들었고,[5]

그리스도의 대리자[6]는 열쇠와 제의祭衣[7]의

---

1) 본문에서 함축되거나 암시되는 여러 역사적 상황을 고려해 볼 때 이 소네트는
   1333년에 쓴 것으로 보인다. 이 시의 수신자에 대해 여러 가지 추측이 있었으
   나, 이탈리아의 용병대장 오르소 델란귈라라Orso dell'Anguillara(?~1366 이전)
   일 것이라고 해석된다. 오르소 델란귈라라는 로마의 정치에 적극적으로 참여
   한 인물로 1337년 페트라르카가 로마 여행을 할 때 많은 도움을 주었으며, 원
   로원 의원으로 선출된 뒤에는 1341년 페트라르카가 계관시인으로서 월계관을
   쓰는 데 결정적으로 공헌했다.
2) 원문에는 Karlo로 되어 있는데, 프랑스의 왕 샤를 4세Charles IV(이탈리아
   어 이름은 카를로Carlo, 재위 1322~1328), 또는 카롤루스 마그누스Carolus
   Magnus(742?~814)를 가리키는 것으로 해석된다. 샤를 4세는 카페 왕가의
   마지막 왕이었고, 그의 후계자는 발루아 왕가의 필리프 6세Philippe VI(재위
   1328~1350)였다.
3) 이슬람의 본고장이었던 바그다드 또는 카이로를 가리킨다.
4) 이슬람 신자를 가리킨다.
5) 필리프 6세는 1332년 십자군 전쟁을 계획했으나 실행하지 못했다.
6) 교황을 가리킨다. 당시 아비뇽의 교황은 요한 22세(재위 1316~1334)였다.
7) 원문에는 manto, 즉 "망토"로 되어 있다.

짐과 함께 보금자리[8]로 돌아갈 것이며,
만약 다른 사건이 되돌리지 않는다면
8   볼로냐[9]와 고귀한 로마를 볼 것이오.

당신의 온순하고 고귀한 암양[10]은
잔인한 늑대들[11]을 쓰러뜨리고, 누구든지
11   정당한 사랑을 해치려는 자에게도 그럴 것이니,

아직 기다리고 있는 그녀를 위로하고,
신랑[12]을 그리워하는 로마를 위로하고,
14   예수의 이름으로 이제 검을 드십시오.

---

8) 로마를 가리킨다. 페트라르카는 당시 교황청이 로마를 떠나 아비뇽에 있는 것을 강력하게 비판했고, 아비뇽을 바빌론에 비유하면서 교황의 로마 귀환을 호소했다(136~138번 소네트 참조).
9) 당시 교황은 교황청을 다시 로마로 옮기기 위해 볼로냐Bologna를 임시 거처로 정해두었던 것으로 보인다.
10) 오르소 델란귈라라의 아내 아녜세 콜론나Agnese Colonna를 가리키는 것으로 보인다.
11) 로마와 교황청에 적대적인 세력들을 가리킨다.
12) 교황을 가리킨다. 중세의 관념에서 교황은 교회의 신랑에 비유되었는데 교회, 즉 교황청을 로마에서 아비뇽으로 옮긴 것을 암시한다.

28[1]

오, 하늘이 기다리고 있는 아름답고
축복받은 영혼[2]이여, 우리 인간의 육신을
입었지만 다른 사람들처럼 짓눌리지 않고,
하느님께서 총애하시는 순종적인 시녀여,

5   이제 이 아래에서 그분의 왕국으로 가는
당신의 길이 험난하지 않도록,
더 나은 항구로 가기 위하여
눈먼 세상에게 이미 등을 돌린[3]
당신의 배를 향해 이제 새롭게

10   달콤한 위안으로 서풍[4]이 불어와서,

---

1) 두 번째 칸초네로 프랑스의 필리프 6세가 십자군 전쟁을 계획하던 1332년 또
는 이듬해에 쓴 것으로 추정된다. 작품의 수신자는 전통적으로 자코모 콜론나
주교(10번 소네트 3행의 역주 참조)라고 생각했으나, 최근에는 도미니쿠스회
수도자 조반니 콜론나(7번 소네트 13행의 역주 참조)로 보는 학자도 있다. 페
트라르카는 그와 많은 편지를 주고받았다. 형식은 모두 7연으로 되어 있고, 각
연은 15행, 그러니까 11음절 시행 열세 개와 7음절 시행 두 개로 구성되어 있
으며, 결구는 11음절 시행 일곱 개와 7음절 시행 두 개로 되어 있어 모두 114행
이다.
2) 이 칸초네의 수신자에게 하는 말이다. 죽은 뒤에 "하늘", 즉 천국으로 갈 것이
라는 뜻이다. 뒤이어 말하는 "시녀"도 마찬가지다.
3) 일부에서는 조반니 콜론나가 속세를 등지고 수도회에 들어간 것을 암시한다고
해석한다.
4) 프랑스에서 불어오는 십자군의 바람을 암시한다.

우리가 우리와 다른 사람[5]의 죄로 울고 있는
이 어두운 계곡[6] 한가운데를 가로질러
가장 올바른 길을 통해
옛 올가미에서 풀려난 당신의 배를
15　가려는 진정한 동쪽[7]으로 인도할 것이오.

아마 사람들의 경건한 눈물과
독실하고 사랑스러운 기도들이
최고의 자비[8] 앞에 도달했는지,
그렇게 많고 대단한 적이 없었는지,
20　바로 그 공덕으로 인해 영원한 정의는
자신의 길에서 방향을 바꾸었다오.
하지만 하늘을 다스리는 너그러운 왕께서는
당신 자신이 십자가에 못 박힌 신성한 곳으로
은총의 눈을 돌리셨으니,
25　오랜 세월 동안 유럽이 탄식했기에
늦어지면 우리에게 해로운 복수를
새로운 카를로[9]의 가슴속에 고취하셨고,
그렇게 사랑하는 신부[10]를 도와주시어

---

5)　원죄를 지은 아담을 가리킨다.
6)　죄의 구렁텅이에 빠진 속세를 가리킨다.
7)　십자군의 목적지 예루살렘 또는 천국을 가리킨다.
8)　하느님이다.
9)　27번 소네트 2행의 역주 참조.
10)　교회를 가리킨다.

단지 목소리만으로

30 　바빌론[11]이 떨고 두려워하게 하셨지요.

누구든지 가론강과 산 사이에 살고
론강과 라인강과 짠 물결 사이[12]에 사는 사람은
최고 그리스도인[13]의 깃발을 뒤따르고,
누구든지 진정한 영광을 얻으려는 사람은

35 　피레네산맥에서 마지막 해안까지[14]
아라곤[15]과 함께 스페인을 비우시오.[16]
잉글랜드, 그리고 수레[17]와 기둥[18] 사이에서
대서양이 적시고 있는 섬들,
가장 신성한 헬리콘[19]의 가르침이

---

11) 27번 소네트 3행의 역주 참조.
12) 프랑스의 경계선을 의미한다. "가론Garonne강"은 프랑스 남서부에 흐르는 강
이고, "산"은 피레네산맥과 알프스산맥을 가리키고, "짠 물결"은 대서양과 지
중해를 가리킨다.
13) 이탈리아어로 최상급 형용사 Cristianessimo인데, 전통적으로 프랑스 왕을
지칭하는 표현이었다.
14) 이베리아반도를 가리킨다.
15) 아라곤 왕국의 왕으로 당시에는 알폰소 4세Alfonso IV(재위 1227~1336)가 통
치하고 있었다.
16) 십자군을 따라가라는 뜻이다.
17) 큰곰자리의 '큰 수레', 즉 북두칠성, 또는 북극성이 포함된 작은곰자리의 '작
은 수레'를 가리키는데, 여기에서는 북극을 의미한다.
18) 소위 '헤라클레스의 기둥', 즉 지브롤터 해협을 가리킨다.
19) 고대 그리스인들에게 헬리콘산은 아폴로와 무사 여신들에게 바쳐진 신성한
산인데(7번 소네트 7행의 역주 참조), 여기에서는 "가장 신성한"이라는 형용

40   울려 퍼지는 곳까지
     언어와 의상, 복장이 다른 섬들을
     자비가 위대한 위업을 향해 재촉한다오.
     오, 어떤 정당하고 가치 있는 사랑,
     어떤 아들들, 어떤 여인들이
45   그런 정당한 경멸을 품었던가요?

     일부 세상은 언제나 얼음과
     얼어붙은 눈 속에 누워 있으며
     태양의 길에서 멀리 떨어져 있는데,
     그곳 구름에 덮이고 짧은 낮 아래
50   죽음을 두려워하지 않는[20] 사람들이
     자연스럽게 평화의 적으로 태어나지요.
     이례적으로 매우 신심 깊은 그 사람들이
     게르만의 열정과 함께 검을 찬다면,[21]
     핏빛 파도가 치는 바다[22] 이쪽의
55   신들을 숭배하는 모든 사람[23]과 함께
     뤼르크인들, 아랍인들, 칼데아[24] 사람들을

사를 앞에 붙여 그리스도교를 의미한다.

20) 원문에는 *a cui il morir non dole*, 즉 "죽음이 고통을 주지 않는"으로 되어
    있는데, 호전적인 사람들이라는 뜻이다.
21) 유럽 전체가 십자군에 동참하기로 했다는 뜻이다.
22) 홍해를 가리킨다.
23) 홍해 서쪽 아프리카 북부의 이교도 "신들"을 숭배하는 사람들을 암시한다.
24) 칼데아Chaldea는 메소포타미아 동남부의 지명이다.

어떻게 평가할지[25] 당신은 알아야 하니,

겁이 많고 느리며 무장하지 않은[26] 사람들로

검을 전혀 움켜잡지 않고

60 모든 타격을 바람에 맡긴답니다.[27]

그러니 지금은 옛 멍에로부터 목을 해방하고,

우리의 눈 주위를 둘러쌌던

베일을 찢어버려야 할 시간이니,

불멸의 하느님[28]의 은총으로

65 하늘에서 받은 고귀한 재능[29]이시여,

때로는 혀로, 때로는 칭찬받는 글로

웅변술의 능력을 여기 보여주십시오.[30]

당신의 설교 소리에 이탈리아가

자기 자식들과 함께 깨어나서

70 예수의 이름으로 창을 잡는 것에 비하면,

오르페우스와 암피온[31]에 대해 읽으면서

---

25) 뒤이어 말하듯이 보잘것없는 사람들로 평가한다는 뜻이다.

26) 원문에는 *ignudo*, 즉 "벌거벗은"으로 되어 있다.

27) 위에서 열거한 이교도들은 검으로 싸우는 근접전을 싫어하고, 주로 활에 의존하여 싸운다는 뜻이다.

28) 원문에는 "아폴로"로 되어 있는데, 39행의 헬리콘산과 마찬가지로 비유적인 표현이다.

29) 이 칸초네의 수신자를 가리킨다.

30) 말과 글로 십자군 참여를 독려하는 설교를 하라는 뜻이다.

31) 고전 신화에서 오르페우스는 노래와 악기로 나무나 바위뿐 아니라 저승의 영혼들까지 감동하게 했고, 테베의 왕 암피온은 리라 연주로 돌들을 움직여 성

별로 놀라지 않을 것이니,
이 나이 든 어머니[32]가 진실을 바라본다면,
자신의 어떤 싸움에서도 그렇게
75 즐겁고 멋진 동기가 없었기 때문이오.

멋진 보물 창고[33]를 풍요롭게 만들기 위해
당신은 고대와 근래[34] 작품들을 읽었고
지상의 짐[35]을 갖고도 하늘로 올라갔으니,
잘 알겠지만, 마르스의 아들[36]의 통치부터
80 세 번 승리하여 푸른 월계관으로
머리를 장식한 아우구스투스[37]까지

벽을 쌓았다고 한다.

32) 오랜 역사를 간직한 이탈리아를 가리킨다.

33) 당시 조반니 콜론나 수도자가 집필하고 있던 책을 암시하는 것으로 해석되기
도 한다. 그는 1333~1334년 백과사전적 저술 『탁월한 인물들에 대해*De viris illustribus*』를 집필했는데(페트라르카도 같은 제목의 저술을 남겼다), 탁월한
그리스도교와 이교도 작가들의 삶을 모아놓은 책이다.

34) 원문에는 *moderne*, 즉 "현대" 또는 "근대"로 되어 있다. 당시 유럽인들은 고
대인들과 비교하여 자신들을 '현대인modernus'이라 불렀다.

35) 육신을 뜻한다.

36) 로마를 세운 로물루스를 가리킨다. 로마의 건국 신화에 의하면 전쟁의 신 마
르스의 쌍둥이 아들 중 하나인 로물루스가 로마를 세웠다.

37) 카이사르의 양자였던 가이우스 옥타비아누스Gaius Octavianus(B.C. 63~A.D.
14)는 로마의 최초 황제가 되었는데, 주로 아우구스투스Augustus라는 칭호로
불린다. 아우구스투스는 일리리쿰 전쟁, 악티움 해전, 알렉산드리아 전투에
서 승리하여 세 번 연달아 개선식을 거행했다고 한다.

로마는 얼마나 자주 다른 자의 모욕[38]에

자기 피를 너그럽게 흘렸는데,

마리아의 영광스러운 아들[39]에 대한

85 잔인한 모욕들을 복수하는 데에서

이제는 너그러울 뿐 아니라

경건하고 독실해야 하지 않겠습니까?

그리스도께서 상대방 편에 있는데,

어떻게 적이 인간적인 방어에서

90 희망을 품을 수 있겠습니까?

우리의 해안을 짓밟기 위해

이상한 다리로 바다에 모욕을 가했던

크세르크세스[40]의 무모한 대담함을 생각하면,

남편의 죽음으로 인하여 모두

95 검은 상복을 입은 페르시아 여인들과

붉게 물든 살라미스 바다[41]를 볼 것이오.

그리고 불행한 동방 백성의

---

38) 로마의 동맹국들이 당한 침략을 가리킨다.

39) 성모마리아의 아들 예수 그리스도를 가리킨다.

40) 기원전 480년 제2차 그리스-페르시아 전쟁을 일으킨 페르시아 왕 크세르크세스 1세(B.C. 519?~B.C. 465)를 가리킨다. 그는 대군을 이끌고 그리스를 공격할 때 헬레스폰토스 해협(현재의 이름은 다르다넬스 해협)을 건너기 위해 배를 연결해 다리("이상한 다리")를 만들었다.

41) 제2차 그리스-페르시아 전쟁 당시 아테네 근처의 살라미스에서 벌어진 해전에서 그리스 함대는 대규모의 페르시아 함대를 물리침으로써 전쟁에서 승리했다.

그 비참한 폐허뿐만 아니라,

레오니다스[42]가 적은 사람들로 방어한

100 그 치명적인 협곡과 마라톤[43]과

당신이 읽고 들은 다른 패배들이

당신의 승리를 약속하니,

당신의 삶을 커다란 선에

정해주신 하느님께 무릎을 꿇고

105 진심으로 감사를 드려야 합니다.

칸초네여, 너는 영광스러운 강변[44]과

이탈리아를 보겠지만, 그곳을 나의 눈에

감추고 가로막는 것은 바다나 산, 강이 아니라,

나를 불태우는 곳에서 오만한 빛으로

110 더욱 유혹하는 아모르이고,[45]

---

42) 원문에는 *leon*, 즉 "사자"로 되어 있는데, 스파르타 왕 레오니다스의 이름과 용기로 인해 그렇게 불렸다. 레오니다스는 300명의 전사를 이끌고 테르모필레 협곡("그 치명적인 협곡")에서 크세르크세스 1세의 대규모 군대와 맞서 싸우다 전사했다.

43) 기원전 490년 제1차 그리스-페르시아 전쟁 때 소규모 그리스 군대가 페르시아의 대군을 맞이하여 싸워 승리한 벌판의 이름이다. 마라톤 경기는 당시 승전보를 전하고 대비하라고 알리기 위해 죽음을 무릅쓰고 아테네까지 달려간 병사를 기리기 위한 것이다.

44) 로마 시내를 가로질러 흐르는 테베레강의 강변으로, 여기에서는 로마를 가리킨다.

45) 페트라르카 자신은 사랑으로 인해 다른 것을 제대로 보지 못한다는 뜻이다.

자연[46]도 습관에 저항할 수 없단다.[47]

이제 가서 동료들[48]과 헤어지지 마라,

울고 웃게 하는 아모르는

114 베일 아래에만 살지 않으니까.[49]

---

46) 원문에는 의인화하여 대문자로 쓰고 있다. 그런 표현 방식은 이후 여러 곳에
   서 반복된다.

47) 이미 습관이 되어버린 자신의 사랑을 아무것도 막지 못한다는 뜻이다.

48) 칸초네에게 하는 말로 페트라르카의 다른 시들을 가리킨다. 라우라에 대한
   사랑이 주제는 아니지만, 이 칸초네도 아모르에게 이끌려 썼다는 뜻이다.

49) 사랑은 단지 여인들에게만 나타나지 않는다는 뜻이다.

29[1]

어떤 여인도 그렇게 아름답게 녹색,
붉은색, 검은색 또는 흑자색[2] 옷을 입거나
황금빛 머리칼을 땋고 있지 않다오,
내 의지를 빼앗고, 자유의 길에서
나를 자기 쪽으로 끌어내
어떤 가벼운 멍에도
7   견디지 못하게 만드는 이 여인[3]처럼.

괴로움이 의혹[4]으로 이끌 때는
어떤 충고도 소용없는[5] 영혼이

---

1) 이 세 번째 칸초네는 전통적으로 아비뇽에 살던 1326~1337년에 쓴 것으로 보
   았는데, 라우라가 죽은 이후 1350년 무렵에 썼다고 보는 학자도 있다. 형식은
   모두 8연으로 되어 있고, 각 연은 7행, 즉 11음절 시행 다섯 개와 7음절 시행
   두 개로 구성되어 있으며, 결구는 11음절 시행 한 개와 7음절 시행 한 개로 되
   어 있다. 그리고 고유의 각운 외에도 각 연의 넷째 행과 여섯째 행의 중간에서
   요운腰韻을 맞추고 있다. 이 작품에서 다시 라우라에 대한 사랑의 노래로 돌아
   간다.
2) 이 다양한 색깔은 서로 다른 상황뿐만 아니라 나이에 따라 다르게 입는
   옷의 색깔들이다.
3) 라우라를 가리킨다.
4) 사랑의 괴로움으로 인한 의혹과 절망을 가리킨다.
5) 원문에는 *vien mancho*, 즉 "부족해지는"으로 되어 있는데, 어떤 현명한 충고
   에도 귀를 기울이지 않는다는 뜻이다.

이따금 불평하려고 하면,
갑작스러운 그녀의 모습이 무절제한
욕망의 영혼을 부르니, 달콤한 그녀 모습은
내 심장에서 모든 무모한 욕망과
14   모든 경멸을 뽑아버리기 때문이라오.

내 심장을 깨물고 더 열망하게 만드는
무자비한 그녀가 그 심장을 치료할 때까지,[6]
아모르 때문에 내가 이미 겪은 고통과
또 겪어야 할 고통에 대한 복수가 되려면,
오로지 나의 겸손함에 반대하는
그녀의 자부심과 분노[7]가 내가 가는
21   아름다운 길[8]을 가로막지 않는 것이라오.

아모르가 달려간 곳[9]에서 나를 내쫓은
그 아름다운 눈동자를 향해[10]

---

6) 아킬레스(그리스어 이름은 아킬레우스)의 창을 암시한다. 미시아의 왕 텔레푸
스(그리스어 이름은 텔레포스)는 아킬레스의 창에 찔렸는데 상처가 낫지 않았
고, 상처를 낸 자가 고칠 것이라는 신탁에 따라 아킬레스의 창에서 긁어낸 녹을
바르자 치료되었다고 한다(오비디우스, 『변신 이야기』 제12권 112행, 제13권
171~172행 참조).

7) 원문에는 "겸손함", "자부심", "분노"를 의인화하여 대문자로 쓰여 있는데, 시
적 엄숙함과 장중함을 강조하기 위해서다.

8) 라우라를 만나러 가는 길이다.

9) 사랑이 머무는 심장을 가리킨다.

10) 원문에는 nel bel nero et nel bianco, 즉 "아름다운 검은색과 흰색을 향해"

내 눈이 열렸던 시간과 날은 나에게
괴로운 삶의 새로운 뿌리가 되었고,
우리 시대가 바라보는 그녀도 그러하니,
보고도 놀라지 않는 사람이 있다면
28   아마 납이나 나무일 것이오.

처음 맞은[11] 곳에서 내 왼쪽을
피로 적시는 그 화살로 인해
눈에서 흘리는 눈물은
내 욕망에서 벗어나게 하지 못하니,
정확한 곳[12]에 처벌이 내려지기 때문이며,
눈 때문에 영혼이 탄식하니, 그 눈이
35   영혼의 상처를 씻어야 합당하지요.

내 생각은 이제 달라졌으며,
나 같은 상황에서 사랑하는 사람의 칼을
자신에게 돌린 사람[13]이 있었지만,

로 되어 있는데, 눈의 검은 동공과 흰자위를 가리킨다.

11) 원문에는 *s'accorse*, 즉 "깨달은"으로 되어 있는데, 다음 행에 나오는 화살을
     맞았다는 뜻이다. 사랑의 화살을 맞는 곳은 "왼쪽"의 심장이다.

12) 눈을 가리킨다. 이어서 자기 눈이 라우라의 눈을 보는 순간 사랑에 빠졌기 때
     문에 그 눈이 벌을 받아야 한다고 말한다.

13) 카르타고의 여왕 디도를 암시한다. 그녀는 아이네아스(그리스어 이름은 아
     이네이아스)를 사랑했으나, 아이네아스가 떠나자 그의 칼("사랑하는 사람의
     칼")로 자결했다고 한다.

나는 그녀에게 풀어달라고 부탁하지 않으니,
하늘을 향한 다른 길이 모두 옳지는 않고,
아주 안전한 배 안에서도 확실하게
42   영광의 왕국을 바랄 수 없기 때문이오.

멋진 영혼[14]이 세상에 내려왔을 때
행복한 배[15]에게
동료가 되었던 너그러운 별들이여!
그녀는 지상의 별과 같고, 벼락도 치지 못하고[16]
부당한 바람도 해치지 못하는 월계수에서
정숙함의 미덕이 잎들을
49   푸르게 간직하는 것과 같다오.

내가 잘 알듯이, 그녀에 대한 칭찬을
시에 담으려고 뛰어난 손을
글쓰기에 내미는 사람은 실패할 것이니,
모든 가치의 중심이자 내 가슴의 달콤한 열쇠인
그녀의 눈을 보는 사람이 목격하는
모든 덕성과 모든 아름다움을

---

14) 원문에는 *parto*, 즉 "출산"으로 되어 있는데, 라우라의 영혼을 가리킨다. 이
     어서 영혼은 사람이 태어날 때 하늘 또는 별에서 지상의 몸으로 내려오고, 또
     그 당시의 별자리에서 영향을 받는다는 관념에 따라(22번 세스티나 25행 역
     주 참조) 별들을 축복한다.
15) 라우라를 잉태한 배다.
16) 월계수는 벼락을 맞지 않는다고 믿었다(24번 소네트 2행의 역주 참조).

56   어떤 기억의 방이 담을까요?

     태양이 도는 한, 여인이여, 그대보다
58   귀한 것을 아모르는 갖지 못할 것이오.

30[1]

늘푸른 월계수 아래 젊은 여인,
오랜 세월 동안 태양에 흔들리지도 않고
눈보다 하얗고 차가운 여인[2]을 보았는데,
그녀의 말과 아름다운 얼굴, 머리칼이
얼마나 내 마음에 들었는지 눈앞에 선하고,
6   언덕에 있든 강변에 있든, 언제나 그럴 것이오.

월계수에 푸른 잎이 없을 때[3]야
내 생각은 결말에 이를 것이며,
내 마음이 평온해지고 눈물이 마를 때면,
불이 얼어붙고, 얼음[4]이 불탈 것이며,
머리에는 그날을 기다리고 싶은
12   햇수만큼 머리칼이 없을 것이오.

---

1) 두 번째 세스티나로 본문에서 말하는 바에 의하면 1334년 4월 6일에 쓴 소위
   '기념일 시' 가운데 첫 번째 작품이다. 형식은 모두 6연으로 되어 있고, 각 연은
   11음절 시행 여섯 개로 구성되었으며, 결구는 11음절 시행 세 개로 되어 있다.
2) 라우라를 가리킨다. 페트라르카의 뜨거운 사랑에 대해 차갑고 냉정하게 대한
   다는 것을 강조한다.
3) 현실적으로 불가능한 것을 의미하며, 뒤이어 나오는 표현들도 마찬가지다.
4) 원문에는 *neve*, 즉 "눈雪"으로 되어 있다.

하지만 시간은 날아가고 세월은 달아나
순식간에 죽음에 이르게 되니,
검은 머리칼이든 하얀 머리칼이든,
뜨거운 태양 아래든 눈이 내리든,
그 달콤한 월계수의 그늘을 따를 것이오,
18 이 눈이 감기는 마지막 날까지.

우리 시대든 옛날이든
전혀 본 적이 없을 만큼 아름다운 눈은
태양이 눈을 녹이듯이 나를 녹이니, [5]
눈물의 강이 흘러내리고, 아모르는
그 눈물을 황금빛 머리칼에 금강석 나뭇가지의
24 단단한 월계수[6]의 발끝으로 이끈다오.

살아 있는 월계수에 새겨진 내 우상[7]이
진정한 연민으로 눈길을 주기 전에
내 얼굴과 머리칼이 변할지 두렵다오,
계산이 틀리지 않는다면, 밤이든 낮이든,
눈이 오든 덥든, 한숨을 쉬며 여기저기
30 헤맨 지 오늘 일곱 해가 되었으니까요.[8]

---

5) 원문에는 *struggon*, 즉 "파괴하니"로 되어 있다.
6) 눈부신 아름다움과 금강석 같은 순수함을 동시에 간직하고 있는 라우라의 단
   호한 태도를 암시한다.
7) 라우라다.
8) 라우라에 대한 숙명적인 사랑이 시작된 날로부터 7년째 되는 날이다.

안은 온통 불, 밖은 하얀 눈[9]이지만,
머리칼이 변해도[10] 오직 그런 생각으로
언제나 울면서 사방으로 갈 것이오,
만약 월계수를 그렇게 잘 재배할 수 있다면,
천 년 뒤에 태어날 사람의 눈에

36   혹시라도 자비심을 불러일으키기 위하여.

내 삶을 그렇게 빨리 죽음으로 이끄는
눈 주위의 금발 머리칼은 눈雪 위에서

39   햇살을 받는 금이나 보석[11]을 능가한답니다.

---

9) 얼굴이 하얀 눈처럼 창백하다는 뜻이다.
10) 늙어가며 머리칼이 하얗게 변하더라도.
11) 원문에는 *topacii*, 즉 "토파즈"로 되어 있다.

31[1]

다른 삶의 부름을 받아
때 이르게 떠나가는 영혼[2]이
저 위에서 합당한 자리에 있다면
4   하늘의 가장 축복받은 곳에 있을 것이오.

만약 셋째 별[3]과 화성 사이에 있다면,
태양의 얼굴이 희미해질 것이오,
그녀의 무한한 아름다움을 보기 위해
8   가치 있는 영혼들[4]이 주위에 모일 테니까요.

만약 넷째 둥지[5] 아래에 있다면,

---

1) 페트라르카는 라틴어로 쓴 대화집 『비밀*Secretum*』 제3권 3장 5절에서 라우라가 병으로 죽을 위험에 처해 있었을 때 죽음에 대비한 시를 썼다고 말한다. 아비뇽에 살던 시절 정확하게 언제 그런 일이 있었는지 알 수 없으나, 1334년 엄청난 가뭄과 전염병이 퍼졌는데 아마 그때일 것으로 해석된다. 이 소네트와 이어지는 소네트 세 편이 모두 거기에서 유래한 것으로 보인다.
2) 죽을 위험에 처한 라우라의 영혼을 암시한다.
3) 원문에는 *lume*, 즉 "빛"으로 되어 있는데, 프톨레마이오스의 우주관에 의하면 셋째 하늘에 있는 금성을 가리킨다. 화성은 다섯째 하늘에 있으며, 금성과 화성 사이의 넷째 하늘에는 태양이 있다.
4) 천국에 있는 축복받은 영혼들이다.
5) 넷째 하늘인 태양의 하늘을 가리킨다.

세 개의 별[6]은 모두 덜 아름답고
11   오로지 그녀만 명성[7]을 얻을 것이오.

다섯째 하늘[8]에는 있지 않을 것이니,
더 높이 올라간다면, 목성[9]과 함께
14   다른 모든 별을 압도할 것이라고 믿는다오.

---

6) 넷째 하늘 아래의 첫째, 둘째, 셋째 하늘에 있는 별들로 달, 수성, 금성을 가리킨다.

7) 아름다움의 명성이다.

8) 원문에는 *giro*, 즉 "둘레"로 되어 있다. 다섯째 하늘은 화성, 그러니까 마르스의 하늘이다. 전쟁의 신에서 유래한 화성은 "잔인한 별"(41번 소네트 10행 참조)로 라우라의 아름다움과 어울리지 않기 때문에, 그곳에 있지 않을 것이라고 말한다.

9) 여섯째 하늘의 별이다. 라우라의 영혼이 유피테르의 별 목성의 하늘에 있을 것이라는 뜻인데, 일곱째 하늘의 별인 토성 역시 "잔인한 별"(41번 소네트 10행 참조)로 배제하고 있다.

32[1]

인간의 초라함을 줄여주는
마지막 날을 향해 다가갈수록
시간은 가볍게 **빨리** 가고
4 내 희망은 그릇되고 헛된 것 같아

내 생각에게 말한다오. "사랑에 대해 말하면서
이제는 멀리 가지 못할 것이야, 무겁고
단단한 지상의 짐[2]이 방금 내린 눈처럼
8 무너지고 있어서 우리는 평온해질 테니까.

그토록 오랫동안 웃음과 눈물과
두려움과 분노[3]를 방황하게 만드는
11 희망이 육신과 함께 쓰러질 것이며,

그러면 사람들이 얼마나 자주
불확실한 것을 뒤쫓고, 얼마나 자주

---

1) 앞의 소네트와 마찬가지로 라우라의 병에 대한 작품이지만, 페트라르카
   자신의 고뇌에 대해 노래하는 독립적인 작품으로 볼 수도 있다.
2) 육신을 가리킨다.
3) 그러니까 인간의 희로애락을 가리킨다.

14 　헛되이 한숨짓는지 분명히 볼 테니까."

33[1]

벌써 사랑의 별[2]이 동쪽에서
반짝이고, 유노를 질투하게 만드는
다른 별[3]이 북쪽에서 아름답게 빛나며
4   자신의 빛을 주위에 퍼뜨리고,

실을 잣기 위해 일어난 노파는
흐트러진 옷에 맨발로 잿불을 되살리고,
이제 연인들의 마음을 괴롭히며
8   으레 눈물을 흘리게 만드는 시간에,[4]

이미 막바지에 이른[5] 내 희망[6]이,

---

1) 마찬가지로 라우라의 병에 대한 작품이지만, 새벽꿈에 나타난 라우라는 페트
   라르카를 위로한다.
2) 새벽녘 동쪽에서 빛나는 샛별, 즉 금성을 가리킨다. 금성은 사랑의 여신 베누
   스에게 헌정된 행성이다.
3) 큰곰자리를 가리킨다. 고전 신화에서 칼리스토는 유피테르와 관계를 맺었다가
   유노의 질투로 암곰으로 변했고, 죽은 뒤에 하늘로 올라가 큰곰자리가 되었다.
4) 새벽이 되면 밀회를 즐기던 연인들이 헤어져야 하기 때문이다.
5) 원문에는 *condutta al verde*, 즉 "녹색에 도달한"으로 되어 있는데, 초의 밑부
   분을 녹색으로 만들어 촛불이 그곳에 이르면 곧 꺼지게 만드는 당시의 풍습에
   서 나온 은유적 표현이다.
6) 라우라를 가리킨다.

잠으로 닫히고 고통으로 젖는

11 길[7]이 아닌 길로 내 안에 들어왔는데,[8]

세상에, 예전과 비교해 얼마나 변했는지![9]
그리고 말하는 것 같았다오. "왜 용기를 잃어요?

14 당신은 아직 이 눈을 볼 수 있어요."[10]

---

7) 잠잘 때 감고, 고통의 눈물을 흘리는 눈을 가리킨다.
8) 간단히 말해 새벽녘 꿈속에 라우라가 나타났다는 것이다.
9) 라우라가 병으로 완전히 변한 모습이었다는 뜻이다.
10) 원문에는 *Veder quest'occhi anchor non ti si tolle*, 직역하면 "이 눈을 보는 것이 아직 당신에게 거부되지 않았어요"로 되어 있는데, 성급하게 포기하지 말라는 뜻이다.

34[1]

아폴로여, 테살리아의 물결이 불타게 했던
아름다운 욕망[2]이 아직 살아 있다면,
그리고 사랑하던 금발 머리칼을
4   세월이 흐르면서 벌써 잊지 않았다면,

당신의 얼굴이 가려지는 동안 지속되는
거칠고 나쁜 날씨와 게으른 얼음으로부터,
먼저 당신이, 나중에 내가 사로잡힌
8   영광스럽고 신성한 나뭇잎[3]을 보호해 주고,

쓰라린 삶에서 당신을 뒷받침했던

---

1) 이 소네트는 '바티칸 라틴 필사본 3196번'에 실려 있는데, 이 소네트 옆에 "1342년 8월 21일 여섯째 시간, 여기에서부터 옮겨 쓰기 시작함"이라는 메모가 라틴어로 적혀 있다. 이것을 토대로 학자들은 바로 그때 『칸초니에레』가 처음 편집된 것으로 보며, 만약 그렇다면 이 작품은 일종의 서문이 된다. 월계수—라우라를 "나쁜 날씨"의 위협에서 보호해 달라고 아폴로에게 기원하는 것도 그런 이유 때문일 것으로 짐작된다. 어쨌든 만약 그렇다면 이 작품은 1337년 11월 16일 이전에 쓴 것이 분명하다. 이 소네트도 한 문장으로 되어 있다.
2) 다프네에 대한 아폴로의 사랑을 가리킨다(22번 세스티나 36행의 역주 참조). "테살리아의 물결"은 그곳에 흐르는 강 페네이오스를 가리키는데, 그 강의 신도 같은 이름으로 다프네의 아버지다.
3) 월계수와 라우라를 동일시하고 있다.

사랑의 희망으로 그렇게 혼란스럽고
11 해로운 대기[4]로부터 자유롭게 해주고,

그러면 기적처럼 우리의 여인이
풀밭 위에 앉고, 자기 팔로 자신에게
14 그림자를 드리우는 모습을 함께 볼 것입니다.

---

4) 위에서 말한 "거칠고 나쁜 날씨"를 가리킨다.

35[1]

홀로 생각에 잠겨 황량한 벌판을
느리고 더딘 걸음으로 재듯이 걸어가면서,
사람의 발자국이 땅바닥에 찍힌 곳을
4   피하려는 생각에[2] 눈길을 돌린다오.

사람들이 분명히 알아차리는 것[3]에서
벗어날 다른 방법을 찾지 못했으니,
겉으로는 즐거움이 사라진 행동에서 내가
8   안으로 얼마나 불타는지 보이기 때문이오.

그래서 다른 사람들에게 감추어진
나의 삶이 어떤지 이제는 산과 들판과
11   강과 숲이 알고 있다고 생각하지요.

하지만 언제나 아모르가 와서 나와 함께
이야기하지 않을 정도로 거칠고

---

1) 이 소네트도 '바티칸 라틴 필사본 3196번'에 실려 있으며, 1337년 11월 16일
이전에 쓴 것이 분명하다. 『칸초니에레』에서 가장 탁월한 시 중 하나로 꼽히는
작품이다.
2) 원문에는 *per fuggire intenti*, 즉 "피하려는 데 몰두하여"로 되어 있다.
3) 페트라르카가 사랑에 빠진 것을 다른 사람들이 알아차리는 것을 뜻한다.

14   험준한 길을 나는 아직 모른다오.[4]

---

4) 아모르를 피할 길이 없다는 뜻이다.

36[1]

만약 나를 좌절시키는 이 사랑의 생각을
죽음으로 벗을 수 있다고 생각했다면,
이 지겨운 사지와 이 짐[2]을 벌써
4   내 손으로 땅에 쓰러뜨렸을 것이지만,

그것이 또 다른 눈물과 또 다른 고통으로
넘어가는 것에 불과할까 두려워서
아직 고갯길[3]의 이쪽에서 멈춰 섰으니,[4]
8   불쌍하다, 절반은 남고 절반은 중간에 있다오.[5]

이제는 벌써 잔인한 활시위[6]가
다른 사람들의 피에 물들고 젖은
11   마지막 화살을 쏘아 보냈을 때이니,

---

1) 이 소네트도 '바티칸 라틴 필사본 3196번'에 실려 있고 1337년 11월 16일 이전
   에 쓴 것으로 보인다. 여기에서 페트라르카는 사랑의 고통을 견디기 어려워 죽
   고 싶다고 노래한다.
2) 육신을 가리킨다.
3) 죽음의 고갯길을 가리킨다.
4) 원문에는 *mi si serra*, 즉 "내가 갇혀 있으니"로 되어 있다.
5) 원문에는 *mezzo il varco*, 즉 "절반은 고갯길에 있다"로 되어 있는데, 삶과 죽
   음 사이에 있다는 뜻이다.
6) 아모르의 활시위다.

나는 아모르에게 부탁하고, 자기 곁으로
나를 부르는 것을 잊은 그 자기 색깔[7]로
14   물든 귀머거리[8]에게 부탁한답니다.

---

7) 뒤이어 말하듯이 죽음의 창백한 색깔을 가리킨다.
8) 죽음을 가리킨다. 고대부터 죽음은 종종 귀머거리에 비유되었다.

37[1]

무거운 내 육신이 매달린

이 실[2]은 너무 약해서

다른 사람이 도와주지 않으면

곧바로 길의 막바지에 이를 것인데,

나의 달콤한 행복[3]으로부터

잔인하게 멀어진 이후

단 하나의 희망이

8 지금까지 내가 사는 이유였기에,

이렇게 말했지요. "비록

사랑하는 모습이 없더라도

견뎌내라, 슬픈 영혼이여.

더 나은 시절과 즐거운 날들로

---

1) 라우라에게서 멀어진 것을 한탄하는 이 네 번째 칸초네는 아마 페트라르카가
1336년 말부터 1337년 여름까지 처음으로 로마를 방문했을 때 쓴 것으로 보
인다. 그것은 뒤이어 나오는 38번 소네트에서 추정되는데, 이 소네트는 오르
소 델란귈라라(27번 소네트의 역주 참조)에게 쓴 것으로, 페트라르카는 1337년
초에 로마 근처 카프라니카Capranica에 있던 그의 집에 머물렀다. 형식은 모두
7연으로 되어 있고, 각 연은 16행이며 11음절 시행 여덟 개와 7음절 시행 여덟
개로 구성되어 있으며, 결구는 11음절 시행 네 개와 7음절 시행 네 개로 되어
있다.
2) 고대부터 인간의 운명은 실에 비유되었다.
3) 라우라를 가리킨다.

다시 돌아간다면,

잃어버린 행복을 되찾지 않을까?"

그런 희망이 한때 나를 지탱했는데,

16   지금은 약해지고 너무 늙어간다오.

세월은 흐르고, 시간은 금세

여행을 끝내려고 하니,

내가 어떻게 죽음으로 달려가는지

생각할 겨를도 없다오.

동쪽에서 햇살이 솟아오르자마자

길고 비스듬한 길[4]을 따라

맞은편 지평선의

24   다른 산에 도달한 것을 보지요.[5]

삶은 너무나 짧고

죽어갈 인간들의

육신은 너무나 무겁고 약하니,

아름다운 얼굴로부터

그렇게 멀리 떨어져 있고

욕망처럼 날개를 움직일 수도 없을 때,

예전의 위로는 나에게 별로 소용없고

32   이런 상태로 얼마나 살지도 모르겠소.

---

4) 태양이 지나가는 비스듬한 경로를 암시한다.

5) 원문에는 *vedrai*, 즉 "당신은 볼 것이오"로 되어 있다.

하느님께서 원하시는 동안

내 달콤한 생각의 열쇠를 갖고 있던

그 아름답고 우아한 눈을

볼 수 없는 곳은 모두 슬프고

힘든 망명[6]은 더 고통스러워지니,

잠을 자든, 걸어가든, 앉아 있든,

다른 것은 원하지 않고,

40   그다음에 보는 모든 것이 마음에 들지 않는다오.[7]

얼마나 많은 산과 물,

얼마나 많은 바다와 강이

나에게 그 두 눈을 감추고 있는지!

그 눈은 내 어두운 삶을 마치

밝고 아름다운 한낮처럼 만들었기에

기억할수록 나를 더 괴롭히고,

지금의 힘들고 괴로운 삶은 당시

48   내 삶이 얼마나 즐거웠는지 가르쳐준다오.

세상에, 만약 이야기함으로써

내 가장 좋은 부분[8]을 뒤에 남겨둔 그날

태어난 그 불타는 욕망이

---

6) 지상에서의 삶은 하늘에서 내려온 영혼의 망명 또는 순례라는 관념이다(22번 세스티나 25행 역주 참조).

7) 라우라의 눈을 본 다음부터 눈에 보이는 모든 것이 이제 즐겁지 않다는 뜻이다.

8) 페트라르카 자신의 영혼 또는 정신을 가리킨다.

다시 새로워진다면,
또 만약 아모르가 오랫동안 잊힌다면,
고통을 키우는 그 미끼[9]로
누가 나를 안내할까요?
56   왜 그전에 침묵으로 돌이 되지 않았나요?
분명히 수정이나 유리는
감추어진 다른 색깔을
전혀 밖으로 드러내지 않는데,
위로받지 못한 영혼은
만족시켜 줄 사람을 밤낮으로 찾으며
언제나 울고 싶은 눈을 통해
우리의 생각과 가슴속에 있는
64   잔인한 달콤함[10]을 분명히 드러낸다오.

인간의 성향에서 자주 발견되는
특이한 즐거움은
무수하게 많은 한숨을 유발하는
새로운 것을 사랑하는 것이라오!
그리고 나는 울기 좋아하는 사람이고,
가슴을 고통으로 채우듯이
눈에 눈물이 가득하게

---

9) 라우라를 가리킨다.
10) 고통을 주기 때문에 잔인하지만, 페트라르카의 가슴에는 유일하게 달콤하다
    는 뜻이다.

72 　　만드는 사람처럼 보일 것이오.

　　아름다운 눈에 대해 말하는 것이

　　나를 그렇게 이끌고,

　　다른 무엇도 나를 감동하게 하거나

　　내면 깊이 느끼게 하지 못하기에,

　　종종 그곳으로[11] 다시 달려가고,

　　그리하여 고통이 넘쳐흐르게 하면서

　　아모르의 길로 안내하는

80 　　두 눈이 가슴과 함께 벌을 받게 한다오.

　　태양도 질투로 가득하게 만들

　　황금빛 땋은 머리,

　　아모르의 빛살이 너무 뜨거워

　　나를 때 이르게 쓰러지게 하는

　　맑고 아름다운 눈,

　　나에게는 이미 친절한 선물이 된

　　세상에서 유일하거나 드문

88 　　사려 깊은 말을

　　지금은 빼앗겼으니,[12] 불타는 욕망으로

　　내 가슴을 덕성으로 깨우던

　　그 너그럽고 천사 같은 인사를

　　거부당하는 것보다

---

11) 라우라에 대해 말하는 것으로.
12) 라우라의 좋은 것들에서 멀리 떨어져 있다는 것을 뜻한다.

차라리 다른 모든 잘못을
더 가볍게 용서하니, 이제
탄식하는 것 외에 다른 위로의 말을
96   들으리라고 생각하지 않는다오.

그리고 더 큰 즐거움으로 울도록
섬세하고 하얀 손,
고귀한 두 팔,
부드럽게 고고한 몸짓,
도도하게 소박하며 달콤한 경멸,
젊고 아름다운 가슴,
높은 지성의 탑[13]을
104   이 험준하고 거친 장소[14]가 막고 있다오.
내가 죽기 전에 그녀를 다시 볼
희망이 있을지 모르겠으니,
때때로 희망이 생기지만
확고하게 있지 못하고
다시 무너지면서, 하늘이 존중하고
고상함과 친절함이 거주하며
내 거처가 되기를 기도하는 그녀를
112   다시 보지 못할 것이라고 말한다오.

─────────

13) 가슴을 가리킨다. 가슴은 지성을 담고 있다고 믿었다.
14) 로마 근처 카프라니카의 언덕을 가리키는 것으로 해석된다. 페트라르카는 거
   기에서 오르소 델란귈라라의 손님으로 한동안 머물렀다.

칸초네여, 아름다운 곳에서
우리의 여인을 보게 된다면,
나는 이렇게 멀리 떨어져 있지만
그녀가 너에게 아름다운 손을
내밀 것이라고 믿으니,
손대지 말고 발 앞에서 정중하게 말해다오,
벌거벗은 영혼으로든[15] 뼈와 살이 있는 인간으로든
120   내가 가능한 한 빨리 갈 것이라고.

---

15) 죽어 육신에서 벗어난 영혼으로든.

38[1]

오르소여, 모든 물줄기가 흘러드는
바다도, 강도, 연못도,
성벽이나 언덕, 나뭇가지의 그림자도,
4 하늘을 덮고 세상을 적시는 안개도,

사람의 시야를 방해하는 어떤 장애물도,
"이제 괴로워하고 우는구나." 말하듯이
아름다운 두 눈을 가리는 베일보다
8 나를 슬프게 하지 못한답니다. [2]

그리고 겸손함이든 오만함이든
내 모든 기쁨을 꺼뜨리면서 숙이는 눈길은
11 때 이른 내 죽음의 원인이 될 것이오.

새하얀 손도 나에게는 고통이니,
언제나 주의 깊게 나를 괴롭히면서
14 내 눈에는 암초가 되었다오.

---

1) 앞의 37번 칸초네와 연결된 이 소네트는 오르소 델란퀄라라에게 보내는 작품이다.
2) 라우라의 아름다운 두 눈을 보지 못하게 가리는 베일이 다른 무엇보다 괴롭고
   힘들다는 뜻이다.

39[1]

아모르와 나의 죽음이 거주하는[2]
아름다운 두 눈의 공격이 두려워 나는
어린이가 회초리를 피하듯이 달아나니,
4   오래전에도 첫 번째 도주[3]를 했지요.

이제부터는 내 감각들을 흩어버리고 으레
차가운 돌로 만드는 사람[4]을 만나지 않기 위해
내 의지가 오르려고 하지 않을 만큼
8   힘들거나 높은 장소는 없을 것이오.

그러므로 나를 괴롭히는 사람을 피하려고
당신을 보러 가는 것이 늦어지더라도
11   아마 부당한 변명은 아닐 것입니다.

---

1) 이 소네트는 1337년에 쓴 것이 분명하다. 하지만 10행에서 말하는 "당신"이 누
  구인지에 대해서는 서로 다른 해석이 가능하다. 전통적인 해석에서는 라우라를
  가리키는 것으로 보았지만, 페트라르카가 섬기던 조반니 콜론나 추기경(10번
  소네트 3행의 역주 참조)을 가리킨다고 보는 학자도 있다. 어쨌든 로마 여행에
  서 돌아온 뒤 아직 찾아보지 못한 심경을 노래하고 있다.
2) 사랑의 즐거움과 고통이 공존한다는 뜻이다.
3) 페트라르카가 라우라와 아비뇽에서 처음 멀어졌을 때, 그러니까 1333년 봄에
  프랑스와 북유럽을 처음 여행했을 때를 가리킨다.
4) 라우라를 가리킨다.

더구나, 큰 두려움에서 벗어난 마음으로
사람들이 피하는 것으로 돌아가는 것은
14 내 신뢰에 적잖은 부담이 되었답니다.

40[1]

만약 아모르나 죽음이 지금 내가
짜고 있는 새로운 천[2]을 찢지 않는다면,
진실 하나를 다른 진실과 연결하는 동안
4 만약 집요한 끈끈이[3]에서 자유로워진다면,

옛날의 글과 현대인들의 문체 사이에서
아마 나는 이중적인 작업을 할 것이고,[4]
망설이며 감히 말하자면, 로마에서도
8 그 작품의 명성을 들으실 것입니다.

하지만 작품을 완성하기 위해서는
내 사랑하는 아버지[5]가 남긴

---

1) 이 소네트의 수신자에 대해 학자마다 의견이 다르나, 일반적으로 자코모 콜론
  나 주교(10번 소네트 3행의 역주 참조)로 보며, 만약 그렇다면 1338년에 쓴 작
  품이다. 여기에서 페트라르카는 1337년부터 쓰기 시작한 『탁월한 인물들에 대
  해』를 집필하면서 필요한 책을 빌려달라고 부탁하고 있다.
2) 집필하고 있는 책을 가리킨다.
3) 사랑의 열정 또는 일상생활의 잡다한 일에 대한 은유로 해석된다. 당시에는 새
  를 잡는 데 끈끈이를 널리 사용했다.
4) 옛날 라틴 문헌들을 활용하면서 동시에 당대의 관점에서 해석할 것이라는 뜻
  이다.
5) 페트라르카가 즐겨 읽던 고전 작가를 가리키는데, 구체적으로 누구인지 학

11   축복받은 일부 실[6]이 없는데,

왜 평소와 다르게 저에게 당신의 손을
움켜쥐고 계십니까? 간청하오니,
14   손을 펼치면[7] 즐거운 것을 보실 겁니다.

자마다 해석이 다르다. 학자에 따라 아우렐리우스 아우구스티누스Aurelius
Augustinus(354~430), 티투스 리비우스Titus Livius(B.C. 59~A.D. 17), 마르쿠
스 툴리우스 키케로Marcus Tullius Cicero(B.C. 106~B.C. 43), 루키우스 안나이
우스 세네카Lucius Annaeus Seneca(B.C. 4?~A.D. 65) 등으로 본다.

6) 집필하고 있는 책, 즉 "천"을 짜는 데 필요한 "실"로 고전 작가의 라틴어 문헌
을 가리키지만, 구체적으로 어떤 문헌인지 학자마다 해석이 다르다.

7) 말하자면 책을 빌려주면.

41[1]

예전에 포이부스[2]가 인간의 몸으로 사랑했던
나무[3]가 자기 자리에서 움직일 때,[4]
불카누스[5]는 유피테르에게 잔인한 번개들을
4 제공하는 작업에 땀을 흘리며 한숨을 쉬고,

유피테르는 야누스보다 카이사르[6]를 존중하지 않고[7]
천둥을 치거나 눈을 내리거나 비를 내리고,

---

1) 이 소네트를 비롯하여 46번 소네트까지 여섯 편은 모두 '바티칸 라틴 필사본 3196번'에 실려 있으며, 따라서 그 문서로 옮겨 적은 날짜인 1336년 11월 4일 이전에 쓴 것이 분명하다. 특히 41~43번 소네트는 각운의 형식도 같을 뿐만 아니라 같은 주제에 대해 노래한다. 말하자면 월계수로 상징되는 라우라가 아비뇽을 떠나 멀어지면 하늘이 어두워지고 날씨가 나빠지며, 나중에 다시 돌아오면 맑아지고 날씨가 좋아진다고 노래한다.
2) 포이부스Phoebus(그리스 신화의 포이보스Φοῖβος)는 '빛나는 자'라는 뜻으로, 태양의 신 아폴로의 별명이다.
3) 월계수─라우라를 가리킨다.
4) 그러니까 라우라가 아비뇽에서 떠날 때로 해석된다.
5) 로마 신화에서 대장장이 신으로 그리스 신화의 헤파이스토스다.
6) 가이우스 율리우스 카이사르Gaius Julius Caesar(B.C. 100~B.C. 44)는 로마의 정치가이자 탁월한 장군으로 공화정 시대를 종결하고 제정 시대로 넘어가는 기틀을 마련했으나 기원전 44년 암살당했다.
7) 계절을 가리지 않았다는 뜻이다. 로마 신화에서 1월은 과거와 미래를 동시에 볼 수 있는 야누스의 달이고, 7월은 카이사르가 태어난 달이면서 그에게 봉헌된 달이다.

땅은 울고, 태양은 사랑하는 여인이 다른 곳에

8   있는 것을 보고 우리에게서 멀어지지요.

그러면 잔인한 별들인 화성과 토성은

다시 불타기 시작하고, 무장한 오리온[8]은

11   불운한 뱃사람들의 노와 돛대를 부러뜨리고,

분노한 아이올루스[9]는 넵투누스와 유노[10]와

우리가 느끼게 하니,[11] 천사들이 기다리는

14   아름다운 얼굴[12]이 떠나기 때문이라오.

---

8) 고대부터 오리온자리는 폭풍우를 일으킨다고 믿었다.

9) 로마 신화에서 바람의 신으로 그리스 신화의 아이올로스다.

10) 그리스 신화의 포세이돈에 해당하는 넵투누스는 여기에서 환유로 바다를 가
리키고, 유노는 대기를 가리킨다.

11) 바람이 불어와 바다에 파도가 일고, 대기가 움직이고, 우리 인간이 느끼게 한
다는 뜻이다.

12) 천국에서 천사들이 기다리고 있는 라우라의 얼굴이다.

42[1]

하지만 소박하고 평온하고 달콤한 웃음[2]이
놀라운 아름다움을 더 감추지 않자,
아주 오래된 시칠리아의 대장장이[3]는
4　　용광로에서 헛되이 팔을 움직이니,

몬지벨로에서 모든 시험으로 단련된
무기들이 유피테르의 손에서 없어졌고,
그의 누이[4]는 아폴로[5]의 아름다운
8　　눈길 아래에서 똑같이 새로워진 것 같다오.

그리고 서쪽 해안에서 입김이 일어나[6]
기술 없이도 항해를 안전하게 해주고,[7]

---

1) 41번 소네트의 후속편으로 월계수-라우라가 돌아오니 하늘이 맑아지고 날씨
　가 좋아진다고 노래한다.
2) 월계수-라우라의 웃는 얼굴을 가리킨다.
3) 로마 신화에서 불카누스는 시칠리아 위쪽의 불카누스(현재 이탈리아어 이
　름은 불카노)섬 또는 시칠리아 자체의 에트나(뒤이어 나오듯이 "몬지벨로
　Mongibello"라 부르기도 했다) 화산의 작업장에서 일한다고 믿었다.
4) 유피테르의 누이이자 아내 유노, 즉 대기를 가리킨다.
5) 태양이다.
6) 온화한 서풍이 불어온다는 뜻이다.
7) 특별한 항해 기술이 없어도 평온하게 항해할 수 있게 해준다는 뜻이다.

11   모든 풀밭의 풀 사이에서 꽃들을 깨우고,

많은 눈물을 흘리게 했던 아름다운
사랑의 얼굴에 의해 사악한 별들[8]은
14   흩어져 사방으로 달아나고 있네요.

<hr />

8) 앞의 41번 소네트 9행에서 말하는 화성과 토성을 가리킨다.

43[1]

라토나의 아들[2]은 높은 하늘에서[3]
벌써 아홉 번[4]이나 바라보았으니,
한때 그가 헛되이 한숨 쉬게 했고 지금은
4   다른 사람을 감동하게 하는 그녀[5] 때문이라오.

찾다가 지쳤고, 그녀가 어디 있는지,
가까이 또는 멀리 있는지 몰랐던 그는
무척이나 사랑하는 것을 찾지 못하자
8   고통으로 이상해진 사람처럼 보였다오.

그리고 그렇게 슬퍼 한쪽에 있으면서,
내가 살아 있는 한 많은 글[6]에서 찬양할
11   얼굴이 돌아오는 것을 보지 못했고,

1) 앞의 두 소네트와 똑같은 각운에다 똑같은 주제에 대한 작품이다.
2) 아폴로를 가리킨다. 아폴로는 여신 라토나(그리스 신화의 레토)와 유피테르 사
    이에 태어난 아들이다.
3) 원문에는 *dal balcon sovrano*, 즉 "최고의 발코니에서"로 되어 있다.
4) 라우라가 아비뇽을 떠난 지 아흐레가 되었다는 뜻이다.
5) 아폴로와 페트라르카가 사랑한 월계수―라우라를 가리킨다.
6) 원문에는 *carte*, 즉 "종이들"로 되어 있는데, 종이에 쓴 시들을 가리킨다.

그동안 아름다운 눈은 눈물을 흘렸기에[7]

연민이 그녀의 얼굴도 바꾸었고,

14   따라서 하늘도 예전과 똑같았지요.[8]

---

7) 라우라가 울었다는 뜻인데, 아마 죽어가는 친척을 방문하기 위해 아비뇽을 떠
   났던 것으로 짐작된다.
8) 예전처럼 흐리고 어두웠다는 뜻이다.

44[1]

테살리아에서 재빠른 손으로 그 땅을
시민의 피로 붉게 물들인 사람[2]은
자기 딸의 남편[3]이 죽은 것을

4 잘 알려진 모습으로 확인하고 슬퍼했고,

골리앗의 이마를 깨뜨린 목동[4]은
반란을 일으킨 가족에 대해 슬퍼했고[5]
훌륭한 사울에 대해 표정을 바꾸었기에,[6]

---

1) 이 소네트는 라우라의 냉정함에 대해 노래하면서 고대의 역사적 사실과 성경의 일화를 예로 든다.

2) 율리우스 카이사르를 가리킨다. 그는 기원전 48년 그리스 테살리아 지방의 파르살루스에서 폼페이우스의 군대와 싸워 승리했고, 따라서 같은 로마 시민의 피로 그 땅을 적셨다.

3) 공화정 말기 로마의 정치가이며 장군이었던 그나이우스 폼페이우스 마그누스 Gnaeus Pompeius Magnus(B.C. 106~B.C. 48)를 가리킨다. 그는 카이사르의 딸 율리아와 결혼했다. 파르살루스 전투에서 살아남은 폼페이우스는 이집트로 건너갔으나 살해당했고, 파라오는 그의 머리를 잘라 카이사르에게 보냈다. 카이사르는 보내온 머리가 폼페이우스라는 것을 알아보고 슬퍼했다고 한다.

4) 무릿매 돌로 골리앗의 이마를 깨뜨려 죽인 다윗을 가리킨다(「사무엘기 상권」 17장 49절 참조).

5) 다윗의 아들 압살롬은 반란을 일으켰다가 다윗의 병사들에게 죽임을 당했고, 다윗은 아들의 죽음을 슬퍼했다(「사무엘기 하권」 19장 5절 참조).

6) 다윗이 사울의 죽음 소식에 슬퍼했다는 뜻이다.

8   잔인한 산[7]은 무척 괴로워해야 할 것이오.

하지만 그대[8]는 전혀 연민에 변하지 않고,
헛되이 쏘는 아모르의 활에 대항해
11   언제나 신중한 방어막을 갖고 있으며,

수많은 고통으로 찢어지는 나를 보고도
눈물 한 방울 흘리지 않고, 아름다운
14   그대 눈은 경멸과 분노만 흘리는군요.

---

7) 사울의 자식들이 죽고 사울도 자결한 길보아산을 가리킨다. 다윗은 길보아산
   이 황량해지라고 저주했다(「사무엘기 하권」 1장 21절 참조).
8) 라우라를 가리킨다.

45[1]

아모르와 하늘이 존중하는 눈을
그대가 으레 비추어 보는 나의 적[2]은
자기 것이 아니지만[3] 무엇보다 부드럽고
4   즐거운 아름다움에 그대를 사랑하네요.

거울의 충고대로, 여인이여, 그대는 나를
나의 달콤한 주거지[4] 밖으로 내쫓았으니,
그대 혼자 있는 곳에 내가 사는 것은
8   합당하지 않더라도 불쌍한 추방이군요.

하지만 내가 거기에 단단한 못으로 박혔다면,
거울은 그대가 자신만 좋아하면서 나에게
11   잔인하고 거만해지도록 만들지 않았어야지요.

---

1) 이 소네트는 다음 46번 소네트와 함께 공통 주제로 거울에 대해 비난한다. 프
    로방스의 음유시인들이 즐겨 다루던 주제로, 여인이 거울에 비친 자기 모습을
    보고 스스로 감탄하여 자신을 사랑하는 시인에게 관심을 보이지 않는다는 것
    이다.
2) 뒤에서 말하는 거울을 가리킨다. 라우라가 자주 보는 거울을 질투하여 적이라
    고 부른다.
3) 거울에 비친 영상이기 때문이다.
4) 라우라의 심장을 가리킨다.

만약 그대가 나르키소스[5]를 기억한다면,

그대와 그[6]는 분명 같은 목표로 가고 있다오,

14   비록 그 아름다운 꽃에 합당한 풀은 없지만.[7]

---

5) 그리스 신화에 나오는 아름다운 젊은이로 누구의 사랑도 받아들이지 않았고, 그 벌로 연못에 비친 자기 모습을 사랑하게 되었고, 결국 그 허상만 바라보다 죽었다. 그가 죽은 자리에서 수선화가 피어났다고 한다.

6) 원문에는 *questo et quel corso*, 즉 "이 과정과 그 과정"으로 되어 있는데, 라우라의 태도와 나르키소스의 태도를 의미한다.

7) 라우라는 나르키소스가 변한 지상의 아름다운 꽃 이상으로 천국에나 어울린다는 뜻이다.

46[1]

겨울[2]이 되면 시들고 메마르게 될
하얀 꽃과 붉은 꽃과 황금과 진주[3]는
나에게 잔인하고 유독한 가시들이니,
4   나의 가슴과 옆구리에서 느낀답니다.

큰 고통은 오래가는 경우가 드물기에
내 삶은 눈물에 젖고 짧을 것이지만,
그대가 지치도록 자신을 사랑하게 만드는
8   치명적인 거울들을 나는 더 탓하겠소.

거울들은 나를 위해 그대에게 간청했던
내 주인[4]을 침묵하게 했고, 그는 말없이
11   그대의 욕망이 그대에게서 끝나는 것을 보았지요.

거울들은 지옥[5]의 강물에서 만들어졌고

---

1) 앞의 45번 소네트와 마찬가지로 이 작품도 거울을 비난한다.
2) 삶의 겨울, 즉 노년을 가리킨다.
3) 라우라의 아름다움을 암시한다. 하얀 꽃은 피부, 붉은 꽃은 입술, 황금은 금
    발, 진주는 하얀 이를 가리킨다고 해석된다.
4) 아모르를 가리킨다.
5) 원문에는 *abisso*, 즉 "심연"으로 되어 있다.

영원한 망각으로 단련되었기 때문에

14　거기에서 나의 죽음[6]은 시작되었다오.

---

6) 사랑의 고통을 가리킨다.

47¹⁾

그대에게서 생명력을 받는 정신이
내 가슴속에서 줄어드는 것을 느꼈는데,
지상의 모든 동물은 자연스럽게
4   죽음에 대항하여 스스로 돕기 때문에,

나는 오래 억제했던 욕망²⁾을 풀어주어
거의 잊은 길³⁾로 가게 했다오,
밤낮으로 나를 이끄는 곳인데, 나는
8   그와 반대로 다른 곳으로 이끌었으니까요.

그러자 욕망은 수줍어하고 망설이면서
나를 데려가 사랑스러운 눈을 보게 했고,
11   나는 그 눈에 귀찮지 않도록 조심하지요.

내 삶에 힘을 주는 것은 오직 그대의 눈이니,
나는 이제 얼마 살지 못할 것이며,

---

1) 이 소네트는 아비뇽에 살던 1326~1337년에 쓴 것으로 짐작되며, 이어지는 소
   네트 두 편과 함께 사랑하는 여인 앞에서 느끼는 당황스러움을 주제로 한다.
2) 라우라를 보고 싶은 욕망이다.
3) 라우라를 보러 가는 길인데, 오랫동안 가지 않다가 결국 다시 갔다는 뜻이다.

14   그 욕망을 믿지 않으면 곧 죽을 것이오.

48[1]

불은 절대 불에 의해 꺼지지 않고
강은 비로 인해 마르지 않으며,
비슷한 것들은 언제나 서로 북돋우고
4   종종 반대되는 것들도 서로 키운다면,

아모르여, 당신은 우리 생각을 지배하고
두 육체에 한 영혼이 의존하게 하는데,[2]
왜 그녀에게는 아무리 많이 원해도
8   이상하게 욕망이 약해지게 합니까?

혹시 나일강이 높은 곳에서 떨어지며
굉음으로 주변 사람들을 귀먹게 하고,
11   태양이 응시하는 자를 눈멀게 하듯이,

자신과 어울리지 않는 욕망은
억제하지 못하는 대상에서 줄어들고,
14   지나친 박차에 질주가 약해지는[3] 모양입니다.

---

1) 이 소네트도 아비뇽에 살던 1326~1337년에 쓴 것으로 보인다.
2) 두 사람을 하나로 연결해 주는 사랑의 힘을 가리킨다.
3) 너무 강하게 박차를 가하면 오히려 말이 빠르게 질주하지 못한다는 뜻이다.

49[1]

가능한 한 너를 거짓말에서 보호하고
무척이나 존중했는데도 불구하고,
배은망덕한 혀야, 너는 나를 존중하지 않고
4   화나고 부끄럽게 만들었으니,

연민을 요구하기 위해[2] 너의 도움이
더욱더 필요할 때 너는
더 냉담하고, 말을 해도 불완전하고
8   마치 꿈꾸는 사람 같구나,

슬픈 눈물이여, 내가 혼자 있고 싶어도
매일 밤 너는 계속 나와 함께 있다가
11   나의 평화[3] 앞에서는 달아나고,

---

1) 이 소네트는 '바티칸 라틴 필사본 3196번'에 실려 있는데, 옆에 적힌 메모에 의
하면 1337년 2월 13일 카프라니카에서 썼거나 그 직전에 쓴 작품으로 보인다.
여기에서는 사랑하는 여인 앞에서 말도 꺼내기 어렵고, 눈물이나 한숨도 나오
지 않는다고 노래한다.
2) 라우라에게 요구한다는 뜻이다.
3) 라우라를 가리킨다.

그럴 때면,[4] 한숨이여, 재빨리 슬픔과
고통을 주던 너도 느리고 흩어져 나오니,
14   내 모습만 홀로 심장을 드러내는구나.[5]

---

4) 라우라 앞에 있을 때면.

5) 원문에는 *del cor non tace*, 즉 "심장에 대해 침묵하지 않는구나"로 되어 있는
     데, 심장의 고통을 드러낸다는 뜻이다.

50[1]

태양이 빠르게 서쪽으로 기울고
우리의 낮이 아마도 저쪽에서[2]
기다리는 사람들을 향해 날아가는 시간에
길을 가는 피곤한 노파는
머나먼 고장에 혼자 있음을 깨닫고
6   걸음을 빨리하며 더욱 서두르고,
그런 다음 그렇게 혼자서
하루가 끝나갈 무렵에
지나온 길의 노고와 피곤함을
잊게 하는 약간의 짧은 휴식에
때로는 위로받지요.
하지만, 불쌍하구나, 영원한 빛[3]이
우리를 떠나려 준비할 때, 낮 동안의
14   모든 고통이 나에게는 더 커진다오.

---

1) 다섯 번째 칸초네로 본문 55행에서 라우라를 만난 지 10년째 되는 무렵이라고
   하는데, 그렇다면 앞의 49번 소네트와 마찬가지로 1337년 초 카프라니카에 머
   물고 있을 때 쓴 작품으로 두 번째 '기념일 시'다. 형식은 모두 5연으로 되어 있
   고, 각 연은 14행, 즉 11음절 시행 열 개와 7음절 시행 네 개로 구성되어 있으
   며, 결구는 8행, 즉 11음절 시행 네 개와 7음절 시행 네 개로 되어 있다.
2) 지구의 정반대 지점을 가리킨다.
3) 태양을 가리킨다.

밤에게 자리를 양보하려고 태양이
불타는 바퀴를 돌리고, 높은 산에서
커다란 그림자가 내려올 무렵,
욕심 많은 농부는 괭이를 다시 들고
시골의 노래와 노랫말로
20 가슴속의 모든 짐을 비워내고,
그런 다음 도토리 같은
초라한 음식[4]으로
식사를 준비하는데,
온 세상이 존경하면서 피하는 것이라오.[5]
하지만 원하는 사람은 때때로
한 시간의 휴식을 즐기십시오,
태양이 돌든 별이 돌든, 나는
28 휴식한 적이 없어 즐거운지 모르겠소.

자신이 사는 보금자리 위로
위대한 행성[6]의 빛살이 내려가고
동쪽 지역이 어두워지는 것을 보면,
목동은 일어나 익숙한 지팡이로

---

4) 고대부터 자연과 조화를 이루고 살아가던 황금시대의 소박한 음식의 예로
   도토리를 들었다(세베리누스 보에티우스Severinus Boëthius, 『철학의 위안De
   consolatione philosophiae』 제2권 5번 시 1~5행 참조).
5) 황금시대의 도토리 식사를 모든 사람이 칭송하면서도 실제로는 피한다는 뜻이다.
6) 서쪽으로 지는 태양을 가리킨다.

풀밭과 샘물과 너도밤나무를 떠나
34 　자기 양 떼를 부드럽게 몰고 가고,
사람들로부터 멀리 떨어진
오두막집이건 동굴이건
초록 잎사귀들을 깔고[7]
아무 생각 없이 천천히 잠이 들지요.
아, 잔인한 아모르, 그럴 때 당신은
나를 괴롭히는 야수[8]의 목소리와
발자국과 흔적을 뒤쫓도록 부추기고,
42 　그녀는 엎드리고 달아나 잡히지 않는다오.

그리고 태양이 숨은 뒤 뱃사람들은
안전한 만灣에서 단단한 배 위에
거친 돛들[9] 아래 몸을 눕히지요.
태양이 파도 가운데로 뛰어들어
등 뒤에다 스페인과 그라나다,
48 　모로코, 기둥들[10]을 남겨두면,
그러면 남자들과 여자들,
세상과 동물들은

---

7) 말하자면 잠자리를 준비하고.
8) 라우라를 가리킨다.
9) 원문에는 *gonne*, 즉 "치마들"로 되어 있다.
10) '헤라클레스의 기둥들', 즉 지브롤터 해협을 가리킨다. 당시의 지리 관념에서
　　스페인과 함께 그라나다, 모로코, 지브롤터 해협은 세상의 서쪽 끝이라고 믿
　　었다.

자신의 고통을 잠재우는데,
나는 집요한 아픔을 끝내지 못하고
매일 더해지는 고통에 괴로워하니,
이 욕망[11]이 점점 더 커지는 가운데
벌써 십 년째 가까이에 이르렀고,[12]
56   누가 나를 풀어줄지 모르고 있답니다.

말을 하면 약간 위로가 되기 때문에,
저녁이면 나는 고삐 풀린 소들이 들판과
쟁기질한 언덕에서 돌아오는 것을 보는데,
언제든 왜 나의 한숨은 풀리지 않는가?
왜 무거운 멍에는 풀리지 않는가?
62   왜 나의 눈은 밤낮으로 젖어 있는가?
불쌍한 신세여, 내가 무엇을 원했기에,
맨 처음 그렇게 뚫어지게
아름다운 얼굴을 응시하고
상상하면서 그 얼굴을 새겨둔 곳[13]에서,
모든 것을 분리하는 자[14]의
먹이가 될 때까지, 힘으로든 기술로든,
절대로 제거할 수 없게 되었는가!

---

11) 라우라에 대한 사랑의 욕망이다.
12) 라우라를 처음 만난 것이 1327년 4월 6일이므로(3번 소네트 2행의 역주 참조) 1337년 초다.
13) 심장을 가리킨다.
14) 죽음을 가리킨다.

70   죽음[15])에 대해서도 믿어야 할지 모르겠소.

칸초네여, 아침부터 저녁까지
나와 함께 있으면서
나와 비슷하게 되었다면, 너도
모든 곳에 나타나고 싶지 않을 것이며,
다른 사람의 칭찬도 별로 원하지 않아
외딴곳에서[16]) 생각하는 것에 만족하겠구나,
내가 기대고 있는 이 살아 있는 돌[17]의

78   불이 나를 이렇게 망가뜨렸으니.

---

15) 원문에는 대명사로 *lei*, 즉 "그녀"로 되어 있는데, 위에서 말한 "모든 것을 분리하는 자"를 가리킨다.

16) 원문에는 *di poggio in poggio*, 즉 "언덕에서 언덕으로"로 되어 있다.

17) 라우라를 가리킨다.

51[1]

멀리에서도 눈부시게 만드는 빛[2]이
나의 눈에 가까이 다가왔고, 하마터면
테살리아[3]가 그녀의 변신을 보았던 것처럼,
4   나도 온 사지가 변했을 것이오.[4]

내가 나 아닌 그녀로 변할 수 없다면[5]
(그것이 자비[6]를 얻는 데 소용없어도)
오늘 나는 생각에 잠긴 모습으로
8   아주 단단한 돌에 새겨져 있거나,

금강석이나, 아마 두려움 때문에 새하얘진
멋진 대리석이나, 탐욕스럽고 어리석은 민중[7]이
11   귀중하게 평가하는 벽옥에 새겨져 있을 것이며,

---

1) 아비뇽에 살 때 쓴 것으로 보이는 이 소네트는 23번 '변신의 칸초네'와 연결될
   수 있다.
2) 라우라를 가리킨다.
3) 다프네가 월계수로 변한 곳은 그리스의 테살리아 지방이다.
4) 월계수로 변했을 것이라는 뜻이다.
5) 말하자면 자신이 월계수로 변할 수 없다면.
6) 월계수―라우라의 자비를 가리킨다.
7) 페트라르카는 당시의 일반적 관념에 따라 "민중vulgo"에 대해 부정적이고 비판
   적이었다.

그러면 나는 자기 어깨로 모로코에

그림자를 드리우는 피곤한 노인[8]을 질투할 만큼

14 무겁고 쓰라린 멍에에서 벗어났을 것이오.

---

8) 고전 신화에 나오는 아틀라스를 가리킨다. 티탄 신 중 하나로 올림포스 신들과
   의 전쟁에서 패하여 어깨로 하늘을 떠받치는 벌을 받게 되었다. 또 다른 버전
   에 의하면 페르세우스가 자신을 환대하지 않은 것에 보복하기 위해 메두사의
   머리를 보여주어 돌로 변하게 했고, 그리하여 아프리카 북서부 모로코에 펼쳐
   진 아틀라스산맥이 만들어졌다고 한다.

52[1]

우연히 차가운 물 한가운데에서
완전히 발가벗은 그녀를 보았을 때[2]
3   디아나가 연인의 마음에 들었던 것보다,

산들바람[3]에 사랑스러운 금발을 감싸는
멋진 베일을 물에 적시던 소박한 산골의
6   양치기 아가씨[4]가 더 내 마음이 들었으니,

태양이 이글거리는 지금도 사랑의
8   얼음으로 나를 완전히 떨게 했다오.

---

1) 『칸초니에레』에 실린 네 편의 마드리갈madrigal(이탈리아어로는 마드리갈레 madrigale) 중 첫 번째 작품으로 아비뇽에 살 때 쓴 것으로 보인다. 형식은 11음절 시행 세 개로 이루어진 연 두 개, 11음절 시행 2행의 결구로 구성되어 있는데, 14세기부터 널리 유행한 마드리갈의 원래 형식은 11음절 시행 여섯 개에서 열네 개로 구성되었다.
2) 악타이온이 목욕하는 디아나를 보았다가 사슴으로 변신했을 때다(23번 칸초네 160행의 역주 참조). 페트라르카는 악타이온이 디아나를 보는 순간 사랑에 빠진 것으로 보고 따라서 "연인amante"이라고 표현했다.
3) 원문에는 정관사를 덧붙여 l'aura로 되어 있는데 그 발음은 '라우라'로 일종의 말장난을 하고 있다. 다음 작품들에 나오는 "산들바람"은 거의 모두 그렇다.
4) 라우라를 가리킨다.

53[1]

가치 있고 신중하고 현명한 주인이
순례하면서[2] 안에 머무르고 있는
육신을 지배하는 고귀한 정신[3]이여,
영광스러운 홀笏[4]에 도달하여, 그것으로
로마와 그 방황하는 사람들을 다스리고
6   옛날의 길로 부를 수 있게 되었으니,
당신에게 말합니다. 세상에서 꺼져버린
덕성의 빛을 다른 곳에서는 볼 수 없고,

---

1) 이 여섯 번째 칸초네의 수신자가 누구인지에 대하여 학자에 따라 의견이 다른
   데, 최근에는 대부분 보소네 다 구비오Bosone da Gubbio(단테의 친구이자 문인
   이었던 동명이인과 구별하기 위해 보소네 노벨로Bosone Novello라 부르기도 한
   다)로 본다. 그는 로마의 정치가로 1337년 10월 15일 원로원 의원으로 임명되
   어 1338년 10월까지 활동했다. 만약 그가 수신자라면 이 칸초네는 1337년 말
   이나 1338년 초에 쓴 것으로 짐작된다. 여기에서 페트라르카는 정치 싸움으로
   황폐해진 이탈리아의 상황을 한탄하며 과거 로마의 영광이 되살아나기를 희망
   한다. 단테가 『신곡』의 여러 곳에서 혼란스러운 이탈리아에 대해 한탄하는 것과
   어조나 간절함에서 비슷하다. 형식은 모두 7연으로 되어 있고, 각 연은 14행,
   즉 11음절 시행 열세 개와 7음절 시행 한 개로 구성되어 있으며, 결구는 8행,
   즉 11음절 시행 일곱 개와 7음절 시행 한 개로 되어 있다.
2) 하늘에서 내려온 영혼("주인")이 지상의 육신에 머무는 순례다(22번 세스티나
   25행 역주 참조).
3) 이 시의 수신자를 가리킨다.
4) 원로원 의원의 권위를 상징하는 상아로 만든 홀을 가리킨다.

부끄러워하는 자도 찾을 수 없으니까요.
무엇을 기다리는지, 괴로워하는지 모르겠으나,
자기 고통을 느끼지도 못하는 것처럼
늙고 게으르고 굼뜬 이탈리아는
영원히 잘 텐데, 깨울 사람이 없나요?
14 내가 머리칼을 움켜잡을 수 있다면!

아무리 불러 깨워도 게으른 잠에서
머리를 쳐들 희망이 없을 정도로
무거운 짐에 짓눌려 있지만,
세계 흔들어 일으켜 세울 수 있는
당신의 팔에 숙명이 없지 않으니,
20 우리의 머리[5] 로마가 맡겨져 있습니다.
그 존경스러운 머리칼, 그 산발한
머리 타래를 안전하게 손으로 잡아
게으른 여인[6]이 진창에서 나오게 하십시오.
그녀의 고통에 밤낮으로 우는 나는
모든 희망을 당신에게 갖고 있으니,
만약 마르스의 백성[7]이
자신의 명예로 눈을 들어야 한다면

---

5) 로마는 '세계의 머리Caput Mundi'라고 생각했다.
6) 이탈리아를 가리키는데, 여성명사이기 때문에 그렇게 부른다.
7) 로마인들과 이탈리아인들을 가리킨다. 로마의 건국 신화에 의하면 로마
   를 세운 로물루스는 전쟁의 신 마르스의 아들이다.

28   그 은총이 당신에게 닿을 것입니다.

지나간 시간을 회상하고
뒤를 되돌아보면 아직도 세상이
두려워하고 떨면서 사랑하는 옛 성벽,
만약 그 전에 세상이 끝나지 않는다면
명성과 함께 남아 있을 사람들의

34   육신이 묻혀 있는 돌멩이들,
그리고 폐허가 담고 있는 모든 것은
당신 덕택에 상처를 치유할 희망이 있습니다.
오, 위대한 스키피오들[8]이여, 충실한 브루투스[9]여,
잘 맡겨진 임무에 대한 소문이 그 아래[10]까지
도달한다면, 당신들은 얼마나 기뻐할까요!
분명히 확신하건대 그 소식을 듣고

---

8) 제2차 포에니 전쟁의 영웅 스키피오 아프리카누스Publius Cornelius Scipio
    Africanus(B.C. 236~B.C. 183), 제3차 포에니 전쟁으로 카르타고를 완전히 파
    괴한 스키피오 아이밀리아누스Publius Cornelius Scipio Aemilianus Africanus(B.
    C. 185~B.C. 129), 폼페이우스의 편에서 공화정을 옹호하며 카이사르에 대
    적해 싸웠던 스키피오 나시카Quintus Caecilius Metellus Pius Scipio Nasica(B.C.
    98?~B.C. 46) 등을 가리킨다.

9) 로마의 정치가로 기원전 509년 로마의 왕정 시대를 끝내고 공화정 시대를 열
    었고, 최초의 집정관으로 선출된 루키우스 유니우스 브루투스Lucius Junius
    Brutus를 가리킨다. 그는 공화정에 반대하는 음모에 가담한 두 아들에게 사형
    을 선고할 정도로 공화정에 충실했다.

10) 저승 세계다.

파브리키우스[11]는 얼마나 즐거워할까요!

42 그리고 말할 것이오. "나의 로마는 아직 아름답다."

만약 지상의 일을 하늘에서 돌본다면,

지상에다 육신을 남겨두고

지금은 저 위의 시민인 영혼들[12]은

오랜 시민적 증오의 종말을 당신에게 기원하니,

그 증오로 인해 사람들은 안전하지 않고

48 그들의 신전[13]으로 가는 길은 막혀 있고,

그렇게 경건하던 그곳은 전쟁터가 되고

도둑들의 소굴이 되어버렸으며

단지 선량한 사람들에게만 출구가 닫혀 있고,

벌거벗은[14] 동상들과 제단들 사이에서

온갖 잔인한 음모가 짜이는 것 같습니다.

세상에, 얼마나 다른 모습인가!

하느님께 감사하기 위해 높이 매단

56 종소리와 함께 공격을 시작하는군요.

눈물 젖은 여인들, 어린 나이에

---

11) 공화정 시대 로마의 정치가로 기원전 282년과 278년에 집정관으로 선출된 가이우스 파브리키우스 루스키누스Gaius Fabricius Luscinus를 가리킨다. 그는 청렴한 로마인의 덕성을 상징한다.
12) 천국에 있는 축복받은 영혼들을 가리킨다.
13) 훌륭한 로마 시민들의 유해가 묻혀 있는 신전들을 가리킨다.
14) 아무런 장식도 없고 황량하다는 뜻이다.

무기력한 민중, 오랜 삶으로
자신을 증오하는 피곤한 노인들,
검은색, 회색, 흰색[15] 수도자들은
억눌리고 약한 다른 무리와 함께

62　　외친다오. "오, 우리 주님, 도와주십시오."
어쩔 줄 모르는 불쌍한 사람들은
당신에게 수많은 상처를 보여주는데,
우리뿐 아니라 한니발[16]도 연민을 느낄 정도라오.
지금 완전히 불타는 하느님의 집을
잘 바라본다면, 몇 개의 불꽃만 꺼도
그렇게 타오르는 것처럼 보이던
욕망들[17]이 곧 잠잠해질 것이니,

70　　당신의 위업은 하늘에서 칭찬받을 것입니다.

곰들, 늑대들, 사자들, 독수리들, 뱀들[18]이

---

15)　여러 수도회의 고유한 색깔로 검은색은 베네딕투스회, 회색은 프란체스코회, 흰색은 도미니쿠스회를 가리킨다.

16)　제2차 포에니 전쟁의 핵심 인물인 카르타고의 장군으로 로마에 가장 강력하고 잔인한 적으로 인식되었다.

17)　로마의 당파들 또는 유력 가문들의 욕심을 의미한다.

18)　당시 로마의 유력한 가문들을 가리킨다. 곰들은 오르시니Orsini 가문을 가리키고, 늑대들은 '투스콜로Tuscolo(라틴어 이름은 투스쿨룸Tusculum)의 백작들' 가문, 사자들은 사벨리Savelli 가문, 독수리들은 '투스콜로의 백작들' 가문의 한 지파(또는 안니발디Annibaldi 가문), 뱀들은 카에카니Caetani 가문을 가리키는 것으로 해석된다.

거대한 대리석 기둥[19]을 자주
공격하고 자신들에게도 피해를 주니,
그들 때문에 고귀한 여인[20]은 울면서
꽃을 피울 줄 모르는 사악한 나무들을
76 뿌리 뽑아달라고 당신을 불렀답니다.
그녀를 옛날의 영광으로 올려놓았던[21]
훌륭한 영혼들이 사라진 지
벌써 천 년 이상이 흘렀습니다.
아, 새로운 사람들[22]은 그런 어머니에게
지나치게 거만하고 불손하구나!
당신은 남편이고, 아버지이니,
당신 손에서 모든 도움을 기다린답니다,
84 위대한 아버지[23]는 다른 일에 몰두해 있으니까요.

용기 있는 일과 잘 어울리지 않는
부당한 운명[24]이 고귀한 임무를
가로막지 않는 경우는 드물지요.

---

19) 콜론나 가문을 가리킨다(10번 소네트 3행의 역주 참조).
20) 로마를 가리키는데, 로마도 여성명사이기 때문에 그렇게 부른다.
21) 원문에는 *locata l'avean là dov'ell'era*, 직역하면 "그녀를 그녀가 있던 곳에 위치시켰던"으로 되어 있다.
22) 당시의 로마 사람들을 가리킨다.
23) 교황을 가리킨다. 당시 교황은 로마가 아니라 아비뇽에 있으면서 그곳의 일에만 몰두해 있다는 뜻이다.
24) 원문에는 *fortuna*로 되어 있으며, 맥락에 따라 "행운"으로 옮길 수도 있다.

하지만 지금은 당신이 들어간 길을 비우고
다른 많은 잘못을 용서하게 하며
90   최소한 여기에서는 평소와 다르고,[25]
이 세상이 기억하는 바에 의하면,
지금 당신에게 그런 것처럼 인간에게
영원한 명성의 길을 열어준 적이 없으니,
내가 틀리지 않는다면, 당신은
가장 고귀한 제국을 바로 세울 수 있습니다.
많은 영광이 당신에게 말할 것이오.
"다른 자들은 젊고 강한 그녀를 도왔고,
98   이 사람은 늙은 그녀를 죽음에서 구했구나."

칸초네여, 타르페오[26]산 위에서
자기 자신보다 다른 사람을 생각하고
이탈리아 전체가 존경하는 기사를 보면
전해다오. "아직 가까이에서 보지 못했지만
명성으로 당신을 사랑하는 사람[27]이
말하는데, 아직도 고통의 눈물에 젖어 있는

---

25) "부당한 운명"이 자기 잘못에 대해 용서를 구하며 방해하지 않는다는 뜻이다.

26) 타르페오Tarpeo(또는 타르페이오Tarpeio)산은 로마 캄피돌리오Campidoglio 언덕(라틴어 이름은 카피톨리누스 언덕Mons Capitolinus) 남쪽의 절벽으로 반역한 죄인들을 이곳에서 떨어뜨렸다. 지금은 일반적으로 타르페아 절벽rupe Tarpea이라 부른다. 여기에서는 로마를 가리킨다.

27) 페트라르카 자신을 가리킨다. 이 구절에 의하면 페트라르카는 이 칸초네의 수신자를 아직 직접 만나지 못했다.

로마는 일곱 언덕[28] 모두에서

106 당신에게 자비를 구하고 있답니다."

---

28) 테베레강 주변의 일곱 언덕으로 로마 건국의 토대가 되었다.

54[1]

얼굴에 아모르의 표지[2]를 갖고 있던 어느
순례하는 여인[3]이 흔들리는 내 마음을 움직였고,
3   다른 여인은 모두 가치 없어 보였지요.

초록 풀밭으로 그녀를 따라가면서 나는
멀리서 큰 목소리가 말하는 것을 들었지요.
6   "아, 숲속에서 얼마나 길을 잃을까!"

그래서 어느 멋진 너도밤나무 그늘로 갔고,
온통 생각에 잠겨 주변을 둘러보고

---

1) 두 번째 마드리갈로 페트라르카가 처음 보클뤼즈에 살던 1337~1340년에 쓴
   것으로 보인다. 형식은 11음절 시행 세 개로 이루어진 연 세 개, 결구로 11음
   절 시행 한 개로 구성되어 있다. 로마 여행에서 돌아온 페트라르카는 1337년
   여름 아비뇽 동쪽의 마을 퐁텐드보클뤼즈Fontaine-de-Vaucluse(일반적으로 그냥
   보클뤼즈로 부르기도 하는데, 보클뤼즈는 더 큰 규모의 지방자치단체인 데파
   르트망département의 이름이기도 하다. 혼동의 여지가 있지만 여기에서는 편
   의상 보클뤼즈로 부를 것이다)에 집을 사서 이사했다. 하지만 자주 이탈리아로
   건너가 오래 머물렀고, 따라서 보클뤼즈에 살던 기간은 크게 보아 네 시기로
   나뉜다. 첫 번째는 1337년 여름부터 1340년 말까지이고, 두 번째는 1342년 초
   부터 1343년 말까지이며, 세 번째는 1345년 말부터 1347년 말까지이고, 네 번
   째는 1351년 여름부터 1353년 5월까지다.
2) 사랑의 표정이다.
3) 라우라를 가리키는 것으로 볼 수 있지만, 다른 여인일 개연성도 있다.

내 여행[4]이 매우 위험하다는 것을 깨달았고,

10 　　거의 정오 무렵에 되돌아왔답니다.

---

4) 삶의 여행을 가리킨다.

55[1]

냉정한 시기이자 젊지 않은 나이[2]로 인해
내가 꺼졌다고 생각했던 그 불이
3   영혼 속에서 불꽃과 고통을 되살리는군요.

내가 볼 수 있듯이, 불꽃들은 완전히
꺼진 것이 아니라 약간 덮여 있었고,
두 번째 실수[3]는 더 나쁠까 두렵군요.
나는 끝없이 눈물을 흘리고 있으니,
예전 같지 않고 더 커지는 것 같은
불꽃과 미끼[4]를 함께 가진 심장에서
10   고통은 눈을 통해 밖으로 흘러나와야 하지요.

슬픈 눈이 언제나 눈물을 흘리는데도

---

1) 세 번째 발라드로 아비뇽에 살 때 쓴 작품으로 보는 학자도 있지만, 앞의
   54번 마드리갈과 밀접하게 연결된 작품으로 해석하는 학자도 있다. 만약 그렇
   다면 같은 시기의 작품으로 볼 수 있다. 형식은 후렴이 11음절 시행 세 개로
   구성된 '중간 발라드'로, 후렴 하나에 2연으로 되어 있으며, 각 연은 11음절 시
   행 일곱 개로 구성되어 있다.
2) 성숙한 나이라는 뜻이다.
3) 다시 사랑의 열정에 빠지는 것을 뜻한다.
4) 고통의 원인이 되는 사랑의 미끼다.

어떤 불이 아직도 꺼지지 않고 있나요?
뒤늦게 깨달았지만, 아모르는 나를
두 대립⁵⁾ 사이에서 단련시키려고
그렇게 다양한 유형의 올가미를 펼치니,
내 심장이 거기에서 벗어나기를 바랄수록
17   아름다운 얼굴로 더욱더 나를 붙잡는다오.

---

5) 불과 눈물의 대립이다.

56[1]

심장을 파괴하는 맹목적인 욕망과 함께
시간을 헤아리며 나 자신을 속이지 않는다면,
말하고 있는 지금도 나 자신과 연민에게
4 약속한 시간이 달아나고 있네요.

어떤 추위가 열망하던 열매에 가까이 다가간
씨앗을 파괴할 만큼 잔인한가요?
어떤 야수가 양 우리 안에서 울부짖나요?
8 어떤 벽이 이삭과 손 사이를 가로막나요?[2]

불쌍하구나, 잘 모르겠지만, 나의 삶을
더 고통스럽게 만들기 위해 아모르가
11 즐거운 희망으로 이끈 것은 잘 알지요.

전에 읽은 것이 지금 기억나는데,
마지막 떠나는 날까지 사람은

---

1) 이 소네트는 아비뇽에 살 때 쓴 것으로 보는 학자도 있고, 처음 보클뤼즈에 살
   던 1339~1340년 겨울에 썼다고 하는 학자도 있다. 이어지는 57번 소네트도
   마찬가지다.
2) 이삭을 따려는 손이 방해받는다는 뜻이다.

14   행복하다고 말하지 않아야 한다는군요.[3]

---

3) 누구도 "마지막 떠나는 날", 즉 죽는 날까지 자기가 행복하다고 말할 수 없다
   는 말은, 헤로도토스에 의하면(『역사』 1권 32장 참조), 고대 그리스의 현자 솔
   론이 했다고 하는데, 키케로, 유베날리스 등 여러 고전 작가의 글에서도 나타
   난다.

57

나의 행운[1]은 올 때는 게으르고 느리며,
불확실한 희망에다 욕망이 커지고 늘어나니
포기와 기대가 나를 괴롭히는데,
4   나중에 떠날 때는[2] 호랑이보다 빠르다오.

불쌍하구나, 눈雪이 따뜻하고 검어지며,
바다에 파도가 없고, 산에 물고기가 있고,
태양이 나오는 곳으로 다시 돌아가고,[3]
8   유프라테스와 티그리스[4]가 같은 샘에서 나올 것이오,[5]

내가 평온이나 휴식을 찾기 전에,
부당하게도 나에게 음모를 꾸몄던
11   아모르나 여인[6]이 다른 태도를 보이기 전에.

---

1) 또는 행복한 날을 뜻한다.
2) 행운이 떠날 때를 가리킨다.
3) 원문에는 *corcherassi*, 즉 "잠자리에 들고"로 되어 있다.
4) 두 강의 수원지는 다르지만, 하류에서 가까워지고 함께 페르시아만으로 흘러
   든다.
5) 모두 현실적으로 불가능한 현상으로, 뒤이어 말하듯이 사랑의 고통이 완화되
   거나 라우라의 태도가 변할 희망이 없다는 뜻이다.
6) 라우라를 가리킨다.

달콤한 것이 있다면 많은 쓰라림 다음이니
경멸하듯이 그 맛은 흩어지고,

14   그들[7]의 은총은 나에게 오지 않는다오.

---

7)   아모르와 라우라다.

58¹⁾

눈물짓느라고 벌써 피곤해진 뺨을,
사랑하는 주인님, 하나²⁾에 기대 쉬시고,
추종자들을 하얗게 만드는 잔인한 자³⁾에게
4   이제는 당신이 더 강하게 저항하십시오.

두 번째⁴⁾로는 그⁵⁾의 심부름꾼들이
지나가는 길을 왼쪽⁶⁾으로 차단하고,
여름이든 겨울이든⁷⁾ 한결같은 모습을 보이세요,

---

1) '바티칸 라틴 필사본 3196번'에서는 이 소네트 옆에 "크리스마스 날 아침"이라
는 메모가 보이는데 아마 1337년 또는 1338년일 것으로 짐작된다. 또한 라틴
어로 "내 주인 아가피토에게 몇몇 조그마한 선물과 함께, 하지만 그분은 〔선물
을〕 받으려 하지 않았다"는 구절이 적혀 있다. 아가피토 콜론나_{Agapito Colonna}
는 조반니 추기경(10번 소네트 3행의 역주 참조)의 동생으로, 1334년 1월 토스
카나 지방 루니_{Luni}의 주교로 임명되었으나 다섯 달 뒤에 사망했다. 페트라르
카는 볼로냐대학교에서 공부할 때 그를 알았던 것으로 짐작된다.
2) 아가피토에게 보내는 선물 세 가지 중 하나로 베개를 가리킨다. 뒤이어 이야기
하듯이 선물은 베개, 종교적이거나 도덕적인 책 한 권, 잔盞이다.
3) 아모르를 가리킨다. 아모르의 추종자들, 즉 사랑에 빠진 사람들은 창백해진다
고 믿었다.
4) 두 번째 선물인 책이다.
5) 아모르.
6) 사랑이 깃드는 심장이 있는 쪽이다.
7) 원문에는 *d'agosto et di genaro*, 즉 "8월이든 1월이든"으로 되어 있다.

8 길은 멀고 시간은 부족하기 때문입니다.

 세 번째[8]로는 약초의 즙을 마십시오.
 마음을 괴롭히는 온갖 생각을 청소하는
11 약초는 처음에는 써도 끝에는 달지요.

 나의 기도가 너무 오만하지 않다면
 내가 스틱스의 뱃사공[9]을 두려워하지 않도록,
14 즐거움이 간직되는 곳[10]에 나를 간직하소서.

---

8) 세 번째 선물인 잔이다.
9) 스틱스는 그리스 신화에서 저승에 흐르는 강으로, 죽은 영혼은 이 강을 건너가
 야 하는데, 영혼이 건너가게 해주는 뱃사공은 카론이다.
10) 즐거운 기억이 보관되는 곳.

59[1]

맨 처음 내가 사랑하게 이끈 것[2]을
다른 사람의 잘못[3]으로 빼앗겼어도,
3   확고한 나의 의지는 없어지지 않는다오.

황금빛 머리칼 사이에 올가미가 숨어 있어
그것으로 아모르는 나를 옭아매고,
아름다운 눈에서 차가운 얼음이 나와
아주 재빠른 광채[4]의 힘으로
내 심장을 뚫고 지나가니,
단지 기억만 해도 영혼은
10   다른 모든 욕망을 벗어버린답니다.[5]

그런데, 불쌍하구나, 그 달콤한

---

1) 아비뇽에 살 때 쓴 것으로 보이는 네 번째 발라드로 후렴이 11음절 시행 세 개
   로 구성된 '중간 발라드'다. 후렴 하나에 2연으로 되어 있으며, 각 연은 11음절
   시행 네 개와 7음절 시행 세 개로 구성되어 있다.
2) 뒤이어 말하는 라우라의 금발 머리칼과 아름다운 눈을 가리킨다.
3) 라우라의 거부를 암시한다.
4) 번개를 가리킨다.
5) 라우라의 아름다운 눈을 기억만 해도 가슴속의 다른 모든 욕망이 사라진다는
   뜻이다.

황금빛 머리칼의 모습은 **빼앗겼고**,
순수하고 아름다운 두 눈은
돌아서 달아나며 나를 슬프게 하지만,
좋은 죽음으로 명예를 얻기 때문에,
죽음으로든 고통으로든, 아모르가 나를
17 그 매듭에서 풀어주기를 원하지 않는다오.

60[1]

내가 오랫동안 많이 사랑한 고귀한 나무[2]는,
아름다운 가지들이 나를 경멸하지 않는 동안,
자신의 그늘에서 빈약한 내 재능을
4   꽃피우고 고통으로 성장하게 했지요.

하지만 내가 그런 속임수에 속지 않자[3]
달콤한 나무에서 잔인한 나무가 되었기에,
나는 모든 생각을 하나의 목표로 돌려
8   언제나 슬픈 고통에 대해 말하게 되었지요.

사랑 때문에 한숨짓는 자에게 젊은 시절의
내 시들은 다른 희망[4]을 주었는데,
11   그녀 때문에 잃는다면, 뭐라고 말할까요?

시인은 그 잎사귀를 따지 않고,[5] 유피테르는

---

1) 월계수―라우라에 대한 소위 '비난의 소네트'로, 뒤이어 나오는 '축복의 소네
   트'와 대조를 이룬다. 아비뇽에 살 때 쓴 작품으로 보인다.
2) 월계수―라우라를 가리킨다.
3) 원문에는 *securo*, 즉 "안전하자"로 되어 있다.
4) 사랑에 대한 보답을 받으리라는 희망이다.
5) 계관시인의 월계관을 만들지 않을 것이라는 뜻이다.

특권을 주지 않고,[6] 아폴로는 분노하게 되어,

14   모든 녹색 잎이 마르리라고 말할 것이오.[7]

---

6) 월계수는 벼락을 맞지 않는 특권을 거둔다는 뜻이다.
7) 위에서 말한 "사랑 때문에 한숨짓는 자"가 그렇게 말할 것이라는 뜻이다.

61[1]

나를 묶어놓은 그 아름다운 두 눈,
만나게 된 장소와 아름다운 고장,
계절과 날씨와 시간과 순간,
4   날과 달, 해는 축복받으소서.

내가 아모르에게 묶이면서 받은
최초의 달콤한 고통,
활과 나를 맞춘 화살,
8   심장까지 닿은 상처도 축복받으소서.

내 여인의 이름을 부르면서
날려 보낸 수많은 목소리,
11   탄식과 눈물, 욕망도 축복받으소서.

내가 명성을 얻은 모든 시,[2]
다른 누구도 아닌 오로지 그녀만을 위한
14   내 생각들도 축복받으소서.

---

1) 앞의 60번 소네트와는 대조적으로 라우라에 대한 '축복의 소네트'로 아비뇽에
    살 때 쓴 것으로 보인다.
2) 원문에는 *carte*, 즉 "종이들"로 되어 있다.

62[1]

하늘에 계신 아버지, 저의 심장에 불붙은
광폭한 열망과 함께 고통스러운
그 아름다운 몸짓을 보면서 망상 속에
4   수많은 밤을 보내고 낮을 잊었으니,

이제 당신의 빛[2]으로 제가 다른 삶과
더 아름다운 일들로 되돌아감으로써,
헛되이 그물을 쳐놓은 집요한
8   저의 적[3]이 치욕을 느끼게 해주소서.

저의 주님, 이제 십일 년째 되는군요,
더 예속된 사람들에게 더 난폭하고
11   잔인한 멍에에 속박된 날부터.

부당한 저의 고통을 불쌍히 여기시고,[4]

---

1) 본문에서 말하듯이 라우라에 대한 사랑에 빠진 지 11년째 되던 1338년 4월에
쓴 작품이다. 그러니까 앞의 30번 세스티나, 50번 칸초네와 함께 세 번째 '기
념일 시'다. 그러면서 동시에 소위 '참회의 시' 중 첫 작품이다.
2) 은총의 빛이다.
3) 아모르 또는 악마를 가리킨다.
4) 원문에는 라틴어 관용구 *Miserere*로 되어 있는데, 「시편」51편의 첫 구절이다.

방황하는 생각들을 나은 곳으로 이끄시고,
14   오늘[5] 십자가에 못 박히신 것을 일깨워 주소서.

---

5) 예수의 수난일로 1338년에는 4월 10일이었다.

63[1]

사람들에게 죽음을 상기시키는
나의 이례적인 얼굴빛에 눈길을 돌리더니
연민이 그대[2]를 움직였는지, 그대는
4 너그러운 인사로 내 심장을 살려주는군요.

아직 나와 함께 살고 있는 연약한 생명은
분명히 아름다운 그대의 눈과
천사처럼 달콤한 목소리의 선물이라오.
지금의 나는[3] 그들 덕택임을 인정하니,
게으른 가축이 회초리에 그러하듯이
10 내 안의 무거운 영혼을 깨워주었지요.
여인이여, 그대는 내 마음의 열쇠 두 개[4]를
갖고 있으며, 나는 그것에 만족하고
모든 바람에 항해할 준비가 되어 있다오,
14 그대의 모든 것은 나에게 달콤한 영광이니까요.

---

1) 아비뇽에 살던 1326~1337년에 쓴 다섯 번째 발라드로 당시의 유행에 따라 라
   우라의 인사를 주제로 한다. 후렴이 11음절 시행 네 개로 구성된 '큰 발라드'이
   며, 후렴 하나에 11음절 시행 열 개로 이루어진 연 하나로 구성되어 있다.
2) 라우라를 가리킨다.
3) 말하자면 아직 내가 살아 있는 것은.
4) 여는 열쇠와 잠그는 열쇠다.

64[1]

만약에 그대가 경멸적인 행동으로
눈을 내리깔거나, 머리를 숙이거나,
다른 누구보다 빨리 달아나면서
4　　솔직하고 합당한 기도[2]를 외면하고,

아모르가 처음의 월계수에서
수많은 나뭇가지를 접붙여 놓은
나의 심장에서 나갈 수 있다면, 그것은
8　　그대의 경멸에 합당한 이유라고 말하겠으니,

그 고귀한 나무[3]는 메마른 땅에
어울리지 않은 것처럼 보이고, 따라서
11　　거기에서 떠나는 것은 당연히 즐겁겠지만,

그대의 운명은 그대가 다른 곳[4]에

---

1) '바티칸 라틴 필사본 3196번'에 실린 이 소네트에는 1337년 11월 16일이라는
　　날짜가 적혀 있으며, 1342년에 이루어진 『칸초니에레』 첫 번째 편집본에 실렸
　　다. 이 소네트는 한 문장으로 되어 있다.
2) 페트라르카 자신이 하는 사랑의 기도다.
3) 월계수를 가리킨다.
4) 페트라르카의 심장이 아닌 다른 곳이다.

있는 것을 가로막으니, 최소한 언제나

14 증오하는 쪽에 있지 않도록 해주오.

65[1]

불쌍하구나, 아모르가 나에게 와서
상처를 주던 날 처음에는 깨닫지 못했는데,
그는 서서히 내 삶의 주인이 되었고
4　삶의 꼭대기에 앉았답니다.

그의 줄칼 때문에 나의 단단한 심장에
확고함이나 가치가 조금이라도
줄어들 것이라고 믿지 않았는데,
8　자신을 과신하는 자[2]는 그런 법이라오.

이제는 어떤 방어도 늦었고
단지 시련이 많거나 적을 뿐,
11　사람들의 기도를 아모르는 듣지 않는다오.

나는 기도하지 않고 그럴 여유도 없으니
지금은 내 심장이 적절하게 불타지만,

---

1) 이 소네트는 아비뇽에 살 때 쓴 것으로 보인다.
2) 원문에는 *chi sopra 'l ver s'estima*, 즉 "진실 이상으로 자신을 평가하는 자"로
　되어 있다.

14   최소한 그녀도 그 불의 일부가 되었으면.[3]

---

3) 자신의 사랑에 라우라가 공감해주기를 바라고 있다.

66[1]

광폭한 바람에 의해 주위에 **빽빽**해진
거추장스러운 안개와 무거운 대기는
곧이어 비로 바뀌게 될 것이며,
강들은 거의 얼음[2]으로 뒤덮였고,
계곡에는 풀 대신 단지
6   서리와 얼음만 보일 뿐이라오. [3]

그리고 얼음보다 차가운 내 가슴에
무거운 생각들의 안개가 차올랐지요,
사랑스러운 바람[4]으로부터 막혀 있고
느린[5] 강들에 둘러싸인 이 계곡에
하늘에서 천천히 비가 내려올 때
12   이따금 피어오르는 안개처럼.

---

1) 세 번째 세스티나로 처음 보클뤼즈에 살던 1337~1341년, 보다 구체적으로는
   1340년 12월에 쓴 것으로 보인다. 형식은 모두 6연이고, 각 연은 11음절 시행
   여섯 개로 구성되었으며, 결구는 11음절 시행 세 개로 되어 있다.
2) 원문에는 *cristallo*, 즉 "수정"으로 되어 있다.
3) 산과 계곡에 겨울이 온 것을 묘사하고 있다.
4) 따스한 서풍, 그러니까 라우라가 있는 서쪽의 아비뇽에서 불어오는 사랑의 바
   람을 암시한다.
5) 원문에는 *stagnanti*, 즉 "고여 있는"으로 되어 있다.

무겁게 내리던 비는 순식간에 지나가고
따뜻함이 눈과 얼음을 사라지게 하면,[6]
그 녹은 물로 강들은 당당하게 흐르고,
광폭한 바람이 휘몰아쳐도
언덕과 계곡에서 달아나지 않던
18   빽빽한 안개는 하늘을 가리지 못한다오.

하지만 계곡에 피는 꽃이 내게는 소용없고,
나는, 맑은 날이든 비가 오는 날이든,
차가운 바람이든 따스한 바람이든, 울고 있으니,
혹시 여인의 가슴속에 얼음이 없고
밖에는 통상적인 안개가 없는 날,
24   바다와 강과 호수가 마른 것을 보겠지요.[7]

강들이 바다로 흘러 들어가고
야수들이 어둑한 계곡을 사랑하는 동안,[8]
아름다운 눈[9] 앞에는 내 눈에 끝없는 비[10]가
흘러내리게 하는 안개[11]가 있을 것이고,

---

6) 그러니까 봄이 오면.
7) 현실적으로 불가능하다는 뜻이다.
8) 앞 연에서 말한 불가능한 것과 달리 현실에서는.
9) 라우라의 눈이다.
10) 눈물을 가리킨다.
11) 라우라의 냉담한 태도를 가리킨다.

아름다운 가슴에는 내 가슴에 고통의 바람을
30   일으키는 단단한 얼음이 있을 것이오.

두 강 한가운데[12]에서 아름다운 초록과
달콤한 얼음[13] 사이에 나를 가둔 바람[14]을 위해
다른 모든 바람을 용서해야 할 것이니,
그로 인해 내가 있던 많은 계곡에서
더위나 비나 찢어진 구름의 소리[15]에도
36   신경 쓰지 않고 그녀의 모습을 그렸지요.[16]

하지만 그날[17]처럼 바람에 안개가
흩어지지도 않았고, 비에 강이 흐르지도 않았고,
39   계곡을 여는 태양에 얼음이 녹지도 않았다오.

---

12) 논란의 여지가 있는 구절로 보통 뒤랑스강이 론강으로 합류하는 아비뇽을 가
리키는 것으로 해석되지만, 소르그강과 뒤랑스강으로 보는 학자도 있다.
13) 사랑에 대한 희망과 라우라의 거부를 뜻한다.
14) 위에서 말한 사랑의 바람이다.
15) 천둥소리를 가리킨다.
16) 원문에는 *ombra*, 즉 "그림자"로 되어 있다. 시로 라우라에 대해 노래했다는
뜻이다.
17) 라우라를 처음 보고 사랑에 빠진 날이다.

67[1)]

바람에 파도들이 부서져 우는
티레니아 바다에서 왼쪽으로[2)]
수많은 글을 써야 하는
4   그 도도한 나무[3)]를 갑자기 보았지요.[4)]

영혼 속에서 불타오르는 아모르는
황금빛 머리칼[5)]의 기억을 향해
나를 밀었고, 풀 사이에 감춰진 개울로
8   나는 마치 죽은 사람처럼 쓰러졌지요.

작은 숲과 언덕 사이에 혼자 있었지만
나 자신이 부끄러웠고, 고귀한 마음에는

---

1) 이 소네트는 처음 로마로 여행하던 1337년 무렵에 쓴 것으로 보인다. 페트라
르카는 1336년 말에 아비뇽에서 출발하여 로마로 갔다.
2) 티레니아Tirrenia해는 지중해 중부 이탈리아반도 서쪽의 바다다. 만약 페트라
르카가 프랑스 프로방스 지방에서 배로 출발하여 로마로 향했다면, 왼쪽에 프
로방스 지방과 이탈리아반도가 있다. 하지만 본문에서 그런 뱃길 여행에 대한
다른 언급은 없다.
3) 라우라를 상징하는 월계수다.
4) 이어서 페트라르카는 일종의 황홀경 또는 환상 속에서 일어난 것 같은 사건을
이야기한다.
5) 라우라의 머리칼이다.

11 그것으로 충분해 다른 박차를 원하지 않았지요.[6]

  눈에서 발까지 방식을 바꾼 것이 최소한
  나에게는 유익하다오, 더 친절한 4월이
14 젖어 있던 눈을 마르게 해준다면.[7]

---

6) "고귀한 마음"에는 부끄러움으로 충분했으므로 다른 "박차", 즉 자극이 필요하지 않았다는 뜻이다.

7) 상당히 은유적인 표현이다. 개울에 빠져 발이 젖었고, 따라서 눈에서 발끝까지 젖게 된 것을 가리켜 "방식"을 바꾸었다고 표현하고 있다. 그리고 "보다 친절한 4월", 즉 새로운 방식의 사랑으로 언제나 눈물에 젖어 있던 눈이 마르면 좋겠다는 뜻이다. 간단히 말해 더 평온한 삶의 "방식"을 원하고 있다.

68[1]

당신 땅[2]의 신성한 모습은 나에게
나쁜 과거[3]를 탄식하며 외치게 만드네요.
"힘내라, 불쌍한 사람아, 무엇 하느냐?"
4   그리고 천국으로 가는 길을 보여줍니다.

하지만 이 생각과 다른 생각이 싸우며
말합니다. "왜 달아나고 있어?[4]
네가 기억한다면, 이제 시간이 흘러
8   우리의 여인을 보러 갈 때야."[5]

그런 말을 이해한 나는, 마치
가슴 아픈 소식을 듣는 사람처럼
11   금세 안으로 얼어붙고 말았지요.

---

1) 이 소네트도 1337년 로마 여행 중에 쓴 것으로 짐작되며, 일부에서는 오르소
   델란귈라라(27번 소네트에 대한 역주 참조)에게 보낸 작품으로 본다.
2) 이 소네트의 수신자가 사는 로마를 가리킨다.
3) 사랑에 빠져 있던 시절이다.
4) 다른 생각은 라우라에게서 멀어지는 것에 대해 질책한다.
5) 그러니까 라우라에 대한 사랑의 생각과 경건한 삶을 지향하고 싶은 생각이 서
   로 다투고 있다.

그러자 처음 생각[6]이 돌아와 이 생각과 싸우고
누가 이길지 모르겠지만, 지금까지
14   싸우고 있는데, 한 번만이 아니랍니다.

---

6) 사랑의 열정에서 벗어난 경건한 삶에 대한 생각이다.

69[1]

내가 잘 알고 있듯이 인간의 의지[2]는,
아모르여, 당신에게 소용없었으니,
수많은 올가미, 수많은 거짓 약속이
4   당신의 잔인한 발톱을 잘 증명했지요.

하지만 최근의 일로 나는 놀랐다오.
(거기에 관련된 사람으로서 말하는데,
토스카나 해안과 엘바와 질리오[3] 사이에
8   짠 바닷물 위에서 목격했답니다.)

나는 당신[4]의 손에서 달아났고, 가는 길에
바람과 하늘과 파도에 뒤흔들리면서
11   이상하고 낯설게 가고 있었을 때,[5]

---

1) 이 소네트도 1337년 로마 여행 중에 쓴 것으로 보이며, 배를 타고 로마로 향하
   면서 라우라에게서 멀어지는 심경을 노래한다.
2) 원문에는 *natural consiglio*, 즉 "자연스러운 충고"로 되어 있다.
3) 엘바Elba섬과 질리오Giglio섬은 이탈리아 중서부 토스카나Toscana 지방의 해안
   에서 가까운 섬들이다.
4) 아모르를 가리킨다. 그러니까 라우라에게서 멀어지고 있었다는 뜻이다.
5) 앞의 67번 소네트처럼 일종의 황홀경 또는 환상 상태에 빠졌다고 이야기한다.

어디서 왔는지 당신의 심부름꾼들이 나타나

누구도 자기 운명에 맞서거나

14   숨을 수 없다는 것[6]을 알려주었다오.

---

6) 말하자면 라우라에 대한 사랑의 생각에서 벗어날 수 없다는 것이다.

70[1]

불쌍한 신세여, 벌써 여러 번 배신당한
희망을 어디로 돌려야 할지 모르겠네요.
연민과 함께 들어줄 사람이 없다면
왜 그 많은 기도를 하늘로 보낼까요?
5   하지만 내가 죽기 전에
이런 불쌍한 말을 끝내는 것이
아직 나에게 거부되지 않았다면,
언젠가 풀과 꽃 사이에서 행복하게 말할 수 있게
기도해도 나의 주인[2]이 싫어하지 않았으면.
10   '나는 노래하고 즐길 이유와 근거가 있다오.'[3]

---

1) 전통적으로 이 칸초네는 아비뇽 시절에 쓴 것으로 보았으나, 최근에는 그 이후
   의 작품으로 보는 학자도 있다. 모두 5연으로 이루어져 있고, 각 연은 10행, 그
   러니까 11음절 시행 여덟 개와 7음절 시행 두 개로 구성되어 있으며, 결구는
   없다. 각 연의 마지막 행은 다른 시인들의 작품에서 첫 구절을 인용하고 있다.
   여기에서는 작은따옴표로 표시했다. 이 칸초네와 함께 뒤따르는 71~73번 칸
   초네는 페트라르카의 사랑에서 한 시기를 마무리하면서 동시에 새로운 출발점
   이 되는 작품으로 해석되기도 한다. 말하자면 이전 시들이 젊은 시절의 감각적
   인 사랑에 대해 노래했다면, 이후부터는 천사처럼 아름답고 행복을 주는 라우
   라의 모습에 대한 긍정적인 찬양이 주요 주제라는 것이다.
2) 아모르다.
3) 원문에는 프로방스어로 *Drez et rayson es qu'ieu ciant e 'm demori*로 되어 있
   는데, 12세기 프로방스의 음유시인 아르노 다니엘의 작품에서 인용한 구절로
   보는 학자도 있고, 일부에서는 기엠 드 뮈르Guilhem de Mur의 시구로 보기도

내가 이따금 노래하는 이유는 합당하니,

너무 오랫동안 한숨을 쉬었기에

수많은 고통을 웃음으로 보상하도록

적시에 시작할 수 없기 때문이지요.

15   그리고 만약 신성한 눈[4]에게

나의 시 달콤한 몇 마디가

어떤 즐거움을 줄 수 있다면,

오, 나는 모든 연인보다 행복할 것이오!

또한 거짓말하지 않고 말할 수 있다면,

20   '여인이 부탁하니 나는 말하고 싶소.'[5]

조금씩 그렇게 높이 상상하도록

나를 인도한 모호한 생각들이여,

여인[6]은 강한 돌 심장을 갖고 있어서

나는 안으로 들어갈 수 없다오.

25   그녀는 우리의 말에 관심을 가질 만큼

낮게 바라보려고 하지 않는데,

한다.

4) 라우라의 눈이다.

5) 원문에는 *Donna mi priegba, per ch'io voglio dire*로 되어 있는데, 청신체의
    대표적 시인 귀도 카발칸티Guido Cavalcanti(1258?~1300)의 「27번 시*Rime 27*」
    로 사랑의 본성에 대해 노래하는 탁월한 칸초네의 첫 구절 *Donna me prega,
    per ch'eo voglio dire*를 인용한 것이다.

6) 라우라를 가리킨다.

하늘이 원하지 않기 때문이며,

거기에 맞서는 것에 나는 피곤해졌고,

내 심장이 단단하고 가혹해지듯이,

30   '그렇게 내 말에서 가혹해지고 싶다오.'[7]

무슨 말인가? 내가 어디 있지? 나 자신과

지나친 욕망이 아니라면 누가 나를 속이는가?

만약 하늘에서 하늘로 돌아다녀 본다면

어떤 별도 내가 울도록 운명 짓지 않았다오.

35   인간의 베일[8]이 내 시야를 흐린다면

별이나 다른 아름다운 것들[9]에게

무슨 잘못이 있을까요?

밤낮으로 나를 울리는 자[10]가 함께 있으니,

자기 즐거움으로 나를 무겁게 하는 것은

40   '달콤한 모습과 부드럽고 아름다운 눈길'.[11]

세상을 장식하고 있는 모든 것은

---

7) 원문에는 *così nel mio parlar voglio esser aspro*로 되어 있는데, 돌처럼 단단
   하고 냉정한 여인에 대한 단테의 「46번 시*Rime 46*」(또는 「103번 시」)의 첫 구절
   이다.

8) 인간의 육신을 가리킨다.

9) 이 세상의 창조물들이다.

10) 아모르를 가리킨다.

11) 원문에는 *la dolce vista e 'l bel guardo soave*로 되어 있는데, 치노 다 피스토
    이아Cino da Pistoia(1270~1336)의 칸초네 첫 구절이다. 이 칸초네는 사랑하
    는 여인에게서 멀리 떨어져 있는 고통에 대해 노래한다.

영원한 장인[12]의 손에서 좋게 나왔는데,[13]
내 주위에 나타나는 아름다움은 그렇게
깊이 분별하지 못하는 나를 눈부시게 만들어,
45   진정한 광채로 돌아오면
내 눈은 불안하게 흔들리니,[14]
그렇게 허약하게 된 것은
자기 잘못이지, 천사 같은 아름다움[15]을
바라본 바로 그날의 잘못이 아니라오,
50   '젊은 나이의 달콤한 시절에.'[16]

---

12) 창조주 하느님을 가리킨다.
13) "하느님께서 보시니 손수 만드신 모든 것이 참 좋았다"(한국천주교주교회의,
    『새번역 성경』, 「창세기」 1장 31절).
14) 원문에는 *non pò star fermo*, 즉 "확고하게 있을 수 없으니"로 되어 있다.
15) 라우라를 가리킨다.
16) 원문에는 *nel dolce tempo de la prima etade*로 되어 있는데, 23번 '변신의
    칸초네' 첫 구절이다. 논리상으로 이 구절은 바로 앞의 "천사 같은 아름다움
    을 바라본 바로 그날"을 수식해 준다.

인생은 짧고, 고귀한 임무[2]에
재능은 두려워하기 때문에,
재능도 인생도 많이 신뢰하지 않지만,
침묵하면서 외치는 나의 고통이,
내가 원하는 곳에서, 이해되어야 하는 곳에서
6   이해되기를 바란다오.
아모르가 둥지를 짓는 우아한 눈[3]이여,
자체로는 게을러도 큰 욕망이 박차를 가하는
내 빈약한 문체를 너에게 향하니,
너에 대해 말하는 사람은,
사랑의 날개로 들어 올려

---

1) 이 칸초네와 이어지는 두 편의 칸초네는 라우라의 눈을 찬양하는 소위 '눈의 칸초네' 또는 '눈의 노래cantilena oculorum'로 바로 앞의 70번 칸초네와 밀접하게 연결되어 있다. 이 칸초네들은 전통적으로 아비뇽 시절에 쓴 것으로 보았으나, 최근에는 이후의 작품으로 보는 학자도 있으며, 1350년대 초반에 썼거나 아니면 수정했다고 주장하는 학자도 있다. 모두 7연으로 구성되어 있고, 각 연은 15행으로 구성되었는데, 이것은 다시 두 부분으로 나뉘어 11음절 시행 네 개와 7음절 시행 두 개로 이루어진 전반부와 11음절 시행 일곱 개와 7음절 시행 두 개로 이루어진 후반부로 구성되었다. 결구는 11음절 시행 세 개로 되어 있다.
2) 라우라의 눈을 찬양하는 임무다.
3) 라우라의 눈이다.

모든 비천한 생각을 없애주는
고귀한 습관을 주제로부터 얻겠지.
그런 날개로 올라간 나는 오랫동안
15 　가슴속에 감추고 있던 것을 말하리.

내 찬미가 얼마나 너에게 부적절한지[4]
모르는 것은 아니지만,
나나 다른 사람의 말은 물론이고
생각도 도달할 수 없는 것[5]을
바라본 이후로 내 안에 있는
21 　커다란 욕망에 맞설 수 없구나.
달콤하고도 쓰라린 내 상황의 시초를
단지 너만 이해한다는 것을 알고 있지.
내가 불타는 빛살[6] 앞에 눈雪처럼 된다면,
나의 무능함은 아마도
너의 고귀한 경멸을 불러일으킬 거야.
오, 만약 그 두려움이
나를 불태우는 갈증을 줄여주지 못한다면
죽음이 행복할 거야! 그 눈 없이 사는 것보다
30 　눈이 있는 곳에서 죽는 것이 나을 테니까.

---

4) 원문에는 'ngiuriosa, 즉 "모욕적인지"로 되어 있다.
5) 라우라의 눈을 가리키는데, 누구의 말이나 생각으로도 충분히 찬미할 수 없다
　는 과장된 표현이다.
6) 눈부신 눈의 빛살이다.

그러니까 그렇게 강력한 불 앞에서
연약한 대상인 내가 쇠진되지 않는 것은
거기서 살아남는 자신의 가치 때문이 아니라,
혈관 속에 흐르는 피를
약간 식혀주는 두려움이
심장을 덥혀 조금 더 불타게 해주기 때문이지.
오, 언덕이여, 계곡이여, 강이여, 숲이여, 들판이여,
힘겨운 내 삶의 증인들이여,
죽음을 부르는 내 말을 얼마나 들었던가!
아, 고통스러운 운명이여,
머물러도 괴롭고, 달아나도 도움이 되지 않네.
하지만 더 큰 두려움[7]이 나를
억제하지 않는다면, 짧고 신속한 길[8]이
이 거칠고 힘든 고통을 끝낼 텐데,
그 책임은 신경 쓰지 않는 사람[9]의 것이지.

고통이여, 왜 나를 길 밖으로 이끌어
원하지 않는 것을 말하게 만드는가?
즐거움이 이끄는 곳으로 가게 해다오.

36

45

---

7) 곧이어 말하듯이 만약 자살하면 영원한 형벌을 받을 것에 대한 두려움이다. 중
   세의 관념에서 자살은 죄이고, 따라서 자살자의 영혼은 지옥에서 형벌을 받는
   다고 믿었다.
8) 자살의 길을 암시한다.
9) 라우라를 가리킨다.

인간의 영역 위에서 평온한 눈이여,
나를 그 매듭에 묶은 자[10]나 너 때문에
51   이제 나는 괴로워하지 않아.
아모르가 얼마나 많은 색깔을 자주
내 얼굴에다 그리는지[11] 잘 본다면,
그가 밤낮으로 나를 지배하는 곳[12]에서,
행복하고 즐거운 빛[13]이여,
너에게서 모은 힘으로 내 안에다
무엇을 하는지 생각할 수 있을 것이며,
너는 너 자신을 보지 못하지만
나를 향해 바라볼 때마다
60   다른 자[14]를 통해 네가 누구인지 알겠지.

바라보는 자로서 내가 말하는
믿을 수 없이 신성한 아름다움을
만약 너도 잘 알고 있다면,
너의 마음은 절제된 즐거움을
갖지 못할 것이며, 너를 열고 움직이는
66   자연스러운 힘과는 거리가 멀겠지.[15]

---

10) 아모르를 가리킨다.
11) 사랑으로 인한 온갖 감정의 변화가 얼굴에 드러난다는 뜻이다.
12) 사랑이 머무는 심장이다.
13) 라우라의 눈을 가리킨다.
14) 라우라의 눈을 바라보는 페트라르카 자신을 가리킨다.
15) 라우라의 눈의 아름다움은 자연의 힘을 능가한다는 뜻이다.

너 때문에 한숨짓는 영혼은 행복하구나,
다른 것은 즐겁지 않은 나의 삶을
고마워하게 만드는 하늘의 빛이여!
세상에, 내가 절대 배부르지 않을 것[16]을
왜 그렇게 드물게 주는가?
아모르가 나를 얼마나 괴롭히는지
왜 자주 바라보지 않는가?
내 영혼이 이따금 느끼는 행복을
75 왜 곧바로 빼앗아 가는가?

그러니까 이따금 네 덕분에
나는 영혼 한가운데에서
특별하고 새로운 달콤함을 느끼고,
그러면 육신의 사방에서
괴로운 생각들이 사라지고
81 무수한 생각 중에 단 하나[17]만 남으니,
단지 그것만이 나의 삶에 필요하지.
그런 나의 행복이 잠시 지속되면
어떤 상태도 나와 견줄 수 없을 테지만,
혹시 그런 영광은 다른 사람을
질투하게 하고 나를 오만하게 할 수 있으니,
불쌍하구나, 웃음의 끝은

---

16) 라우라의 눈은 아무리 바라보아도 만족할 만큼 충족되지 않는다는 뜻이다.
17) 라우라의 눈을 바라보는 것이다.

눈물로 바뀌니,
그 불타는 정신[18]을 중단시키고 나에게로
90 돌아와 나 자신에 대해 생각해야 하네.

안에[19] 거주하는 사랑의 생각은
너를 통해 나에게 나타나고
심장에서 다른 모든 즐거움을 끌어내니,
육신이 죽더라도 나 자신이
불멸이 되기를 희망할 때
96 나에게서 그런 말과 행동이 나오지.
네가 나타나면 고통과 번민이 달아나고
네가 떠나면 다시 돌아오지만,
사랑의 기억이 그들에게
입구를 닫아버리기 때문에
표면적인 곳에서 더 들어가지 못하니,
혹시 나에게서 멋진 열매가 나온다면
너에게서 먼저 그 씨앗이 나오고,
메마른 땅 같은 나를 네가 경작하니,
105 그 명예는 모두 네 것이야.

칸초네여, 너는 나를 진정시키지 못하고

---

18) 황홀경에 빠져 있는 상태를 가리킨다.
19) 라우라의 가슴속에.

나를 홀리는 것[20]에 대해 말하도록 불태우지만,
108 분명히 너는 외롭지 않으리라.

---

20) 라우라의 눈이다.

72[1]

고귀한 여인이여, 그대 눈의 움직임에서
보이는 달콤한 빛은 천국으로
가는 길을 나에게 보여주고,
오랜 습관으로 내가 아모르와
단둘이 앉아 있는 곳[2]에서는
6 심장[3]이 거의 보일 듯이 비친다오.
그 모습은 나를 선행으로 이끌고
영광스러운 목표로 인도하니,
그것만으로 나는 사람들[4]과 멀리 떨어지고,
그 두 신성한 빛에서 내가 느끼는 것은
어떤 인간의 언어로도
절대 이야기할 수 없을 것이오,
겨울이 서리를 뿌릴 때도,
내 번민이 처음 나타난 날처럼
15 한 해가 새로이 활력을 얻을 때도.[5]

---

1) 이 칸초네 역시 '눈의 노래'이며 형식도 71번 칸초네와 같지만, 모두 5연으로
   구성되어 있다.
2) 라우라의 눈을 가리킨다.
3) 라우라의 심장이다.
4) 원문에는 *vulgo*, 즉 "민중" 또는 "대중"으로 되어 있다.
5) 라우라를 처음 본 1327년 4월 6일, 말하자면 봄에 새로운 한 해가 활력을 찾을

나는 생각한다오, 만약
별들의 영원한 원동자[6]께서
당신의 작업을 땅에 보여주신 저 위에
아름다운 다른 창조물들이 있다면,
그런 삶으로 가는 길을 가로막고
21   나를 가두고 있는 감옥이 열렸으면!
그런 다음 내 익숙한 번민[7]으로 돌아와
나에게 많은 행복을 가져다준,
내가 태어난 날과 자연에 감사하고,
내 심장을 많은 희망으로 올려놓은
그녀[8]에게 감사하니, 그날[9]까지 나는
나태하고 무기력하게 누워 있다가
그날부터 나 자신이 내 마음에 들었고,
아름다운 눈이 열쇠를 가진 내 심장이
30   고귀하고 달콤한 생각으로 채워졌기 때문이오.

아모르나 변덕스러운 포르투나[10]가

때도.
6) 하늘을 움직이는 창조주 하느님을 가리킨다.
7) 원문에는 *guerra*, 즉 "전쟁"으로 되어 있는데, 사랑으로 인한 번민과 괴로움을
   의미한다.
8) 라우라를 가리킨다.
9) 라우라를 보고 사랑에 빠진 날이다.
10) 포르투나Fortuna는 로마 신화에서 행운과 운명의 여신으로 그리스 신화의 티

세상에서 친한 친구에게도
절대 주지 않았을 만큼 행복한 상태도,
모든 나무가 자기 뿌리에서 나오듯이
나의 모든 휴식이 나오는 눈의
36   눈길 한 번과 바꾸지 않을 것이오.
내 삶의 행복을 주며 천사처럼
아름다운 눈, 달콤하게 나를 쇠진시키고
파괴하는 즐거움이 불타오르는 곳.
네가 빛나는 곳에서는
다른 모든 빛이 달아나고 사라지듯이,
그렇게 달콤함이 내려올 때
나의 심장에서는
다른 모든 것, 모든 생각이 떠나고
45   단지 너와 아모르만 남아 있지.

행복한 연인들의 가슴속에 있는
그 모든 달콤함을 한 장소에
모두 모아놓아도, 이따금 네가
흰색과 검은색[11] 사이에서 부드럽게
아모르가 장난하는 빛을 던질 때
51   내가 느끼는 것에 비하면 아무것도 아니니,

케와 동일시된다.
11) 눈의 흰자위와 눈동자를 가리킨다.

포대기와 요람 때부터[12] 내 불완전함에,
적대적인 포르투나에 그런 보상을
하늘이 배려했다고 믿지.
베일과 손은 나에게 잘못하니,
내 최고의 즐거움[13]과
내 눈 사이를 자주 가로막고,
그래서 다양한 모습으로 바뀌는[14] 가슴을
토로하기 위하여 커다란 욕망이
60 밤낮으로 눈물을 흘린다오.

유감스럽게도 나의 자연적인 자질은
나에게 소용없고, 그 소중한 눈길에
합당하지 않다는 것을 알기 때문에,
나를 온통 불태우는 고귀한 불꽃과
높은 희망[15]에 부합하는
66 수준에 이르도록 노력하는 중이라오.
만약 근면한 노력을 통해
세상이 열망하는 것을 경멸하고,[16]

---

12) 태어날 때부터.
13) 라우라의 눈을 가리킨다.
14) 희로애락에 따라 변한다는 뜻이다.
15) 라우라의 눈을 찬양하고 노래하고 싶은 욕망이다.
16) 원문에는 *dispregiator*, 즉 "경멸하는 자"로 되어 있고, 따라서 다음 행과 연결하면 "경멸하는 자가 되어"이다.

선에 빠르고 악¹⁷⁾에 느릴 수 있다면,

그런 명성이 좋은 판단에서

아마 나에게 도움이 될 것이며,

분명히 내 눈물의 끝은,

괴로운 심장이 다른 곳에서 부르지 않으니,

고귀한 연인들의 마지막 희망인

75   달콤하게 떨리는 아름다운 눈에서 나온다오.

칸초네여, 한 자매¹⁸⁾는 바로 앞에 있고,

다른 자매¹⁹⁾는 같은 거주지²⁰⁾에서 준비되니,

78   내가 더 많은 종이에 적으리.

---

17) 원문에는 *contrario*, 즉 "그 반대"로 되어 있다.
18) 마찬가지로 라우라의 눈에 대해 노래하는 71번 칸초네를 가리킨다.
19) 뒤이어 나오는 73번 칸초네를 가리킨다.
20) 페트라르카의 지성 또는 라우라의 눈을 가리키는 것으로 해석된다.

73[1]

내 운명으로 언제나 내가
한숨짓게 강요한 불타는 욕망이
말하라고[2] 강요하고 있으니,
그렇게 하라고 이끄는 아모르여,
안내자가 되어 길을 가르쳐주고
6 　나의 시가 욕망과 어울리게 해주오.
하지만 언어가 자극하고 불태우기 때문에
내면에서[3] 느끼는 것으로 인하여
내가 두려워하듯이, 넘치는 달콤함으로
나의 심장이 무너지지는 않도록 해주고,
또한 떨면서 두려워하듯이, 아무리 노력해도
이따금 그러는 것처럼,
마음속의 커다란 불꽃이 사그라져[4]

---

1) 마지막 세 번째 '눈의 노래'로 구조와 형식은 앞의 71~72번 칸초네와 똑같고,
다만 모두 전체 6연으로 구성되어 있다. '바티칸 라틴 필사본 3196번'에 이 칸초
네에 활용된 일부 시행이 실려 있는데, 거기에 적힌 메모에 의하면 1353년 2월
이후에 새롭게 완성된 작품이다.
2) 시로 노래하라고.
3) 원문에는 ov'occhio altrui non giugne, 즉 "다른 사람의 눈이 도달하지 않는
곳에서"로 되어 있다.
4) 시를 쓰고 싶은 영감과 열정이 식는 것을 가리킨다.

마치 태양 앞의 눈사람[5]처럼

15 말의 소리에 내가 소진되지 않게 해주오.

처음 시작할 때 나는 말함으로써
내 타오르는 욕망에 약간의 짧은 휴식과
쉬는 시간을 줄 것으로 믿었는데,
내가 느낀 것에 대해
말하도록 이끌었던 그런 희망이

21 필요한 지금 나를 떠나 흩어지는군요.
그래도 사랑의 노래를 계속하며
고귀한 임무를 뒤따라야 하니,
나를 이끄는 욕망은 그렇게 강력하고,
고삐를 잡고 있던 이성[6]은
이제 죽었고 거기에 맞설 수 없다오.
아모르여, 내가 하는 말이 혹시
달콤한 적[7]의 귀에 닿는다면, 그녀가
내 친구는 아니더라도 연민의 친구가 되게 할[8]

30 그런 방법이라도 최소한 알려주오.

사람들이 진정한 영광에 불타던

---

5) 원문에는 *buom di ghiaccio*, 즉 "얼음 사람"으로 되어 있다.
6) 감성, 즉 사랑의 열정을 억제하는 합리적인 이성을 가리킨다.
7) 라우라를 가리킨다.
8) 페트라르카 자신의 친구가 되지 않더라도 최소한 자신에 대해 연민을 가지면
좋겠다는 뜻이다.

그런 시대[9]에는
일부 근면한 사람들은
여러 지방을 돌아다니면서
산과 바다를 지나고 영광스러운 것을 찾으며
36 거기에서 가장 아름다운 꽃을 꺾었는데,
하느님과 자연과 아모르는
내가 즐겁게 살아가는 그 아름다운 빛[10]에다
모든 덕성을 완벽하게 채우려고 했으니,
나는 이 강과 저 강을 건너거나
여러 고장을 여행할 필요가 없지요.
마치 내 모든 구원의 샘처럼
언제나 그 빛에 의존하고,
죽음을 향해 열심히 달려가면서
45 단지 그 눈길에서 위안을 얻는다오.

한밤중에 휘몰아치는 바람 속에
피곤한 키잡이가 우리의 극[11]에
언제나 있는 두 빛[12]을 향해 고개를 들듯이,
내가 휩쓸린 아모르의
폭풍우 속에서, 빛나는 눈은

---

9) 옛날 사람들의 시대를 가리킨다. 페트라르카는 옛날 시대와 무기력하고 메마른 당대를 논쟁적으로 대비하고 있다.
10) 라우라의 눈을 가리킨다.
11) 북극, 즉 사람들이 사는 북반구를 가리킨다.
12) 북극성 근처의 큰곰자리와 작은곰자리다.

51   유일한 위안이며 별자리라오.
        불쌍하구나, 하지만 아모르가 알려주는 대로
        여기저기에서 내가 훔치는 것[13]은
        우아한 선물[14]에서 오는 것보다 너무 많고,
        내가 가진 적은 가치로 나는
        그 눈의 영원한 습관이 되었지요.
        맨 처음 본 이후로 나는 그 눈 없이
        선행을 향해 한 발자국도 움직이지 않았고,
        그렇게 그 눈을 꼭대기에 두었으니
60   내 가치는 스스로 초라해 보인다오. [15]

        부드러운 눈이 내 가슴에 주는
        효과들은 이야기할 수도 없고
        상상할 수도 없으니,
        세상 삶의 다른 모든 즐거움은
        아주 초라하게 보이고,
66   다른 모든 아름다움은 뒤처진다오.
        어떤 괴로움도 없는 평온한 평화,
        영원한 천국에 있는 것 같은 평화는
        그 눈에서 사랑의 웃음을 보내니,

---

13) 라우라의 눈을 몰래 훔쳐보는 것을 뜻한다.
14) 라우라를 가리킨다.
15) 원문에는 *falso s'estima*, 즉 "거짓으로 평가된다"로 되어 있다.

천상의 바퀴[16]가 전혀 돌지도 않고,
다른 사람이나 나 자신도 생각하지 않고
내 눈을 자주 깜박이지도 않은 채,[17]
아모르가 어떻게 그 눈을 부드럽게 지배하는지
단 하루만이라도 옆에서
75 뚫어지게 바라볼 수 있다면!

불쌍하구나, 나는 어떤 식으로든
있을 수 없는 것을 찾고 있으며
희망 없는 욕망으로 살고 있다오.
지나친 빛이 인간의 시력을 능가할 때,
아모르가 내 혀를 묶어놓은
81 그 매듭이 풀린다면,
바로 그 순간 용감하게 나는
듣는 사람을 울릴 정도로
색다른 말을 할 수 있을 것이오.
하지만 깊이 새겨진 상처들은
상처 난 가슴을 억지로 다른 곳으로 돌리고,
그러면 나는 창백해지고,
피는 어딘지 모르는 곳으로 숨고,
나는 예전의 내가 아니며, 그것이 바로
90 아모르가 나를 죽인 타격이라는 것을 깨닫지요.

---

16) 당시의 우주관에 따른 천구들을 가리킨다.
17) 관조의 황홀경 속에서 시간과 공간이 정지한 것 같은 상태를 가리킨다.

칸초네여, 길고도 달콤한 이야기로
벌써 펜이 지치는 것을 느끼지만,
93   내 생각은 나와 말하는 데 지치지 않는구나.

74[1]

나는 이미 생각하는 데 지쳤다오,[2]
그대에 대한 생각이 어떻게 지치지 않는지,
그 무거운 한숨의 짐에서 벗어나기 위해
4   어떻게 내가 아직 삶을 버리지 않았는지,

내가 언제나 이야기하는 아름다운 눈과
머리칼과 얼굴에 대해 말하는 것에
어떻게 혀와 목소리가 소진되지 않고
8   밤낮으로 그대의 이름을 부르는지,

그리고 온 사방으로 그대를 뒤따르면서
수많은 발걸음을 쓸모없이 허비하는
11   내 발이 어떻게 지치고 약해지지 않는지,

내가 그대로 채우는 종이와 잉크[3]가

---

1) 아비뇽에 살 때 쓴 것으로 보이는 이 소네트와 뒤따르는 75번 소네트는 앞에
   나온 '눈의 노래' 세 편에 대한 일종의 부록으로 여겨진다. 여기에서는 라우라
   에 대한 오랜 생각과 그녀의 아름다움에 대해 말한다. 이 소네트도 한 문장으
   로 되어 있다.
2) 이어서 말하는 모든 것이 "생각하는"의 목적어다.
3) 라우라에 대한 시를 쓰게 만드는 끊임없는 영감을 말한다.

어디서 오는지, 또 만약 실패하면 그것은

14 기술 부족이 아니라 아모르의 잘못이라는 것을.

아름다운 눈, 나에게 상처를 주고[1]
약초나 마법, 또는 우리의 바다[2]에서
멀리 떨어진 돌[3]의 힘이 아니라
4   자기 자신만 상처를 치유할 수 있는[4] 눈은

나에게 다른 사랑[5]의 길을 끊었기에,
달콤한 생각[6]만으로도 영혼이 충족되고,
혀가 그 뒤를 따르려 하더라도, 혀가 아닌
8   안내자[7]가 비웃음을 받아야 한다오.

---

1) 원문에는 *ond'i' fui percosso*, 즉 "내가 상처받아"로 되어 있다.
2) 지중해를 가리킨다. 고대 로마에서는 지중해를 "우리의 바다mare nostrum"라고
   불렀다.
3) 연금술에서 말하는 철학자의 돌(또는 현자의 돌)을 가리키는 것으로 해석된다.
4) 아킬레스의 창을 암시한다(29번 칸초네 16행의 역주 참조).
5) 여인에 대한 사랑뿐만 아니라 더 넓은 의미에서 학문이나 지혜에 대한 사랑으
   로 볼 수도 있다.
6) 라우라의 눈에 대한 생각이다.
7) 혀를 이끄는 "달콤한 생각"을 가리킨다. 뒤이어 말하듯이 혹시 시인의 능력이
   부족하여 제대로 표현하지 못하더라도, 그 책임은 그렇게 하도록 이끄는 라우
   라의 눈에 대한 생각에게 있다는 것이다.

그렇게 내 주인[8]의 위업[9]이 사방에서,
특히 내 심장[10]에서 승리하게 만드는 것은
11   바로 그 아름다운 눈이며,

언제나 타오르는 불꽃으로 내 심장 속에서
아무리 말해도 지치지 않게 하는 것은
14   바로 그 아름다운 눈이라오.

---

8) 아모르를 가리킨다.
9) 원문에는 *l'imprese*로 되어 있는데, 일부에서는 군대의 "깃발"로 해석하기도
    한다.
10) 원문에는 *fianco*, 즉 "옆구리"로 되어 있는데, 심장이 있는 쪽 옆구리를 가리
    킨다.

76[1]

아모르는 자신의 약속으로 유혹하며
나를 오래된 감옥으로 다시 이끌었고,
아직도 나를 나 자신에게서 쫓아내는[2]
4   나의 적[3]에게 감옥의 열쇠를 주었지요.

불쌍하구나, 나는 그들에게 붙잡힐 때까지
깨닫지 못했고, 지금은 아주 힘겹게
(아무리 맹세하며 말해도 누가 믿을까요?)
8   한숨지으며 자유를 향해 돌아가려 한다오.

그리고 정말로 괴로운 죄수처럼
무거운 사슬을 짊어지고 다니며
11   눈과 얼굴로 심장을 드러내 보이지요.

---

1) 이 소네트는 1338년경에 쓴 것으로 보이며, 일부에서는 페트라르카가 라우라
   에 대한 열정에서 벗어나기 위하여 보클뤼즈로 거주지를 옮겼다고 암시하는
   작품으로 보기도 한다.
2) 자신의 정신을 자기 자신에게서 분리하고 있다는 뜻이다.
3) 라우라를 가리킨다.

내 얼굴빛[4]을 보면 당신[5]은 말하겠지요.

"내가 정확하게 보고 판단한다면

14 이 사람[6]은 얼마 가지 않아 죽겠구나."

4) 원문에는 그냥 *colore*, 즉 "색깔"로 되어 있는데, 창백한 얼굴빛을 가리킨다.
5) 구체적으로 어떤 특정한 대상에게 하는 말은 아니다.
6) 페트라르카를 가리킨다.

77[1]

폴리클레이토스[2]가 예술가의 명성[3]을 가진
다른 사람들과 함께 수천 년 동안
바라보아도, 내 가슴을 정복한 아름다움[4]의
4   최소한 일부도 보지 못할 것이오.

하지만 분명히 나의 시모네는 천국에서
(그 고귀한 여인이 떠나온 그곳에서[5])
보았고, 여기에서[6] 그 아름다운 얼굴의
8   증거가 되도록 종이에 그렸답니다.

그 작품은 육신이 영혼을 가리는
이곳 우리들 사이가 아니라 천국에서

---

1) 이 소네트와 다음 78번 소네트는 1335~1336년에 쓴 것이 거의 확실하다. 시
  에나 출신의 화가 시모네 마르티니(3번 소네트 2행의 역주 참조)는 1333년경
  아비뇽으로 왔고 거기에서 1344년에 사망했는데, 페트라르카의 요청으로 라
  우라의 초상화를 그려주었다. 지금은 전하지 않는 그 초상화에 대한 시다.
2) 기원전 5세기 고대 그리스의 대표적인 조각가 중 한 사람으로, 여기에서는 다
  른 화가나 조각가를 대표하는 인물로 인용하고 있다.
3) 원문에는 *fama di quell'arte*, 즉 "그 예술의 명성"으로 되어 있다.
4) 라우라의 아름다움이다.
5) 라우라는 천국에서 왔다는 뜻이다.
6) 지상 세계에서.

11   상상할 수 있는 그런 것이었지요.

      친절하게 그렇게 했는데, 나중에 내려와
      더위와 추위를 느끼고, 눈이 인간의 한계를
14   느낀 뒤에는 그렇게 할 수 없었다오.[7]

---

7) 마치 시모네 마르티니가 태어나기 전에 천국에서 라우라의 아름다움을 보고
   그 초상화를 그렸으며, 나중에 그녀가 지상에 태어나자, 인간의 한계에 막혀
   더 이상 그렇게 하지 못했다고 말하는 것처럼 보이는데, 만약 그렇다면 대단한
   과장법이다.

78

시모네에게 뛰어난 영감이 떠올라
나의 요청으로[1] 손에 철필[2]을 들었을 때,
그 고귀한 작업[3]에 형상과 함께
4   목소리와 지성도 부여했다면,[4]

사람들에게 귀한 것을 나에게는 하찮게 만드는
많은 한숨을 내 가슴에서 비웠을 것이오,[5]
그 그림에서 그녀는 나에게
8   평화를 약속하며 겸손하게 보였으니까요.

그리고 내가 가까이 다가가 말하면
너그럽게 귀를 기울이는 것 같았으니,
11   나의 말에 대답했다면 좋았을 텐데.

---

1) 원문에는 *a mio nome*, 즉 "나의 이름으로"로 되어 있다.
2) 납과 주석의 합금으로 만든 작은 막대기로 연필이 발명되기 전에 스케치하는
   데 사용되었다.
3) 라우라의 초상화를 그리는 작업이다.
4) 말하자면 생명력도 부여했다면.
5) 만약 초상화에 머무르지 않고 살아 있는 인간으로 만들었다면, 다른 모든 것을
   하찮게 여기게 하는 사랑의 번민에서 벗어날 수 있었으리라는 뜻이다.

피그말리온[6]이여, 당신의 조각상[7]에 얼마나

행복하겠소, 나는 단 한 번 원하는 것을

14   그대는 수천 번 가질 수 있으니까요.[8]

---

6) 그리스 신화에 나오는 키프로스 사람으로, 아름다운 여인상을 만들었는데 그
녀를 사랑하게 되었고, 베누스에게 간절하게 기도하자, 조각상은 살아 있는 여
인이 되어 그와 행복한 삶을 살았다고 한다.

7) 원문에는 *l'imagine*, 즉 "영상" 또는 "초상"으로 되어 있다.

8) 상당히 모호한 표현으로 에로틱한 뉘앙스도 있는데, 대부분 라우라의 목소리
를 실제로 한 번만이라도 듣고 싶다는 뜻으로 해석한다.

내가 한숨을 쉬게 된 지 십사 년째 해의
시작에[2] 그 중간과 끝이 상응한다면,[3]
산들바람[4]이나 시원함도 나를 살리지 못할 만큼
4   불타는 나의 욕망이 커지는 것을 느낀다오.

함께 생각을 나누지도 못하고
멍에 아래 숨도 쉬지 못하게 하는 아모르는,
괴롭게 자주 바라보는 눈[5] 때문에
8   내가 반쪽도 안 될 정도로[6] 지배하지요.

---

1) 본문에서 말하듯이 라우라를 사랑한 지 "십사 년째"로 접어드는 해, 구체적으로는 열세 번째 기념일이 지난 직후의 1340년에 쓴 소네트다. 네 번째 '기념일 시'로 여기까지는 간헐적으로 집필되었다. 순서대로 보면 30번 세스티나는 일곱 번째 기념일을 맞는 1334년, 50번 칸초네는 열 번째 기념일인 1337년, 62번 소네트는 열한 번째 기념일인 1338년에 썼다. 하지만 이후에는 매년 정기적으로 '기념일 시'를 집필하여 101번 소네트는 1341년, 107번 소네트는 1342년, 118번 소네트는 1343년, 122번 소네트는 1344년, 266번 소네트는 1345년에 완성했다.
2) 기념일 4월 6일이 지난 직후의 1340년 4월이다.
3) 말하자면 1340년 초부터 끝까지 계속해서 사랑의 열정에 불탄다면.
4) 원문에는 *l'aura*, 즉 '라우라'로 되어 있다(52번 마드리갈 4행의 역주 참조). 이런 말장난은 이후 작품들에서 여러 번 반복된다.
5) 라우라의 눈이다.
6) 몸이 반쪽도 되지 않을 만큼 야위었다는 뜻이다.

그렇게 나날이 야위는 것을
아무도 모르고 나 혼자만 깨닫는데,
11   그녀는 바라보며 내 심장을 무너뜨린다오.

지금까지 겨우 영혼을 이끌었는데
얼마나 나와 함께 머무를지 모르겠소,
14   죽음은 다가오고, 삶은 달아나니까요.

80[1)]

속임수 파도들[2)]과 암초들 사이에서
조그마한 배로 죽음과 마주한[3)] 채
삶을 살아가려고 결심한 사람은
죽음에서 멀리 있을 수 없으므로,
아직 돛이 키를 믿고 있는 동안
6   항구로 피하는 것이 좋을 것이오.

내가 사랑의 삶으로 들어가면서
더 나은 항구[4)]로 가려는 희망에
돛과 키를 맡긴 부드러운 산들바람은
결국 나를 많은 암초 사이로 이끌었으니,
내 고통스러운 결과의 원인은
12   밖에[5)] 있지 않고 배 안에 있었지요.

---

1) 네 번째 세스티나로 처음 보클뤼즈에 살던 1337~1341년에 쓴 것으로 짐작된
   다. 다른 작품들과 달리 여기에서는 참회의 어조를 강하게 느낄 수 있다. 형식
   은 모두 6연이고, 각 연은 11음절 시행 여섯 개로 구성되었으며, 결구는 11음
   절 시행 세 개로 되어 있다.
2) 원문에는 *l'onde fallaci*, 즉 "거짓 파도들"로 되어 있는데, 겉으로 보이는 것과
   달리 많은 위험을 감추고 있으며 계속 변하는 파도를 의미한다.
3) 원문에는 *scevro*, 즉 "나누어진"으로 되어 있다.
4) 경건한 종교적 삶에 정착하는 것을 암시한다.
5) 원문에는 *d'intorno*, 즉 "주위에"로 되어 있다.

이 눈먼 배에 오랫동안 갇힌 나는
때 이르게 나를 종말로 끌고 가던
돛을 쳐다보지도 않고 방황했지만,
나에게 생명을 주신 분[6]께서는
암초들에서 뒤로 물러나게 나를 부르셨고
18   최소한 멀리에서 항구가 보이게 하셨지요.

먼바다에서 밤에 폭풍우나 암초가
시야를 가리지 않을 때, 배나 쪽배가
어느 항구의 불빛[7]을 보듯이,
그렇게 부풀어 오른 돛 위에서 나는
다른 삶[8]의 불빛[9]을 보았고,
24   그래서 나의 목표를 향해 가려고 했지요.[10]

그런 목표에 대해 아직 안심할 수 없으니,
낮에 항구에 도달하기에는
짧은 삶에 긴 여행이기 때문이지요.
연약한 배에 있는 나는 두렵고,
이 암초들로 나를 몰아넣은 바람으로

---

6) 하느님이다.
7) 등대의 불빛이다.
8) 하느님을 향한 영원한 삶을 뜻한다.
9) 원문에는 le 'nsegne, 즉 "표지들"로 되어 있다.
10) 영원한 삶을 지향하는 것, 즉 안전하게 항구에 도달하기를 원했다는 뜻이다.

30   돛이 부푸는 것을 이제 원하지 않는다오.

        내가 이 위험한 암초들에서 벗어나고
        내 망명길이 멋진 목적지에 도달하도록,
        돛의 방향을 돌리고, 항구에
        닻을 내리기를 얼마나 원하는지!
        내가 불타는 나무처럼 타지 않는 것은
36   익숙한 삶을 버리기가 힘들기 때문이오.

        내 삶과 죽음의 주인[11]이시여,
        암초 사이에서 배가 부서지기 전에
39   괴로운 돛을 좋은 항구로 이끌어주소서.

---

11) 하느님을 가리킨다.

81[1]

나의 죄와 사악한 습관의
오래된 짐 아래에서 너무 피곤하여
인생길 중간에 소진되어 혹시
4   내 적[2]의 손에 떨어질지 무척 두렵다오.

말할 수 없는 최고의 친절함으로
위대한 친구[3]가 나를 구하려고 왔다가
나의 시야 밖으로 날아가 버리셨으니,[4]
8   그분을 보려고 헛되이 노력하고 있지요.

하지만 그분 목소리가 아직 울리고 있다오,
"오, 괴로워하는 너희들아, 여기 길이 있다,
11   적[5]이 길을 막지 않는다면, 나에게로 와라."

어떤 은총, 어떤 사랑, 또는 어떤 운명이

---

1) 이 소네트도 처음 보클뤼즈에 살던 시기에 쓴 것으로 보인다. 이 작품 역시 '참
    회의 시'라고 할 수 있다.
2) 여기에서는 악마를 가리킨다.
3) 예수 그리스도를 가리킨다.
4) 자신이 신성한 은총을 따르지 못하고 죄에 빠졌다는 뜻이다.
5) 원문에는 *altri*, 즉 "다른 자"로 되어 있다.

나에게 비둘기 같은 날개를 주어
14   땅에서 날아올라 쉬게 할까요?

82[1]

그대를 사랑하는 데 전혀 지치지 않았고,
여인이여, 살아가는 동안 앞으로도 그러겠지만,
극단적으로 나 자신을 증오하게 되었고
4 이제 끊임없는 눈물에 지쳐버렸으니,

차라리 나에게 상처를 준 그대 이름을
대리석에 새겨놓은 하얗고 아름다운
무덤에 생명력이 사라진 나의 육신이
8 함께 남아 있기를 바란답니다.

사랑의 믿음으로 가득한 심장이
괴로움 없이 그대를 만족시킬 수 있다면
11 이제 나를 불쌍히 여겨주오.

만약 다른 방식으로 만족하고 싶다면[2]
그대의 경멸은 실수하여 뜻대로 되지 않으리니,[3]

---

1) 이 소네트와 다음 83번 소네트도 처음 보클뤼즈에 살 때 쓴 것으로 보인다. 두 작품 모두 라우라에 대한 사랑에서 벗어나고 싶은 욕망을 암시한다.
2) 뒤이어 말하듯이 "경멸", 즉 잔인한 태도로 만족하고 싶다면.
3) 페트라르카 자신은 그런 경멸에도 포기하지 않을 것이기 때문이다.

14   그에 대해 아모르와 나 자신에게 감사하겠소.

83

세월이 서서히 뒤섞는[1] 것 같은
양쪽 관자놀이가 아직 하얗지 않다면,
아모르가 화살을 재고 당기는 곳[2]까지
4 　가끔 과감하게 가면 안전하지 않을 것이오.

이제는 아모르가 나를 찢거나 죽일까,
나를 끈끈이로 잡고 있으면서도 붙잡을까,
사악하고 유독한 화살로 밖에서 찌르며
8 　나의 심장을 열어젖힐까 두렵지 않다오.

이제 눈물은 눈에서 나오지 않지만,
그곳까지[3] 가는 길을 알고 있기에,
11 　가까스로 통로를 막을 수 있겠지요.[4]

---

1) 흰 머리칼과 검은 머리칼을 뒤섞고 있다는 뜻이다. 페트라르카는 빨리 머리가
　 희어졌다고 한다.
2) 라우라가 있는 곳, 또는 라우라의 눈을 가리킨다.
3) 눈물이 나오는 눈까지.
4) 원문에는 *sì ch'a pena fia mai ch'i' 'l passo chiuda*, 즉 "그 통로를 막을 자가
　 겨우 있겠지요"로 되어 있다. 아직 사랑 때문에 괴롭지만, 이제는 약간 합리적
　 으로 억제하고 있다는 암시다.

잔인한 빛살[5]은 나를 달굴 수 있지만
불태우지 못하고, 잔인하고 강한 모습은

14   나의 잠을 방해할 수 있지만 깨뜨리지 못한다오.

---

5) 라우라의 눈빛이다.

"눈이여, 울어라. 너의 잘못 때문에
죽을 만큼 괴로운 심장과 함께해라."
"나는 언제나 그러지만, 나의 잘못보다
4   다른 자[2]의 잘못 때문에 탄식해야 해요."

"맨 처음 아모르가 너를 통하여 들어왔고
지금도 자기 집처럼 들어오고 있잖아."
"죽어가는 그자[3]가 안에서 품고 있는
8   희망 때문에 나는 길을 열어주고 있어요."

"네 생각처럼 공평한 주장이 아니야.
너도 처음 보았을 때[4] 너와
11   심장에게 고통이 되도록 탐욕스러웠어."

"그것은 무엇보다 나를 슬프게 하네요.
완벽한 판결은 정말로 드문데,

---

1) 아비뇽에 살던 1326~1337년에 쓴 것으로 보이는 이 소네트는 페트라르카가
    자기 눈과 나누는 대화 형식으로 되어 있다.
2) 심장을 가리킨다.
3) 심장을 가리킨다.
4) 라우라를 처음 보았을 때다.

14 다른 자의 잘못 때문에 비난을 받는군요."

85[1]

언제나 사랑했고, 지금도 무척 사랑하고,
날이 갈수록 더욱더 사랑할 것이오,
아모르가 나를 슬프게 할 때
4   울면서 자주 가보는 그 달콤한 장소[2]를.

또 나에게서 하찮은 모든 관심사를 없애준
그 시간, 그리고 자신의 모범으로
선을 실천하게 이끄는 아름다운 얼굴의
8   그녀를 확고하게 사랑할 것입니다.

그런데 내 심장을 공격하기 위해,
내가 너무나 사랑하는 그 달콤한 적들[3]을
11   모두 동시에 보려고 누가 생각했을까요?[4]

아모르여, 오늘 얼마나 세게 나를 압도하는지!
욕망과 함께 커지는 희망이 없다면, 나는

---

1) 이 소네트도 아비뇽에 살던 1326~1337년에 쓴 것으로 보인다.
2) 라우라를 처음 보았던 아비뇽의 생트 클레르 성당을 가리킨다.
3) 위에서 말한 장소와 시간 등 라우라와 관련된 것들이다.
4) 아모르가 그랬다는 뜻이다.

14   더 살고 싶을 때 죽어 쓰러질 것이오.

86[1]

아모르가 나에게 수많은 화살을 쏜
창문[2]을 언제나 증오할 것이오.
일부 화살은 치명적이지 않았는데,
4 삶이 행복할 때 죽는 것이 좋지요.

하지만 지상의 감옥[3]에 머무는 것이
불쌍한 나에게는 끝없는 고뇌의 원인이고,
끝이 없다는 것이 더욱 괴로우니,
8 영혼은 심장에서 분리되지 않기 때문이오.

불쌍한 영혼은 오랜 경험으로 분명히
깨달았을 것이오, 시간을 뒤로 돌리거나
11 늦출 수 있는 사람은 없다는 것을.

나는 여러 번 경고했지요.

---

1) 이 소네트도 아비뇽에 살던 1326~1337년에 쓴 것으로 보인다.
2) 이 "창문"이 무엇을 가리키는지 세 가지 해석이 가능하다. 그러니까 라우라의
   눈, 페트라르카 자신의 눈, 또는 라우라가 모습을 드러낸 진짜 창문으로 볼 수
   있다. 대부분 페트라르카의 눈을 가리키는 것으로 보는데, 만약 그렇다면 앞의
   84번 소네트에서 페트라르카가 자기 눈과 대화한 것과 연결된다.
3) 육신을 가리킨다.

"슬픈 영혼이여, 가라, 평온한 날들을

14 뒤에 남기는 사람은 적시에 가지 못하니까."

87[1]

훌륭한 궁수는 활을 쏘자마자 곧바로
어떤 화살[2]을 경멸할 것인지, 어떤 화살이
정해진 표적을 맞히리라 믿을 것인지
4 멀리에서도 구별하는 것처럼,

여인이여, 그대 눈의 눈빛이
똑바로 나의 내면을 꿰뚫고 지나갔고,
상처 때문에 심장이 영원한 눈물을
8 흘려야 한다는 것을 느꼈을 겁니다.

그리고 분명히 이렇게 말했을 것입니다.
"불쌍한 연인! 욕망은 그를 어디로 이끄는가?
11 이것은 아모르가 그를 죽이려는 화살이야."

고통이 어떻게 나를 마비시키는지 고려하면,
나의 적들[3]이 지금도 나에게 하는 것은
14 죽음이 아니라 고통을 더하는 것이지요.

---

1) 이 소네트도 아비뇽에 살던 1326~1337년에 쓴 것으로 보인다.
2) 원문에는 *colpo*, 즉 "발사" 또는 "타격"으로 되어 있다.
3) 라우라의 두 눈, 또는 라우라와 아모르를 가리키는 것으로 해석된다.

88[1]

내 희망이 실현되기에는 너무 늦고
내 삶의 흐름은 너무 짧기에,
질주보다 더 빠르게 뒤로 달아날 수 있도록
4   적절한 때에 깨달았으면 좋았을 텐데,

욕망이 나를 비튼 바로 그쪽[2]이
약하고 불구인 상태로 아직도 달아나고 있으며,
이제는 안전하지만[3] 얼굴에는 여전히
8   사랑의 싸움에서 얻은 흔적을 갖고 다닌다오.

따라서 충고하지요. "사랑의 길을 가는 여러분,
발걸음을 돌려요. 아모르가 불태우는 여러분,
11   극도의 열정에서 머뭇거리지 마시오.

---

1) 아비뇽에 살던 1326~1337년에 쓴 것으로 보이는 이 소네트는 페트라르카가
    자주 인용한 로마의 시인 퀸투스 호라티우스 플라쿠스Quintus Horatius Flaccus
    (B.C. 65~B.C. 8)의 시구를 원용하고 있다. "모두 합쳐도 짧은 삶은 우리에
    게 긴 희망을 품게 허용하지 않는다Vitae summa brevis spem nos vetat incohare
    longam"(『서정시Carmina』 제1권 4번 서정시 15행).
2) 원문에는 da l'un de' lati, 즉 "양쪽 중 한쪽"으로 되어 있는데, 심장이 있는 왼
    쪽을 가리킨다.
3) 사랑의 열정에서 약간 벗어났다는 뜻이다.

나는 살았지만, 천 명 중에 아무도 살아남지

못하기 때문이오. 나의 적[4]은 매우 강했는데,

14 　　그녀도 가슴 한가운데 상처 입은 것[5]을 보았소."

---

4) 라우라를 가리킨다.
5) 일부에서는 라우라 역시 자기 나름대로 페트라르카를 사랑했다는 것으로 해석
하기도 한다.

아모르가 여러 해 동안 나를 붙잡고
마음대로 하던 감옥에서 달아나면서,[2]
나의 여인들[3]이여, 새로운 자유가 얼마나
4   후회되었는지 이야기하려면 길 것이오.

혼자서는 하루도 살 수 없는 심장이
나에게 말했고, 달아나는 동안
나보다 현명한 사람도 속일 정도로
8   위장한 배신자[4]가 앞에 나타났지요.

그래서 여러 번 한숨짓고 회상하면서
말했다오. "아이고, 멍에와 사슬과 족쇄가
11   자유롭게 가는 것보다 더 달콤했구나."

불쌍한 신세여, 나의 불행을 늦게야 알았고,
나 자신이 사로잡힌 오류에서

---

1) 이 소네트는 1338년 여름 보클뤼즈에서 쓴 것으로 보인다.
2) 아비뇽에서 보클뤼즈로 달아나면서.
3) 불특정 여인들에게 하는 말이다.
4) 아모르를 가리킨다.

14   벗어나기가 지금은 얼마나 힘든 일인지!

90[1]

황금빛 머리칼은 산들바람에 흩날리며
수많은 달콤한 매듭으로 휘감겼고,
그 아름다운 눈에서는 넘칠 정도로
4   사랑스러운 빛이 불탔는데 지금은 약해졌고,

정말인지 거짓인지 모르나 얼굴은
연민의 색깔로 물드는 것 같았고,
가슴에 사랑의 부싯깃을 갖고 있던 내가
8   곧바로 불탔으니 얼마나 놀라운가!

그녀의 걸음걸이는 인간의 걸음이 아니라
천사의 모습이었고, 말하는 소리는
11   인간의 목소리인데 다르게 들렸지요.

내가 본 것은 천상의 정신, 살아 있는
태양이었고, 비록 지금은 그렇지 않지만,[2]
14   활이 늦춰졌어도 상처는 치유되지 않는다오.

---

1) 이 소네트의 집필 시기에 대해서는 학자에 따라 의견이 갈린다.
2) 사랑의 열정이 이제는 약간 완화되고 절제되었다는 것을 암시한다.

91[1]

네가 무척이나 사랑하던 아름다운 여인이

때 이르게 우리에게서 떠나갔고,

내가 바라듯이 천국에 올라갔을 만큼

4   그녀의 행동은 우아하고 달콤했지.

지금은 그녀가 살아 있을 때 갖고 있던

네 심장의 열쇠 두 개를 거둬들이고,

올바르고 신속한 길로 그녀를 뒤따르며

8   지상의 무게[2]에 얽매이지 않을 때야.

이제 너는 가장 큰 짐[3]에서 벗어났으니,

다른 것들[4]도 쉽게 내려놓고 마치

11   짐 없는 순례자처럼 날아오를 수 있어.

----

1) 아마 1340년 말에서 1341년 초 사이에 쓴 것으로 보이는 이 소네트는 페트라르카의 동생 게라르도Gherardo가 사랑하던 여인의 죽음에 관한 작품이다. 라틴어로 쓴 서간문 중 하나에서 암시하는 바에 의하면 젊은 나이에 맞이한 그 여인의 죽음으로· 인해 게라르도는 심각한 정신적 위기를 겪었고 1343년 4월 수도자가 되었다.

2) 지상의 가치들을 가리킨다.

3) 원문에는 *salma*, 즉 "시체"로 되어 있는데, 사랑의 짐을 가리킨다.

4) 지상의 다른 가치들이다.

이제 잘 보아라, 모든 창조물은

죽음을 향해 달려가고, 영혼은 그 위험한

14   고갯길[5]로 가볍게[6] 가야 한다는 것을.

---

5) 죽음의 고갯길이다.

6) 모든 죄에서 자유로운 상태를 암시한다.

92[1)]

여인들이여, 울어라, 아모르도 울어라,
모든 고장의 연인들도 함께 울어라,
사는 동안 세상에서 온통 몰두하여
4   그대들을 존경하던 자가 죽었으니.[2)]

나로서는 잔인한 고통[3)]에게 간청하니,
나의 가슴을 토로하는 데 필요한 만큼
탄식할 수 있도록 허용해 주고
8   나의 눈물을 가로막지 마오.

또한 운율도 울고 시[4)]도 울어라,
우리 사랑의 치노[5)] 씨[6)]가

---

1) 이 소네트는 치노 다 피스토이아(70번 칸초네 40행의 역주 참조)의 죽음에 즈
   음해 1337년 초에 쓴 것으로 보인다. 페트라르카는 치노의 시를 높게 평가했
   고, 그를 스승으로 섬겼다고 주장하는 학자도 있다.
2) 치노의 작품이 주로 사랑에 대한 시였다는 것을 강조한다.
3) 라우라에 대한 사랑의 고통이다.
4) 원문에는 *rime*와 *versi*로 되어 있는데, *rime*는 속어의 운율을 가리키고, *versi*
   는 라틴어 시행을 가리킨다고 한다.
5) 사랑의 시인이었다는 뜻이다.
6) 원문에는 *messer*로 되어 있는데, 당시 널리 사용되던 호칭으로 프랑스어
   *monsieur*에 해당한다.

11   조금 전 우리에게서 떠났으니까.

      피스토이아[7]여, 사악한 시민들이여, 울어라,
      그렇게 달콤한 이웃을 잃었으니까.
14   그리고 그가 간 하늘[8]은 기뻐하라.

---

7) 피스토이아는 피렌체 북서쪽의 도시로 치노의 고향인데 "사악한 시민들"이라
   고 부르는 것은, 치노가 정치적 이유로 1303년에 추방되었다가 1306년에야 돌
   아왔기 때문으로 추정된다.
8) 나중에 287번 소네트에서 암시하듯이 사랑하는 영혼들의 고향인 금성의 하늘
   (31번 소네트 5행의 역주 참조)을 가리킨다.

93[1]

아모르는 여러 번 나에게 말했지요. "써라,
네가 본 것을 금빛 글자로 써라,
나의 추종자들이 어떻게 창백해지고,

4 내가 어떻게 순식간에 죽이거나 살리는지.

연인들의 무리에게 속어 시의 예[2]로
한때 너 자신이 그것을 느꼈고, 그 뒤에
다른 작업[3]이 너를 내 손에서 데려갔지만,

8 달아나던 너를 내가 바로 붙잡았지.

아주 단단하던 네 심장을 깨뜨렸을 때
내 모습을 보여주었던 곳, 달콤한

---

1) 이 소네트는 1339~1340년 겨울에 보클뤼즈에서 쓴 것으로 추정된다.

2) 원문에는 *volgare exemplo*, 즉 그냥 "속어의 예"로 되어 있다. 탁월한 인문학
   자였던 페트라르카는 다른 모든 작품을 라틴어로 썼고, 라틴어 제목이 분명히
   말하듯이(1번 소네트 4행의 역주 참조), 단지 『칸초니에레』의 시와 미완성으로
   남긴 『승리들*Triumphi*』만 속어, 즉 피렌체의 사투리로 썼다. 프로방스의 음유
   시인들과 이탈리아의 청신체 시인들도 사랑에 대해 노래하면서 전통적으로 그
   렇게 했다.

3) 아마 『탁월한 인물들에 대해』(40번 소네트에 대한 역주 참조) 또는 스키피오
   아프리카누스(53번 칸초네 37행의 역주 참조)에 대한 라틴어 서사시로 1338년
   부터 쓰기 시작한 『아프리카*Africa*』를 가리키는 것으로 짐작된다.

11   내 거주지가 자리한 아름다운 눈[4]이

모든 것을 깨뜨리는 활을 내게 돌려준다면,
아마 네 눈은 마를 날이 없을 거야,
14   너도 알다시피 나는 눈물을 먹고 사니까."

_____

4) 라우라의 눈이다.

94[1)]

내 여인의 모습이 눈을 통해 깊은 심장에
도달하면 다른 모든 여인은 거기에서 떠나고,
영혼이 나누어주는 힘들[2)]은
4   무방비의 무게 같은 사지를 떠난다오.

때로는 첫 번째 기적에서 두 번째 기적이
일어나니, 자기 자신에게서 쫓겨난 부분[3)]은
달아나다가 쫓겨남에 대해 복수하고
8   즐겁게 만드는 곳에 도달하기도 하지요.

따라서 두 얼굴[4)]에 창백한 색깔이 나타나는데,
그 힘들을 생생하게 보여주던 활력이
11 어느 쪽에서도[5)] 처음 있던 곳에 없기 때문이오.

나는 그런 것을 본 기억이 있는데,

---

1) 이 소네트는 아비뇽에 살 때 쓴 것으로 추정되는데, 연인들의 창백함을 분석하는 작품으로 부분적으로는 앞의 소네트와 연결된다.
2) 육신의 감각적 능력들을 가리킨다.
3) 위에서 말한 감각적 능력들이다.
4) 사랑하는 사람의 얼굴과 사랑받는 사람의 얼굴이다.
5) 말하자면 사랑하는 사람이나 사랑받는 사람에게도.

그날 두 연인이 변하여 내 모습에서

14 으레 그러는 것처럼 되는 것[6]을 보았다오.

---

6) 창백해지는 것을 가리킨다.

95[1]

내 생각들을 마음속에 담고 있듯이
시들 안에 잘 담을 수 있다면,
연민으로 괴로워하지 않을 만큼
4 잔인한 영혼은 세상에 없을 것이오.[2]

하지만 방패나 투구도 소용없이 나에게
타격을 준 축복받은 눈[3]이여, 너는
고통이 한숨으로 분출되지 않는데도
8 밖으로나 안으로 벌거벗은 나를 보는구나.

그대[4]가 보는 것은 햇빛이 유리 안에서
빛나듯이 내 안에 반사되기 때문에,
11 내가 말할 필요도 없이 욕망으로 충분하다오.

마리아나 베드로에게는 해롭지 않았는데,[5]

---

1) 이 소네트도 아비뇽에 살 때 쓴 것으로 보인다.
2) 모든 사람이 페트라르카 자신에 대한 연민에 괴로워할 것이라는 뜻이다.
3) 라우라의 눈이다.
4) 라우라를 가리킨다.
5) 뒤이어 말하듯이 죄인이었지만 그리스도에 대한 믿음이 유익한 성과를 거둔
   마리아 막달레나와 사도 베드로를 암시한다.

불쌍하구나, 믿음[6]이 나에게만 적이고,

14   단지 너[7]만이 나를 이해한다는 것을 나는 알아.

6) 라우라에 대한 사랑의 믿음이다.
7) 라우라의 눈을 가리킨다.

96[1]

나는 이제 한숨의 오랜 괴로움과
기다림에 너무나도 지쳐버렸기에,
희망과 욕망, 내 심장을 사로잡은
4   모든 올가미를 증오한답니다.

하지만 마음속에 그려 가지고 다니면서
어디를 보아도 보이는 아름답고 밝은 얼굴[2]이
나를 강요하니, 내 의지와 달리
8   처음의 잔인한 고통으로 밀려났지요.

그래서 옛날의 자유로운 길이 끊기고
빼앗겼을 때 나는 방황했다오.
11   눈에 즐거운 것을 따르면 안 되지요.

그러자 단 한 번 죄를 지은 영혼은
자유롭고 방만하게 악을 향해 달렸고,

---

1) 이 소네트는 처음 보클뤼즈에 살던 1339~1340년 겨울에 쓴 것으로 보인다.
   이어지는 97번 소네트와 함께 잃어버린 자유를 애석해하는 작품이다.
2) 라우라의 얼굴이다.

14   이제는 다른 사람[3]의 의지대로 가야 한다오.

---

3) 라우라를 가리킨다.

97[1)]

아, 아름다운 자유여, 나를 떠나면서
너는 잘 보여주었어, 첫 번째 화살이
앞으로 절대 낫지 않을 상처를
4   남겼을 때 내 상태가 어떠했는지!

눈은 자신의 고통을 열망했으니
이성의 고삐는 아무런 소용이 없었지,
모든 치명적인 것을 경멸했으니까.[2)]
8   그렇게 처음부터 버릇을 잘못 들였어!

내 고통[3)]에 대해 말하는 사람에게만
귀를 기울이고, 너무 달콤하게 울리는
11   그녀의 이름으로 허공을 채우고 있다오.

아모르는 다른 곳으로 나를 보내지 않고,[4)]

---

1) 이 소네트는 아비뇽에 살던 1326~1337년에 쓴 것으로 보는 학자도 있지만,
   앞의 96번 소네트와 마찬가지로 처음 보클뤼즈에 살던 1339~1340년 겨울에
   쓴 것으로 볼 수도 있다.
2) 라우라 이외의 모든 것을 가볍게 여겼다는 뜻이다.
3) 원문에는 *morte*, 즉 "죽음"으로 되어 있는데, 죽을 정도의 고통을 뜻한다.
4) 원문에는 *non mi sprona*, 즉 "나에게 박차를 가하지 않고"로 되어 있다.

발은 다른 길을 모르고, 손은 어떻게

14   종이에다 다른 사람을 칭찬할지 모른다오.

98¹⁾

오르소여, 당신의 말馬²⁾에 고삐를 죄고
뒤로 되돌아가게 할 수도 있지만,
만약 명예를 원하고 치욕³⁾을 혐오한다면
4   누가 마음을 풀 수 없게 묶겠습니까?

한숨짓지 마오, 당신이 갈 수 없다고
마음의 가치가 없어질 수는 없으며,
공공연한 명성이 전하듯이, 아무것도
8   앞서지 못하는 마음은 이미 거기에 있으니까요.

정해진 날 시합장 한가운데에서, 시절과
사랑, 역량, 피가 이렇게 외치면서 제공하는
11   무기 아래 마음이 있는 것으로 충분하다오.

"나를 따라 여기에 올 수 없어서

---

1) 이 소네트는 1337년 초 카프라니카에 머물면서 오르소 델란귈라라(27번 소네트에 대한 역주 참조)에게 쓴 작품인데, 구체적으로 어떤 상황에서 썼는지 알려지지 않았다. 아마도 그가 병 때문에 마상 창 시합에 참여할 수 없게 된 것을 위로하기 위해 쓴 것처럼 보인다.
2) 오르소 자신의 몸 또는 욕망을 말에 비유하고 있다.
3) 원문에는 *l suo contrario*, 즉 "그 반대"로 되어 있다.

괴로워하고 슬퍼하는 내 주인과 함께
14   나는 고귀한 욕망에 불타고 있소."

99[1]

우리의 바람[2]이 얼마나 헛된 것인지
그대와 나는 여러 번 경험했으니,
절대로 싫지 않을 최고 선[3]을 뒤따라
4 더 행복한 상태로 마음을 향하시오.

이 지상의 삶은 꽃과 풀 사이에
뱀이 숨어 있는 풀밭과 같고,
만약 어떤 모습이 보기에 좋다면
8 마음을 더 사로잡기 위해서라오.

그러니 혹시 최후의 날[4] 이전에
평온한 마음을 갖고 싶다면,
11 천박한 사람들이 아닌 소수를 따르시오.

1) 이 소네트의 집필 날짜와 수신자에 대해서는 정확히 알 수 없으나, 일부에서는
조반니 콜론나 수도자(7번 칸초네 13행의 역주 참조)에게 보낸 것으로 본다.
여기에서 페트라르카는 자기 자신과 친구에게 세속적 가치의 허무함을 경험했
으니 삶을 바꾸라고 권유하고 있다.
2) 세속적 가치들에 대한 바람이다.
3) 하느님을 가리킨다.
4) 죽음을 암시한다.

나에게 이렇게 말할 수 있겠지요, "형제여,

그대는 종종 길을 잃었고, 지금 어느 때보다

14 　방황하는 길을 다른 사람에게 보여주는구려."[5]

---

5) 페트라르카 자신이 길을 잃고 헤매면서 다른 사람에게 충고한다는 뜻이다.

100[1]

아홉째 시간[2]에 태양이 저 위에 있는데도
다른 태양[3]이 원할 때 나타나는 저 창문,
낮이 짧을 때[4] 북풍이 부딪치면
4   차가운 대기가 소리를 내는 다른 창문,[5]

그리고 낮이 길 때[6] 내 여인이 혼자
생각에 잠겨 앉아 있는 돌,
아름다운 그녀의 몸이 그림자를
8   드리우거나 발자국을 남긴[7] 많은 곳,

아모르가 나를 붙잡았던 잔인한 길목,[8]
해마다 바로 그날[9]이 되면 오래된

---

1) 아비뇽에 살 때 쓴 것으로 보이는 이 소네트는 단 한 문장으로 수사학적 기법
   중에서 열거법accumulatio을 보여주고 있다.
2) 중세의 성무일도聖務日禱에 따른 시간 구분으로 정오 무렵이다.
3) 라우라를 가리킨다.
4) 말하자면 겨울에.
5) 그러니까 이 창문은 북쪽으로 나 있다.
6) 여름에.
7) 원문에는 *disegnò col piede*, 즉 "발로 그림을 그린"으로 되어 있다.
8) 라우라를 처음 만난 아비뇽의 생트 클레르 성당을 암시한다.
9) 라우라를 처음 만난 4월 6일이다.

11   상처를 다시 되살려주는 새로운 계절,[10]

      그리고 내 심장 한가운데에
      깊이 박혀 있으면서 내 눈이 열망의
14   눈물을 흘리게 만드는 얼굴과 목소리.[11]

---

10) 봄을 가리킨다.
11) 원문에는 *parole*, 즉 "말"로 되어 있다.

101[1]

아, 나는 잘 알아요, 누구도 용서하지 않는
여인[2]은 우리를 고통스러운 먹이로 만들고,
세상은 곧바로 우리를 방치하면서
4 짧은 시간 동안 우리에게 믿음을 주지요.[3]

고통은 많은데 보상은 적고, 벌써
내 가슴속에서 마지막 날[4]이 천둥 치는데,
그 모든 것에도 아모르는 놓아주지 않고
8 내 눈에게 익숙한 공물[5]을 요구합니다.

세월이 어떻게 날과 순간과 시간을
데려가는지 알기에 나는 거기에 속지 않지만,
11 마법의 기술보다 더 큰 힘에 굴복하지요.

---

1) 본문 12~13행에 의하면 1341년 4월에 쓴 것으로 보이는 이 소네트는 다섯 번째 '기념일 시'다. 그해 4월 페트라르카는 로마의 캄피돌리오 언덕에서 계관시인으로서 월계관을 받았다.
2) 죽음을 가리킨다. 원문에는 *quella*, 즉 "그녀"로 되어 있는데, 이탈리아어에서 죽음은 여성명사다.
3) 덧없는 환상들을 준다는 뜻이다.
4) 죽음의 날이다.
5) 눈물이다.

욕망과 이성은 일곱과 일곱 해 동안[6]

싸웠고, 더 나은 쪽이 이길 것이오,

14   만약 이 아래에 선을 예감하는 영혼이 있다면.

---

6) 말하자면 14년 동안이다.

102[1]

카이사르는 이집트의 배신자[2]가 자신에게
명예로운 머리를 선물로 바치자
명백한 즐거움을 감추고 밖으로는
4   글에 적힌 대로[3] 눈에 눈물을 흘렸으며,

한니발[4]은 비통해진 제국[5]에게
포르투나가 적대적인 것을 보았을 때,

---

1) 이 소네트는 아비뇽에 살던 1327~1330년에 쓴 것으로 추정된다.
2) 클레오파트라의 남동생이자 공동 파라오였던 프톨레마이오스 13세(재위 B.C.
   51~B.C. 47)를 가리킨다. 그는 파르살루스 전투에서 패배하고 피신해 왔다가
   살해당한 폼페이우스의 머리를 잘라 카이사르에게 바쳤다. 폼페이우스의 머리
   를 보고 카이사르가 즐거운 마음을 감추고 눈물을 흘렸다는 이야기는 마르쿠
   스 안나에우스 루카누스Marcus Annaeus Lucanus(39~65)의 미완성 서사시 『파
   르살리아*Pharsalia*』 9권 1035행 이하에 나온다.
3) 기록에 의한다는 뜻으로 고전 문헌에 자주 나오는 상투적인 표현이다.
4) 한니발(라틴어 이름은 Hannibal Barca, B.C. 247~B.C. 183)은 카르타고의
   뛰어난 장군으로 기원전 218년에 제2차 포에니 전쟁을 일으켜 이탈리아반도
   에 침입했다. 티투스 리비우스가 『로마사*Ab urbe condita*』 30권 44절 4~12행에
   서 이야기하는 바에 의하면, 제2차 포에니 전쟁에서 패배한 카르타고가 로마
   에 배상금을 지불해야 하자 카르타고의 원로원 의원들이 슬퍼하는 것을 보고
   한니발은 웃음을 터뜨리면서, 조국이 패배했을 때 울어야지 배상금을 위해 자
   기 재산을 내놓아야 할 때 울면 안 된다고 말했다고 한다.
5) 패배한 카르타고를 가리킨다.

눈물 흘리며 슬퍼하는 사람들 사이에서
8 　쓰라린 경멸을 토로하기 위해 웃었지요.

그렇게 때때로 영혼은 밝은 표정이나
어두운 표정으로 자신의 감정을
11 　정반대의 망토 아래 감추기도 하는데,

나도 때로는 웃음이나 노래로
그렇게 하니, 고통스러운 내 눈물을
14 　감추는 다른 방법을 모르기 때문이라오.

103[1]

한니발은 승리했지만 승리한 행운을
나중에 잘 활용할 줄 몰랐으니,[2]
사랑하는 주인이시여, 비슷한 일이
4   당신에게 일어나지 않게 조심하십시오.

오월[3]의 쓰라린 목초지를 찾았던
새끼 곰들 때문에 격분한 암곰[4]은

---

1) 이 소네트는 1333년 5월 22일에 일어난 구체적인 사건에 대해 말하고 있으므로 그해 6월에 완성된 것으로 추정된다. 로마 시내에서 동남쪽에 있는 산체사레오San Cesareo에서 콜론나 가문 사람들이 오르시니 가문 사람들과 충돌하여 승리했다고 하는데, 실제로는 매복으로 오르시니 가문의 행동대장 두 명을 살해했다. 이 작품은 충돌의 승리자이며 대大 스테파노 콜론나(10번 소네트 3행의 역주 참조)의 장남인 소小 스테파노(아버지와 같은 이름이기 때문에 구별하여 부른다)에게 쓴 것이다. 1300년경에 태어난 그는 오랫동안 아비뇽에 살면서 교황청에 많은 영향을 주었으며, 1347년 11월 20일 로마 산로렌소 성문Porta San Lorenzo(또는 티부르티나 성문Porta Tiburtina) 근처에서 있었던 콜라 디 리엔조Cola di Rienzo(1313~1354)와 충돌하여 싸우다 죽었다.
2) 한니발은 제2차 포에니 전쟁 당시 기원전 216년에 벌어진 칸나에Cannae 전투에서 로마의 대규모 군대와 싸워 커다란 승리를 거두었지만, 그 승리를 유효적절하게 활용하지 못했기 때문에 결국 나중에 수세에 몰려 전쟁에서 졌다는 것이다.
3) 1333년 5월 22일의 충돌을 가리킨다.
4) 오르시니 가문을 가리킨다. 12세기에 이 가문을 세운 사람의 이름이 오르소Orso였는데, 이탈리아어로 '곰'이라는 뜻이며, 오르시니Orsini는 '작은 곰들'을

괴로워하며, 자신의 피해를 우리에게
8   복수하려고 이빨과 발톱을 갈고 있습니다.

그가 최근의 고통에 괴로워하는 동안,
당신은 영광스러운 검을 놓지 말고
11   오히려 당신의 행운이 부르는 곳으로,

죽은 다음에도 수천 년 동안
당신에게 영광과 명성을 줄 수 있는 길로
14   똑바로 나아가기를 바랍니다.

뜻한다.

104[1]

아모르가 당신을 괴롭히기 시작했을 때[2]
당신에게 피어났던 그 촉망되는 역량은
이제 열매를 맺는데, 그 꽃에 합당하고
4   나의 희망을 실현해 주는[3] 열매입니다.[4]

하지만 나의 가슴은 당신 이름을 영광스럽게
만들 것을 종이에 쓰라고 말하네요.
살아 있는 사람을 영원하게 만들려면[5]
8   다른 방법으로 확고히 조각할 수 없으니까요.

당신은 카이사르나 마르켈루스, 파울루스,

---

1) 1343년경에 쓴 것으로 보이는 이 소네트는 이탈리아 동북부 해안의 도시 리미
    니Rimini의 영주 판돌포 말라테스타 2세Pandolfo Malatesta II(1325~1373)에게
    보낸 것이다. 뛰어난 용병대장이며 문학에도 소질이 있었던 그는 페트라르카
    를 높이 찬양했고, 두 사람은 1356년 개인적으로 만나 우정을 맺었다. 페트라
    르카는 그가 사망하기 직전에 『칸초니에레』의 사본 한 부를 보내주기도 했다.
2) 말하자면 젊은 시절에.
3) 원문에는 *fa venire a riva*, 즉 "해변에 가도록 만드는"으로 되어 있는데, "해
    변"은 항구를 가리킨다.
4) 하지만 당시 판돌포의 업적이나 페트라르카의 희망이 구체적으로 무엇이었는
    지 분명히 밝혀지지 않았다.
5) 원문에는 *per far di marmo*, 즉 "대리석처럼 만들려면"으로 되어 있다.

아프리카누스[6]가 모루나 망치[7] 덕분에
11 그렇게 영원해지게 되었다고 생각하나요?

나의 판돌포여, 그런 작품들은 약해서
오래가지 못하지만, 우리의 작업[8]은
14 사람들의 명성을 불멸로 만들어주지요.

---

6) 모두 로마의 유명한 장군들이다. 마르켈루스는 아우구스투스가 사랑하던 조
    카이며 후계자로 지명한 마르쿠스 클라우디우스 마르켈루스Marcus Claudius
    Marcellus(B.C. 42~B.C. 23)를 가리키고, 파울루스는 포에니 전쟁 이후 마케
    도니아 전쟁에서 크게 활약한 아이밀리우스 파울루스Lucius Aemilius Paullus
    Macedonicus(B.C. 229~B.C. 160)를 가리킨다. 아프리카누스는 카르타고를 섬
    멸한 스키피오(53번 칸초네 37행의 역주 참조)를 가리킨다.
7) 청동이나 대리석으로 제작한 동상을 가리킨다.
8) 종이에다 시를 쓰는 작업을 가리킨다.

이제 예전처럼 노래하고 싶지 않아요,
상대방[2]이 나를 이해하지 못해 수치스럽고
멋진 곳에서도 힘들어질 수 있으니까요.
언제나 탄식하는 것은 전혀 소용없으니,
벌써 알프스 위로 사방에 눈이 내리고[3]

6   이미 가까워진 날[4]에 나는 준비되어 있다오.
달콤하고 솔직한 행동은 고귀하니,
겉보기에는 도도하고 경멸적이지만
거만하거나 고집스럽지 않은
사랑스러운 여인이 나는 아직 좋다오.

11   아모르는 검 없이 자기 제국을 통치한다오.

---

1) 이 칸초네는 1341~1342년 파르마에 머무는 동안 쓴 것으로 짐작된다. 모두
   6연으로 되어 있고, 각 연은 15행, 즉 11음절 시행 열세 개와 7음절 시행 두
   개로 구성되어 있는데, 행의 중간에서도 운율을 맞추고 있는 복잡한 구조로
   되어 있고, 내용에서도 모호한 작품으로 유명하다. 속담이나 금언 같은 문장
   이 돌발적으로 열거되고, 거기에다 재치 있거나 서로 대립하는 표현과 특이
   한 용어로 장식되어 있으며, 서로 명백한 논리적 연관성이 없는 것처럼 보이
   기 때문이다. 그런 특징으로 인해 나중에 대중적으로 널리 유행한 '프로톨라
   frottola'와 많이 비교된다.
2) 원문에는 *altri*, 즉 "다른 사람"으로 되어 있는데, 라우라를 가리킨다.
3) 머리칼이 하얗게 되었다는 뜻으로 널리 유행하던 은유였다고 한다.
4) 죽음의 날이다.

길을 잃은 자는 뒤로 돌아오고,

집이 없는 자는 밖에서[5] 쉬고,

황금 잔이 없거나 잃어버린 자는

15 멋진 유리잔으로 갈증을 해소해야지요.

나는 성베드로에게 맡겼다가[6] 지금은 아닌데,

내가 이해한 것을 누군가는 이해할 것이오.

나쁜 약정은 지키기 어려운 무거운 짐이니,

가능할 때 나는 벗어나 혼자 있지요.

파에톤은 포강[7]에 떨어져 죽었고,

21 지빠귀[8]는 벌써 개울 너머로 건너갔으니,

세상에, 와서 보시오. 나는 보고 싶지 않아요.

파도 속의 암초나 잎 사이의 *끈끈이*[9]는

장난이 아니오. 아름다운 여인에게서

---

5) 원문에는 *in sul verde*, 즉 "초록(풀밭) 위에서"로 되어 있다.

6) 당시에는 자기 재산을 교황청("성베드로")에 맡겨 해마다 일정액을 교회에 바치는 사람들이 있었는데, 그러다 보면 재산의 소유권이 모두 넘어가 위험해지기도 했다고 한다.

7) 포강은 이탈리아 북부의 서쪽에서 동쪽으로 흐르는 강으로 이탈리아에서 가장 긴 강이다. 그리스 신화에서 태양신 헬리오스의 아들 파에톤은 태양 마차를 잘못 몰다가 제우스의 벼락을 맞고 에리다노스강에 떨어져 죽었는데, 이탈리아인들은 그 강이 바로 포강이라고 믿었다.

8) 원문에는 *merlo*로 되어 있는데, 학명은 *Turdus merula*로 공식적인 이름은 '대륙검은지빠귀'다. 지빠귀가 개울을 건너갔다는 것은 사냥꾼에게서 달아났다는 뜻이다.

9) 새를 잡기 위한 끈끈이를 가리킨다. "암초"나 "끈끈이"는 사랑의 위험한 덫을 상징한다.

지나친 오만함이 많은 덕성을 감출 때
26 나는 정말로 괴롭답니다.
누구는 부르지 않은 사람에게 대답하고,
누구는 애원하는 사람을 피하고 멀리하며,
누구는 얼음[10] 앞에서 괴로워하고,
30 누구는 밤낮으로 죽음을 원하지요.[11]

'너를 사랑하는 사람을 사랑하라'는 속담은
오래되었고, 내 말을 잘 아니 그냥 놔두세요,
사람은 자기 체험으로 배워야 하니까요.
겸손한 여자는 달콤한 연인을 슬프게 하지요.
무화과[12]는 이해할 수 없어요. 너무 높은 일은
36 시작하지 않는 것이 현명한 것 같아요,
모든 고장에 좋은 숙소가 있는 법이니까요.
끝없는 희망은 다른 사람을 죽이고,
나도 한때 그런 춤[13]에 빠졌지요.
얼마 남지 않은 내 삶을
41 싫어하지 않을 사람에게 주고 싶네요.
내가 믿는 그분[14]은 세상을 다스리고,

---

10) 얼음처럼 차가운 여인을 가리킨다.
11) 사랑의 광기에 빠진 사람들의 네 가지 예를 열거하고 있다.
12) 위에서 말한 "겸손한 여자"를 비하해서 부르는 말이다.
13) 라우라에 대한 페트라르카 자신의 강렬한 사랑을 암시한다.
14) 하느님.

당신의 추종자들을 숲속[15]에 받아들이고,
자비의 지팡이로 나를
45 천천히 당신의 무리로 인도하시지요.

아마 읽는 사람[16] 모두가 이해하지 못하니,
누구는 그물을 펼치지만 잡지 못하고,
너무 섬세해지는 자는 부러지는 법[17]이오.
기대하는 곳에서 법은 편파적이지 않아야지요.[18]
잘 지내려면 한참[19] 내려가야 한답니다.
51 누구[20]는 매우 경이롭게 보이다가 무시당하지요.
감추어진[21] 아름다움이 더 부드럽지요.
축복받은 열쇠가 내 가슴속에서
돌려져 영혼을 해방했고,
그렇게 무거운 사슬에서 풀어주었고,

---

15) 수도원을 암시하는 것으로 해석되는데, 일부에서는 페트라르카의 동생 게라르도가 수도자로 있던 몽트리외Montrieux 수도원으로 보기도 한다(91번 소네트 참조).
16) 이 작품을 읽는 사람을 가리킨다.
17) 널리 유행하던 속담으로 지성의 섬세함을 암시하는데, 문자 그대로 해석하면 야위고 마르는 것을 가리킨다.
18) 원문에는 *non fia zoppa*, 즉 "절름발이가 되지 않아야지요"로 되어 있다. 사람들이 정의를 기대하는 곳에서 법은 공평해야 한다는 뜻이다.
19) 원문에는 *molte miglia*, 즉 "여러 마일"로 되어 있다. 높이 올라가기는 쉽지 않다는 암시다.
20) 경이로운 아름다움을 자랑하는 여자를 암시한다.
21) 원문에는 *chiusa*, 즉 "닫힌"으로 되어 있는데, 비밀스럽고 신중하다는 뜻이다.

56 내 가슴의 수많은 탄식을 없앴습니다!

내가 가장 괴롭던 곳[22]에서 다른 자[23]가 괴로워하니,

괴로워하면서 내 고통을 완화해 주기에

예전과 똑같지만 이제 느끼지 못하는

60 아모르에게 나는 감사한다오.[24]

침묵 속에 신중하고 현명한 말들,[25]

다른 모든 내 관심을 빼앗아 가는 목소리,

아름다운 빛이 있는 어두운 감옥,[26]

강기슭[27]에 피어난 밤의 제비꽃들,

벽들 속의 야만적인 짐승들,[28]

66 달콤한 수줍음과 사랑스러운 습관,

두 원천에서 나와 내가 바라는 곳으로

평화롭게 흐르며 어디서나 휩쓸어 가는 강,[29]

---

22) 심장을 가리킨다.

23) 아마 라우라를 가리키는 것으로 짐작된다. 이제는 사랑받지 못하기 때문에 괴로워한다는 것이다.

24) 아모르의 힘이 예전보다 약해진 것은 아니지만, 이제는 더 괴로워하지 않는 다는 뜻이다.

25) 침묵 속에서도 말하는 라우라의 행동과 태도를 가리킨다. 여기부터 자신의 마음을 빼앗아 간 것들의 목록을 열거한다.

26) 라우라의 영혼("아름다운 빛")이 갇혀 있는 육체를 가리킨다. 고대부터 육체 는 영혼의 감옥으로 비유되었다.

27) 아마 라우라가 걷던 아름다운 곳을 가리키는 것으로 짐작된다.

28) 일부에서는 라우라의 내면에 있는 완고함을 가리키는 것으로 해석한다.

29) 페트라르카 자신의 열정을 가리킨다.

내 심장을 빼앗아 간 사랑과 질투,

아주 평탄한 길을 통해 내 희망과

71 고통의 끝으로 나를 안내하는

아름다운 얼굴의 신호들.[30]

오, 내 내면의 선[31]이여, 또한 뒤따르는

때로는 평화, 때로는 번민, 때로는 휴식이여,

75 이 옷[32]을 입고 있는 나를 버리지 마오.

지나간 고통에 대해 나는 울고 웃는다오,[33]

내가 듣는 것을 무척 신뢰하기 때문이지요.

현재에 만족하고 더 나은 것[34]을 기대하며,

세월을 헤아리고 침묵하며 외치지요.[35]

나는 멋진 나뭇가지[36]에 둥지를 틀고, 그렇게

81 내가 감사하고 칭찬하는 것은, 지속된 의도를

마침내 무너뜨리고, 영혼 속에다 "내 말을 듣고

---

30) 원문에는 *segni*로 되어 있는데, 페트라르카를 천국("내 희망")으로 안내하는 라우라의 두 눈을 가리킨다.

31) 라우라를 가리킨다. 이제 페트라르카는 라우라에게 자신이 살아 있는 동안에는 구원을 향한 길에서 자신을 버리지 말라고 간청한다.

32) 육체를 가리킨다.

33) 후회 때문에 울고, 이제 거기에서 벗어났다는 즐거움에 웃는다는 뜻이다.

34) 하늘의 보상을 암시하는 것으로 해석되기도 한다.

35) 하느님의 자비를 기원한다는 뜻이다.

36) 월계수, 즉 라우라를 가리킨다. 이어서 라우라의 사랑으로 되돌아가는 심경을 노래한다.

손가락으로 가리킬 것이오"[37] 새기고,

(너무 앞으로 떠밀렸기에 말할 수 있다오.)

"너는 충분히 대담하지 않았어"[38]

86   하는 말을 지운 단호한 거부[39]이며,

내가 종이보다 심장 속에 더 새겨두는,

내 가슴에 상처를 주고 치료해 주는 사람,[40]

나를 죽이고 또 살리는 사람,

90   나를 얼리면서 동시에 데우는 사람이라오.

---

37) 사람들이 자기 말을 듣고 정숙한 사랑의 모범이라고 손가락으로 가리킨다는
    뜻이다.

38) 라우라를 자기 욕망에 굴복시킬 만큼 대담하지 못했다고 자책하는 말이다.

39) 페트라르카의 솔직하지 못한 의지를 라우라가 거부했다는 암시다.

40) 아킬레스의 창을 암시한다(29번 칸초네 16행의 역주 참조).

106[1]

재빠른 날개의 생소한[2] 작은 천사[3]가
나의 운명으로 홀로 걷던
3 시원한 강변[4]으로 하늘에서 내려왔지요.

동반자도 없고 방어도 없는
나를 보고, 비단으로 짠 올가미[5]를
6 초록 오솔길이 있는 풀 사이에 쳐두었어요.

그래서 나는 잡혔고, 싫지 않았으니
8 그녀의 눈에서 너무 달콤한 빛이 나왔다오.

---

1) 세 번째 마드리갈로 처음 보클뤼즈에 살던 1337~1341년에 쓴 것으로 짐작된
다.
2) 전혀 본 적이 없기 때문이다.
3) 라우라를 가리킨다.
4) 보클뤼즈에 발원지가 있는 소르그Sorgue강을 가리키는 것으로 짐작된다. 이
마을의 이름이 되는 샘은 프랑스에서 가장 큰 샘으로 여기에서 소르그강이 발
원한다.
5) 사랑의 올가미는 시에서 전통적으로 많이 사용되던 이미지다.

107[1]

이제 나는 어디로 피할지 모르겠으니,
그 아름다운 눈[2]은 너무 오래 나를 괴롭혀,
불쌍하구나, 휴식 없는 가슴을
4 지나친 괴로움이 파괴할까 두렵다오.

달아나고 싶지만, 밤낮으로
마음속에 있는 사랑의 빛살이
얼마나 빛나는지, 열다섯째 해[3]에도
8 첫날보다 더 나를 눈부시게 만들고,

그 모습은 온 사방에 퍼져 있어서
어디로 몸을 돌리든지, 그 눈빛이나
11 거기에서 불붙은 비슷한 빛이 보인다오.

한 그루 월계수로 그렇게 숲이 푸르러지니[4]
나의 적[5]은 경이로운 기술로 나를

---

1) 1342년 4월 6일 무렵에 쓴 소네트로 여섯 번째 '기념일 시'다.
2) 라우라의 눈이다.
3) 사랑에 빠진 지 열다섯째 해라는 뜻이다.
4) 라우라의 빛나는 눈빛이 사방을 환히 비춘다는 뜻이다.
5) 여기에서는 아모르를 가리킨다.

14   마음대로 나뭇가지들 사이로 데려간다오.

108[1]

아모르[2]가 발걸음을 멈추고 나를 향해
자기 주위의 대기를 청명하게 만드는
그 성스러운 눈을 돌렸던 장소[3]는
4   다른 어떤 땅보다 행복하고,

나의 기억과 심장을 가득 채우고 있는
그 달콤한 몸짓이 눈앞에서 사라지기 전에
금강석에 단단하게 새긴 모습이
8   먼저 세월과 함께 마모될 것이며,[4]

이제 자주 너[5]를 다시 볼 때마다

---

1) 처음 보클뤼즈에 살던 1337~1341년에 쓴 것으로 추정되는 이 소네트는 센누
초 델 베네Sennuccio del Bene(1275?~1349)에게 보내는 것이다. 센누초 델 베
네는 피렌체 출신 시인이자 정치가로 추방되어 아비뇽에 머물면서 페트라르카
와 가깝게 교류했다. 나중에 추방이 풀려 피렌체와 나폴리에 머물다가 다시 아
비뇽으로 돌아와 살다가 죽었다. 이 작품 외에 112번, 113번, 144번, 287번 소
네트도 그에게 쓴 것이다.
2) 여기에서는 사랑의 대상인 라우라를 가리킨다.
3) 아마 보클뤼즈에서 라우라("아모르")가 걸음을 멈추고 페트라르카에게 인사한
곳을 가리킨다고 해석된다.
4) 그런 일은 불가능할 것이라는 과장법이다.
5) 위에서 말한 장소를 가리킨다.

아름다운 발이 친절하게 돌아섰던[6]

11   발자국을 찾으려고 고개를 숙일 것이오.

고귀한 심장[7]에서 아모르가 잠자지 않는다면

나의 센누초여, 그녀를 볼 때마다

14   자비로운 눈물이나 한숨을 부탁해 주오.

---

6) 페트라르카를 향해 몸을 돌렸다는 뜻이다.
7) 라우라의 심장이다.

109[1]

불쌍하구나, 아모르가 나를 공격할 때마다
낮과 밤 사이에 천 번도 넘게
내 가슴의 불을 영원하게 만드는
4   불꽃[2]이 타오르던 곳으로 돌아간다오.[3]

거기에서 나는 평온해지고, 한낮[4]이나
저녁기도 시간, 새벽, 끝기도 시간에도[5]
생각 속에서 평온한 그 불꽃을 발견하니,
8   다른 것은 기억나거나 중요하지 않아요.

신중하게 말하는 소리와 함께
밝은 얼굴에서 일어나는 부드러운 산들바람은
11   사방으로 불어 맑은 대기가 달콤해지고,

---

1) 이 소네트도 처음 보클뤼즈에 살던 1337~1341년에 쓴 것으로 보인다. 내용이
   나 어조에서 앞의 소네트와 비슷하며 이어지는 두 편의 소네트도 마찬가지다.
2) 라우라의 빛나는 눈빛이다.
3) 생각이나 기억, 상상 속에서 돌아간다는 뜻이다.
4) 원문에는 *a nona*, 즉 "아홉째 시간이나"로 되어 있다(100번 소네트 1행의 역
   주 참조).
5) 원문에는 *a le squille*, 즉 "종소리에"로 되어 있는데, 성무일도에서 하루를 마
   무리하는 기도 시간의 종소리를 가리키는 것으로 해석된다.

마치 천국의 고귀한 정령이 언제나

그 대기 안에서 나를 위로하는 것 같아

14   지친 가슴은 다른 곳에서 숨 쉬지 못한다오.

110[1]

아모르는 나를 익숙한 곳[2]으로 내쫓으니,
나는 마치 전투를 기다리고 준비하며
주위의 길목들[3]을 차단하는 사람처럼

4   옛날 생각들로 무장하고 대비하지요.

몸을 돌리던 나는 태양이 옆에서 비추는
그림자를 보았고, 땅에서 알아본 그녀는,
만약 내 판단이 틀리지 않는다면,

8   불멸의 상태[4]에 더 합당하답니다.

내 심장에게 말했지요. "왜 두려워해?"
하지만 그런 생각이 심장에 닿자마자

11   나를 괴롭히는 빛살[5]이 거기에 있었다오.

번개와 동시에 천둥이 울리듯이
아름답게 빛나는 눈과 함께

---

1) 앞의 109번 소네트와 마찬가지로 라우라와의 만남과 인사에 대해 노래한다.
2) 라우라를 만날 수 있는 장소다.
3) 적이 들어올 수 있는 통로들이다.
4) 천국을 가리키는데, 위에서 말한 "땅", 즉 지상 세계와 대비된다.
5) 라우라의 빛나는 눈빛이다.

14   달콤한 인사가 동시에 나에게 도달했지요.

111[1]

나의 심장을 눈[2] 속에 갖고 다니는 여인이
사랑의 생각에 내가 혼자 앉아 있던 곳에
나타났고, 나는 정중하고 창백해진 얼굴로
4   그녀에게 인사하려고 움직였지요.

그녀는 나의 상태를 알아채자마자
이례적인 태도[3]로 나에게 몸을 돌렸으니
최대로 화가 난 유피테르에게서도
8   손에서 무기를 빼앗고 분노를 없앨 정도였어요.

나는 정신을 차렸고, 그녀는 말하면서[4]
지나쳐 갔는데, 인사말이나 그 눈의
11   달콤한 눈부심을 견딜 수 없었지요.

그 인사를 다시 생각하니 지금 나는
너무 이상한 즐거움에 넘치고, 이후로

---

1) 이 소네트도 처음 보클뤼즈에 살던 1337~1341년에 쓴 것으로 보인다.
2) 원문에는 *viso*, 즉 "얼굴"로 되어 있다.
3) 원문에는 *colore*, 즉 "색깔"로 되어 있다.
4) 인사말을 하면서.

14   아무런 고통도 느끼지 않는답니다.

112[1]

센누초여, 알기를 바라오, 내가 지금
어떻게 시달리는지,[2] 내 삶이 어떤지.
언제나 그렇듯이 불타면서 괴로운 나는

4 산들바람에 사로잡혀 예전의 내가 아니라오.

여기에서 그녀는 아주 겸손했고, 저기에서는 도도했고,[3]
때로는 거칠고, 때로는 평온하고, 때로는 잔인하고,
때로는 자비롭고, 때로는 솔직하고, 때로는 즐겁고,

8 때로는 온화하고, 때로는 잔인하고 경멸적이며,

여기에서 달콤하게 노래했고, 여기에 앉았고,
여기에서 돌아섰고, 여기에서 걸음을 멈추었고,

11 여기에서 아름다운 눈으로 내 심장을 꿰뚫었고,

여기에서 인사말을 했고, 여기에서 미소를 지었고,
여기에서 안색이 바뀌었지요. 우리의 주인 아모르는

---

1) 처음 보클뤼즈에 살던 1337~1341년에 쓴 것으로 보이는 이 소네트는 센누초
델 베네(108번 소네트의 역주 참조)에게 보내는 작품이다.

2) 원문에는 *tractato sono*, 즉 "대접받고 있는지"로 되어 있는데, 사랑 때문에 시
달리고 있다는 뜻이다.

3) 이어서 서로 모순되고 대립하는 라우라의 모습이 길게 열거된다.

14   밤낮으로 나를 그런 생각들에 잡아둔답니다.

113[1)]

나의 센누초여, 나의 반쪽[2)]만 있는 여기[3)]에
(내가 온전하게 있고 당신이 만족한다면!)[4)]
나는 순식간에 날씨를 나쁘게 만들어버린
4   폭풍우와 바람을 피하여 왔습니다.[5)]

여기에서 나는 안전한데, 왜 예전처럼
벼락을 두려워하지 않고,[6)] 불타는
욕망이 꺼지기는커녕 왜 조금도
8   완화되지 않았는지 말해주고 싶군요.

사랑의 왕궁[7)]에 도착하자마자 나는

---

1) 이 소네트 역시 센누초 델 베네에게 보낸 작품으로, 보클뤼즈에서 1339년에
   쓴 것으로 보는 학자도 있지만, 그 이후에 썼을 개연성도 있다.
2) 나머지 반쪽은 멀리 센누초가 있는 곳에 있다는 뜻이다.
3) 보클뤼즈를 가리킨다.
4) 함께 머물러 센누초가 만족하면 좋겠다는 뜻이다.
5) 나쁜 날씨 때문에 왔다는 뜻이지만, 혼란스럽고 타락한 도시 아비뇽의 분위기
   를 암시한다고 볼 수도 있다.
6) 『비밀』 제3권 2장 9절에서 페트라르카는 벼락을 두려워한다고 고백하면서 그
   것이 월계수를 사랑하게 된 이유 중 하나라고 이야기한다. 월계수는 벼락을 맞
   지 않는다는 속설에 대해서는 24번 소네트 2행의 역주 참조.
7) 어떤 구체적인 장소가 아니라 보클뤼즈를 그렇게 부르고 있다.

대기를 평온하게 하고 벼락을 추방하는

11   달콤하고 순수한 산들바람의 고향을 보았고,

그녀[8]가 지배하는 영혼 속에서 아모르는

다시 불을 붙이고 두려움을 꺼뜨렸으니,[9]

14   그녀의 눈을 보면서 내가 무엇을 하겠소?

---

8) "산들바람", 즉 라우라를 가리킨다.

9) 사랑의 불을 다시 붙이고 벼락에 대한 두려움을 없애주었다는 뜻이다.

114[1)]

모든 수치심이 달아나고, 모든 선이
밖으로 나간 곳, 고통의 여인숙[2)]이자
오류들의 어머니 불경스러운 바빌론[3)]에서
나는 살아남기 위하여[4)] 달아났다오.

여기에서 나는 혼자 있고, 아모르의 권유대로
때로는 운율과 시[5)]를, 때로는 풀과 꽃을 모으며
그와 이야기하고, 언제나 더 나은 시절을
생각하니 그것만이 나를 도와주지요.

나는 군중이나 포르투나에 관심 없고,
나 자신이나 천한 것에도 관심 없으며,

---

1) 1342년 봄에 페트라르카는 파르마에서 보클뤼즈로 돌아갔고, 아비뇽의 교황
   청에 대해 부정적인 견해를 밝혔는데, 서두의 말로 추정해 볼 때 이 소네트는
   그 무렵에 쓴 것으로 보인다. 번잡하고 타락한 아비뇽에 비해 평온하고 적막한
   보클뤼즈를 찬양한다.
2) 원문에는 *albergo di dolor*로 되어 있는데, 단테가 『신곡』 「연옥」 6곡 76행에서
   말하는 *di dolore ostello*를 거의 그대로 인용하고 있다.
3) 아비뇽과 그곳의 교황청을 그렇게 부르는데, 성경에 따라 불의와 악의 본거지
   로 보았다.
4) 원문에는 *per allungar la vita*, 즉 "생명을 연장하기 위하여"로 되어 있다.
5) 원문에는 *rime et versi*로 되어 있다(92번 소네트 9행의 역주 참조).

11   안이나 밖으로 큰 열정도 느끼지 않는다오.[6]

    단지 두 사람만 요구하니, 나에게
    겸손하고 평온한 가슴을 가진 자[7]와,
14   어느 때보다 확고하게 서 있는 자[8]라오.

---

6) 페트라르카는 여러 글에서 자신의 도덕적 자화상을 요약했는데, 세네카 유형
   의 스토아 철학에서 영향을 받았다.
7) 원문에는 여성형 대명사 *l'una*로 되어 있는데, 당연히 라우라를 가리킨다.
8) 원문에는 남성형 대명사 *l'altro*로 되어 있는데, 도미니쿠스회 수도자 조반니
   콜론나(7번 칸초네 13행의 역주 참조)를 가리키는 것으로 보인다.

115[1]

두 연인[2] 사이에서 솔직하게 도도한
여인, 그리고 그녀와 함께 인간들과
신들을 지배하는 주인[3]을 보았는데,
4   한쪽에 아폴로가, 다른 쪽에 내가 있었다오.

그녀는 더 아름다운 친구[4]의 영역에
둘러싸인 것을 깨닫고는 밝은 표정으로
나의 눈을 향해 돌아섰으니, 이제
8   나에게 더 잔인하지 않기를 바란다오.

처음 보았을 때 내 가슴속에 피어난,
그렇게 강한 경쟁자에 대한 질투심은
11 곧바로 즐거움으로 바뀌었지요.

---

1) 이 소네트는 처음 보클뤼즈에 살던 1337~1341년에 쓴 것으로 보인다.
2) 뒤이어 말하듯이 다프네, 즉 월계수를 사랑한 아폴로(5번 소네트 13행의 역주
   참조)와 월계수, 즉 라우라("도도한 여인")를 사랑한 페트라르카 자신을 가리
   킨다.
3) 아모르를 가리킨다. 아폴로와 다프네의 경우처럼 고전 신화의 여러 일화에서
   알 수 있듯이 아모르는 신들에게도 큰 영향력을 행사했다.
4) 아폴로를 가리킨다.

슬프고 눈물에 젖은 그[5]의 얼굴을
주위의 조그마한 구름이 덮었으니,
14   패배한 것이 그렇게 불쾌했답니다.

---

5) 아폴로를 가리킨다.

116[1]

덜 아름다운 것을 보지 않으려고
기꺼이 눈을 감았을 바로 그날,[2]
내 눈이 아름다운 얼굴에서 끌어낸
4   말할 수 없는 달콤함으로 가득하여,

내가 가장 열망하던 것[3]에서 떠났는데도
단지 그녀만 보는 데 익숙해진 마음은
다른 것을 보지 않고, 그녀가 아닌 것은
8   오랜 습관으로 싫어하거나 경멸하네요.

지친 내 한숨의 휴식처이며
사방이 막힌 계곡[4]에 나는
11   아모르와 단둘이 생각에 잠겨 늦게 왔지요.

---

1) 이 소네트도 처음 보클뤼즈에 살던 1337~1340년에 쓴 것으로 보이지만, 일부에서는 두 번째로 보클뤼즈에 살던 1342년에 쓴 것으로 보기도 한다. 어쨌든 보클뤼즈에서 쓴 것만은 분명하다.
2) 라우라를 처음 본 날을 가리키는데, 최고의 아름다움에 기꺼이 죽음으로 눈을 감았을 것이라는 뜻이다.
3) 라우라의 모습이다.
4) 보클뤼즈를 가리킨다. 보클뤼즈는 "막힌 계곡"이라는 뜻이다.

거기에는 여자들도 없고, 샘물과 바위,[5]

어디를 바라보든, 내 생각이 그리는

14 　　바로 그날의 모습만 보인답니다.

---

5) 소르그강의 발원지가 되는 보클뤼즈 샘과 그 위의 바위들을 가리킨다.

117[1]

바로 자신의 이름이 유래하도록
이 계곡을 가장 막고 있는 산[2]이
수줍은 성격으로 얼굴을 로마 쪽으로,
4   등을 바빌론[3] 쪽으로 돌린다면,[4]

내 한숨들은 더 편한 길로 자신들의
희망이 살고 있는 곳[5]으로 갈 텐데,
지금은 흩어져서 가는데도 단 하나도
8   틀리지 않고 내가 보낸 곳에 도착하지요.

그리고 내가 깨닫기로는, 거기에서
달콤하게 받아들여져 아무도 절대
11   돌아오지 않고 즐겁게 그곳에 있다오.

---

1) 앞의 116번 소네트와 마찬가지로 보클뤼즈에서 쓴 소네트다.
2) 원문에는 *sasso*, 즉 "돌" 또는 "바위"로 되어 있는데, 보클뤼즈 동쪽의 산을 가리킨다. 보클뤼즈에서 바라보는 산의 앞면은 거의 절벽을 이루는 바위로 되어 있고 양쪽 능선이 계곡과 마을을 에워싸고, 거기에서 발원하는 소르그강이 흘러가는 서쪽만 열려 있으며, 그 서쪽의 평원 너머에 아비뇽이 있다.
3) 아비뇽을 가리킨다(114번 소네트 3행의 역주 참조).
4) 그러니까 얼굴을 로마가 있는 동남쪽으로 돌리고 돌아선다는 뜻이다.
5) 한숨들의 "희망"인 라우라가 살던 아비뇽을 가리킨다.

고통은 눈의 몫이니, 날이 새자마자

빼앗긴 멋진 장소에 대한 커다란 욕망에

14 　　나에게 눈물을 주고, 피곤한 발에 노고를 주지요.[6]

---

6) 라우라가 사는 곳을 멀리서라도 보기 위해 산으로 올라가기 때문에 피곤해진
　　발의 노고를 암시한다.

118[1]

내 한숨의 열여섯째 해가 뒤에 남고,[2]
나는 죽음을 향해 앞으로 가는데,
그러한 괴로움이 시작된 것이
4   바로 조금 전인 것 같다오.

쓰라림[3]이 나에겐 달콤하고, 고통은 유익하며,[4]
사는 것이 고통스럽지만 사악한 운명을
극복하기를 바라고, 내가 노래하게 만드는
8   아름다운 눈[5]을 죽음이 감길까 두렵다오.

---

1) 첫 행에서 말하는 바에 의하면 이 소네트는 1343년 4월 6일 이후 쓴 것으로 보
   아야 하며, 일곱 번째 '기념일 시'다.
2) 기념일이 지났다는 뜻이다.
3) 원문에는 *l'amar*로 되어 있는데, 두 가지 해석이 가능하다. 하나는 *amare*, 그
   러니까 라우라를 "사랑하는 것"이고, 다른 하나는 *amaro*, 즉 희망 없는 사랑
   에서 나오는 "쓰라림" 또는 "쓰라린 것"으로, 둘 다 뒤이어 나오는 극단적인 대
   조법들과 잘 어울릴 수 있다.
4) 페트라르카는 여기뿐만 아니라 라틴어 서간문들과 『비밀』, 『승리들』 등 여러 곳
   에서 라우라에 대한 일방적 사랑의 유용성에 대해 말했다. 말하자면 라우라가
   자신의 사랑에 충분하게 반응을 보이지 않은 것이 오히려 심각한 죄를 짓지 않
   도록 막아줌으로써 두 사람 모두의 영혼을 구원하는 데 좋았다는 것이다.
5) 라우라의 눈이다.

오, 나는 여기 있지만 다른 곳에 있고 싶고,

더 원하고 싶으면서 더 원하지 않고,

11   더 할 수 없기 위해[6] 할 수 있는 것을 해도,

오래된 욕망의 새로운 눈물[7]이

증명하듯이, 나는 여전히 예전의 나이며,

14   수없이 몸을 돌렸어도 움직이지 않았다오.

---

6) 그러니까 무능해지기 위해.

7) 오래된 사랑 때문에 최근에도 눈물을 흘린다는 것이다.

119[1]

태양과 똑같은 나이이지만 훨씬 더
아름답고 훨씬 더 빛나는 여인[2]이
명성 높은 아름다움으로
아직 설익은 나를 자기 무리[3]로 이끌었지요.
그녀는 세상에서 매우 드문데,
내 생각과 작품과 말에서,
수천 가지 길에서 언제나
8 내 앞에 우아하고 고고하게 있었어요.[4]
오직 그녀를 위해 나는 예전의 나로부터 돌아왔고,[5]
그녀의 눈을 가까이서 견딜 수 있었기에
그녀에 대한 사랑을 위해
아주 오랫동안 힘겨운 일에 헌신했으니,

---

1) 1341년 4월 로마의 캄피돌리오 언덕에서 계관시인이 된 후에 쓴 칸초네로 영
   광과 덕성에 대해 노래한다. 형식은 모두 7연으로 되어 있고, 각 연은 15행, 그
   러니까 11음절 시행 열한 개와 7음절 시행 네 개로 구성되어 있으며, 결구는
   11음절 시행 다섯 개와 7음절 시행 두 개로 모두 112행이다.
2) 영광을 가리킨다.
3) 영광의 추종자들 무리다.
4) 자신을 고귀하게 이끌었다는 뜻이다.
5) 이전의 자신과 달라졌다는 뜻인데, 볼로냐대학교에서 법학 공부를 포기하고
   시와 인문학 연구에 몰두하게 된 것을 암시하는 듯하다.

만약 열망하던 항구⁶⁾에 도착한다면
다른 사람들은 내가 죽었다고 여길 때도
15   나는 그녀 덕택에 오래 살기를 바라지요.⁷⁾

가득한 젊음의 열정으로 불타는 나를
그 여인은 오랫동안 이끌어주었으니,
지금 이해하는 바에 의하면
나에 대한 확실한 증거를 얻으려고⁸⁾
이따금 나에게 자신의 그림자나 베일,
옷을 보여주면서 얼굴은 감추었고,
나는, 세상에, 충분히 보았다고
23   믿었기에 젊은 시절을 완전히
만족하여 보냈는데, 기억⁹⁾은 나에게 유용하니,
이제 그녀에 대해 더 잘 알게 되었다오.
말하자면 얼마 전에야 그녀는
당시까지 전혀 본 적이 없는 모습을
나에게 드러냈고,¹⁰⁾ 그리하여 내 가슴속에
얼음¹¹⁾이 생겨났고, 지금도 있으며,

---

6) 위에서 말한 "힘겨운 일"의 결실을 말한다.
7) 죽은 뒤에도 영광 덕택에 명성이 오래 남아 있기를 바란다는 뜻이다.
8) 능력과 충실함을 확실하게 검증하기 위해서라는 뜻이다.
9) 젊은 시절의 오류에 대한 기억이다.
10) 영광이 자신에게 모습을 드러냈다는 말인데, 계관시인으로 월계관을 받은 것을 암시한다.
11) 계관시인이라는 영광의 목표에 도달하면서 느낀 당혹감을 암시한다. 페트라

30   그녀의 품 안에 있는 한 언제나 있을 것이오.

      하지만 두려움이나 얼음이 막지 못했고,
      나는 가슴에 커다란 용기를 북돋우며
      그녀의 눈에서 더 많은 달콤함을 얻기 위해
      그녀의 발을 껴안았고,[12]
      그녀는 내 눈앞에서 베일을 벗고
      말했지요. "친구여, 내가 얼마나 아름다운지
      이제 보고, 그대의 나이에
38   적합해 보이는 것을 요구해요."
      나는 말했지요. "여인이시여, 벌써 오랫동안 당신을
      사모했고, 지금도 불타는 것을 느끼기에
      이런 상태에서는 다른 것을
      원하거나 원하지 않을 수 없습니다."[13]
      그러자 정말로 경이로운 어조의 목소리와
      언제나 내가 두려워하고 희망하게
45   만들 만한 얼굴로 대답하더군요.

      "그렇게 많은 세상 사람 중에
      나의 가치에 대한 말을 들으면서

르카는 반복해서 말했듯이 월계관을 받을 만한 충분한 자격이 없다고 생각
했다.

12) 발과 다리를 껴안는 것은 존경의 표시다.

13) 극도로 감동되고 흥분한 상태에서 다른 것을 생각할 겨를이 없다는 뜻이다.

짧은 시간 동안 최소한 약간의 불꽃[14]을

가슴속에 느끼지 않는 사람은 드물지만,

선을 혼란하게 하는 나의 적[15]이 곧바로

불꽃을 꺼뜨리고, 그리하여 모든 덕성이 죽고,

더 평온한 삶[16]을 약속하는

53   다른 주인[17]이 통치하지요.

그대의 마음을 처음 연 사랑[18]이

그 마음에 대해 사실대로 말해주어

나는 알고 있으니, 커다란 욕망이 그대를

영광스러운 목적에 합당하게 해줄 것이며,

그대는 이미 나의 드문 친구들에 속하니

그대의 눈을 더 행복하게 해줄

60   여인[19]을 표지로 보게 될 것이오."

나는 말하려 했지요. "그건 불가능합니다."

그러자 그녀는 말했지요. "보아요." 그래서 나는

감춰진 곳을 향해 눈을 들었어요.

"소수에게만 나타난 여인이라오."

---

14) 사랑의 불꽃이다.

15) 쾌락 또는 즐거움을 가리킨다.

16) 어려움이나 시련, 노고가 없는 삶이다.

17) 물질적인 복지나 즐거움을 다스리는 자를 가리킨다.

18) 원문에는 대문자로, 즉 "아모르"로 되어 있지만, 넓은 의미에서 사랑을 뜻한다. 특히 지식을 추구하고 높이 고양되고 싶은 욕망을 자극하는 사랑이다.

19) 덕성을 가리킨다.

나는 안에서 새롭고 더 강한 불을 느끼고

재빨리 부끄러운 얼굴을 숙였으며,

그녀는 그것을 놀리면서 말했지요.

68 "그대가 어디 있는지 잘 알겠군요.[20]

태양이 자신의 강력한 빛으로

다른 모든 별을 사라지게 하듯이,

더 큰 빛[21]이 압도하는 나의 모습은

이제 덜 아름답게 보이지요.

하지만 나는 그대를 떠나지 않을 것이오.[22]

이 여인과 나는 하나의 씨앗[23]에서 태어났고

75 한 출산이 그녀를 먼저, 나를 뒤에 낳았으니까요."[24]

그동안 처음의 당혹스러운 순간에

나의 혀 주위를 단단히 묶고 있던

부끄러움의 매듭이 풀어졌고,

그녀의 깨달음을 깨달았을 때[25] 나는

말했지요. "내가 듣는 말이 사실이라면,

---

20) 페트라르카가 생각하는 것을 잘 이해한다는 뜻이다.

21) 덕성의 빛이다.

22) 원문에는 *da' miei non ti diparto*, 즉 "내 추종자들에게서 그대를 떠나보내지 않을 것이오"로 되어 있다.

23) 나중에 말하는 "아버지", 즉 하느님을 가리킨다.

24) 덕성은 원인으로 앞서고, 영광은 결과로 뒤따른다는 뜻이다.

25) 영광이 페트라르카 자신의 덕성에 대한 더 큰 사랑을 깨달았다는 사실을 페트라르카가 깨달았다는 뜻이다.

아버지²⁶⁾께서는 축복받으시고, 당신들로 세상을
장식하신 날, 그리고 당신들을 보기 위해
83 　　내가 보낸 모든 시간은 축복받으소서.
만약 내가 올바른 길에서 벗어났다면
겉보기보다 훨씬 괴롭겠지만,
당신들에 대해 더 들을 자격이 있다면
나는 욕망에 불타오릅니다.”
그녀는 사려 깊게 대답했고, 얼마나
달콤한 눈길로 응시했는지
90 　　말과 함께 그 눈길²⁷⁾이 심장에 닿았지요.

“우리의 영원한 아버지께서 원하신 대로
우리 둘은 모두 불멸로 태어났어요.
그런데 불쌍한 그대들²⁸⁾에게 무슨 소용이 있나요?
우리에게 결점이 있는 것²⁹⁾이 나았을 것이오.
한때 우리는 사랑받고, 아름답고,
젊고, 우아했는데, 이제 그녀³⁰⁾는
옛날 거주지³¹⁾로 돌아가기 위해
98 　　날개를 펼치려는 상태에 이르렀어요.

---

26) 하느님이다.
27) 원문에는 *il viso*, 즉 “얼굴”로 되어 있다.
28) 인간들을 가리킨다.
29) 말하자면 불멸이 아닌 것을 의미한다.
30) 덕성을 가리킨다.
31) 하늘이다.

나는 그림자일 뿐이에요. 그대가
짧게 이해할 수 있는 것만 말했어요."
그리고 발걸음을 옮기며 말했지요.
"내가 떠난다고 두려워하지 말아요."
그녀는 푸른 월계수로 화관을 만들었고
그것을 자기 손으로
105   내 머리 주위에 둘러주었답니다.[32]

칸초네여, 너의 말이 모호하다고 하는 사람에게
말해다오. "나는 신경 쓰지 않아요.
곧이어 다른 전언[33]이 분명한 목소리로
진실을 명백히 밝혀줄 테니까요.
나는 단지 사람들을 깨우러 왔어요,
그 임무를 나에게 부과한 사람[34]이
112   떠나는 나를 속이지 않았다면 말입니다."

---

32) 계관시인의 월계관을 받은 것을 명시적으로 상기시킨다.
33) 다른 시에서 더 분명하게 밝힐 것이라는 뜻인데, 그 무렵 페트라르카가 쓰고
    있던 라틴어 서사시 『아프리카』를 가리킨다고 해석된다.
34) 이 칸초네를 쓴 시인, 즉 페트라르카를 가리킨다. 지금 말하는 화자는 칸초네
    자신이다.

120[1]

당신의 재능과 친절한 애정을
깨닫게 해준 그 자비로운 시[2]는
곧바로 손에 이 펜을 잡도록
4   나에게 큰 힘을 발휘했기에

확실히 밝히는데,[3] 나는 모든 세상과 함께[4]
기다리는 그녀[5]의 마지막 타격[6]을
전혀 느끼지 않았지만, 분명히
8   그녀의 집 입구까지 갔다가

---

1) 이 소네트는 1343년 말에 쓴 것이 거의 확실하다. 페트라르카는 1343년 말에
   교황 클레멘스 6세Clemens VI(재위 1342~1352)의 사절로 나폴리에 가 있었는
   데 자신이 죽었다는 소문이 퍼졌다. 그 소문에 페라라 출신 시인 안토니오 베
   카리Antonio Beccari(1315~1370?)는 자기 칸초네에서 페트라르카의 죽음을 슬
   퍼했고, 페트라르카는 바로 이 소네트로 화답했다. 베카리와 페트라르카는 그
   때부터 서로 알고 지냈으나 나중에 1354년이 되어서야 베네치아에서 직접 만
   났다.
2) 페트라르카가 죽었다는 거짓 소문을 듣고 안토니오 베카리가 쓴 시는 "Io ho
   già letto el pianto de' Troiani(나는 전에 트로이아인들의 눈물에 대해 읽었지
   요)"로 시작되는 칸초네다.
3) 원문에는 *per far voi certo*, 즉 "당신에게 확실하게 밝히기 위해"로 되어 있다.
4) 다른 사람들과 함께.
5) 죽음을 가리킨다.
6) 원문에는 *morsi*, 즉 "깨물음"으로 되어 있는데, 죽음을 뜻한다.

다시 돌아왔으니,[7] 내 삶에 예정된
시간이 아직 되지 않았다고
11   문지방 위에 적힌 것을 보았기 때문이오,

비록 날짜와 시간은 읽지 못했지만.[8]
그러니 이제 괴로운 당신 마음을 진정하고
14   명예로울 때 가치 있는 사람이 되기를 바라오.

---

7) 라틴어로 쓴 『친지들에게 보낸 서간집*Epistolae familiares*』 4권 11절 2에서 페트
라르카는 볼로냐대학교 동료이며 시칠리아 북동부 메시나 출신의 시인 톰마소
칼로이로Tommaso Caloiro(1302~1341)가 죽었을 때 고통 때문에 죽음의 문턱
에까지 갔지만, 아직 자신의 시간이 되지 않았다는 글귀를 문 위에서 발견하고
되돌아왔다고 이야기한다.
8) 죽음은 확실히 오지만 그 날짜와 시간은 정확히 알 수 없다는 뜻이다.

121[1]

보세요, 아모르여, 젊은 여인[2]이 당신의 왕국을
경멸하고, 나의 고통에 신경도 쓰지 않고,
3   그렇게 두 적[3] 사이에 안전하게 있어요.

당신은 무장하고 있는데, 그녀는 땋은 머리와
치마 차림에 맨발로 꽃과 풀 가운데 앉아 있으면서[4]
6   나에게는 잔인하고, 당신에게는 오만하군요.

나는 포로이지만, 당신의 강한 활과
화살 몇 개가 아직 연민을 품고 있다면,
9   주인님, 당신과 나의 복수를 해주오.

---

1) 마지막 네 번째 마드리갈로 두 번째로 파르마에 머무를 때 쓴 것으로 짐작된
   다. 페트라르카는 1341년 4월 월계관을 받고 로마에서 돌아오던 길에 용병대
   장 아초 다 코레조Azzo da Coreggio(1303~1362)의 손님으로 파르마에 머무르
   다가 1342년 초에 돌아간 적이 있다. 그리고 두 번째 초대로 1343년 12월 말
   부터 1345년 후반까지 파르마에 머물렀다. 형식은 모두 11음절 시행으로 이루
   어진 3행연구三行聯句 세 개로 구성되어 있다.
2) 라우라를 가리킨다.
3) 아모르와 페트라르카 자신을 가리킨다.
4) 아모르는 활과 화살로 무장하고 있는데, 라우라는 완전히 무방비 상태로 있다
   는 뜻이다.

122[1]

내가 처음 불탔고, 아직 꺼지지 않은 채
하늘은 벌써 열일곱 해를 돌렸지만,
나의 상태를 다시 생각하면
4   불꽃들 한가운데서 얼음을 느낀다오.

누구는 털을 바꾸고 버릇을 바꾸지 않는다는
속담[2]은 사실이니, 감각이 무뎌지는데도[3]
인간의 감정은 약해지지 않고, 그것은
8   무거운 베일[4]의 나쁜 그림자를 만들지요.

오, 불쌍하구나, 내 삶의 날들이
달아나는 것을 바라보니, 그 오랜 고통과
11   불꽃에서 벗어날 날이 언제 올까요?

내가 원하는 만큼, 또 합당한 만큼
그 아름다운 얼굴의 달콤한 모습이

---

1) 1344년 4월에 쓴 이 소네트는 여덟 번째 '기념일 시'다.
2) "여우는 털을 바꾸고 버릇을 바꾸지 않는다"는 라틴어 속담이 있다.
3) 나이가 들어감에 따라 감각이 느려지고 무뎌진다는 뜻이다.
4) 인간의 육신을 가리킨다.

14   이 눈을 즐겁게 해줄 날이 올까요?

123¹⁾

그 아름다운 창백함²⁾은 달콤한 웃음을
사랑스러운 안개로 뒤덮으면서
얼마나 고귀하게 내 심장에 닿았는지
4   심장은 얼굴 한가운데로 맞이하러 갔다오.³⁾

나는 천국에서 어떻게 서로가 이해하는지
알게 되었으니, 그렇게 드러난 자비로운
생각을 다른 사람은 깨닫지 못했지만,
8   다른 곳을 응시하지 않는 나는 보았지요.⁴⁾

사랑이 머무는 여인에게서 나타나는
천사 같은 모든 모습, 모든 겸손한 행동은

---

1) 이 소네트는 계관시인 수여식을 위해 1341년 2월 로마로 떠날 무렵에 쓴 것으로 보인다. 하지만 1343년 나폴리로 가기 위해 프로방스 지방을 떠날 때 쓴 것으로 볼 수도 있다. 어쨌든 이별의 시다.
2) 페트라르카가 떠나는 것이 서운하여 라우라의 얼굴빛이 변했다는 뜻이다.
3) 라우라의 표정 변화에서 받은 감동이 페트라르카 자신의 얼굴에 명백하게 드러났다는 뜻이다.
4) 천국에서 축복받은 영혼들이 표정만으로 서로 이해하는 것처럼, 라우라의 표정에 드러난 것을 다른 사람은 깨닫지 못했어도 언제나 라우라의 얼굴만 응시하는 페트라르카 자신은 이해했다는 것이다.

11   내가 말하는 것[5]에 비하면 경멸 같을 것이오.

아름답고 친절한 눈길을 땅으로 내리깔고
말없이 이렇게 말하는 것 같았지요,
14   "내 충실한 친구를 누가 멀리 데려가나요?"

---

5) 위에서 말한 라우라의 느낌과 표정을 가리킨다.

124[1]

아모르, 포르투나, 그리고 현재의 것[2]을
피하고 과거를 바라보는 내 마음이
얼마나 나를 괴롭히는지, 때로는
4　　맞은편 강변에 있는 자들[3]이 부럽다오.

아모르는 내 심장을 괴롭히고, 포르투나는
모든 위안을 빼앗고, 그래서 내 마음은
어리석게 울고 분노하니, 수많은 고통 속에
8　　언제나 싸우면서 살아가야 하지요.

달콤한 날들이 돌아오기를 바라지 않고
남은 날은 더 나빠질 것처럼 보이고,
11　　내 삶의 길은 벌써 중간을 넘어섰다오.[4]

---

1) 이 소네트는 처음 보클뤼즈에 살던 1337~1341년에 쓴 것으로 짐작된다. 일부
　에서는 앞의 소네트와 밀접하게 연결된 이별의 작품으로 보기도 한다.
2) 원문에는 *quel che vede*, 즉 "지금 보는 것"으로 되어 있는데, 현재 자기 주위
　에 있는 것을 가리킨다.
3) 죽은 자들을 가리킨다. 그리스 신화에서 아케론강은 이승과 저승을 가르는 경
　계선 역할을 하며, 그 건너편 강변이 바로 저승 세계다.
4) 당시의 관념에서 사람들의 이상적인 수명은 일흔 살로 보았고, 따라서 그 절반
　에 해당하는 서른다섯 살을 넘었으니 1339년이 지났다는 뜻이다.

불쌍하구나, 금강석이 아니라 유리로 된[5]
내 모든 희망이 손에서 떨어지고
14   모든 생각이 완전히 깨지는 것이 보인다오.

---

5) 자신의 희망은 금강석처럼 단단하지 않고 유리처럼 잘 깨진다는 뜻이다.

125[1]

나를 괴롭히는 생각이
날카롭고 단단한 만큼
거기에 어울리는 색깔을 입는다면,
아마 나를 불태우고 달아나는 사람[2]은
뜨거운 불의 일부가 될 것이고,

6   아모르는 잠자는 곳[3]에서 깰 것이며,
지친 내 발이
들판과 언덕에 남긴 발자국은
덜 외로울 것이며,
내 눈은 언제나 젖지 않을 것이오,
얼음처럼 있는 그녀가 불타면서
불과 불꽃이 아닌 것은

13   내 안에 전혀 남기지 않을 테니까요.

---

1) 이 칸초네는 처음 보클뤼즈에 살던 1337~1341년에 쓴 것으로 보이지만, 일부
학자는 1343년 후반 페트라르카가 나폴리로 여행하려고 준비할 때 쓴 것으로
보기도 한다. 뒤따르는 126번 칸초네와 긴밀하게 연결된 소위 '자매 칸초네'로
일컬어진다. 형식은 6연으로 되어 있고, 각 연은 13행, 즉 7음절 시행 열 개(7음
절 시행이 가장 많은 작품이다)와 11음절 시행 세 개로 구성되어 있으며, 결구는
3행, 즉 7음절 시행 두 개와 11음절 시행 한 개로 되어 있어 모두 81행이다. 이
칸초네를 비롯하여 다섯 편의 칸초네가 연이어 배치되어 있다.
2) 라우라를 가리킨다.
3) 라우라의 심장이다.

아모르가 나의 힘을 빼앗고
능력을 빼앗아 가니, 나는
거칠고 달콤함이 없는 운율로 말하고,[4]
나뭇가지는 자신의 자연스러운 역량을
껍질이나 꽃, 잎사귀를 통해
19   언제나 밖으로 드러내지 못하지요.
아름다운 눈과 그 그늘에
앉아 있는 아모르가
내 심장에 담긴 것을 보면 좋겠소.
분출되는 고통이
눈물이나 한숨으로 넘쳐야 한다면,
눈물은 나를 괴롭히고, 한숨은
26   내가 다듬지 않아[5] 타인을 괴롭힌다오.

아모르의 처음 공격에서
나에게 다른 무기가 없었을 때 사용한
달콤하고 우아한 운율이여,
최소한 예전처럼 토로할 수 있도록
누가 와서 돌[6]처럼 굳은

---

4) 원하는 만큼 충분히 아름다운 시로 노래할 수 없다는 뜻이다.
5) 한숨을 적절하고 세련되게 표현하지 못한다는 뜻이다.
6) 원문에는 *smalto*, 즉 "콘크리트"로 되어 있다. 고통으로 인하여 심장이 단단하
    게 굳어버렸고, 따라서 자신이 느끼는 괴로움을 표현할 수 없게 되었다는 뜻
    이다.

32 이 내 심장을 깨뜨려 줄까요?
심장 안에 누군가가 있어서
언제나 내 여인을 그리고
함께 이야기하는 것 같은데,
그녀를 묘사하기에 나 혼자로는
충분하지 않고 무능해지는 것 같아요.
불쌍하구나, 그렇게 달콤한
39 내 위안은 달아났답니다.[7]

힘들게 혀를 움직이고 펼치는
어린아이가 말할 줄 모르면서
침묵하는 것을 싫어하는 것처럼,
욕망은 말하라고 나를 이끌고,
내가 죽기 전에 달콤한 적[8]이
45 내 말을 듣기를 바라지요.
만약 그녀의 모든 즐거움이
아름다운 자기 얼굴에만 있고
다른 모든 것을 피한다면,
푸른 강변[9]이여, 네가 내 한숨을
듣고 널리 날려 보내서,

---

7) 위에서 말한 "달콤하고 우아한 운율"로 자기 여인을 충분히 묘사할 수 없게 되었다는 뜻이다.
8) 라우라다.
9) 소르그강의 강변이다.

네가 나에게 얼마나 친구였는지

52 　언제나 기억하게[10] 해다오.

너[11]는 잘 알지, 예전에 너에게

발자국을 남긴 발[12]처럼 아름다운 발이

땅을 밟은 적은 전혀 없었다는 것을.

그래서 지친 심장과 괴로운

옆구리[13]는 감춰진 자신들의 생각을

58 　너와 함께 나누러 가는구나.

그러니 꽃과 풀 사이에 흩어진

아름다운 발자국을 네가

지금도 간직하고 있다면,

쓰라린 나의 삶이 눈물 속에서

진정될 장소를 찾을 수 있을 텐데!

하지만 막연하고 의심스러운

65 　영혼은 어떻게 채워질까.

어디로 눈을 돌리든지

맑고 달콤한 대기를 보며 생각한다오,

"사랑스러운 눈길이 여기를 보았어."

---

10) 원문에는 *si ridica*, 즉 "다시 말하게"로 되어 있다.

11) 계속해서 "푸른 강변"에게 말한다.

12) 라우라의 발이다.

13) 심장을 둘러싸고 있는 부분으로 사랑 때문에 심장과 함께 괴로워하는 부분이다.

풀이나 꽃을 꺾으면서 생각하지요,
그 뿌리가 내리고 있는 땅은 바로

71   그녀가 강과 강변 사이로
걸어갔던 곳이며, 때로는
꽃피고 푸르고 시원한
의자가 되었던 곳이라고 말입니다.
그렇게 아무것도 잃지 않는데
확실하게 아는 것은 더 나쁠 것이오.[14]
행복한 정신[15]이여, 다른 사람을

78   행복하게 해주는 그대는 누구인가요?

오, 불쌍한 칸초네여, 얼마나 조잡한가!
그건 너도 알 것이라고 믿는데,

81   너는 이 숲속에 남아 있어라.

---

14) 과거에 있었던 것들을 모두 기억하고 확실하게 아는 것은 오히려 상상과 환
상을 가로막기 때문에 더 나쁠 수 있다는 뜻이다.

15) 라우라를 가리킨다.

126[1)]

맑고 시원하고 달콤한 강물[2)]이여,
나에게 유일한 여인으로 보이는 그녀가
아름다운 손발을 담그던[3)] 곳이여,
한숨과 함께 기억하노니,
그녀가 즐겨 아름다운 몸을 기대던

6 고귀한 나무여,
천사 같은 가슴과 함께
우아한 치맛자락이 뒤덮던
풀밭과 꽃들이여,
아모르가 아름다운 눈으로
내 심장을 열었던 밝고 신성한 대기여,
괴로운 나의 마지막 말에

13 모두들 귀를 기울여다오.

---

1) 이 칸초네 역시 처음 보클뤼즈에 살던 1337~1341년에 쓴 것으로 짐작되며,
형식이나 내용에서 앞의 125번 칸초네와 긴밀하게 연결되어 있다. 형식은 5연
으로 되어 있고, 각 연은 13행, 즉 7음절 시행 열 개와 11음절 시행 세 개로 구
성되어 있으며, 결구는 3행, 즉 11음절 시행 두 개와 7음절 시행 한 개로 되어
있어 모두 68행이다. 보클뤼즈의 소르그강에서 영감을 받은 이 칸초네는 『칸
초니에레』에서 가장 많이 연구되고, 가장 많이 인용되는 작품 중 하나다.
2) 소르그강을 가리킨다.
3) 원문에는 *le belle membra pose*, 즉 "아름다운 사지를 내려놓던"으로 되어 있다.

이것이 나의 운명이라면,

또 하늘이 원하는 것이라면,

아모르는 이 눈물 젖은 눈을 감기고,

약간의 자비는 이 초라한 몸을

너희들⁴⁾ 사이에 묻고,

19   헐벗은 영혼은 자기 고향으로 돌아가리다.⁵⁾

이 망설이는 걸음걸이에

그런 희망을 줄 수 있다면,

죽음은 덜 고통스러울 것이니,

이 지친 영혼은

아늑한 항구나 평온한 구덩이에서

괴로운 뼈와 살로부터

26   달아날 수 없을 테니까요.

혹시라도 훗날 언젠가⁶⁾

아름답고 부드러운 그녀⁷⁾가

즐겨 머물던 이곳으로 돌아오고,

그 축복받은 날

그녀가 나를 보았던 곳으로

---

32   즐겁고 열망하는 눈길을 돌려
      나를 찾는다면, 그리고 오, 불쌍하구나!
      돌들 사이에서 흙이 되어버린
      나를 발견하고, 아모르의 영감에
      달콤한 한숨으로
      하늘을 감동하게 하고
      나를 위해 자비를 탄원하면서
39   아름다운 베일로 눈물을 닦는다면.

      아름다운 나뭇가지에서는
      기억 속에서 달콤하게
      그녀의 가슴 위로 꽃비가 내렸고,
      그녀는 그 멋진 영광 속에서
      벌써 사랑의 구름에 휩싸인 채
45   소박하게 앉아 있었다오.
      어떤 꽃은 옷자락에 떨어졌고,
      어떤 꽃은 금발 머릿결에,
      그날 눈부신 황금과 진주처럼 보이던
      머릿결에 떨어졌고, 어떤 꽃은
      땅바닥에, 어떤 꽃은 물결에 떨어졌고,
      어떤 꽃은 허공을 맴돌며
52   말하는 것 같았다오. "여기 아모르가 있구나."

      놀라움에 넘쳐 나는
      몇 번이나 말했지요.

"그녀는 분명 천국에서 태어났어!"
그렇게 신성한 태도와
얼굴과 말과 달콤한 미소는
58 나를 황홀경에 빠지게[8] 했고,
현실의 모습에서
떠나게 했으니,
나는 한숨을 쉬며 말했다오.
"어떻게 여기 왔지? 아니, 언제?"
나는 천국에 있다고 믿었으니까요.
그때부터 이 풀밭이 좋았으니,
65 다른 곳에서는 평온을 찾지 못한다오.

칸초네여, 원하는 만큼 치장했다면,
대담하게 이 숲에서 나가
68 사람들 사이로 돌아다녀라.

---

8) 원문에는 *carco d'oblio*, 즉 "망각으로 가득하게"로 되어 있다.

127[1]

아모르가 나를 자극하는 곳으로[2]
괴로운 내 마음에 뒤따라 나오는
고통스러운 운율을 보내야 할 텐데,
무엇이 시작이고, 무엇이 마지막일까요?[3]
내 고통에 대해 함께 이야기하는 자[4]는
6 너무 혼란스럽게 말해 나를 의문에 빠뜨리네요.
하지만 내가 자주 찾는 심장[5] 한가운데에다
그[6]가 자기 손으로 내 고통에 관하여 쓴
이야기가 아무리 많아도 나는 말하겠으니,
말하는 동안 한숨은 휴식을 얻고
고통은 위로를 얻기 때문이라오.

---

1) 이 칸초네는 두 번째로 파르마에 머무르던 1344년에 쓴 것으로 짐작된다. 형식
   은 7연으로 되어 있고, 각 연은 14행, 즉 11음절 시행 열두 개와 7음절 시행 두
   개로 구성되어 있으며, 결구는 8행, 즉 11음절 시행 여섯 개와 7음절 시행 두
   개로 되어 있어 모두 106행이다. 연이은 다섯 편의 칸초네 중 한가운데에 배치
   된 이 칸초네는 주제나 형식에 있어 129번 칸초네와 쌍을 이룬다.
2) 말하자면 라우라에게.
3) 어느 시가 첫 작품이고, 어느 시가 마지막 작품인지 자문하는데, 이제는 시작과
   끝을 알 수 없다는 뜻이다.
4) 아모르를 가리킨다.
5) 페트라르카 자신의 심장이다.
6) 아모르다.

그러니까 아무리 다양하고 많은 것을
주의 깊게 응시해도 오로지
14   한 여인과 아름다운 얼굴만 보인답니다.

잔인한 운명은 무자비하고 오만하고
괴로움을 주는 최고의 행복[7]으로부터
내가 멀어지게 했기에
아모르는 기억만으로 나를 지탱했고,[8]
그래서 나는 어린 모습에서 세상이
20   풀빛으로 물들기 시작하는 것을 보고,[9]
설익은 시절[10]의 모습에서는 이제
여인이 된 아름다운 처녀를 보고,
태양이 뜨거워지면서 높이 솟으면
고귀한 심장의 주인이 되는
사랑의 불꽃처럼 보이지만,
조금씩 뒤로 물러나는 태양[11]을
낮이 아쉬워할 때는
28   자신의 완벽한 날에 이른 그녀를 본다오.

---

7) 라우라를 가리킨다.
8) 단지 라우라에 대한 기억만으로 살아가게 한다는 뜻이다.
9) 이어서 나이에 따른 라우라의 모습을 계절에 비유하여 묘사한다. 어린 시절의
    라우라는 봄, 젊은 시절의 라우라는 여름, 성숙한 시절의 라우라는 가을과 대
    비된다. 그리고 3연과 4연, 5연에서 각각의 이미지를 더 자세하게 묘사한다.
10) 젊은 시절이다.
11) 한낮이 지나 서서히 기우는 태양이다.

추위가 물러나고 유익한 별자리가
힘을 얻는 시절[12]에 땅에서 제비꽃을 보거나
나뭇가지에서 잎사귀를 보는 나의 눈에는
번민이 시작되었을 때[13]
지금도 나를 강요하는 아모르가

34   무장하고 있던 제비꽃과 잎사귀[14]가 보이고,
지금은 나에게 다른 모든 즐거움이
천박해 보이게 하는 고귀한 영혼이
머무르는 여린 사지를 뒤덮고 있던
그 달콤하고 우아한 피부가 보이고,
당시에 꽃피웠고 곧이어 때 이르게
내 고통의 유일한 원인이자 휴식이 된
그 겸손한 몸짓이

42   너무나 강렬하게 떠오른다오.

멀리 언덕에서 부드러운 눈雪에
햇빛이 부딪치는 것을 보면
태양이 눈을 지배하듯 아모르는 나를 지배하니,

---

12) 봄을 가리킨다.
13) 처음 라우라를 보고 사랑에 빠졌을 때는 4월 6일, 그러니까 봄이 한창일 때
였다.
14) 아모르가 무장했다는 것은 전쟁의 은유로 표현하기 때문이다. 반면에 일부
학자들은 라우라가 머리를 장식하던 제비꽃과 녹색 옷을 가리키는 것으로 해
석하기도 한다.

멀리에서 내 눈을 젖게 만들지만
가까이서는 눈부시게 만들고 심장을 압도하는
48   초월적인[15] 아름다운 얼굴을 생각하면,
거기에서는 하얀색과 황금빛 사이에서,
내 생각에, 내 눈 외에 누구의 눈도
보지 못한 것[16]이 언제나 나타나고,
그녀가 한숨 쉬며 미소를 지을 때
그 뜨거운 열망[17]은 나를 불태우면서
망각을 전혀 두려워하지 않고
영원해지니, 여름이 바꾸지도 못하고
56   겨울이 꺼뜨리지도 못한다오.[18]

밤비가 그친 뒤 맑은 허공에
떠도는 별들이 가면서 이슬과
추위 사이에서[19] 빛나는 것을 볼 때마다,
피곤한 내 삶이 의지하고 있는
아름다운 눈이, 베일의 그늘 아래

---

15) 원문에는 *più che bumano*, 즉 "인간적인 것 이상의"로 되어 있다.
16) 구체적으로 무엇을 가리키는지 분명하지 않다. 일부에서는 사랑의 생각을 가
리키는 것으로 보고, 또 일부에서는 라우라의 내면적인 아름다움을 가리키는
것으로 본다.
17) 사랑의 열망이다.
18) 계절의 변화에도 바뀌지 않는다는 뜻이다.
19) 신선한 이슬이 반짝이는 새벽 시간이다.

62　　보았던 모습[20] 그대로 보이며,
　　　그날 그 눈의 아름다움으로 빛나던
　　　하늘처럼 반짝이는 것을 지금도
　　　젖은 눈으로 보며 나는 언제나 불탄다오.
　　　태양이 떠오르는 것을 보면
　　　나를 불태우는 빛[21]이 나타남을 느끼고,
　　　저녁에 태양이 기우는 것을 보면
　　　떠나는 곳을 어둡게 놔두면서
70　　다른 데로 향하는 것을 보는 듯하지요.

　　　주홍색이 섞인 새하얀 장미를
　　　처녀의 손으로 방금 꺾어 황금 꽃병에
　　　담아놓은 것을 나의 눈이 볼 때면,
　　　다른 모든 기적을 능가하는
　　　그녀의 얼굴과 그 안에 모인 세 가지
76　　아름답고 탁월한 것을 보는 것 같으니,
　　　어떤 우유도 비교할 수 없을 목과
　　　그 목 위로 흘러내리는 황금빛 머릿결,
　　　부드러운 불이 장식하는 뺨이라오.
　　　그러나 바람이 약간만 불어도
　　　하얗고 노란 꽃들이 풀밭에서 흔들리듯이
　　　산들바람에 날리는 황금빛 머리칼을 보고

20)　1327년 4월 6일 아비뇽의 생트 클레르 성당에서 처음 보았을 때의 모습이다.
21)　라우라의 눈을 가리킨다.

금세 내가 불타올랐던 그 첫날과

84   장소[22]가 마음속에 떠오른답니다.

내가 절대로 떠나지 못하도록,

모든 아름다움의 꽃이 그대로

남아 있으면서[23] 얼마나 많은 곳에다

자신의 빛을 뿌렸는지 종이 몇 장에다

이야기하려고 생각했을 때, 아마 나는

90   별들을 하나하나 모두 헤아리고, 작은

유리병에 모든 물을 담겠다고 믿었던 것 같아요.

나는 떠나지 않을 것이며,[24] 달아나려고 해도

내가 완전히 괴로워하도록 그녀는 언제나

지친 내 눈앞에 나타나 있기 때문에

하늘과 땅에 길이 막혔지요.

그렇게 나와 함께 있으니

나는 다른 여인을 보고 싶지도 않고

98   한숨 속에 다른 이름을 부르지도 않는다오.

칸초네여, 너는 잘 알지, 내가 말하는 것은

밤낮으로 마음속에 갖고 다니는 감춰진

---

22) 126번 칸초네에서 찬양하는 장소와 날짜다. 따라서 바로 앞의 연에서 말하는 1327년 4월 6일 라우라를 처음 보았던 때와 구별해야 한다.

23) 라우라("아름다움의 꽃")가 자신의 빛을 사방에 뿌렸지만 줄어들거나 변하지 않고 그대로 온전하게 남아 있었다는 것이다.

24) 라우라에게서 떠나지 않을 것이라는 뜻이다.

내 사랑의 생각에 비하면 아무것도 아니며,

오로지 그 위안으로 나는

오랜 번민 속에 아직 죽지 않았으니,

멀리 떨어진[25] 심장의 슬픔으로

벌써 죽었을 테지만

106   그 덕분에[26] 죽음과도 떨어져 있음을.

---

25) 라우라에게서 멀리 떨어져 있다는 뜻이다.
26) 위에서 말한 "사랑의 생각" 덕분이다.

128[1]

나의 이탈리아여, 아름다운 너의 몸에서
그렇게 자주 보는 치명적인 상처에게
말하는 것이 쓸모없을지라도,
최소한 나의 한숨이 테베레와 아르노,
지금 내가 괴롭고 슬프게 앉아 있는 포강[2]이

---

1) 이 칸초네는 1344년 말 파르마에 머물 때 쓴 것으로 보인다. 페트라르카
는 1343년 말부터 파르마에 머물렀는데, 당시 파르마는 롬바르디아 지방 영
주들의 싸움에 휘말려 있었다. 원래 파르마는 밀라노의 영주 루키노 비스콘
티Luchino Visconti(1287~1349)에게 양도될 예정이었으나, 소유자이던 용병
대장 아초 다 코레조(121번 마드리갈의 여주 참조)는 오비초 데스테Obizzo
d'Este(?~1352)에게 팔았고, 그 결과 두 편으로 나뉜 세력들의 복잡한 싸움터
가 되었다. 1344년 12월에는 도시가 완전히 포위되어 공격받았는데, 공격하
는 부대에는 게르만 용병들도 포함되어 있었다. 당시의 전쟁은 대부분 돈을 주
고 고용한 용병들에 의존했다. 결국 페트라르카는 1345년 2월 23일 극적으로
파르마에서 탈출하지만, 탈출하기 전에 당시 이탈리아의 여러 아름다운 도시
가 복잡한 정치 싸움의 소용돌이에 휘말려 서로 싸우는 불합리하고 어리석은
상황을 한탄하고 비판한 것이다. 특히 게르만 용병들을 고용하는 데 따른 폐
해를 강력하게 비판했는데, 그 주제에 대해 나중에 니콜로 마키아벨리Niccolò
Machiavelli(1469~1527)는 『군주론Il principe』에서 체계적으로 비판하면서 자국
군대의 중요성을 강조했다. 형식은 모두 7연으로 되어 있고, 각 연은 16행, 즉
7음절 시행 일곱 개와 11음절 시행 아홉 개로 구성되어 있으며, 결구는 10행,
즉 7음절 시행 세 개와 11음절 시행 일곱 개로 되어 있어 모두 122행이다.
2) 로마를 가로지르는 테베레강, 피렌체를 가로지르는 아르노강, 그리고 당시 페
트라르카가 머물고 있던 파르마 위쪽으로 흐르는 포강은 나폴리 왕국 위쪽의

6   바라는 대로 된다면 좋겠소.[3]

하늘의 통치자[4]시여, 바라옵건대

당신을 지상으로 인도한 연민으로

사랑하는 당신의 고귀한 나라[5]를 보소서.

너그러운 주님, 하찮은 이유로

11   벌어지는 잔인한 전쟁과,

오만하고 잔인한 마르스[6]가

단단하게 만들고 묶는 마음들을 보시고,

아버지, 당신께서 부드럽게 풀어주시어

거기에서, 비록 초라하지만 제 말을 통해

16   당신의 진리를 듣게 해주소서.

운명이 아름다운 지방들의 고삐[7]를

손에 잡게 해주었는데, 그곳에 전혀

연민을 느끼지 못하는 것 같은 당신들[8]이여,

이탈리아, 말하자면 수많은 군소 국가로 분열되어 서로 싸우고 있는 이탈리아
를 가리킨다.

3) 이 칸초네에서 탄식하는 것이 바로 분열된 이탈리아의 탄식을 대변하면 좋겠
다는 뜻이다.

4) 하느님을 가리킨다.

5) 이탈리아를 가리킨다. 로마는 하느님의 사랑을 받아 제국의 수도이자 교황청
의 자리가 되었다는 중세의 관념을 표현하고 있다.

6) 전쟁의 신 마르스가 오만하고 잔인하다는 것은 당시의 보편적인 관념이다.

7) 통치권 또는 지배권을 가리키는 은유다.

8) 이탈리아 각 지방의 군주나 영주에게 하는 말이다.

많은 이방인 칼[9]이 여기에서 무엇을 하나요?

무엇 때문에 푸르른 땅이

22 야만인들의 피로 물드는가요?

헛된 오류에 유혹되어 당신들은

조금 보면서 많이 본다고 생각하니,

타락한[10] 마음에서 사랑이나 믿음을 찾는군요.

그러니 많은 사람[11]을 가진 자는

27 많은 적에게 둘러싸이게 되지요.

오, 어느 이상하고 황량한 곳에서

모은 사람들의 홍수가

우리의 달콤한 들판에 범람하려고 하는지!

만약 이것이 우리의 손에 의한 것이라면

32 누가 거기에서 살아남겠소?

자연은 우리의 상태를 잘 배려하여

우리와 게르만의 분노 사이에

알프스를 장벽으로 두었지만,[12]

선에 거슬러 완고하고 눈먼 욕망[13]은

---

9) 게르만 용병들을 가리킨다.

10) 원문에는 *venale*, 즉 "돈에 팔리는"으로 되어 있다.

11) 게르만 용병들을 가리킨다.

12) "게르만의 분노"로부터 이탈리아반도를 보호하기 위해 자연이 알프스산맥을 일종의 장벽으로 배치했다는 것인데, 그런 관념은 고대 로마인들과 이탈리아인들 사이에 널리 퍼져 있었다.

13) 탐욕을 가리킨다.

얼마나 잔재주를 짜냈는지

38　건강한 몸에 병[14]이 생기게 했지요.

이제 한 우리 안에

야만적인 야수와 온순한 양이

함께 있으니 언제나 양이 괴롭고,

그것이 법 없는 사람들[15]의

43　후손에 의한 것이기에 더욱 고통스러운데,

책에 적힌 바에 의하면,

위업에 대한 기억이 아직 스러지지 않은

마리우스가 그들의 옆구리를 가른 뒤

지치고 목이 말랐을 때 강에서

48　피가 아닌 물을 마시지 못했다고 하지요.[16]

우리의 칼이 찌른 그들 혈관의 피로

주위 들판의 풀을 적신

카이사르[17]에 대해서는 침묵하겠소.

---

14) 원문에는 *scabbia*, 즉 "옴"으로 되어 있다.

15) 법을 토대로 하는 로마인들과 달리 법이 없는 야만인들이라는 뜻이다.

16) 로마의 역사가 푸블리우스 아니우스 플로루스Publius Annius Florus(74?~
145?)가 『티투스 리비우스의 로마사 요약*Epitome de Tito Livio*』에서 이야기하
는 바에 의하면, 로마의 장군 가이우스 마리우스Gaius Marius(B.C. 157~B.
C. 86)는 프랑스 남부 아쿠아이섹스티아이Aquae Sextiae(현재의 엑상프로방스
Aix-en-Provence)에서 튜턴족과 암브로네스족에 대항해 벌어진 전투에서 엄청
나게 많은 적을 살해했고, 그 결과 병사들이 피로 물든 강물을 마시지 못했다
고 한다.

17) 카이사르가 갈리아 전쟁 당시 게르만족들과 벌인 전투에 대해 말하고 있다.

그런데 어느 사악한 별 때문인지 모르겠으나
하늘이 우리를 증오하는 것 같은데,

54 중요한 임무를 맡은 당신들 덕택이오.[18]
분열된 당신들의 욕망이
세상에서 가장 아름다운 곳을 망치고 있소.
어떤 죄, 어떤 심판[19]이나 운명으로
불쌍한 이웃을 괴롭히고,

59 고통받고 흩어진 재산을 박해하고,
다른 곳에서 사람들을 찾으며[20]
그들이 돈에 팔려 피를 뿌리고
영혼을 파는 것을 좋아하게 되었는가요?
누군가[21]를 증오하거나 경멸하기 위해서가 아니라

64 단지 진실을 말하려고 하는 말이오.

많은 증거에도 아직 깨닫지 못했나요?
손가락을 들어[22] 죽음을 피하는[23]
게르만 사람들의[24] 속임수를?

---

18) 공적인 통치 임무를 맡은 이탈리아 군주들을 비꼬는 표현이다.
19) 인간의 죄와 하느님의 심판을 가리킨다.
20) 이탈리아가 아닌 게르만 지역에서 용병들을 불러들이는 것을 말한다.
21) 이탈리아 군주 중 누군가를 가리킨다.
22) 전사들이 싸우다가 손가락을 들면 패배를 인정하는 것이 되었다고 한다.
23) 원문에는 *colla morte scherza*, 즉 "죽음과 장난하는"으로 되어 있다. 용병들은 목숨을 걸고 싸우지 않는다는 뜻이다.
24) 원문에는 *bavarico*, 즉 "바이에른 사람들의"로 되어 있다.

내 생각에는 피해보다 비웃음이 더 부끄러운데도
다른 분노[25]에 이끌리기 때문에
70 당신들의 피가 더 많이 흐른다오.
아침부터 셋째 시간까지[26] 스스로 잘 생각해 보면
자신을 천박하게 생각하면서 다른 사람을
귀하게 여긴다는 것[27]을 알 것이오.
오, 고귀한 라틴[28]의 피여,
75 이 해로운 짐을 벗어버리고,
내용도 없는 헛된 명성을
우상으로 만들지 마시오,
저 위 야만인들의 광기가
우리의 지성을 정복하는데,
80 자연이 아니라 우리의 잘못이기 때문이오.

"이곳은 내가 태어난[29] 땅이 아닌가?[30]
이곳은 내가 아주 달콤하게 성장한
보금자리가 아닌가?

---

25) 이탈리아인 자기들끼리의 분노를 가리킨다.
26) 성무일도 시간에 의하면 아침이 되는 6시부터 9시("셋째 시간")까지로 아주 짧은 시간을 의미한다.
27) 이탈리아인들보다 게르만 용병들을 더 귀하게 생각한다는 뜻이다.
28) 로마를 이어받은 이탈리아를 가리킨다.
29) 원문에는 *ch'i' tocchai pria*, 즉 "내가 처음 만진"으로 되어 있다.
30) 이어지는 질문 세 개는 이탈리아의 군주들이 자기 자신에게 제기해야 하는 질문들이다.

이곳은 내가 신뢰하는 고향,
내 부모를 모두 보호해 주는

86   너그럽고 경건한 어머니가 아닌가?"
하느님의 이름으로 때로는 이런 생각이
당신들을 움직여, 하느님 다음으로
오로지 당신들에게서 도움을 바라는
고통스러운 백성의 눈물을

91   연민으로 바라보십시오. 당신들이
연민의 표시를 조금 보이기만 하면,
역량[31]이 광기에 대항하여
무기를 들고, 전투는 짧게 끝날 것이니,
이탈리아인들의 가슴속에서

96   옛날의 용기가 아직 죽지 않았기 때문이오.[32]

군주들이여, 세월이 얼마나 빠른지,
또 삶이 얼마나 빨리 달아나고
죽음이 등 뒤에 있는지 보시오.
지금은 여기 있지만, 떠날 때를 생각하오.[33]
영혼은 벌거벗고 외롭게

---

31) 원문에는 *vertù*로 되어 있으며, "덕성", "용기", "재능"으로 옮길 수도 있다.
     게르만 사람들의 "광기"에 대립하는 이탈리아인들의 "역량"을 가리킨다.
32) 이 마지막 네 행(93~96행)을 마키아벨리는 『군주론』의 결구로 인용하고 있다.
33) 지금은 "여기" 이승에 살고 있지만, 이승을 "떠날 때", 즉 죽을 때를 생각하라
     는 뜻이다.

102 그 위험한 길[34]에 이르러야 하니까요.
이 계곡을 지나가는 동안[35]
증오와 경멸을 내려놓고,
평온한 삶을 뒤흔드는 바람들,[36]
타인의 고통에 낭비된 시간을 내려놓고,

107 손으로 하든지 지성으로 하든지
어떤 가치 있는 행동,
어떤 멋진 칭찬,
어떤 진솔한 헌신이 되게 하십시오.
그러면 이 아래에서[37] 즐거울 것이고

112 하늘의 길이 열릴 것이오.

칸초네여, 너에게 경고하노니
너의 주장을 친절하게 말해라,
너는 오만한 사람들 사이로 가야 하는데,
그들의 욕망은
언제나 진실의 적인

118 사악하고 오래된 편견으로 가득하니까.
너는 선을 사랑하는 소수의
덕성 있는 사람들 사이에서 환대받을 것이니,

---

34) 죽음의 길이다.
35) 이 지상의 삶을 살아가는 동안이다.
36) 각종 욕망을 가리킨다.
37) 이승에서.

그들에게 말해라. "누가 나를 보호할까요?

122   나는 외칩니다, 평화, 평화, 평화."

생각에서 생각으로, 산에서 산으로
아모르는 나를 이끄는데, 밟았던 모든 길은
경험상 평온한 삶에 적대적이라오.
외로운 기슭에 개울이나 샘이 있다면,
두 봉우리 사이에 그늘진 계곡이 있다면,
6   거기에서 혼란스러운 영혼은 평온해지고
아모르가 인도하는 대로
웃거나, 울거나, 두려워하거나, 안심하고,
영혼이 이끄는 대로 뒤따라가는 얼굴은
흐려지거나 맑아지는데
잠시만 한 상태에 지속되니,[2]
그런 삶을 체험한 사람이 보면 말할 것이오,
13   "이 사람은 불타고 불안정한 상태로구나."

---

1) 연이은 다섯 편의 칸초네 연작시를 마무리하는 이 작품 역시 1344년 파르마 남쪽의 셀바피아나Selvapiana에 머물면서 쓴 것으로 추정된다. 여기에서는 외로운 산 위에서 멀리 떨어진 라우라를 그리워하는 심경을 노래한다. 형식은 모두 5연으로 되어 있고, 각 연은 13행, 즉 11음절 시행 열한 개와 7음절 시행 두 개로 구성되어 있고, 결구는 7행, 즉 11음절 시행 여섯 개와 7음절 시행 한 개로 되어 있어 모두 72행이다.
2) 흐려지는 것도 잠시이고 맑아지는 것도 잠시이며, 계속 동요하고 흔들리는 상태라는 뜻이다.

높은 산과 험한 숲속에서 나는
약간 휴식을 찾고, 모든 거주지는
나의 눈에 치명적인 적이라오.
걸음마다 나의 여인에 대해
새로운 생각이 떠오르니, 종종 그녀는

19 그녀로 인한 나의 고통을 즐거움으로 바꾸고,
이 달콤하고 쓰라린 삶을
바꾸고 싶은 순간[3] 나는 말한다오.
"아마 더 나은 시절을 위해 아직
아모르가 유용하고, 아마 너는
자신에게는 하찮아도 다른 사람에게 소중할 거야."
이렇게 바뀌는 생각에 한숨을 쉬지요,

26 "정말 그럴 수 있을까? 어떻게? 언제?"

큰 소나무나 언덕이 그림자를 드리우는 곳에
이따금 멈추면 보이는 첫 돌멩이에도
아름다운 그녀 얼굴을 마음으로 그리지요.
그러다 정신을 차리면 연민에 젖은
가슴을 발견하고 말한다오. "아, 불쌍하다,

32 너는 지금 어디 있는지! 얼마나 멀리 있는지!"
하지만 흔들리는 마음을

---

3) 그런 삶에서 벗어나려고 생각하는 순간이다.

처음 생각[4]에 고정하고, 그녀를 바라보며
나 자신을 잊을 수 있는 동안에는
아주 가까이에서 아모르를 느끼니
그의 속임수에 내 영혼은 만족하고,
많은 곳[5]에서 아름다운 그녀를 보며
39 속임수가 지속되는 동안 다른 것은 원치 않는다오.

여러 번 그녀를 보았으니 (누가 나를 믿겠는가?)
맑은 물속에서, 푸르른 풀밭에서,
너도밤나무의 몸통에서, 하얀 구름에서,
햇살에 스러지는 별처럼
자기 딸이 질 것이라고 레다[6]가
45 말할 만큼 아름답고 생생한 그녀를 보았고,
더 야생적인 곳에 있을수록,
더 황량한 기슭에 있을수록
내 생각은 더 아름답게 그녀를 그린다오.
그러다 진실이 그 달콤한 속임수를
흩뜨려 버릴 때도 나는 그 자리에서 차갑게,
살아 있는 돌에 죽은 돌처럼 앉아 있으면서
52 생각하고 울고 글을 쓰는 사람 같다오.

---

4) 상상으로 돌멩이에 라우라의 얼굴을 그리게 하는 생각이다.
5) 다음 연에서 말하는 주위 풍경의 여러 가지를 암시한다.
6) 그리스 신화에서 레다는 제우스와의 사이에서 아름답기로 유명한 헬레네를 낳
았다. 라우라가 헬레네보다 더 아름답다는 뜻이다.

다른 산의 그림자가 닿지 않는
가장 높고 광활한 산꼭대기로
강렬한 욕망이 종종 나를 이끌면,
거기에서 나는 괴롭게도 눈으로
재보기[7] 시작하고, 눈물을 흘리면서
58 괴로운 안개로 가득한 가슴을 털어내고,
그러면서 언제나 나에게
너무 멀고도 너무 가까운 아름다운 얼굴로부터
얼마나 멀리 떨어져 있는지 보고 생각한다오.
그리고 속으로 천천히 말하지요.
"불쌍하다, 네가 어찌 알겠는가? 저쪽에서
혹시 멀리 떠난 너를 그리워하는지."
65 그리고 그런 생각에 영혼은 숨을 쉰다오.

칸초네여, 저 알프스 너머
하늘이 더 맑고 청명한 곳에서,
산들바람[8]이 신선하고 향기로운
월계수 숲을 느끼는 곳에서 너는
흐르는 강[9] 옆에서 나를 다시 볼 거야.[10]

---

7) 라우라와 떨어져 있는 거리를 눈으로 가늠해 본다는 뜻이다.
8) 원문에는 *l'aura*, 즉 '라우라'로 되어 있으며, 뒤이어 말하는 "월계수 숲laureto"
   과 함께 말장난을 하고 있다.
9) 보클뤼즈의 소르그강을 가리킨다.
10) 라우라에게 보내는 이 칸초네와 함께 페트라르카 자신의 내면적 마음도 함께

거기 내 심장이 있고 그걸 훔친 여인도 있으니,

72   여기[11]에서는 단지 내 겉모습만 볼 수 있지.

갈 것이라는 뜻이다.

11) 페트라르카가 지금 머무르고 있는 셀바피아나를 가리킨다.

130[1]

연민의 길이 나에게는 막혔으니[2]
어떤 운명 때문인지 모르나 모든
내 믿음의 보상이 있는 눈으로부터
4   나는 절망의 길로 멀어졌다오.

다른 것을 원하지 않는 심장에게 한숨을 먹이고,
울도록 태어났기에 눈물로 살아가지만,
그것이 괴롭지 않으니, 그런 상태에서는
8   울음이 믿을 수 없게 달콤하기 때문이오.

단 하나의 모습[3]에만 나는 매달리는데,
제욱시스나 프락시텔레스, 피디아스[4]가 아니라
11   더 큰 재능의 최고 대가가 만든 것이라오.

---

1) 이 소네트도 두 번째 파르마에 머물던 1343년 말부터 1345년 말 사이에 쓴 것
   으로 짐작되며, 마찬가지로 라우라에게서 멀리 떨어진 심경을 노래한다.
2) 라우라가 페트라르카에게 연민을 보이지 않았다는 뜻이다.
3) 시모네 마르티니가 그려준 라우라의 초상화(77번, 78번 소네트 참조)를 가리
   키는 것으로 보인다.
4) 모두 고대 그리스의 뛰어난 예술가로 제욱시스는 기원전 5세기에 활동한 화가
   다. 프락시텔레스는 기원전 4세기의 조각가이며, 피디아스(또는 페이디아스)
   는 기원전 5세기의 조각가다.

만약 내 부당한 망명[5]에 만족하지 못한

질투가 숨어 있는 나를 찾아낸다면

14   어떤 스키티아나 누미디아[6]가 나를 보호할까요?

---

5) 라우라에게서 멀리 떨어져 있는 것을 가리킨다.

6) 스키티아는 러시아 남부의 흑해 북쪽 지역으로 유목 민족 스키타이족이 살았던 곳이고, 누미디아는 북아프리카 알제리 북쪽의 고대 지명이다. 당시의 관념으로 세상의 북쪽 끝과 남쪽 끝의 지역이며 거칠고 황량한 곳이다.

131[1]

나는 새롭게 사랑에 대해 노래함으로써,

냉정한 가슴[2]에서 날마다 수많은 한숨을

억지로 끌어내고, 얼어붙은 마음에

4   수많은 깊은 욕망을 불붙이고 싶고,

소용이 없을 때[3] 자기 잘못과

타인의 고통에 대해 후회하는 사람처럼,

아름다운 얼굴빛이 자주 바뀌고

8   젖은 눈을 연민[4]에 돌리는 것을 보고 싶고,

눈雪 속의 붉은 장미[5]가 산들바람에

움직이고, 가까이에서 보는 사람을

11   돌로 만드는 상아[6]를 보고 싶고,

---

1) 이 소네트는 페트라르카가 세 번째로 보클뤼즈에 살던 1345년 말부터 1347년
   말 사이에 쓴 것으로 보이며, 한 문장으로 되어 있다.
2) 원문에는 *fiancho*, 즉 "옆구리"로 되어 있다. 라우라의 냉정한 가슴을 가리킨다.
3) 말하자면 뒤늦게.
4) 페트라르카에 대한 연민이다.
5) 라우라의 새하얀 피부에 붉은 입술을 가리킨다.
6) 라우라의 하얀 이를 가리킨다.

짧은 삶에서 나 자신에게 후회하지 않고
오히려 이 늦은 나이까지 나에게
14   영광을 주는 모든 것[7]을 보고 싶소.

---

7) 위에서 열거한 라우라의 모든 아름다움이다.

132[1]

만약 사랑이 아니라면, 내가 느끼는 것은 무엇인가요?
하지만 만약 사랑이라면, 그게 무엇이고 어떤 것인가요?
만약 좋은 것이라면, 왜 그렇게 치명적이고 쓰라린가요?[2]
4   만약 나쁜 것이라면, 어떻게 모든 고통이 달콤한가요?

만약 내 의지로 불탄다면, 왜 눈물과 탄식이 나오는가요?
만약 내 의지가 아니라면, 탄식이 무슨 소용이 있나요?
오, 살아 있는 죽음이여, 즐거운 고통이여,
8   만약 내가 허용하지 않는다면, 어떻게 나를 지배하는가요?

만약 내가 허용한다면, 괴로워하는 것은 잘못이지요.
맞바람들 사이에 파도 높은 바다에서
11   나는 키도 없는 연약한 쪽배에,

현명함은 없고 오류만 가득한 쪽배에 있으니,
내가 원하는 것을 나 자신도 모르고,

---

1) 이 소네트도 세 번째 보클뤼즈에 살 때 쓴 것으로 보인다. 변증법적 도식의 생
  각들을 사랑에 적용한 작품이다.
2) 원문에는 *l'effecto aspro mortale*, 즉 "치명적이고 쓰라린 결과인가요?"로 되어
  있다.

14   한여름에 떨고, 한겨울에 불타고 있다오.[3]

---

3) 페트라르카의 작품에 자주 나오는 대조법 중 하나다.

133[1]

아모르는 나를 화살의 표적으로 삼았으니,

나는 태양 앞의 눈 같고, 불 앞의 밀랍 같고,

바람 앞의 안개 같고, 벌써 목이 쉬었는데,

4   여인이여, 연민을 원해도 그대는 관심 없군요.

그대의 눈에서 치명적인 타격이 나왔고,

거기에는 시간이나 장소도 소용없으며,[2]

장난 같겠지만 오로지 그대에게서만

8   나를 이렇게 만든 태양과 불과 바람이 나온다오.

생각[3]은 화살이고, 얼굴은 태양이고,

욕망은 불인데, 그 무기들로 아모르는

11   나를 찌르고 눈부시게 만들고 태우고,[4]

천사 같은 노래와 말[5]은

---

1) 이 소네트도 세 번째 보클뤼즈에 살 때 쓴 것으로 보인다.

2) 시간이 흘러도 소용없고, 장소를 바꾸어도 소용없다는 뜻이다.

3) 라우라가 불러일으키는 생각이다.

4) 원문에는 *distrugge*, 즉 "파괴하고"로 되어 있는데, 앞에서 말한 화살은 찌르고, 태양은 눈부시게 만드는 것에 맞추어 불은 태운다고 옮겼다.

5) 아모르가 페트라르카를 공격하는 네 번째 무기인 바람이다.

내가 피할 수 없는 달콤한 한숨과 함께
14 내 삶을 달아나게 하는 산들바람이라오.

134[1]

나는 평화도 없으면서 전쟁을 하는 것도 아니고,
두려워하면서 희망하고, 불타면서 얼음이고,
하늘 위로 날면서 땅에 누워 있고,
4   아무것도 잡지 않으면서 온 세상을 껴안는다오.

누군가[2] 나를 열리지 않으면서 닫히지도 않는 감옥에 넣었고,
나를 자기 것으로 붙잡지 않으면서 올가미를 풀지도 않고,
아모르는 나를 죽이지 않으면서 사슬을 풀어주지도 않고,
8   내가 죽기를 바라면서[3] 곤경에서 구해주지도 않는다오.

나는 눈 없이 보고, 혀 없이 외치고,
죽기를 갈망하면서 도움을 요청하고,
11   나 자신을 증오하면서 다른 사람을 사랑하고,

고통을 먹고 살며, 울면서 웃고,
삶과 죽음을 똑같이 싫어하니,

---

1) 이 소네트도 세 번째 보클뤼즈에 살 때 쓴 것으로 보인다. 대조법의 유희로 이
   루어진 탁월한 작품으로 널리 인용된다.
2) 라우라를 가리킨다.
3) 원문에는 *né mi vuol vivo*, 즉 "내가 살아 있기를 원하지도 않고"로 되어 있다.

14   여인이여, 당신 때문에 이런 상태라오.

135[1]

어느 이방인 고장[2]에 있었던

아주 이상하고 놀라운 일이,

잘 생각해 보면, 나와 매우 비슷하니,

아모르여, 나는 그런 상태라오.

태양이 솟는 곳에[3] 날아다니는 새[4]는

배우자도 없이[5] 홀로

자발적으로 죽은 뒤

8   다시 태어나 완전히 새롭게 살지요.

그렇게 나의 욕망[6]은 혼자 있으며,

그렇게 고귀한 자기 생각들의

---

1) 이 칸초네도 세 번째 보클뤼즈에 살 때 쓴 것으로 보인다. 내용이 참신할 뿐만
   아니라 형식이나 운율도 독특하여 여러 비평가의 관심을 끄는 작품이다. 전체
   6연으로 되어 있고, 각 연은 15행으로 구성되어 있는데, 11음절 시행과 7음절
   시행이 서로 다르게 섞여 있고, 결구는 7행, 즉 11음절 시행 다섯 개와 7음절
   시행 두 개로 되어 있어 모두 97행이다.
2) 원문에는 *clima*, 즉 "기후"로 되어 있다.
3) 말하자면 동방에.
4) 고전 신화에서 아라비아에 산다고 믿었던 새 피닉스Phoenix, 즉 불사조를 가리
   킨다.
5) 불사조는 짝을 짓지 않고도 새롭게 태어난다고 믿었다.
6) 사랑의 욕망이다.

꼭대기에서 태양을 향하고,[7]
그렇게 해체되고,
그렇게 자신의 최초 상태로 돌아오고,
불타고, 죽고, 생명력을 되찾고,
15   불사조와 경쟁하듯이 살아간다오.

저기 인도양에 있는
아주 강력한 돌[8]은 고유의 성질로
쇠를 끌어당기고 나무에서 뽑아내
배가 침몰하게 하지요.
내가 쓰라린 눈물의 파도 사이에서
그런 것을 체험하니, 그 아름다운 암초[9]는
자신의 단호한 자부심으로
23   내 삶이 침몰하는 곳으로 이끌었고,
그렇게 쇠가 아닌 육체를
아주 강하게 끌어당기는 돌은
내 영혼을 뽑아냈고, 전에는 단호하고
나를 하나로 유지했던 심장을 가져가

---

7) 오비디우스에 의하면 불사조는 죽을 때가 되면 야자나무 꼭대기로 올라가 향기로운 둥지에서 죽는다고 한다(『변신 이야기』 제15권 392행 이하 참조).

8) 자석을 가리킨다. 철학자 알베르투스 마그누스Albertus Magnus(1200?~1280)가 『광물에 대해De Mineralibus』 제2권 2장 11절에서 이야기하는 바에 의하면 인도양의 자석은 아주 강력하여 배의 못을 뽑아내 침몰시킬 수 있었다고 한다.

9) 라우라를 가리킨다.

지금은 분리되어 있지요.[10] 오, 잔인한 내 운명,

육체로 이루어진 나는 생생하고 달콤한

30 자석에 이끌려 기슭[11]으로 끌려가고 있다오!

서방의 끝에 있는

어떤 야수[12]는 다른 누구보다도

가장 부드럽고 조용하지만 눈에는

눈물과 고통과 죽음을 담고 있으니,

그 야수를 바라보는 사람은

눈을 보지 않도록

매우 조심해야 하고

38 다른 곳[13]은 안전하게 볼 수 있다오.

하지만 나는 경솔하고 괴롭게

언제나 나의 고통을 향해 달려가고,

얼마나 괴로운지 잘 알면서도 기대하고,

장님에 귀머거리인 탐욕스러운 욕망은

나를 끌고 가니, 이 천사 같고 순진한 야수의

---

10) 강력한 자석 같은 라우라가 페트라르카의 심장을 가져갔기 때문에 지금은 자신과 분리되어 있다는 뜻이다.

11) 죽음을 상징한다.

12) 고대의 전설에 나오는 상상의 동물 카토블레파스Catoblepas를 가리킨다. 대★ 플리니우스가 『박물지Naturalis historia』에서 묘사하는 바에 의하면, 아프리카 나일강 수원지 근처에 사는 이 동물은 들소와 비슷한 모습으로, 성질이 온순하고 머리가 들어 올리기 어려울 정도로 무거운데, 그리스 신화의 메두사처럼 그 눈을 바라보는 자를 죽게 만든다고 한다.

13) 야수의 눈을 제외한 다른 부분을 가리킨다.

아름답고 거룩한 얼굴과 사랑스러운 눈은
45   내 죽음의 원인이 될 것이오.

남쪽 지방에는
태양에서 이름을 딴 샘[14]이 솟는데,
원래 밤에는 끓어오르고
낮에는 차가워지며,
태양이 솟아올라 정오에 가까워질수록
더 많이 차가워진답니다.
눈물의 샘이자 거주지인 나에게도
53   그런 일이 일어나니,
나의 태양인 아름답고 사랑스러운 눈이
멀어질 때, 내 눈은 외롭고 슬퍼지며,
내 눈에 어두운 밤이 오면
나는 불타지만, 생생한 태양의 빛살[15]과
금발이 나타나는 것을 보면,
안팎이 온통 바뀌고 얼음이 되어
60   다시 차가워지는 것을 느낀다오.

에페이로스[16]에 다른 샘이 있는데,

---

14) 대大 플리니우스를 비롯한 여러 사람이 이야기하는 소위 '태양의 샘fons solis'
     으로, 낮에는 차갑고 밤에는 펄펄 끓는다고 한다.
15) 라우라의 눈을 가리킨다.
16) 에페이로스Ἤπειρος(현재의 이름은 이피로스)는 그리스 서북부와 알바니아 남
     부의 지방이었다. 고대의 전설에 의하면 이곳에 '제우스의 샘'이 있는데, 차가

차가우면서도 꺼진 횃불을
모두 다시 불붙이고, 켜진 횃불을
꺼뜨린다고 적혀 있습니다.
사랑의 불꽃에 아직
상처받지 않았던 내 영혼은
언제나 나를 한숨짓게 만드는
68 차가운 여인에게 약간 다가갔다가
완전히 불탔고, 그런 고통은
태양이나 별도 보지 못했으며,
돌 심장도 연민으로 움직였을 정도인데,
불을 붙인 다음에는
차갑고 아름다운 효력이 다시 꺼뜨렸다오.
그렇게 자주 심장을 불붙였다가 꺼뜨렸고,
75 그걸 느끼고 아는 나는 종종 화가 난다오.

우리의 모든 해변 너머에[17] 유명한
포르투나의 섬들[18]에는 샘이 두 개 있는데,

워서 횃불을 담그면 꺼뜨리지만, 이미 꺼진 횃불을 가까이 가져가면 다시 불
붙게 했다고 한다.

17) 헤라클레스의 기둥, 즉 지브롤터 해협 너머를 가리킨다. 고대 로마인들에게
지중해는 '우리의 바다'였다.

18) 고전 문헌에서 언급되는 소위 '포르투나의 섬들' 또는 '행운의 섬들' 또는 '축
복받은 자들의 섬들'은 고대 그리스인들이 상상한 저승 세계의 낙원인 엘리
시온 들판과 동일시되기도 했다. 여러 문헌에서 이 섬들은 대서양에 있는 것
으로 기록되어 있으며, 프톨레마이오스 이후 일반적으로 카나리아제도로 보
았다. 카나리아제도는 모로코 서쪽 대서양에 있는 스페인 영토다. 여기에 있

하나에서 마시는 자는 웃다가 죽고,
다른 샘에서 마시면 살아난답니다.
비슷한 운명이 내 삶을 짓누르니,
고통의 탄식이 완화하지 않는다면
내가 얻는 커다란 즐거움에
83 웃다가 죽을 수도 있을 것입니다.
아직도 나를 어둡고 감추어진
명성의 그늘로만 안내하는 아모르여,[19]
이 샘에 대해서는 말하지 맙시다.[20]
이 샘은 언제나 가득하지만, 태양이
황소자리와 만날 때[21] 가장 많아지고,
그렇게 나의 눈은 언제나 울지만
90 여인을 보았던 때 가장 많이 운다오.

칸초네여, 나[22]에 대해 알고 싶은 사람에게
너는 말할 수 있어. "막힌 계곡[23]의
큰 절벽 아래, 소르그강이 나오는 곳에

는 두 샘에 대해서는 나중에 르네상스 시대의 이탈리아 시인 토르콰토 타소
Torquato Tasso(1544~1595)가 십자군 전쟁을 배경으로 하는 서사시 『해방된
예루살렘*Gerusalemme liberata*』 제15곡 57연에서 언급했다.
19) 여기에서 페트라르카는 아모르에게 헌신하고 많은 시를 바쳤는데도 아직 만
    족할 만한 명성을 얻지 못했다고 불평하고 있다.
20) 역설적인 표현이다.
21) 말하자면 4월로 페트라르카가 라우라를 처음 보았을 때다.
22) 원문에는 *quel ch'i' fo*, 즉 "내가 하는 것"으로 되어 있다.
23) 보클뤼즈를 가리킨다(116번 소네트 10행의 역주 참조).

그[24]는 있고, 그 옆에는
한 걸음도 떠나지 않는 아모르와,
그를 괴롭히는 여인의 모습뿐이랍니다.
97   그는 다른 모든 사람을 피하니까요."

---

24) 페트라르카를 가리킨다. 여기에서 화자는 칸초네다.

136[1)

강물과 도토리[2)]에서 타인을 가난하게 만듦으로써
부자가 되고 커진 사악한 여인[3)]이여,
악행이 너에게는 유익했으니,
4   네 머리 위로 하늘에서 불이 쏟아지기를.[4)]

너는 오늘날 세상에 퍼지는 모든 악을
품고 있는 배신들의 보금자리이며,
사치가 극단에 이르러 있는
8   포도주와 침대와 음식의 하녀로구나.

너의 침실에서는 아가씨들과 노인들[5)]이
간통을 벌이고, 그 한가운데에 베엘제불[6)]이
11   풀무와 불과 거울을 들고 있네.

---

1) 이 소네트와 이어지는 두 편의 소네트는 서로 밀접하게 연결되어 있는데 집필
   시기를 확정할 수 없다. 세 편 모두 가톨릭교회의 타락과 교황청의 '아비뇽 유
   수'에 대해 강렬한 어조로 비판하고 있다.
2) 전설적인 황금시대에는 자연이 주는 소박한 삶에 만족했다는 것인데, 여기에
   서는 초기 그리스도교의 청빈과 단순함을 가리킨다.
3) 교회를 가리킨다. 이탈리아어에서 교회는 여성명사다.
4) 하늘에서 형벌이 내리기를 기원하고 있다.
5) 늙고 사악한 추기경들을 암시한다.
6) 악마를 가리킨다. "마귀의 두목 베엘제불"(「마태오 복음서」 12장 24절).

예전에 너는 침대 속에 게으르지 않았고,
바람 앞에 벌거벗고, 가시밭에 맨발이었는데,
14 지금은 악취가 하느님께 닿도록 사는구나.

137

탐욕스러운 바빌론[1]은 사악하고 불경한 악들과
하느님의 분노로 자루를 가득 채워
터질 지경이고, 유피테르와 미네르바[2]가 아니라
4   베누스와 바쿠스를 자기 신으로 삼았구나.[3]

나는 정의를 기다리는 데 지치고 소진되지만
그녀를 처벌할 새로운 군주[4]가 눈에 보이니,
그는, 비록 내가 원하는 때는 아니지만,[5]
8   단 하나의 중심지를 로마[6]에 세울 것이야.

---

1) 아비뇽을 바빌론에 비유하고 있다(27번, 114번, 117번 소네트 참조).

2) 원문에는 팔라스Pallas(이탈리아어 이름은 팔라Palla)로 되어 있는데, 지혜의 여신 미네르바를 가리킨다.

3) 하느님("유피테르")과 지혜를 섬기지 않고, 음탕함과 포도주에 젖어 있다는 뜻이다.

4) 원문에는 *soldan*, 즉 "술탄"으로 되어 있는데, 바빌론의 비유와 맞추기 위한 표현이다. 교회를 타락에서 구하고, 교황청을 다시 로마로 옮길 인물로 예언하는 이 "새로운 군주"가 누구인지에 대해 많은 추측과 해석이 있었다.

5) 자신이 원하는 때보다 늦어질 것이라는 뜻이다.

6) 원문에는 *Baldacco*, 즉 "바그다드"로 되어 있는데, 마찬가지로 바빌론의 비유와 맞추기 위한 표현이다. 당시 바그다드는 아바스 왕조의 수도로 세속적 권력과 종교적 권력의 중심지였다. 교황청의 '아비뇽 유수'가 오래 지속되자 나중에는 로마에서 독자적인 교황을 옹립하려 했고, 그로 인해 교회가 분열될 위기에 처하기도 했다.

우상들은 땅바닥에 흩어질 것이고,
하늘에게 적대적인 오만한 탑들[7]과
11   그 거주자들은 안팎에서 불탈 것이며,

덕성의 친구이자 아름다운 영혼들이
세상을 통치할 것이며, 그리하여 세상은
14   온통 황금빛에 옛 위업들로 가득하겠지.

7) 아비뇽의 교황청을 가리킨다.

138

고통의 샘, 분노의 숙소,
오류들의 학교, 이단의 성전,
전에는 로마, 지금은 악하고 거짓된 바빌론,
4   그로 인해 눈물과 한숨이 많구나.

오, 속임수들의 용광로여, 선이 죽고
악이 자라며 부양되는 끔찍한 감옥이여,
산 자들의 지옥이여, 만약 그리스도께서
8   너에게 분노하지 않으신다면 기적이리라.

정숙하고 겸손한 청빈으로 세워진 네가
너의 설립자[1]에 거슬러 뿔을 쳐드는구나,
11   뻔뻔한 창녀여, 어디에다 희망을 두었느냐?

너의 샛서방들에게? 악하게 태어난 수많은
재산에게? 이제 콘스탄티누스[2]는 돌아오지 말고,

---

1) 예수 그리스도와 사도들을 가리킨다.
2) 로마의 황제 콘스탄티누스Caesar Flavius Constantinus(재위 306~337)를 가리킨
   다. 단테와 마찬가지로(『신곡』「지옥」제19곡 115~117행 참조) 페트라르카도
   콘스탄티누스 황제가 그리스도교를 공인하면서 재물을 받았고, 그때부터 교회
   의 부패가 시작되었다고 생각했다. 전해오는 이야기에 의하면 콘스탄티누스는

14   그를 받아들인 사악한 세상[3]에 살기를.

교황 실베스테르 1세Sylvester I(재위 314~335)가 자신의 나병을 낫게 해준 것에 대한 감사의 표시로 그리스도교로 개종했고, 또 교회에 로마시를 포함하여 로마 제국의 서쪽 절반에 대한 실질적 지배권을 제공했으며, 그 구체적인 증거가 바로 「콘스탄티누스의 기증서Constitutum Constantini」라는 것이다. 하지만 교황권의 확립에 결정적인 역할을 한 이 문서는 나중에야 인문학자 로렌초 발라Lorenzo Valla(1407~1457)에 의해 8세기 무렵에 위조된 것으로 밝혀지게 된다.
3) 지옥을 가리킨다.

139[1]

오, 달콤한 친구들의 집단[2]이여, 내가
당신들을 향해 욕망의 날개를 펼칠수록,
운명은 더 많은 끈끈이[3]로 날아가는 것을
4   방해하고 오류의 길로 가게 하는군요.

싫어해도 내가 떠나보내는 나의 가슴은
우리의 바다[4]가 많은 땅을 둘러싸고 있는
그 탁 트인 계곡[5]에 당신들과 함께 있으니,
8   그저께 나는 울면서 그[6]와 헤어졌다오.

---

1) 이 소네트의 집필 동기와 시기에 대해 여러 해석이 있으나, 가장 설득력 있는 해석은 페트라르카가 동생 게라르도의 수도원을 방문했을 때로 보는 것이다. 게라르도는 1343년 몽트리외 수도원의 수도자가 되었고(91번 소네트 참조), 페트라르카는 1347년 초에 동생을 만나기 위해 수도원을 방문했다. 그리고 바로 그 무렵에 수도자 생활을 찬양하는 『종교적 여유에 대해De otio religioso』를 집필하기 시작했다.

2) 몽트리외 수도원의 수도자들을 가리키는데, 페트라르카는 그들과 많은 대화를 나누었다.

3) 새를 잡기 위한 끈끈이로, 날개를 펼치고 날아가는 것을 방해하는 장애물이다.

4) 지중해를 가리킨다(75번 소네트 2행의 역주 참조).

5) 몽트리외 수도원이 있는 프랑스 남동부 해안의 가포Gapeau 계곡을 가리킨다. 지중해를 향해 펼쳐진 계곡 앞에는 수많은 작은 섬이 있고, 따라서 지중해가 많은 땅을 둘러싸고 있다고 했다.

6) 자기 가슴을 가리킨다. 이어지는 구절의 "그"도 마찬가지다.

나는 왼쪽 길, 그는 오른쪽 길로 갔으며,[7]

나는 억지로 끌려갔고, 그는 사랑의 안내를 받았으며,

11   나는 이집트에, 그는 예루살렘[8]에 있지요.

하지만 인내는 고통 속에서도 위안이니,

우리[9]가 함께 있는 것은 드물고 짧도록

14   오랜 습관으로 정해졌기 때문이라오.[10]

---

7) 오른쪽은 좋고 왼쪽은 나쁘다는 관념이다(13번 소네트 13행의 역주 참조).

8) 이집트는 예속과 망명의 땅을 상징하고, 예루살렘은 축복받은 자들의 도시를 상징한다.

9) 페트라르카와 자기 가슴이다.

10) 자기 가슴과 떨어져 있는 것이 이제 습관처럼 익숙해졌다는 뜻이다.

140[1]

나의 생각 속에 살고 지배하며
나의 심장에 옥좌[2]를 가진 아모르는
이따금 무장을 갖추고 나의 얼굴로 나와
4   자리를 잡고 거기에다 깃발을 세우지요.[3]

우리[4]에게 사랑과 인내를 가르치며,
이성과 수치심과 존경심과 커다란 욕망,
불타는 희망이 억제되기를 바라는 그녀[5]는
8   우리의 대담함을 속으로 경멸한답니다.

그러면 놀란 아모르는 자기 계획을 버리고
심장으로 달아나 울고 벌벌 떨면서
11   거기에 숨어 나오려고 하지 않는다오.

---

1) 세 번째 보클뤼즈에 살 때 쓴 것으로 보이는 이 소네트는 다시 사랑의 주제로
   돌아온다.
2) 원문에는 *seggio maggior*, 즉 "최고의 자리"로 되어 있다.
3) 뒤이어 말하듯이 라우라에게 도전한다는 뜻이다.
4) 페트라르카와 아모르를 가리킨다.
5) 라우라.

나의 주인이 떨고 있으니, 나는 마지막 순간까지[6]

그와 함께 있는 것 외에 무엇을 할 수 있을까요?

14   사랑하며 잘 죽는 자는 멋진 최후를 맞이하지요.

---

6) 죽을 때까지.

141[1]

때로는 더운 시절[2]에
빛을 찾기 좋아하는 순진한 나방이
자기 즐거움을 위해 타인의 눈 속으로 날아들어
4   거기에서 죽고 타인은 고통을 겪듯이,

그렇게 나는 많은 달콤함을 주는 눈[3]의
숙명적인 빛[4]으로 언제나 달려가니,
아모르는 이성의 고삐를 고려하지 않고,
8   이성은 욕망에게 굴복한답니다.[5]

그 눈이 얼마나 나를 피하는지
나는 잘 알고 그 때문에 죽을 것이니,
11   내 능력은 고통에 맞설 수 없기 때문이오.

그런데도 아모르는 부드럽게 불붙이니, 나는

---

1) 이 소네트도 세 번째 보클뤼즈에 살 때 쓴 것으로 보인다.
2) 여름이다.
3) 라우라의 눈이다.
4) 원문에는 *sole*, 즉 "태양"으로 되어 있다.
5) 원문에는 *chi discerne è vinto da chi vòle*, 즉 "분별하는 자는 원하는 자에게 패배한답니다"로 되어 있다.

내 고통이 아니라 그녀의 괴로움에 슬퍼하고,

14   눈먼 내 영혼은 자기 죽음에 동의하지요.

142[1]

셋째 하늘[2]에서 이 아래까지 나를 불태운
잔인한 빛을 피하여 나는 아름다운
잎사귀들[3]의 달콤한 그늘로 달려갔으니,
새로운 계절[4]을 여는 사랑스러운 산들바람은
벌써 산의 눈을 녹이고 있었으며,
6   강변에는 풀과 나뭇가지가 꽃을 피웠지요.

그 첫 계절[5]에 나에게 나타난 것처럼
우아한 나뭇가지들을 세상은 보지 못했고,
바람은 푸른 잎사귀들을 흔들지 못했으니,

---

1) 다섯 번째 세스티나로 세 번째 보클뤼즈에 살 때 쓴 것으로 보인다. 특히 1347년
   동생 게라르도를 방문한 시기와 관련된 작품으로 보는 학자도 있고, 그보다
   늦은 1350년 작품으로 보는 학자도 있다. 형식은 모두 6연으로, 각 연은 11음
   절 시행 여섯 개로 구성되었으며, 결구는 11음절 시행 세 개로 구성된 전형적
   인 도식으로 되어 있다. 그리고 아예 똑같은 단어로 각운을 맞추고 있는데, 그
   런 이유 때문인지 상당히 모호하고 상징적이며 은유적인 표현이 많고, 학자들
   의 해석도 다양하다.
2) 금성의 하늘이다.
3) 월계수의 잎사귀들이다.
4) 봄을 가리킨다. 라우라를 처음 보고 사랑에 빠진 계절이다.
5) 원문에는 *primo tempo*로 되어 있는데, 프랑스어 *printemps*의 원래 의미처럼
   봄을 가리킨다.

불타는 빛⁶⁾이 두려웠던 나는
산의 그늘⁷⁾이 아니라 하늘로부터 사랑받는
12   나무⁸⁾의 그늘을 피난처로 원했다오.

그래서 월계수가 나를 하늘⁹⁾로부터 보호했고,
나는 아름다운 나뭇가지들을 열망하여
여러 번 숲속과 산으로 가보았지만,
계절이 바뀌어도 변하지 않을 만큼
최고의 빛¹⁰⁾에 의해 특권을 누리는
18   몸통이나 잎사귀들을 찾지 못했다오.

그리하여 시간이 흐를수록 더욱 단호하게
나는 하늘에서 부르는 소리를 따라,
또 부드럽고 밝은 빛¹¹⁾의 안내를 받아,
땅에 잎사귀들이 흩어질 때도
태양이 산을 푸르게 만들 때도¹²⁾ 나는
24   언제나 최초의 나뭇가지들¹³⁾에 헌신한다오.

---

6) 2행에서 말한 "잔인한 빛", 즉 금성의 영향을 가리킨다.
7) 은유적으로 이성의 경고를 의미한다고 해석된다.
8) 벼락을 맞지 않는 월계수(24번 소네트 2행 참조)를 가리킨다.
9) 금성의 영향을 의미한다.
10) 태양, 말하자면 자연의 최고 법칙을 뜻한다.
11) 라우라의 눈빛을 가리키는 것으로 보기도 한다.
12) 말하자면 가을이나 봄에도.
13) 월계수의 나뭇가지들이나 잎사귀들은 바로 라우라의 팔다리나 머리칼을 가리킨다.

그런데 숲, 돌, 들판, 강, 산,
창조된 모든 것을 세월이 압도하고 변화시키니,
하늘이 여러 해 동안 돌아간 다음[14]
내가 빛을 보기 시작하면서[15] 곧바로
끈끈이로 가득한[16] 나뭇가지들을 피하려 했다면,[17]
30   그 잎사귀들에게 용서를 구한다오.

전에는 달콤한 빛[18]을 무척 좋아했기에,
사랑하는 나뭇가지들에 가까이 가기 위해
아주 높은 산을 즐겁게 지나갔는데,[19]
이제는 짧은 삶과 장소와 시간[20]이
하늘로 가는 길, 단지 꽃과 잎사귀뿐 아니라
36   열매를 얻을 다른 길을 내게 보여주었다오.

---

14) 많은 세월이 흐른 뒤에.
15) 자신의 상황을 분명하게 깨닫기 시작하면서.
16) 유혹들이 가득하다는 뜻이다.
17) 월계수의 나뭇가지들, 그러니까 라우라에 대한 사랑도 버리려고 결심했다는
    것인데, 다음 연에서 말하듯이 세속의 선보다 영원한 하느님의 길을 가기 위
    해서다.
18) 라우라의 눈빛이다.
19) 라우라의 사랑을 받기 위하여 커다란 고통을 기꺼이 겪었다는 뜻이다.
20) 짧은 삶에 대한 인식과 함께 구체적인 장소는 로마를 가리키고, 시간은 성주
    간聖週間을 가리키는 것으로 해석된다. 일부에서는 1350년의 로마와 희년禧年
    을 가리키는 것으로 보기도 한다. 1350년 희년을 맞이하여 페트라르카는 로
    마를 순례했다.

이제 좋은 시절이니, 나는 다른 산을 통해
하늘로 가는 다른 길, 다른 사랑,[21] 다른 잎사귀들,
39   다른 빛, 다른 나뭇가지들을 찾고 있습니다.

---

21) 라우라에 대한 사랑이 아닌 하느님에 대한 사랑이다.

143¹⁾

아모르가 자기 추종자들²⁾에게 불어넣듯이,
당신³⁾이 아주 달콤하게 말하는 것을 들으면
불붙은 나의 욕망은 완전히 불꽃을 튀기니,
4   꺼진 영혼들에 불을 붙일 정도라오.

그러면 어디에서든 달콤하거나 평온했던
아름다운 여인이 내 앞에 나타나는데,
다른 종소리가 아니라 한숨 소리에
8   내가 깨어나게 만드는 자태랍니다.⁴⁾

산들바람에 흐트러진 머리칼, 뒤로
몸을 돌린 그녀는 그 아름다운 모습으로
11   열쇠를 가진 여인답게 내 심장으로 가지요.

---

1) 이 소네트의 집필 시기는 알 수 없으며, 페트라르카가 누구에게 말하는지, 남
   자인지 여자인지도 알려지지 않았다. 이어지는 144번 소네트와 마찬가지로 센
   누초 델 베네(108번 소네트의 역주 참조)에게 말하는 것으로 해석되기도 하지
   만 가설일 뿐이다.
2) 사랑에 빠진 사람들이다.
3) 이 소네트의 수신자다.
4) 놀라움이나 아쉬움으로 인해 자기 자신이 내는 한숨 소리에 상상에서 깨어나
   현실로 돌아온다는 뜻이다.

하지만 넘치는 즐거움이 혀를 가로막아

그녀가 내 안에 어떻게 있는지

14 분명하게 보여줄 용기가 없답니다.

144[1]

하늘에 구름 한 점 없을 때도
태양은 그렇게 아름답게 솟아오르지 않았고,
비가 온 뒤에 하늘에서 무지개가
4 그렇게 많은 색깔로 변하지 않았을 만큼,

내가 사랑의 짐을 짊어진 날,[2]
소박하게 말하지만,[3] 그 어떤 것도
비교될 수 없는 아름다운 얼굴은
8 수많은 색깔로 변하면서 타올랐다오.

내가 본 아모르[4]는 아름다운 눈을 얼마나
부드럽게 돌렸는지, 그 이후로 다른 모습은
11 나에게 어둡게 보이기 시작했지요.

센누초여, 나는 아모르와 활을 보았으니,
그때부터 내 삶은 평온하지 않았고

---

1) 센누초 델 베네에게 보내는 이 소네트는 언제 쓴 것인지 알 수 없다.
2) 라우라에 대한 사랑에 빠져 고통을 겪기 시작한 날이다.
3) 마치 산문처럼 일종의 삽입구로 말하고 있다.
4) 여기에서 아모르는 라우라와 동일시되고 있다.

14   아직도 다시 보기를 열망하고 있다오.[5]

<hr>

5) 처음 만났을 때의 모습을 다시 보고 싶다는 뜻이다.

145[1]

태양이 꽃과 풀을 말려 죽이는 곳[2]이나
얼음과 눈이 태양을 압도하는 곳에 있어도,[3]
태양 마차가 온화하고 가벼운 곳이나
4　다시 나타나거나 보관되는 곳[4]에 있어도,

비천한 운명이나 오만한 운명에,
맑고 부드러운 곳이나 어둡고 무거운 곳에,
밤과 낮이 길거나 짧은 날에,[5]
8　성숙한 나이나 설익은 나이[6]에 있어도,

하늘이나 땅에, 심연 속에, 높은 산에,

---

1)　이 소네트는 마지막 행에서 말하는 바에 의하면 1342년 봄에 쓴 것으로 보이
　　며, 한 문장으로 되어 있다.
2)　열대 지방을 가리킨다. 이어서 2행에서는 추운 지방, 3행에서는 온대 지방을
　　가리킨다.
3)　원문에는 *ponmi*, 즉 "나를 두어보시오" 또는 "나를 두어도"로 되어 있다.
4)　원문에는 *ov'è chi ce 'l rende, o chi ce 'l serba*, 직역하면 "우리에게 그(태양)
　　를 돌려주는 자가 있는 곳, 또는 우리에게 그를 보관하는 자가 있는 곳"으로
　　되어 있는데, 간단히 말해 "동쪽이나 서쪽"을 뜻한다.
5)　여름이나 겨울이다.
6)　젊은 시절이다.

깊고 질퍽한 계곡에, 자유로운 영혼[7]이나

11   사지에 얽매인 영혼으로 있어도,

어두운 명성이나 탁월한 명성을 갖고 있어도,
나는 전과 같고, 전에 살았던 것처럼 살며,

14   나의 열다섯 해 한숨을 계속할 것이오.

---

7) 육체의 속박에서 벗어난 영혼이다.

146[1]

오, 불타는 역량으로 장식되고 뜨거우며,
내가 수많은 종이에 적는 고귀한 영혼[2]이여,
오, 정숙함의 유일하고 순수한 거처여,
4 높은 가치에 세워진 확고한 탑이여,

오, 나를 비춰보고 정화하는 하얀 눈雪의
달콤한 경사면에 흩어진 장미여, 불꽃[3]이여,
오, 태양이 비추는[4] 모든 것보다 빛나는
8 아름다운 얼굴로 나의 날개를 펴는 즐거움이여,

나의 시가 그렇게 멀리서도 이해될 수 있다면,
툴레와 박트리아, 돈강과 나일강, 아틀라스,
11 올림포스, 칼페[5]를 그대의 이름으로 채울 것이오.

---

1) 이 소네트의 집필 시기는 알 수 없다.
2) 라우라를 가리킨다. 이어지는 네 가지 부름의 대상도 마찬가지다.
3) 하얀 피부의 뺨에 있는 홍조나 입술을 가리키는 것으로 짐작된다.
4) 원문에는 *scalda*, 즉 "따뜻하게 하는"으로 되어 있다.
5) 툴레Thule는 그린란드 북서부의 작은 마을이고, 박트리아Bactria는 힌두쿠시산
   맥과 아무다리야강 사이 중앙아시아의 고대 지명이며, 아틀라스는 아프리카
   북서부의 산맥이고, 칼페Calpe 바위는 지브롤터 해협 한쪽에 있는 소위 '지브
   롤터 바위'를 가리킨다.

하지만 나는 세상 사방에 그대의 이름을

알리지 못하니, 바다와 알프스가 둘러싸고

14   아펜니노[6]가 나누는 아름다운 고장[7]이 들을 것이오.

---

6) 아펜니노Appennino는 이탈리아반도를 따라 세로로 길게 뻗어나간 산맥으로 전체 길이는 1,400킬로미터에 이른다.

7) 이탈리아를 가리킨다.

147[1]

불타는 박차 두 개와 단단한 고삐로
나를 이끌고 억제하는 욕망은,
조금이라도 내 정신을 만족시키기 위해
4   이따금 평소의 규칙[2]을 이탈할 때면,

깊은 내 심장의 두려움과 대담함을
얼굴에서 읽어내는 자[3]를 발견하고,
자기 임무를 수정하는 아모르가 당황하고
8   예리한 눈 속에서 빛나는 것을 본다오.

그러면 유피테르의 벼락[4]을
두려워하는 사람처럼 뒤로 물러나니,
11   큰 두려움이 큰 욕망을 억제하기 때문이지요.

하지만 유리처럼 환히 비치는 영혼[5]의

---

1) 이 소네트의 집필 시기도 알 수 없다.
2) 일반적으로 사용하면 좋은 절제의 규칙이다.
3) 라우라를 가리킨다.
4) 원문에는 'l colpo, 즉 "타격"으로 되어 있다.
5) 페트라르카 자신의 영혼이다.

차가운 불[6]과 두려운 희망을 이따금

14 달콤한 그녀의 모습이 달래준다오.

---

6) 억제된 열정이라는 뜻이다.

티치노, 포, 바르, 아르노, 아디제, 테베레,
유프라테스, 티그리스, 나일, 게디즈, 인더스, 갠지스,
돈, 도나우, 알페이오스, 가론과 가론이 깨뜨리는 바다,
4 론, 에브로, 라인, 센, 엘베, 루아르, 마리차[2]도,

담쟁이덩굴, 전나무, 소나무, 너도밤나무, 노간주나무도,
언제나 나와 함께 우는 멋진 강[3]과
내가 시로 장식하고 찬양하는 나무[4]만큼
8 슬픈 심장을 괴롭히는 불을 완화하지 못할 것이오.

---

1) 이 소네트는 아마 보클뤼즈에서 쓴 것으로 보이지만 구체적인 집필 시기는 알
   수 없다.
2) 모두 강 이름으로 티치노Ticino는 스위스 남부에서 이탈리아 북부를 거쳐 포강
   으로 흘러드는 강이고, 바르Var는 프랑스 남동부에서 지중해로 흘러드는 강이
   고, 아디제Adige는 이탈리아 북동부 알프스산맥에서 아드리아해로 흘러드는
   강이다. 게디즈Gediz는 튀르키예 서부에서 에게해로 흘러드는 강이고, 알페이
   오스Alpheios는 그리스 펠로폰네소스반도에서 서쪽으로 흐르는 강이고, 에브
   로Ebro는 이베리아반도에서 두 번째로 긴 강이다. 엘베Elbe는 중부 유럽에서
   북해로 흘러드는 강이고, 루아르Loire는 프랑스 중부를 가로질러 대서양으로
   흘러드는 강이고, 마리차Maritsa는 불가리아와 튀르키예를 거쳐 에게해로 흘러
   드는 강이다.
3) 소르그강을 가리킨다.
4) 월계수를 가리킨다.

생명이 살기 위해 무장하고[5] 재빨리
달아나야 하는 아모르의 공격들 속에서
11   나는 그 유일한 도움[6]을 찾는다오.

그렇게 시원한 강변에 멋진 월계수가 자라고,
그것을 심은 자[7]는 달콤한 그늘 아래에서
14   강물 소리에 높고 즐거운 생각을 쓰기를.

---

5) 아모르의 공격에 대비하기 위해 무장한다는 뜻이다.
6) 위에서 말한 소르그강과 월계수를 가리킨다.
7) 페트라르카 자신이다.

149[1]

천사 같은 모습과 달콤한 미소는
이따금 나에게 덜 가혹해 보이고,
아름다운 얼굴과 사랑스러운 눈의
4   분위기는 덜 어두워 보이지요.

고통에서 탄생했고
괴롭고 절망적인 나의 삶을
밖으로 보여주는 이 한숨은
8   지금 나와 함께 무엇을 하고 있나요?
가슴을 진정시키기 위해
얼굴을 그쪽으로 돌리면,
아모르가 나를 편들고
12   도와주는 것 같아요.
하지만 괴로움[2]은 아직 끝나지 않았고
내 심장의 상태는 평온하지 않으니,
욕망이 불타오를수록

---

1) 여섯 번째 발라드로 집필 시기는 알 수 없다. 후렴이 4행, 즉 11음절 시행 세 개
   와 7음절 시행 한 개로 구성된 '큰 발라드'로, 후렴 하나에 12행의 연 하나, 즉
   11음절 시행 여섯 개와 7음절 시행 여섯 개로 구성되어 있다.
2) 원문에는 *guerra*, 즉 "전쟁"으로 되어 있다.

16   희망이 나를 격려하기 때문이라오.

150[1]

"영혼아, 무엇 해? 뭘 생각해? 우리가 평온해질까?
휴식이 있을까? 아니면 영원히 괴로울까?"[2]
"우리가 어떻게 될지 모르지만, 내 생각에,[3]
4 　아름다운 그녀의 눈은 우리의 고통을 싫어해."[4]

"그녀가 그 눈으로 우리를 여름에 얼음으로,
겨울에 불로 만든다면, 무슨 소용이 있을까?"
"그녀가 아니라 아모르[5]가 그 눈을 지배해."
8 　"그걸 보고도 그녀가 침묵하면, 우리에게 무슨 소용이야?"

"때로는 혀가 침묵해도 심장이 큰 목소리로
탄식하고, 평온하고 즐거운 표정이어도
11 　사람들이 보지 못하는 곳[6]에서 울기도 해."

---

1) 집필 시기를 알 수 없는 이 소네트는 페트라르카와 자기 영혼 사이의 대화 형
식으로 되어 있다.
2) 페트라르카가 자기 영혼에게 하는 말이다.
3) 원문에는 *in quel ch'io scerna*, 즉 "내가 인식하는 바에 의하면"으로 되어 있다.
4) 영혼의 대답이다.
5) 원문에는 그냥 인칭대명사 *lui*, 즉 "그"로 되어 있다.
6) 사람들이 바라보지 못하는 내면을 가리킨다.

"그런데도 마음은 자기 안에 모여 있는
고통을 깨뜨리지 못하고 평온해지지 않아.

14 불쌍한 사람은 큰 희망을 믿지 않기 때문이야."

151[1]

어둡고 혼탁한 생각에서 커다란 욕망이
자극하고 이끄는 곳[2]으로 내가 달아나는 것처럼,
지친 키잡이가 어둡고 폭풍우 치는
4 바다의 파도에서 항구로 달아난 적은 없었지요.

아모르가 자기 화살을 도금하고[3] 벼리는,
아름답고 달콤하고 부드럽고 하얗고 까만[4]
그 도도한 빛이 내 눈길을 압도하는 것처럼,
8 신성한 빛이 인간의 눈길을 압도한 적은 없었지요.

그[5]는 장님이지 않지만[6] 화살로 무장하고,
부끄러움이 감추는 곳 외에는 벌거벗고,
11 날개 달린 소년으로 그림이 아니라 살아 있어요.

---

1) 이 소네트의 집필 시기도 알 수 없다.
2) 뒤에서 말하듯이 라우라의 눈이다.
3) 아모르의 금 화살은 사랑에 빠지게 만들고, 납 화살은 사랑을 거부하게 만들었다고 한다.
4) 눈의 흰자위와 까만 눈동자를 가리킨다.
5) 라우라의 눈 속에서 보이는 아모르를 가리킨다.
6) 눈을 가리지 않았다는 뜻이다. 아모르는 맹목적으로 사랑의 화살을 쏜다는 관념에 따라 일부 우의적인 그림에서는 눈에 안대를 두른 모습으로 묘사되기도 했다.

거기에서[7] 사람들에게 감추는 것을 나에게 보여주어,

나는 그 아름다운 눈 속에서 아모르에 대해

14   내가 말하고 쓰는 것을 하나하나 읽는답니다.

---

7) 라우라의 눈에서.

152¹⁾

인간의 모습과 천사의 형상으로 나타나는
이 소박한 야수, 호랑이나 곰의 심장²⁾은
나를 웃음과 눈물 속에, 두려움과 희망 사이에
4 몰아넣으면서 내 상태를 불안하게 만들지요.

조만간 나를 받아들이거나 풀어주지 않고,
으레 그러하듯이 둘³⁾ 사이에 잡아둔다면,
달콤한 독약이 혈관을 통해 심장으로
8 들어가니, 아모르여, 내 삶은 끝났다오.

연약하고 피곤한 생명력은 이제 더
그 많은 변화⁴⁾를 견딜 수 없어, 동시에
11 불타면서 얼어붙고, 빨개지면서 하얘진다오.

시시각각 점점 소진하는 사람처럼
달아남으로써 고통을 끝내려고 희망하니,

---

1) 이 소네트의 집필 시기도 알 수 없다.
2) 모습은 온순하지만, 감정에 있어서는 잔인한 라우라를 가리킨다.
3) 사랑의 예속과 자유를 의미한다.
4) 서로 대립하고 갈등하는 마음의 상태와 변화다.

14   죽을 수 없는 자는 아무것도 하지 못하기 때문이오.

153¹⁾

가라, 뜨거운 한숨이여, 차가운 심장으로,
연민을 방해하는 얼음을 깨뜨려라.
만약 인간의 기도를 하늘에서 듣는다면,
4   죽음이나 연민²⁾이 나의 고통을 끝내주기를.

가라, 달콤한 생각이여, 아름다운 눈길이
닿지 않는 것³⁾에 대해 명백하게 말해라.
그녀의 냉정함이나 내 운명으로 괴로울지라도
8   우리⁴⁾는 희망과 착각에서 벗어날 테니까.

그녀의 상태가 평온하고 밝은 것처럼
우리의 상태는 불안하고 어둡다는 것을
11   충분하지 않을지라도 너희들은 말할 수 있겠지.

아모르가 함께 가니 안심하고 가라.
내 태양의 태도에서 분위기로 보자면

---

1) 이 소네트의 집필 시기도 알 수 없다.
2) 페트라르카의 사랑에 대한 라우라의 연민이다.
3) 내면의 괴로움이다.
4) 페트라르카 자신과 위에서 말한 한숨과 생각을 가리킨다.

14   나쁜 운명이 끝날 수도 있을 테니까.[5]

---

5) 그러기를 기원하고 바란다는 뜻이다.

154[1]

별들과 하늘과 요소들[2]은 경쟁하듯이
자신의 모든 역량과 모든 최상의 배려를
생생한 빛[3] 속에 넣었으니, 다른 데서 찾지 못한
4 태양[4]과 자연이 거기에서 자신을 비춰보지요.

그 일은 너무나 높고 우아하고 특별했기에
인간의 눈은 그녀를 바라볼 수 없고,
그 아름다운 눈에다 아모르는 헤아릴 수 없는
8 달콤함과 우아함을 뿌리는 것 같다오.

그 달콤한 빛이 부딪치는 대기는
순수함으로 불타오르고, 우리의 말과
11 생각을 훨씬 능가할 정도랍니다.

---

1) 이 소네트의 집필 시기도 알 수 없다. '바티칸 라틴 필사본 3196번'의 메모에 의
하면 이 소네트는 페라라 출신의 음악가 친구 톰마소 봄바시Tommaso Bombasi
에게 보낸 것이라고 한다. 페트라르카는 류트 애호가로 류트 소리에 맞추어 시
를 썼다고 하는데, 유서에서 자기 류트를 봄바시에게 남겼다.
2) 이 세상 모든 것을 구성하는 요소들이다.
3) 라우라, 특히 그녀의 눈을 가리킨다.
4) 태양이 다른 곳에서는 그런 "생생한 빛"을 발견하지 못했다는 뜻이다.

거기에서 느끼는 욕망은 비천하지 않고
명예와 덕성의 욕망이니, 최고의 아름다움에
14   천한 욕망이 꺼지지 않은 적이 있었던가요?

155[1]

아무리 유피테르가 벼락을 던지고
카이사르가 검을 휘두르도록[2] 이끌려도,
연민이 그들 둘의 무기[3]를 빼앗고
4 분노를 꺼뜨리지 못한 적은 없었지요.

내 여인은 울고 있었고, 내 주인[4]은
내가 그녀를 보고 울음소리를 듣게 했어요,
나에게 고통과 욕망을 가득 채우고
8 등골과 뼛속까지 침투시키려고 말입니다.

그 달콤한 울음을 아모르는 나에게 그렸고,
아니, 조각했고, 그 우아한 말들[5]을
11 내 심장 한가운데에 금강석으로 새겼고,

1) 이 소네트를 비롯하여 '라우라의 울음'에 대한 소네트 네 편, 즉 155~158번 소
네트의 집필 시기도 알 수 없다. 사랑하는 여인의 울음이라는 주제의 탁월한
선례로 단테는 『새로운 삶Vita nuova』 22장에서 아버지의 죽음을 슬퍼하는 '베
아트리체의 울음'에 대해 노래하는 소네트 두 편을 남겼다. 일부 학자들은 페
트라르카의 구체적인 전기에서 동기를 찾아보려고 하지만 확실하지 않다.
2) 원문에는 a ferire, 즉 "상처를 입히도록"으로 되어 있다.
3) 번개와 검이다.
4) 아모르다.
5) 라우라가 울면서 하는 말들이다.

확고하고 교묘한 열쇠를 갖고 그곳으로
지금도 자주 돌아와 길고 무거운
14　한숨과 귀중한 눈물을 끌어낸답니다.

156

나는 세상에서 유일한 천상의 아름다움과
천사의 품행을 땅에서 보았는데,
그 기억은 나에게 유익하고도 괴로우니,
4   내가 보는 것이 꿈, 그림자, 연기 같기 때문이지요.

그리고 수천 번 태양을 질투하게 했던
아름다운 두 빛[1]이 흘리는 눈물을 보았고
한숨을 쉬면서 하는 말을 들었는데,
8   산을 움직이고 강을 멈추게 할 정도였어요.

사랑과 지혜, 가치, 연민, 고통[2]은
울면서도 세상에서 들을 수 있는
11   다른 무엇보다 달콤한 화음을 이루었고,

그 조화에 하늘이 얼마나 몰두했는지,
나뭇가지에서는 잎이 움직이지 않았고
14   대기와 바람은 달콤함으로 가득했답니다.

---

1) 라우라의 눈이다.
2) 모두 의인화하여 대문자로 쓰고 있는데, 라우라의 속성들로 해석된다.

157

언제나 쓰라리고 영광스러운 그날[1]은
어떤 재능이나 문체도 묘사할 수 없는
그녀의 생생한 모습을 나의 심장으로 보냈고,
4 나는 종종 기억 속에서 그날로 돌아간다오.

모든 우아한 연민으로 가득한 태도와
들려오는 달콤하고 쓰라린 한숨에
나는 주위 하늘을 맑게 만드는 그녀가
8 인간 여인인지 아니면 여신인지 의심했지요.

머리는 순금, 얼굴은 따뜻한 눈雪,
눈썹은 흑단, 눈은 두 개의 별이었고,[2]
11 거기에서 아모르는 실수 없는 활을 쏘았다오.

진주들과 붉은 장미,[3] 거기에 모인
고통이 뜨겁고 아름다운 말을 만들었고,
14 한숨은 불꽃, 눈물은 수정이었지요.

---

1) 라우라가 우는 것을 본 날이다.
2) 라우라의 아름다움이 나오는 곳들이다.
3) 이와 입술을 가리킨다.

158

충동질하는 욕망을 진정시키기 위하여
지친 눈을 어디로 돌리거나 향해도,
내 욕망을 언제나 생생하게 만들려는 듯이
4   아름다운 여인을 그리는 자[1]를 발견한다오.

우아한 고통과 함께 그녀는 고귀한 가슴이
감동하게 하는 큰 연민을 불어넣는 것 같고,
그런 모습뿐 아니라, 생생한 자기 목소리와
8   성스러운 한숨을 귀에다 들려주었지요.

내가 본 것은 바로 세상에서 유일하며
하늘 아래에서 본 적이 없는 아름다움이라고
11   말했을 때 아모르와 진실이 함께 있었지요.[2]

그렇게 감동적이고 달콤한 말은
들은 적이 없고, 그렇게 아름다운 눈의
14   아름다운 눈물을 태양은 본 적이 없답니다.

---

1) 페트라르카의 자기 생각이나 사랑의 환상을 가리킨다.
2) 그렇게 말한 것은 진실이라는 뜻이다.

159[1]

하늘 어느 곳에, 어떤 이데아에 있던
원형[2]에서 자연은 그 아름답고 우아한 얼굴,
하늘에서나 가능한데 그녀가 이 아래에서[3]
4   보여주고 싶었던 얼굴을 만들었을까요?

어떤 샘의 요정, 어떤 숲의 여신이
그렇게 순수한 금발을 산들바람에 날렸나요?
언제 심장이 그 많은 덕성을 품었던가요?
8   비록 그 모든 것은 내 불행[4]의 원인이지만.

그녀가 얼마나 우아하게 눈을 돌리는지
그녀의 눈을 본 적 없는 사람은
11   신성한 아름다움을 찾으려 헛되이 돌아보고,

---

1) 이 소네트는 '바티칸 라틴 필사본 3196번'에 실려 있는데, 옆에 적힌 메모에 의
하면 1359년 10월 18일 음악가 친구 톰마소 봄바시(154번 소네트의 역주 참
조)에게 보낸 작품이라고 한다. 탁월한 작품 중 하나로 꼽히는 이 소네트는 플
라톤과 그리스도교의 관념을 반영하고 있는데, 감각 세계의 사물들은 이데아
의 모사일 뿐이라는 관념이다.

2) 원문에는 *exempio*로 되어 있는데, 이상적인 원형元型으로 "본本"으로 옮길 수도
있다.

3) 지상 세계에서.

4) 원문에는 *morte*, 즉 "죽음"으로 되어 있다.

그녀가 얼마나 달콤하게 한숨짓고, 얼마나
달콤하게 말하고 웃는지 모르는 사람은
14   어떻게 아모르가 치유하고 죽이는지 모른다오.

160[1]

믿을 수 없는 것을 본 사람처럼,
아모르와 나는 놀라움에 가득하여
다른 누구도 아닌 오로지 자기 자신만 닮은[2]
4   그녀가 말하거나 웃을 때 바라보지요.

평온한 눈썹에 아름답고 밝은 이마에서는
믿음직한 나의 두 별[3]이 반짝이니,
다른 빛은 고귀한 사랑을 하려는 사람을
8   불붙이고 인도하지 못합니다.

풀밭에 마치 꽃처럼 앉을 때,
눈처럼 새하얀 가슴으로 녹색 풀포기를
11   누를 때, 그것은 무슨 기적인가요!

봄[4]에 그녀가 혼자 자기 생각과 함께
깨끗한 금발을 위한 화관을 만들면서

---

1) 이 소네트의 집필 시기도 알 수 없다.
2) 이 세상에서 유일하다는 뜻이다.
3) 라우라의 눈이다.
4) 원문에는 *stagione acerba*, 즉 "설익은 계절"로 되어 있는데, 새로 시작되는 계
절이라는 뜻이다.

14 　　걸어가는 모습을 보면 얼마나 달콤한가요!

161[1]

오, 쓸모없는[2] 걸음이여, 오, 모호하고 재빠른 생각이여,

오, 집요한 기억이여, 오, 격렬한 열기여,

오, 강력한 욕망이여, 오, 연약한 심장이여,

4   오, 이제 눈이 아니라 샘[3]이 된 내 눈이여!

오, 잎사귀[4]여, 유명한 머리들의 영광이여,

두 가지 가치에 단일한 표지여![5]

강변과 언덕으로 찾으러 가게 하는

8   오, 힘든 삶이여, 오, 달콤한 오류여!

오, 아름다운 얼굴이여, 거기에서 아모르는

내키는 대로 박차와 고삐로 동시에

11   나를 찌르고 돌리니, 저항해야 소용없네요!

오, 고귀하고 사랑에 빠진 영혼들이여,

---

1) 이 소네트의 집필 시기도 알 수 없다.
2) 원문에는 *sparsi*, 즉 "흩어진"으로 되어 있는데, 아무런 소용도 없이 방황하는
것을 가리킨다.
3) 눈물의 샘이라는 뜻이다.
4) 월계수의 잎사귀다.
5) 월계관은 전쟁의 승리를 상징하면서 동시에 시인의 최고 영광을 상징한다.

혹시 세상에 살아 있다면, 헐벗은 그림자요 먼지인
14   여러분은 잠시 멈추어 내 고통이 어떤지 보시오.

162[1]

내 여인이 생각에 잠겨 밟고 걸었던
행운 있는 풀들, 행복하고 즐거운 꽃들이여,
아름다운 발자국을 간직하고
4   그녀의 달콤한 말을 듣는 강변이여,

여린 딸기나무와 어린 초록 나뭇잎,
사랑스럽고 창백한 제비꽃[2]이여,
태양이 비추어 자기 빛살로
8   크고 당당하게 만드는 그늘진 숲이여,

아름다운 그녀 얼굴과 맑은 눈이 비치고
생생한 빛에서 순수함을 받아들이는
11   오, 순수한 강이여, 오, 우아한 장소여,

너희들의 정숙하고 귀한 흔적[3]이 얼마나 부러운지!

---

1) 이 소네트는 보클뤼즈에서 쓴 것으로 보이지만 구체적인 집필 시기는 알 수
    없다.
2) 고대부터 제비꽃은 연인들의 색깔을 갖고 있다고 생각하여 시에서 창백하다고
    표현했다.
3) 원문에는 *gli atti*, 즉 "행동" 또는 "몸짓"으로 되어 있는데, 라우라가 자연과 접
    촉하여 남긴 흔적을 가리킨다.

너희들 사이에서는 돌멩이까지 내 불꽃과 함께
14   타오르는 법을 배우는 것 같구나.

163[1]

아모르여, 오직 당신만이 알아보는
힘든 내 걸음[2]과 모든 생각을 명백하게 알고,
다른 사람은 몰라도 당신에게는 분명한
4 내 심장 깊은 곳을 바라보는 당신은,

내가 당신을 뒤따르며 겪은 것을 알면서도,
날이 갈수록 산에서 산으로 계속
위로 올라가고, 길은 너무 험한데
8 내가 지쳤다는 것을 깨닫지 못하는군요.

험난한 길로 당신이 나를 자극하고 이끄는
달콤한 빛[3]이 멀리에서 보이지만,
11 나는 당신처럼 날아오를 날개가 없다오.

선을 열망하면서 내가 소진되고,[4] 또한

---

1) 이 소네트의 집필 시기도 알 수 없다.
2) 사랑의 괴로움을 의미한다.
3) 라우라를 가리킨다.
4) 열망하는 선, 즉 목표에 도달하지 못하더라도 열망하면서 삶이 끝나도 좋다는
   뜻이다. 라틴어 서간문과 『비밀』에서 강조하는 바에 의하면 페트라르카는 도덕
   적 완벽함에 도달하기 위해 노력했다.

내가 한숨짓는 것을 그녀가 싫어하지 않는다면,

14 　내 욕망을 충분히 만족하게 해주오.

164[1)]

하늘과 땅과 바람은 침묵하고,
잠은 짐승들과 새들을 사로잡고,[2)]
밤은 별들이 박힌 마차[3)]를 몰고 가고,
4   파도 없는 바다는 자기 침대에 누워 있는데,

나는 밤을 지새우며 생각하고 불타고 울고,
나를 괴롭히는 사람[4)]은 언제나 눈앞에서 괴롭히니,
내 상태는 분노와 고통이 가득한 전쟁이며,
8   단지 그녀를 생각하면서 약간의 평온을 찾지요.

그렇게 하나의 맑고 시원한 샘에서
내가 먹고사는 달콤함과 쓰라림이 나오고,
11   단 하나의 손이 나를 치유하고 또 찌르며,

고통이 끝나지 않도록 나는
하루에도 수천 번 태어나고 죽으니,

---

1) 이 소네트의 집필 시기도 알 수 없다.
2) 모든 동물이 잠들어 있다는 뜻이다.
3) 태양과 마찬가지로 밤도 자기 마차를 타고 도는 것으로 보았다.
4) 라우라를 가리킨다.

14   구원은 멀리 떨어져 있군요.

165[1]

신선한 풀밭에서 새하얀 발이
달콤한 발걸음을 우아하게 움직일 때
부드러운 발바닥에서 놀라운 힘이 나와
4   주위에 새로이 꽃들을 피우는 것 같지요.

단지 고귀한 가슴들만 사로잡고 다른 곳에서는
자기 힘을 시험하려고 하지 않는 아모르는
아름다운 눈[2]에서 뜨거운 즐거움을 쏟아내니,
8   나는 다른 행복이나 미끼를 원하지 않는다오.

그 우아한 눈길과 걸음걸이,
달콤한 말, 느리고 겸손하고
11   온화한 태도는 함께 잘 어울리지요.

그뿐만 아니라 그 네 개의 불꽃[3]에서
커다란 불이 솟아나 나를 불태우고 되살리니

---

1) 이 소네트의 집필 시기도 알 수 없다.
2) 라우라의 눈이다.
3) 위에서 말한 라우라의 눈길과 걸음걸이, 말, 태도를 가리킨다.

14   나는 태양 앞의 밤새가 되었답니다.[4]

---

4) 눈부신 태양 앞의 야행성 새처럼 당황하고 어쩔 줄 모르게 되었다는 뜻이다.

166¹⁾

아폴로가 예언자로 되었던 동굴²⁾에
만약 내가 확고하게 남아 있었더라면,³⁾
베로나와 만토바와 아룬카뿐만 아니라

4   피렌체도 오늘날 자기 시인을 가졌을 것이오.⁴⁾

---

1) 집필 시기를 알 수 없는 이 소네트는 어느 익명 작가의 시에 대한 화답의 시처
   럼 보인다. 앞의 24번 소네트에서 페루자 출신 시인 스트라마초에게 화답하듯
   이, 여기에서도 페트라르카는 라틴어 시의 숭배에서 멀어졌기 때문에 속어 시
   의 저급한 열매만 거두어들일 수밖에 없다고 약간 자조적으로 대답한다.

2) 그리스 파르나소스산의 카스틸리아 샘이 솟아나는 동굴을 가리키는 것으로 보
   인다. 아폴로는 요정 카스틸리아를 파르나소스산 근처의 델포이에서 샘으로
   만들었고, 그 샘은 시적 영감의 원천이라고 인식되었다. 일부에서는 아폴로가
   피티아를 통하여 유명한 신탁을 내리던 델포이 신전의 후미진 곳을 가리킨다
   고 해석하기도 한다.

3) 그러니까 라틴어 시의 창작과 연구에 충실했더라면.

4) 베로나_{Verona}는 이탈리아 북부의 도시로 고대 로마의 서정시인 가이우스 발
   레리우스 카툴루스_{Gaius Valerius Catullus}(B.C. 84~B.C. 54)의 고향이고, 베
   로나 남쪽의 만토바_{Mantova}는 베르길리우스의 고향이고, 세사 아우룬카_{Sessa}
   _{Aurunca}(원문에는 아룬카_{Aranca}로 되어 있다)는 이탈리아 남부 캄파니아 지
   방의 소읍으로 풍자시인 가이우스 루킬리우스_{Gaius Lucilius}(B.C. 180?~B.C.
   102?)의 고향이다. 페트라르카는 아레초_{Arezzo}에서 태어나 어렸을 때 아비뇽
   으로 이주했지만, 자신이 피렌체 사람이라고 생각했다. 단테의 동료였던 그의
   아버지가 피렌체 사람이므로 틀린 생각은 아니다.

하지만 나의 땅에서는 그 동굴[5]의 물로
이제 갈대가 자라지 않으니, 나는
다른 별을 따르고 나의 밭에서 굽은 낫으로
8   우엉과 쭉정이[6]를 수확해야 하지요.

이제 올리브나무[7]는 메말랐고, 한때
꽃피우게 만들던 파르나소스에서
11   흘러나오는 물[8]은 다른 곳을 향하고 있다오.

만약 영원한 유피테르가 나에게 은총을
내려주지 않는다면, 역경이나 잘못이
14   그렇게 좋은 결실을 모두 앗아갈 것이오.

---

5) 원문에는 *sasso*, 즉 "바위"로 되어 있는데, 위에서 말한 동굴을 가리킨다.
6) 원문에는 *stecchi*, 즉 "나뭇가지"로 되어 있다. "우엉과 쭉정이"란 보잘것없는
    결실을 가리킨다. 고상한 라틴어 시가 아니라 초라한 속어 시로 빈약한 결실만
    얻을 것이라는 뜻이다.
7) 올리브나무는 미네르바에게 신성한 나무로, 진정한 시에 필요한 지혜를 상징
    한다.
8) 파르나소스산의 카스틸리아 샘에서 흘러나오는 물이다.

167[1]

아모르[2]가 아름다운 눈을 땅으로 내리깔고
자기 손으로 우아한 숨결을 한숨으로
모은 다음, 맑고 우아하고 신성하고
4 천사 같은 목소리로 풀어줄 때,

나의 심장을 달콤하게 강탈하면서
안에서 생각과 의지를 바꾸는 것을 느끼며
나는 말한다오. "이제 나의 마지막 순간이구나,
8 만약 하늘이 이 멋진 죽음을 마련해 준다면."

하지만 감각들을 달콤함으로 묶는 목소리는
그것을 들으며 행복해지고 싶은 큰 욕망으로
11 떠날 준비가 된 영혼을 붙잡는다오.[3]

그렇게 나는 살고, 우리 사이에서 유일한
이 천상의 세이렌[4]은 나에게 주어진

---

1) 이 소네트의 집필 시기도 알 수 없다.
2) 여기에서는 라우라를 가리킨다.
3) 라우라의 목소리를 들으며 행복감에 젖고 싶은 강렬한 욕망으로 인해, 육신을
   떠날 준비가 된 영혼이 머무른다는 뜻이다.
4) 라우라를 가리킨다. 그리스 신화에서 세이렌은 매력적인 목소리의 노래로 지

14   삶의 실타래를 그렇게 풀고 감는답니다.[5]

나가는 선원들을 유혹했다.
5) 고전 신화에 나오는 운명의 여신 세 자매가 인간 운명의 실을 잣고, 감고, 자르
   는 것을 암시한다.

168[1]

아모르가 나에게 보내는 달콤한 생각은
우리 둘[2] 사이에 오랜 비밀 심부름꾼으로
나를 위로하면서, 내가 원하고 바라는 것에
4   그[3]가 지금처럼 신속하지 않았다고 말하네요.

나는 그의 말이 때로는 거짓이고
때로는 진실이라는 것을 알기에
믿어야 할지 몰라 망설이고 있으니,
8   가슴속에서는 '예'도 아니고 '아니오'도 아니라오.

그러는 동안 세월은 흐르고, 거울 속에서
내 모습은 그의 약속[4]과 내 희망에
11   어긋나는 계절[5]을 향해 가고 있지요.

이제 될 대로 되겠지만, 늙어갈 뿐만 아니라
나이에도 불구하고 욕망은 변하지 않으니

---

1) 이 소네트의 집필 시기도 알 수 없다.
2) 아모르와 페트라르카 자신을 가리킨다.
3) 아모르다.
4) 사랑에 대한 아모르의 약속이다.
5) 노년을 가리킨다.

14 나에게 남은 짧은 삶이 두렵답니다.

169[1]

다른 모든 생각에서 나를 끌어내
세상에 홀로 가게 하는 달콤한 생각에 잠겨
피해야 하는 그녀를 찾으면서
4 때로는 나 자신을 잊어버리고,

달콤하고 잔인한 그녀가 지나가는 것을 보면
내 영혼은 떨면서 달아나려고 하니,[2]
아름다운 그녀, 아모르와 나의 적[3]은
8 무장한 한숨들의 부대를 그렇게 이끈다오.

내가 틀리지 않는다면, 분명히 그늘지고
도도한 눈길 속에서 한 줄기 연민을 발견하며
11 괴로운 내 심장은 약간 평온해지고,

그러면 나는 영혼을 붙잡고,[4] 그녀에게
내 고통을 드러내려고 결심하지만,

---

1) 이 소네트의 집필 시기도 알 수 없다.
2) 원문에는 *per levarsi a volo*, 즉 "날아오르려고 하니"로 되어 있다.
3) 전쟁의 은유로 라우라를 가리킨다.
4) 위에서 말하듯이 떨면서 달아나려는 영혼을 붙잡는다는 뜻이다.

14   말할 것이 너무 많아 시작하지도 못한다오.

170[1]

아름답고 너그러운 모습을 보고 때로는
믿음직한 나의 안내자들[2]과 함께
소박하고 겸손한 태도의 적을
4   진솔하고 신중한 말로 감히 공격하려 했지요.

그런데 그녀의 눈이 내 생각을 헛되이 만드니,
유일하게 그럴 수 있는 자[3]가 내 모든 운명,
내 모든 행운, 내 선과 악, 내 삶과 죽음을
8   그녀의 손에 건네주었기 때문이지요.

그래서 오직 나 자신만 이해하는 말을
한마디도 꺼낼 수 없었으니,
11   아모르가 그렇게 약하고 떨리게 했지요.

이제 분명히 알듯이, 불타는 애정은
사람들의 혀를 묶고 숨결을 빼앗기 때문에,

---

1) 이 소네트도 집필 시기를 알 수 없는데, 앞에 실린 169번 소네트의 후속편처럼
   보인다.
2) 사랑의 생각들이다.
3) 아모르를 가리킨다.

14   작은 불에서만 어떻게 불타는지 말할 수 있다오. [4]

---

4) 원문에는 *chi pò dir com'egli arde, è 'n picciol foco*, 직역하면 "자신이 어떻게 불타는지 말할 수 있는 자는 작은 불 속에 있다"로 되어 있다.

171[1]

아모르는 부당하게 죽이는 아름답고 잔인한
팔[2]에 나를 안겨주었고, 내가 괴로워하면
고통을 배가시키니, 으레 그렇듯 최선의 길은
4   사랑하면서 죽고 침묵하는 것이라오.

그녀의 눈은 얼어붙은 라인강을 불태우고
거친 암초를 깨뜨릴 수 있으며,
아름다운 만큼 자부심이 강해 다른 사람을
8   즐겁게 해주기 싫어하는 것 같으니까요.

그녀 심장의 멋진 금강석은 너무 단단하고,
움직이며 숨 쉬는 다른 곳[3]은 대리석이므로
11   나의 능력으로는 전혀 움직일 수 없고,

그녀도 이제는 자신의 모든 경멸과
언짢아하는 표정으로도 나의 희망과
14   달콤한 한숨을 없앨 수 없답니다.

---

1) 이 소네트의 집필 시기도 알 수 없다.
2) 라우라의 팔이다.
3) 심장을 제외한 신체의 다른 부분을 가리킨다.

172[1]

오, 질투여, 멋진 시작을
기꺼이 방해하는 덕성의 적이여,
어떤 길로 그 아름다운 가슴[2]속에
4   몰래 들어가 어떤 기술로 바꾸는가요?[3]

당신은 나의 삶을 뿌리까지 뽑아버렸고,
순수하고 소박한 나의 기도를 잠시 좋아했다가
이제는 듣고 거부하는 것 같은 그녀에게
8   나를 너무 행복한 연인으로 보여주었어요.

아무리 거칠고 잔인한 태도로 나의 행복에
슬퍼하고, 나의 슬픔에 웃을지라도,[4] 그녀는
11   나의 생각을 하나도 바꿀 수 없을 것이며,

하루에 수천 번 나를 죽이더라도
나는 계속 그녀를 사랑하고 희망할 것이니,[5]

---

1) 이 소네트의 집필 시기도 알 수 없다.
2) 라우라의 가슴이다.
3) 너그러운 마음을 잔인한 마음으로 바꾼다는 뜻이다.
4) 간단히 말해 나를 싫어할지라도.
5) 원문에는 *non* 〔…〕/ *fia ch'io non l'ami, et ch'i' non speri in lei*, 즉 "내가 그

14   그녀가 나를 두렵게 해도 아모르가 위로한다오.

녀를 사랑하지 않고, 그녀에게 희망을 갖지 않게 되지는 않을 것이다"로 되어
있다.

173[1]

나의 눈을 빛나고 젖게[2] 만드는 자[3]가 있는
아름다운 눈[4]의 맑은 광채를 바라보면,
피곤한 영혼은 가슴에서 벗어나
4   자신의 지상 천국으로 들어가지만,

그곳은 달콤함과 쓰라림으로 가득하며,
지상에서 짜는 모든 것이 거미줄[5]이라는 것을
발견하고, 뜨거운 박차와 강한 고삐를 가진
8   아모르와 자기 자신에게 한탄하지요.

이 상반되고 뒤섞인 두 극단으로 인해
때로는 차갑고, 때로는 불타는 욕망으로
11   그렇게 행복과 불행 사이에 있지만,[6]

---

1) 집필 시기를 알 수 없는 이 소네트는 앞의 소네트들과 마찬가지로 모순되고 대
   립적인 심리 상태에 대해 노래한다.
2) 원문에는 *depinge et bagna*, 즉 "색칠하고 젖게"로 되어 있는데, 즐거움으로
   색칠하고 또 눈물로 젖게 만든다는 뜻이다.
3) 아모르다.
4) 아모르가 살고 있는 라우라의 눈이다.
5) 원문에는 *opra d'aragna*, 즉 "거미의 일"로 되어 있는데, 약하고 덧없다는 뜻
   으로 짐작된다.
6) 주어는 여전히 3행에서 말한 "피곤한 영혼"이다.

즐거운 생각은 적고, 슬픈 생각이 많으며,

대담한 일들[7]에 대해 자주 후회하니,

14   그 뿌리[8]에서는 그런 결실이 나온답니다.

---

7) 일반적인 의미로 앞의 소네트들에서 말한 여러 희망을 암시한다.
8) 사랑의 뿌리를 가리킨다.

174[1]

내가 태어난 별자리는 (일부 사람들이 믿듯이
하늘이 우리에게 영향을 준다면)[2] 잔인했고,
태어난 내가 누워 있던 요람도 잔인했고,
4 나중에 내가 발을 디딘 땅도 잔인했고,

단지 표적으로만 나를 좋아한 활[3]과
자기 눈으로 나에게 상처를 준 여인도
잔인했으니, 내가 불평한[4] 아모르여,
8 당신은 그 무기로 치료할 수 있다오.[5]

하지만 당신은 나의 고통을 즐기고
그녀는 그렇지 않은데, 고통이 심하지 않고,
11 창이 아닌 활의 타격이기 때문이오.

---

1) 이 소네트의 집필 시기도 알 수 없는데, 61번 소네트의 '축복'과는 정반대로 여
   기에서는 소위 '비난'을 주제로 한다.
2) 페트라르카는 별자리의 영향력을 믿지 않았다고 한다.
3) 아모르의 활이다.
4) 원문에는 *non tacqui*, 즉 "내가 침묵하지 않은"으로 되어 있는데, 라우라가 준
   상처에 대해 아모르에게 불평했다는 뜻이다.
5) 아킬레스의 창을 암시한다(29번 칸초네 16행의 역주 참조).

그래도 나 자신을 위로하니, 다른 여인을

즐기느니 그녀를 위해 죽는 것이 낫다고 당신이

14   금 화살을 걸고 맹세하기에 나는 믿는답니다.

175[1]

나 자신을 잃었던[2] 시간과 장소,
아모르가 자기 손으로 묶은 매듭,
쓴 것을 단 것으로, 눈물을 즐거움으로 만든
4   매듭이 눈앞에 떠오를 때면,

나는 온통 유황과 부싯깃이 되고,
언제나 듣는 달콤한 숨결에 심장은 불타고,
안에서 불타오르는 것을 즐기면서
8   그것으로 살고, 다른 것은 중요하지 않지요.

오로지 내 눈에만 빛나는 태양은
사랑스러운 빛살로 당시에 그랬듯이
11   지금도 황혼기의 나를 따뜻하게 해주고,

그렇게 멀리에서[3] 나를 밝히고 불태우면서
기억은 언제나 생생하고 확고하게
14   그 매듭과 시간과 장소를 보여준다오.

---

1) 이 소네트는 1350년대에 쓴 것으로 보는 학자도 있다.
2) 말하자면 사랑에 **빠졌던**.
3) 라우라를 사랑하기 시작한 뒤로 많은 시간이 흘렀다는 것을 암시한다.

176[1)]

사람들과 무기들이 큰 위험에 부딪히는
거칠고 야생적인 숲[2)] 한가운데로 나는
안심하고 가니, 생생한 사랑의 빛을 가진
4 태양만이 나를 두렵게 할 수 있기 때문인데,

하늘도 나에게서 멀리 떼놓을 수 없는 그녀를
노래하며 가는 동안 (오, 경솔한 내 생각이여!)
나의 눈 속에 그녀가 있고, 그녀와 함께
8 전나무와 너도밤나무가 여인과 아가씨로 보인다오.

나뭇가지와 바람과 나뭇잎 소리, 지저귀는
새들, 푸른 풀밭 사이로 졸졸 흐르는
11 물소리를 들으면 그녀를 듣는 것 같지요.

---

1) 이 소네트와 다음 177번 소네트는 1350년대에 쓴 것으로 보인다. 1333년 봄
   과 여름에 페트라르카는 북유럽을 여행하면서 우거진 아르덴Ardennes 숲을 가
   로질러 갔고, 당시의 경험을 라틴어 서간문에서 자세하게 묘사했다. 하지만 이
   소네트는 나중에 1350년대에 쓴 것으로 추정된다.
2) 프랑스 북동부와 룩셈부르크, 벨기에 남동부에 걸쳐 있는 아르덴 숲을 가리킨
   다. 숲의 이름은 다음 177번 소네트에서 언급된다. 당시 아르덴 숲을 사이에
   두고 브라반트Brabant 공작과 플랑드르Flandre 백작 사이에 싸움이 있었다.

어두운 숲의 외로운 공포감이나
적막함이 그렇게 마음에 든 적 없었지만,
14   다만 나의 태양으로부터 너무 멀어진다오.[3]

---

3) 원문에는 *si perde*, 즉 "길을 잃는다"로 되어 있다.

177[1]

셋째 하늘로 날아가 살도록 추종자들의
발바닥과 심장에 날개를 달아주는 아모르는
유명한 아르덴 숲에서 나에게 하루에
4   수많은 기슭과 수많은 강을 보여주었지요.

키도 없고 돛대도 없는 바다의 배처럼
무관심하게[2] 깊은 생각에 잠긴 채
무장한 마르스가 예고 없이 공격하는 곳에
8   무기도 없이 혼자 있었다는 것이 달콤하다오.[3]

그래도 어두운[4] 하루 일과의 끝에 이르러
내가 어디에서 어떤 날개[5]로 왔는지 기억하면
11   지나친 대담함에서 나오는 두려움을 느끼지요.

---

1) 앞의 소네트와 연결된 이 소네트는 아르덴 숲에서 나온 뒤의 심정에 대해 노래
    한다.
2) 원문에는 *schivi*, 즉 "회피하는"으로 되어 있는데, 주변에서 일어나는 일에 신
    경을 쓰지 않고 생각에 잠겨 있었다는 뜻이다.
3) 숲을 벗어나 생각해보니 그런 느낌이라는 것이다.
4) 힘들고 위험했다는 것을 암시한다.
5) 원문에는 *piume*, 즉 "깃털"로 되어 있는데, 위에서 말한 아모르가 달아주는 날
    개를 가리킨다.

하지만 아름다운 고장과 즐거운 강[6]이,

벌써 자기 빛이 사는 곳을 바라보는

14   심장을 밝은 환대로 안심시켜 준답니다.

---

6) 프로방스 지방과 론강을 가리킨다. 페트라르카는 지금 아르덴 숲을 지나 리옹에 도착하고 있다.

178[1]

아모르는 나를 자극하면서 동시에 억제하고,
안심시키면서 놀라게 하고, 불태우면서 얼리고,
환대하면서 경멸하고, 불러들이면서 쫓아내고,
4   때로는 희망에, 때로는 고통에 잡아두고,

지친 내 심장을 위로 아래로 끌고 가니,
불안정한 욕망은 길을 잃고
자신의 최고 즐거움[2]도 싫어하는 것 같아서
8   마음은 너무 특이한 놀라움에 넘친다오.

어느 친절한 생각[3]이 길을 보여주는데,
눈으로 흘러넘치는 눈물의 길이 아니라
11   희망이 충족되는 곳[4]으로 가는 길이지만,

거기에서 더 큰 힘이 끌어낸 것처럼, 내 마음은

---

1) 이 소네트는 1336년 무렵에 쓴 것으로 보기도 하지만 확실하지 않다.
2) 라우라에게서 나오는 즐거움이다.
3) 현명한 충고를 하는 생각으로 종교에 대한 페트라르카의 관념을 암시하는 듯
    하다.
4) 페트라르카가 보고 싶어 하던 로마를 가리키는 것으로 해석하는 학자도 있지
    만, 구체적으로 무엇을 가리키는지 확정하기 어렵다.

다른 길로 가야 하고, 자기 의지와 달리
14   자신과 나의 오랜 죽음에 동의해야 하지요.

너무나 도도한 나의 달콤한 적이

이따금 나에게 분노할 때, 제리여,

내가 죽지 않게 해주는 위안이 있으니,

4 단지 그 덕택에 영혼은 살아간다오.

그녀가 경멸적으로 눈을 돌릴 때마다

(혹시 내 삶의 빛을 빼앗으려는 것일까?)[2]

진솔한 겸손으로 가득한 나의 눈을 보여주면

8 어쩔 수 없이 자기 경멸을 거둬들이지요.

만약 그렇지 않다면,[3] 그녀를 보러

가는 것은, 사람들을 돌로 만드는 메두사의

11 얼굴을 보는 것과 다르지 않을 것이오.

당신도 그렇게 하시오, 다른 모든 도움은

---

1) 1336년 이전에 쓴 것으로 보이는 이 소네트는 피렌체 출신의 시인 제리 잔필리아치Geri Gianfigliazzi(?~1325)의 시에 대한 화답이다. 페트라르카는 제리의 소네트를 필사해 두었는데, 거기에서 제리는 자기 여인의 적대감을 어떻게 극복할 것인지 조언을 구했다.

2) 혼자 속으로 말하는 독백이다.

3) 만약 라우라가 경멸적인 태도를 거둬들이지 않는다면.

배제되어 있고, 우리의 주인[4]이 사용하는

14   날개 앞에서는 달아나도 소용없으니까요.

---

4) 아모르를 가리킨다.

180¹⁾

포강이여, 너는 강력하고 재빠른 물결로
나의 껍질²⁾을 데려갈 수 있지만,
그 안에 숨어 있는 영혼은 너의 힘이나
4   다른 누구의 힘에도 신경 쓰지 않으며,

좌현이나 우현으로 방향을 바꾸지 않고³⁾
순풍으로 자기 욕망⁴⁾을 똑바로 향하고,
황금 머리칼⁵⁾을 향해 날개를 퍼덕이며
8   물과 바람과 돛과 노를 이겨낸다오.

태양이 하루를 가져올 때 맞이하고⁶⁾
서쪽에다 아름다운 빛을 남기는

---

1) 이 소네트는 1345년 배를 타고 베로나로 여행하는 동안 쓴 것으로 보는 학자
   도 있지만 확실하지 않다.
2) 육체를 가리킨다.
3) 원문에는 *senz'alternar poggia con orza*로 되어 있는데, 배와 항해 용어로
   *orza*는 '바람이 불어오는 측면'을 가리키고, *poggia*는 반대로 '바람이 불어가
   는 측면'을 가리킨다.
4) 라우라를 가리킨다.
5) 원문에는 *fronde*, 즉 "잎사귀"로 되어 있는데, 월계수의 비유로 그렇게 부른다.
6) 태양이 동쪽에 떠오를 때 맞이하러 간다는 뜻이다. 포강은 서쪽에서 동쪽으로
   흐른다.

11   오만하고 장엄한 강이여, 강들의 왕이여,

너는 뿔[7] 위로 나의 육신을 데려가고,
사랑의 깃털로 뒤덮인 나머지 부분[8]은
14   달콤한 자기 주거지[9]로 날아서 돌아간다오.

---

7) 포강은 하구에서 몇 갈래로 갈라지는데, 그 갈라진 흐름을 가리킨다.
8) 영혼.
9) 라우라가 있는 곳이다.

181[1]

기쁨보다 슬픔의 그림자가 더 많지만
내가 무척 사랑하는 늘푸른나무의
나뭇가지 아래 풀밭 사이에다 아모르는
4   아름다운 황금과 진주 그물을 펼쳤지요.

미끼는 그가 뿌리고 거두는 씨앗, 내가
열망하면서 두려워하고, 달면서 쓴 씨앗이었고,
부르는 소리[2]는 아담이 눈을 뜬 날 이후로
8   그렇게 부드럽고 평온한 적이 없었으며,

태양을 사라지게 만드는 밝은 빛[3]이
주위에 눈부시게 빛났고, 밧줄[4]은 상아와
11   눈雪을 능가하는 손[5]에 감겨 있었다오.

그렇게 나는 그물에 떨어졌고,

---

1) 이 소네트의 집필 시기는 알 수 없다.
2) 원문에는 *note*, 즉 "음계"로 되어 있는데, 새를 잡기 위해 그물을 펼쳐놓고 유
    인하는 소리를 뜻한다. 여기에서는 라우라의 목소리와 말을 가리킨다.
3) 라우라의 눈빛이다.
4) 그물을 잡아당기는 밧줄이다.
5) 라우라의 손이다.

거기에서 우아한 몸짓과 천사 같은 말,

14   즐거움과 욕망과 희망이 나를 붙잡았지요.

타오르는 열정으로 심장을 불붙이고
얼어붙은 두려움으로 묶어놓은 아모르는
희망 아니면 두려움, 불꽃 아니면 얼음 중에
4   무엇이 더 강한지 지성이 의심하게 만든다오.²⁾

언제나 욕망과 의혹에 가득한 나는
가장 뜨거울 때 떨고, 추울 때 타오르니,
마치 단순한 옷차림의 여인이 베일 아래
8   생생한 남자를 감추고 있는 것 같다오.³⁾

이 고통 중 첫째로 밤낮없이 불타는 것은
내 것이고, 달콤한 악이 얼마나 큰지
11   생각뿐 아니라 말로⁴⁾ 표현할 수도 없으며,

다른 고통⁵⁾은 내 것이 아니니, 내 아름다운 불꽃은

---

1) 이 소네트의 집필 시기도 알 수 없다.
2) 사랑의 감정과 멀리 떨어진 지성까지 혼란하게 만든다는 뜻이다.
3) 단순하게 옷을 입은 여인이 실제로는 변장한 남자인 것처럼 혼란스럽다는 뜻이다.
4) 원문에는 *nonché 'n versi o 'n rima*, 즉 "운문이나 시로도"로 되어 있다.
5) 2행에서 말한 "얼어붙은 두려움", 즉 질투를 가리킨다.

모든 남자를 똑같이 대하고,[6] 그 빛의 꼭대기로
14   날아가려는 자는 헛되이 날개를 펼친다오.

---

6) 누구도 선호하지 않는다는 뜻이다.

183[1]

그녀의 달콤한 눈길과 부드럽고
사려 깊은 말이 나를 죽인다면,
그녀가 말하거나 미소만 지을 때도
4   나에게 냉정하도록 아모르가 만든다면,

불쌍하구나, 혹시 그녀가 나의 잘못이나
사악한 운명으로 인해 자기 눈에서
연민을 없애고, 지금은 나를 안심시키지만,
8   죽음으로 위협한다면, 어떻게 될까요?

그러니 변한 그녀의 모습을 볼 때마다
얼어붙은 심장과 함께 내가 떨고 있다면,
11   그 떨림은 오랜 경험에서 나온 것이라오.

여자는 천성적으로 변덕스럽고, 따라서
여자의 가슴속에서 사랑의 상태는
14   잠시만 지속된다는 것을 잘 알고 있지요.

---

1) 집필 시기를 알 수 없는 이 소네트에서는 단테와 청신체파의 영향이 많이 발견
된다.

184[1]

아모르와 자연, 그리고 모든 고귀한 덕성이
머물면서 지배하는 아름답고 소박한 영혼[2]은
나에게 적대적으로 공모했으니, 아모르는
4   자기 방식에 따라 내가 완전히 죽게 만들고,

자연은 어떤 힘도 지탱하지 못할 만큼
섬세한 끈으로 그녀의 영혼을 붙잡고 있고,
그녀는 차갑고 천한 삶 속에 이제는
8   거주하고 싶지 않은 것처럼 회피적이라오.

그렇게 진정한 즐거움의 거울이었던
그 아름답고 소중하고 진솔한 몸에서
11   생명력[3]이 조금씩 줄어들고 있으며,

만약 연민이 죽음에게 고삐를 조이지 않는다면,
슬프구나, 내가 살아온 헛된 희망이

---

1) 집필 시기를 정확히 알 수 없는 이 소네트는 라우라의 병에 대하여 암시하는
   듯한데, 정확한 것은 알려지지 않았다.
2) 라우라의 영혼이다.
3) 원문에는 *lo spirto*, 즉 "숨결"로 되어 있다.

14   어떻게 될지 잘 알고 있답니다.

황금 깃털의 이 불사조[2]는
아름답고 하얗고 고귀한 목 주위에,
모든 심장을 달콤하게 해주고 내 심장을 쇠진시키는
4   진귀한 장식물을 자연스럽게 갖고 있고,

주위의 대기를 비추는 자연스러운
왕관을 갖고 있으며, 거기에서 아모르는
은밀한 부싯돌로 섬세하고 유동적인 불을 일으켜
8   가장 추울 때도[3] 내가 불타게 하지요.

장미들이 흩어진 하늘색 테두리의
진홍빛 옷이 우아한 어깨를 덮고 있으니,
11   특별한 의상에 유일한 아름다움이라오.

---

1) 집필 시기를 정확히 알 수 없는 이 소네트는 라우라를 불사조에 비유하여 노래한다.
2) 대大 플리니우스가 『박물지』 제10권 2장 3절에서 묘사하는 바에 의하면, 불사조는 독수리 크기인데, 머리 위에는 깃털 한 움큼이 있고, 목에는 볏이 있고, 목 주위에 황금빛 광채가 있고, 몸체의 다른 부분은 진홍색이며, 파란색 꼬리 위에 장밋빛 깃털이 돋아나 있다고 한다.
3) 원문에는 *a la più alegente bruma*, 즉 "가장 얼어붙는 안개에"로 되어 있다.

소문에 의하면 그녀[4]는 아라비아 산들의
향기롭고 풍요로운 계곡에 숨어 있다는데,
14   우리의 하늘을 의젓하게 날고 있군요.

---

4) 불사조–라우라를 가리킨다.

186¹⁾

내가 눈으로 보고 있는 저 태양²⁾을
만약 베르길리우스와 호메로스가 보았다면,
그녀의 명성을 위해 자신들의 모든 힘을

4   기울이며 이런저런 문체를 섞었을 것이고,³⁾

그로 인해 아이네아스, 아킬레스, 울릭세스,⁴⁾
그리고 다른 신 같은 영웅들, 쉰여섯 해 동안
세상을 잘 통치한 사람,⁵⁾ 아이기스토스가

---

1) 이 소네트와 밀접하게 서로 연결된 187번 소네트의 집필 시기에 대해 1340년대
로 보는 학자도 있고 1366년 무렵으로 보는 학자도 있다. 이 작품은 라우라와
스키피오 아프리카누스(53번 칸초네 37행의 역주 참조)를 비교하고 있는데, 두
사람은 역량이 뛰어나지 않은 두 시인, 즉 엔니우스 퀸투스_{Quintus Ennius}(B.C.
239~B.C. 169)와 페트라르카에 의해 찬양되는 공통된 운명을 가졌다는 것이
다. 두 사람의 비교에 대해서는 『암브로시우스의 베르길리우스』(3번 소네트 2행
의 역주 참조) 여백에 페트라르카 자신이 기록한 라우라의 죽음에 대한 글에도
언급된다.
2) 라우라를 가리킨다.
3) 비극의 문체와 서정시의 문체를 섞었을 것이라는 뜻이다.
4) 울릭세스_{Ulixes}는 그리스 신화에서 트로이아 전쟁의 영웅 오디세우스의 라틴어
이름이다.
5) 로마의 첫 황제 아우구스투스를 가리킨다. 그가 공식적으로 황제의 자리에 오
른 것은 기원전 27년으로 41년 동안 로마를 통치했으나, 그 이전에 로마의 권
력을 실질적으로 장악했을 때부터 계산하여 56년 동안 통치한 것으로 간주한

8   죽인 사람[6])이 당황하고 슬퍼했을 것이오.

역량과 무기의 그 오래된 꽃[7])은
진지함과 아름다움의 이 새로운 꽃[8])과
11   얼마나 비슷한 운명을 가졌던가!

엔니우스는 그에 대해 조잡한 시로 노래했고,[9])
나는 이 꽃에 대해 그러하니, 나의 재능이 그녀에게
14   방해되지 않고, 나의 칭찬이 경멸당하지 않기를!

다. 베르길리우스의 서사시 『아이네이스』는 아우구스투스에게 바친 작품이다.

6) 트로이아 전쟁의 영웅 아가멤논을 가리킨다. 그는 트로이아 전쟁에서 승리하
고 돌아왔으나, 그동안 사촌 아이기스토스가 아내 클리타임네스트라를 유혹했
고, 둘이 공모하여 돌아온 아가멤논을 살해했다.

7) 카르타고의 한니발을 무찌른 스키피오 아프리카누스를 가리킨다. 페트라르카
는 라틴어 서사시 『아프리카』에서 그에 대해 노래했다.

8) 라우라를 가리킨다.

9) 엔니우스는 그리스 서사시를 모방한 『연대기*Annales*』에서 스키피오 아프리카
누스에 대해 노래했다.

알렉산드로스[2]는 용맹한 아킬레스의
유명한 무덤에 도착하여 한숨지으며 말했답니다.
"그렇게 탁월한 시인,[3] 고귀하게 그대에 대해 쓴
4   사람을 만났으니, 당신은, 오, 행운이로군요!"

하지만 세상에 비슷한 사람이 살았는지
알 수 없는 이 순수하고 새하얀 비둘기[4]는
나의 문체에서 아주 조금만 울려 퍼지니,
8   그렇게 각자에게 자신의 운명이 정해졌다오.

호메로스와 오르페우스, 또는 만토바에서
아직도 존경하는 목자[5]가 언제나 오로지
11   그녀에 대해 노래해야만 합당할 것인데,

---

1) 앞의 186번 소네트와 마찬가지로 페트라르카는 라우라를 찬양하기에는 자기 능력이 부족하다고 한탄한다.
2) 마케도니아 왕으로 페르시아와 인도, 아프리카까지 방대한 영토를 정복한 알렉산드로스(B.C. 356~B.C. 323)를 가리킨다.
3) 원문에는 *chiara tromba*, 즉 "명확한 나팔"로 되어 있는데, 호메로스를 가리킨다.
4) 원문에는 *colomba*, 즉 "암비둘기"로 되어 있는데, 라우라를 가리킨다.
5) 만토바 출신 시인 베르길리우스를 가리킨다. 그는 뛰어난 목가시인이었기 때문에 "목자"라고 불렸다.

어울리지 않는 별자리[6]와 여기에서만 사악한 운명이
그 아름다운 이름[7]을 공경하지만, 혹시 노래하면서

14 그녀의 칭찬을 감소시킬지 모를 자[8]에게 맡겼다오.

---

6) 탄생 별자리 때문에 부당하게 그런 운명이 되었다는 것이다.
7) 라우라의 이름이다.
8) 페트라르카 자신을 가리킨다.

188[1]

생명을 주는 태양[2]이여, 당신이 처음 사랑했고
내가 사랑하고 있는 그 잎[3]은, 아담이 자신과
우리의 아름다운 불행[4]을 처음 본 뒤 홀로
4   경쟁자 없이 멋진 장소에서 푸르게 자란다오.

함께 그녀를 바라보자고, 오, 태양이여, 나는
당신을 부르고 기원하지만, 당신은 주위 산들에
그림자를 드리우고, 우리에게서 낮을 가져가고
8   달아나면서 내가 가장 열망하는 것을 빼앗는군요.

나의 아름다운 불이 빛나는 곳,
커다란 월계수가 작은 막대기였던 곳,
11   그 소박한 언덕[5]에서 내려오는 그림자는

---

1) 이 소네트의 집필 시기는 확정할 수 없지만, 다섯 번째 편집본에 실렸다.
2) 뒤이어 말하는 월계수를 사랑한 아폴로를 가리킨다.
3) 월계수─라우라를 가리킨다.
4) 원죄의 씨앗이 된 하와를 가리킨다. 전통적으로 하와는 하느님이 직접 창조했기 때문에 아름다웠다고 믿었다.
5) 아마 라우라가 태어난 곳으로 추정되는 보클뤼즈의 르 토르에 있는 투종Thouzon 언덕을 가리키는 것으로 보기도 한다.

내가 말하는 동안 커지면서, 나의 심장이

자기 여인과 함께 거주하는 축복받은

14   장소의 달콤한 모습을 눈앞에서 빼앗는군요.

189[1]

망각으로 가득한 나의 배는
겨울 한밤중에 거친 바다에서
스킬라와 카리브디스[2] 사이로 지나가고,
4   나의 주인,[3] 아니, 적이 키를 잡고 있다오.

각각의 노에 앉은 신속하고 심술궂은 생각은
폭풍과 종말을 가볍게 생각하는 것 같고,
한숨과 희망과 욕망의 습기 차고
8   영원한 바람은 돛을 부러뜨리는군요.

무지와 오류로 짜여 있고
이미 피곤한 밧줄을 눈물의 비,
11   경멸의 안개가 적시고 풀어헤치네요.

---

1) 1343~1344년 무렵에 쓴 것으로 보이는 이 소네트는 항해의 은유로 유명하며 널리 모방되고 인용되었다.

2) 그리스 신화에 나오는 바다 괴물로 스킬라는 상체는 처녀이지만 하체는 사나운 여섯 마리의 개로 둘러싸여 있고, 이 개들이 모든 것을 잡아먹었으며, 카리브디스는 하루에 세 번 바닷물을 들이마셨다가 내뱉으면서 사나운 소용돌이를 일으켜 배를 난파시켰다고 한다. 스킬라와 카리브디스가 양쪽에서 뱃사람들을 위협하는 곳은 전통적으로 메시나 해협, 즉 이탈리아 남부 칼라브리아와 시칠리아 사이의 좁은 해협으로 보았다.

3) 아모르다.

나의 달콤하고 익숙한 두 눈[4]은 감춰지고,

파도 속에서 이성과 기술[5]은 죽었으니

14 나는 항구를 단념하기 시작한다오.

---

4) 원문에는 *segni*, 즉 "신호", "표지"로 되어 있는데, 라우라의 눈이다.

5) 항해의 기술을 가리킨다.

190¹⁾

설익은 계절²⁾에 해가 떠오를 무렵,
두 강³⁾ 사이의 월계수 그늘 아래
초록 풀밭 위에서 황금 뿔⁴⁾ 두 개의
4   새하얀 암사슴이 나에게 나타났답니다.

그 모습이 얼마나 달콤하고 의젓했는지
나는 모든 일을 놔두고 뒤쫓았으니,
마치 수전노가 보물을 찾으면서
8   즐거움으로 노고를 달래는 것 같았지요.⁵⁾

"누구도 나를 건드리지 마오. 카이사르⁶⁾는
자유로운 나를 원했다오." 아름다운 목 주위에
11   금강석과 토파즈로 그렇게 적혀 있었지요.⁷⁾

---

1) 이 소네트의 집필 시기는 불확실하지만, 1340년대 후반 이후의 작품으로 보인다.
2) 봄을 가리킨다.
3) 보클뤼즈 옆으로 흐르는 소르그강과 아비뇽 옆으로 흐르는 론강을 가리키는 것으로 해석된다. 일부에서는 소르그강과 뒤랑스강으로 보기도 한다.
4) 라우라의 금발을 암시한다.
5) 보물을 찾는 데 정신이 팔려서 찾는 노고가 오히려 즐거움이 되었다는 뜻이다.
6) 하느님이나 창조주의 상징으로 볼 수도 있다.
7) 페트라르카는 라틴어 서간문에서 어느 사냥꾼이 사슴을 잡은 일화를 이야기하는데, 사슴의 황금 목걸이에 옛날 글씨로 율리우스 카이사르가 자유롭게 놓아

태양은 벌써 정오를 지난 무렵이었고,
나의 눈이 충족되지 않았지만 보느라 지쳤을 때
14   나는 물에 빠졌고 암사슴은 사라졌다오.

주기를 원했으므로 아무도 잡지 말라고 적혀 있었다는 것이다. 그 이야기의 출
전은 확인되지 않았다.

191[1]

영원한 삶은 하느님을 보는 것이므로
이제는 바라지 않고 바랄 수도 없으니,
여인이여, 행복한 그대를 보는 것은
4 　이 짧고 약한 삶에서 나를 그렇게 만든다오.

눈이 심장에게 진실을 말한다면, 지금처럼
아름다운 그대를 나는 본 적이 없다오,
모든 높은 희망, 모든 욕망을 능가하는
8 　내 생각의 달콤하고 행복을 주는 시간이여.

그 시간이 빨리 달아나지 않는다면,
나는 더 요구하지 않겠소. 믿을 만한
11 　소문에 의하면,[2] 누구는 냄새로만 살고,[3]

---

1) 이 소네트의 집필 시기에 대해 여러 주장이 있는데, 1340년대 중반일 것으로
　짐작된다.
2) 원문에는 *et tal fama fede acquista*, 즉 "그런 소문은 신뢰를 얻는다"로 되어
　있다.
3) 대大 플리니우스가 『박물지』에서 이야기하는 바에 의하면, 갠지스강 수원지 근
　처에 사는 어느 부족은 단지 대기와 냄새만으로 살아간다고 한다.

누구는 불이나 물로만 살며,[4] 달콤함이

없는 것들이 미각과 촉감을 충족시킨다면,

14   왜 나는 생명을 주는 그대 모습으로 살지 못하겠소?

---

4) 물만으로 사는 것은 물고기이고, 대★ 플리니우스가 말하는 전설적인 동물이나 불도마뱀은 불 속에서 산다고 한다.

192[1)]

아모르여, 우리는 우리의 영광, 자연을
능가하는 탁월하고 특별한 것을 보고 있다오.
그녀에게 얼마나 달콤함이 내리는지 보아요.
4   땅에서 하늘을 보여주는 빛을 보아요.

아름다운 언덕의 이 그늘진 숲에서
달콤하게 발과 눈을 움직이면서 다른 곳에서
본 적 없는 선택받은 몸을 어떤 기술이
8   황금과 진주와 보랏빛[2)]으로 장식하는지 보아요.

저 검고 오래된 참나무 아래 흩어진
수많은 색깔의 꽃과 초록 풀은
11   아름다운 발이 닿거나 밟기를 기원하고,

하늘은 우아하고 빛나는 불꽃들로 주위에
불타오르고, 그렇게 아름다운 눈으로
14   맑아진 것을 분명히 즐거워하지요.

---

1) 이 소네트의 집필 시기는 알 수 없다.
2) 라우라의 금발과 하얀 이, 발그스레한 피부를 가리키는 것으로 해석된다.

193[1]

내 마음은 그렇게 고귀한 음식[2]을 먹고 사니
유피테르의 암브로시아와 넥타르[3]가 부럽지 않아요.
바라보기만 해도 더없이 달콤한 망각이
4   영혼 속에 내리고 레테[4] 강물을 끝까지 마시니까요.

말하는 것[5]을 들으면 가슴속에 적어두어
언제나 탄식할 만한 것을 다시 찾고,
아모르의 손에 사로잡혀 어디 있는지도 모르고,
8   한 얼굴에서 두 가지 달콤함[6]을 맛본다오.

하늘에서도 환영받는 그 목소리는
듣지 못한 사람은 생각할 수 없을 정도로
11   우아하고 사랑스러운 말에서 울리니까요.

---

1) 이 소네트의 집필 시기도 알 수 없다.
2) 라우라를 바라보는 데에서 나오는 지적인 음식이다.
3) 고전 신화에서 신들이 먹고 마시는 음식과 음료다.
4) 고전 신화에서 저승에 흐르는 망각의 강 또는 망각의 여신이다.
5) 라우라가 말하는 것이다.
6) 보는 달콤함과 듣는 달콤함이다.

그러면 한 뼘도 되지 않는 곳[7]에서
기술과 재능, 자연, 하늘이 이승에서
14 할 수 있는 것이 분명하게 나타난다오.

194[1]

이 그늘진 숲에 꽃들을 깨우면서
언덕을 밝게 만드는 고귀한 산들바람을
나는 그 부드러운 숨결로 알아보니,
4   이제 괴로움과 명성[2]으로 올라가야 한다오.

지친 심장이 쉴 곳을 다시 찾기 위해
달콤한 내 고향 이탈리아의[3] 대기로부터 달아나고,
혼탁하고 어두운 생각을 밝히기 위해
8   나의 태양을 찾고 오늘 보기를 희망한다오.

거기에서 수많은 달콤함을 느끼고,

---

1) 이 소네트는 페트라르카가 여섯 번째 편집본을 작업하던 1360년대 후반에 쓴
   것으로 보인다. 197번 소네트도 같은 시기의 작품으로 보인다. 반면에 196번
   과 198번 소네트는 1342년 봄에 썼지만, 1360년대 후반에 많이 수정한 작품
   이다. 194~198번 소네트는, 195번 소네트만 부분적으로 제외하고 모두 라우
   라l'aura, 즉 "산들바람"을 주제로 한다. "산들바람"은 단지 라우라를 암시하는
   어휘일 뿐만 아니라, 멀리 있는 여인과 페트라르카를 연결해 주는 매개체이기
   도 하다.
2) 사랑의 괴로움과 시인으로서의 명성을 가리킨다. 시인으로서의 명성은 1341년
   계관시인이 된 것을 암시한다.
3) 원문에는 tosco, 즉 "토스카나의"로 되어 있다. 페트라르카는 1353년 중반부터
   이탈리아의 여러 곳에서 살았다.

아모르는 억지로 나를 그녀에게 다시 이끄니,

11 너무 눈부시고 달아나는 것은 느리지요.

살아남으려면 무기가 아니라 날개가 필요하지만,

하늘은 그 빛으로 내가 죽기를 원하니

14 멀리 있으면 괴롭고 옆에 있으면 불탄답니다.

195¹⁾

날마다 내 얼굴과 머리칼은 변하는데도[2]
달콤한 미끼의 낚싯바늘을 계속 물고 있고,
태양이나 얼음도 신경 쓰지 않는 나무[3]의
4   푸르고 끈끈이[4] 가득한 나뭇가지에 붙잡히지요.

내가 그녀의 아름다운 그림자를 두려워하거나
열망하지 않고, 잘 감추지 못하는 사랑의
깊은 상처를 증오하거나 사랑하지 않기 전에,
8   바다에 물이 없고, 하늘에 별이 없을 것이오.[5]

나의 뼈와 신경과 살이 없어지거나
적이 나에게 연민을 가질 때까지
11   괴로움이 끝날 희망은 없다오.

아모르가 그녀의 눈으로 내 심장에 가한 타격을

---

1) 이 소네트의 집필 시기는 알 수 없는데, 부분적으로는 '산들바람의 소네트'에
   포함된다.
2) 점차 늙어가면서 얼굴이 바뀌고 머리칼도 하얘진다는 뜻이다.
3) 월계수-라우라를 가리킨다.
4) 새들을 잡기 위한 끈끈이로 위에서 말한 "낚싯바늘"에 상응한다.
5) 상투적인 과장법이다.

그녀나 죽음 아닌 누군가가 치료하기 전에

14   모든 불가능한 일이 일어날 것이오.

196[1]

푸른 잎사귀들 사이로 속삭이며 다가와
내 얼굴에 상처를 주는 산들바람은,
아모르가 무척 달콤하고 깊은 상처를
4   처음 주었을 때를 생각나게 하고,

경멸이나 질투가 감추고 그녀가 감추는
아름다운 얼굴을 보여주고,
진주와 보석으로 감싼 금발을 보여주는데,
8   당시에는 순금보다 밝게 풀어헤치고 있었으며,

너무나도 달콤하게 흩날렸으며,
다시 생각하면 지금도 마음이 떨릴 만큼
11   너무나도 우아한 모습으로 한데 모았으며,

그런 다음 단단한 여러 매듭으로 묶었고,
오로지 죽음만이 풀 수 있을 만큼
14   강력하게 나의 심장을 끈으로 묶었답니다.

---

1) 이 소네트는 1342년 봄에 쓴 작품이지만 나중에 많이 수정되었다. 산들바람에
   흩날리는 라우라의 금발에 대해 노래한다.

197[1]

아모르가 아폴로의 심장에 상처를 주었고,
이제 자유를 되찾기에는 늦었을 만큼
나의 목에다 달콤한 멍에를 묶었던
4 그 푸른 월계수에 부는 하늘의 산들바람은

메두사가 마우레타니아의 큰 노인을 바위로
만들었을 때[2] 한 것처럼 나에게 할 수 있고,
황금이나 호박뿐 아니라 태양도 능가하는
8 아름다운 매듭[3]에서 나는 벗어날 수도 없으니,

내가 말하는 것은, 겸손함만으로 무장된
나의 영혼을 너무 우아하게 묶고 조이는
11 곱슬한 올가미, 금발 머리칼이라오.

---

1) 이 소네트는 1360년대 말에 쓴 작품으로 보인다.
2) 그리스 신화에서 티탄 아틀라스는 올림포스 신들과의 전쟁에서 패배한 벌로
   하늘을 떠받치고 있어야 했는데, 너무 힘든 나머지 때마침 메두사의 머리를 잘
   라 돌아가던 테세우스에게 부탁하여 메두사의 머리를 보고 바위로 변했고, 아
   프리카 북서부 마우레타니아Mauritania 일대의 아틀라스산맥이 되었다고 한다.
3) 위에서 말한 "멍에" 또는 뒤이어 말하는 "머리칼"의 매듭을 가리킨다.

그 그림자[4]만으로 나의 심장은 얼음이 되고,

얼굴은 두려움으로 하얗게 물드는데,

14　　그 눈은 돌로 만들 능력을 지니고 있지요.

---

4) 월계수−라우라의 그림자다.

198[1]

부드러운 산들바람은 아모르가 자기 손으로
아름다운 눈 가까이에서 짜고 엮는 금발을
햇살에 펼치고 흩날리면서, 바로 그 금발로
4   지친 심장을 묶고 약한 생명력을 흩뜨리지요.

내 뼈의 골수와 혈관 속의 피가
떨리는 것을 느끼고, 그래도 나는
삶과 죽음을 동시에 약한 저울에다
8   매달고 재는 자[2]에게 자주 가까이 다가가서

나를 불태우는 빛이 타오르는 것을 보고,
때로는 오른쪽, 때로는 왼쪽 어깨 위에서
11   나를 묶은 매듭이 빛나는 것을 본답니다.

나는 이해할 수 없어 표현하지 못하니,
그 두 빛에 지성이 무감각해졌으며
14   수많은 달콤함에 짓눌리고 약해졌다오.

---

1) 이 소네트는 1342년 봄에 쓴 작품이지만 나중에 많이 수정되었다.
2) 라우라를 가리킨다.

199[1]

나의 심장을 움켜쥐고, 그 좁은 공간에
나의 생명을 가두고 있는, 오, 아름다운 손이여,
자연과 하늘이 명예롭게 자신의
4   모든 기술과 노력을 기울인 손이여,

단지 나의 고통에만 쓰라리고 잔인한,
동방 빛깔 다섯 진주[2]의 부드럽고
하얀 손가락을 아모르는 잠시 벗은[3] 상태로
8   보여주어 나를 풍요롭게 해주는군요.

순수한 상아와 신선한 장미[4]를 덮고 있던
하얗고 우아하고 사랑스러운 장갑,
11   누가 세상에서 그렇게 달콤한 전리품을 보았나요?[5]

---

1) '바티칸 라틴 필사본 3196번'에 적힌 메모에 의하면, 이 소네트는 1343년에 쓴
작품으로 1368년 5월 19일에 수정되었다. 이 소네트와 이어지는 두 편은 소위
'장갑의 소네트' 연작시를 이룬다.
2) 원문에는 *di cinque perle oriental' colore*로 되어 있는데, 두 가지 해석이 가능
하다. "진주"가 손톱을 가리키는 것으로 볼 수도 있고, 다음 7행의 손가락을 수
식하는 "동방의 다섯 가지 진주 빛깔"로 해석할 수도 있다.
3) 장갑을 벗었다는 뜻이다.
4) 새하얗고 동시에 장밋빛을 띤 손을 가리킨다.
5) 라우라가 벗은 장갑을 페트라르카가 전리품처럼 가져갔다는 뜻이다. 하지만

그와 똑같이 아름다운 베일도 가진다면!6)

오, 인간사의 변덕스러운 덧없음이여,

14   어쨌든 그것은 절도이니 되돌려줘야 한다오.7)

나중에 라우라의 요구로 돌려주었다고 이야기한다.

6) 얼굴에 드리운 베일도 그렇게 가졌으면 좋겠다는 바람이다.

7) 원문에는 *et vien chi me ne spoglie*, 즉 "나에게서 빼앗아 가는 자가 온다오"로 되어 있는데, 라우라가 와서 되찾아 갔다는 뜻이다.

200[1]

매우 슬프게도 다시 장갑을 끼는
그 아름다운 한쪽 맨손뿐만 아니라,
다른 손과 두 팔이 신중하고 신속하게
4 소심하고 소박한 나의 심장을 움켜쥐네요.

인간의 재능이나 양식이 도달할 수 없는[2]
그렇게 고귀한 천상의 자태를 장식하는
그 우아하고 새롭고 진솔한 아름다움들 사이에다
8 아모르는 많은 올가미를 하나도 헛되이 않게 펼치니,

청명한 눈과 별처럼 빛나는 눈썹,
사람들을 놀라움으로 떨리게 만드는
11 진주와 장미[3]와 달콤한 말이

가득 담긴 아름답고 천사 같은 입,
만약 여름날 한낮에 바라본다면

---

1) 이 소네트는 1342~1343년에 썼지만 1368년에 전면적으로 수정한 것으로 보인다.
2) 인간이 어떤 방식으로도 표현할 수 없다는 뜻이다.
3) "진주"는 이, "장미"는 입술을 가리킨다.

14   태양을 능가하는 이마와 머리칼이라오.

201[1]

나의 행운과 아모르는 황금과 비단의
아름다운 자수[2]로 나를 멋지게 해주었기에
거의 행복의 정점에 이르러 혼자
4   생각했지요. "이게 누구의 손은 감쌌던가?"

나를 풍요롭고 동시에 가난하게 만들었던
그날이 마음속에 떠오를 때마다 나는
분노와 동시에 고통에 사로잡히고,
8   부끄러움과 사랑의 경멸로 가득해지니,[3]

나의 고귀한 전리품을 상황에 알맞게
더 움켜잡지 못했고, 작은 천사[4]의
11   단순한 요구에 더 단호하지 못했고,

아니면 나의 눈에서 많은 눈물을 끌어내는
그 손에게 최소한 복수하도록

---

1) 1342~1343년에 쓴 이 소네트는 '장갑의 소네트' 연작시 마지막을 장식한다.
2) 라우라에게서 훔친 장갑을 가리킨다.
3) 뒤이어 말하듯이 장갑을 되돌려준 것에 대한 후회 때문이다.
4) 라우라를 가리킨다.

14   발바닥에 날개를 달고 달아나지 못했다오.

202[1)]

맑고 아름답고 매끄럽고 살아 있는 얼음[2)]에서
나를 불태우고 파괴하는 불꽃이 일어나
혈관과 심장을 빨아들여 말리니,
4   눈에 보이지 않게 나는 무너지고 있지요.

타격을 가하려고 이미 팔을 쳐든 죽음은
분노한 하늘이 벼락을 치고 사자가 울부짖듯이
달아나는 내 생명을 뒤쫓고 있으니,
8   나는 두려움에 휩싸여 떨고 침묵한다오.

물론 아직 나를 지탱하기 위해 연민이
아모르와 함께 두 기둥처럼 피곤한 영혼과
11   죽음의 타격 사이에 개입할 수 있겠지만,

나는 그것을 믿지 않고, 달콤한 나의 적이자
여주인의 모습에서도 찾아볼 수 없는데,[3)]

---

1) 이 소네트의 집필 시기는 알 수 없다.
2) 냉정한 라우라를 가리킨다.
3) 라우라의 얼굴이나 태도에서도 그런 흔적을 찾을 수 없다는 뜻이다.

14   그건 그녀 탓이 아니라 내 운명 탓이라오.[4]

---

4) 원문에는 *né di ciò lei, ma mia ventura incolpo*, 즉 "그것에 대해 나는 그녀
   가 아니라 내 운명의 잘못으로 본다오"로 되어 있다.

203[1]

세상에, 내가 불타는 것을 그녀[2]는 믿지 않네요.
다른 누구보다 내가 유일하게 원하는
그녀만 제외하고 모든 사람이 믿는데,
4   그녀는 믿지 않는 것 같지만 보고 있다오.

믿음이 부족한 무한한 아름다움이여,
나의 눈 속에서 심장이 보이지 않는가요?
그것이 나의 운명[3] 때문이 아니라면
8   연민의 원천에서 자비를 찾아야겠지요.

그대는 신경 쓰지 않는 이 나의 타오름과
나의 시들에 가득 펼쳐진 그대의 영광은
11   아직 수천 명을 불붙일 수 있을 것이기에,

나는 달콤한 나의 불, 얼어붙은 혀,[4]
아름답게 감은 두 눈[5]이 불꽃들로 가득한 채

---

1) 이 소네트의 집필 시기도 알 수 없다.
2) 원문에는 *altri*, 즉 "다른 사람"으로 되어 있는데 라우라를 가리킨다.
3) 원문에는 *stella*, 즉 "별"로 되어 있다.
4) 페트라르카의 타오르는 사랑과 굳어버린 혀를 가리킨다.
5) 죽은 뒤에 감고 있는 라우라의 두 눈을 가리킨다.

14   우리 뒤에 남아 있는 것을 상상 속에서 본다오.[6]

---

6) 죽은 뒤에도 자신의 시들 속에 남아 있는 모습을 상상한다는 뜻이다.

온갖 다양한 것을 보고 듣고 읽고
말하고 쓰고 생각하는 내 영혼이여,
열망하는 내 눈이여, 다른 감각 중에서
4 높고 신성한 말[2]을 심장으로 안내하는 내 귀[3]여,

너희들이 아무리 원하지 않아도 그렇게
힘든 길에 이전이나 이후에[4] 도착하여,
거기에서 아름답게 불타는 두 눈과
8 사랑스러운 발의 발자국을 발견하지 않는가?

이제 그렇게 밝은 빛과 그런 발자국과 함께
영원한 거주지[5]를 얻을 가치가 있도록
11 이 짧은 여행에서 방황하지 않아야 해.

오, 피곤한 나의 심장이여, 그녀의 달콤한

---

1) 이 소네트의 집필 시기도 알 수 없다.
2) 라우라의 말이다.
3) 원문에는 *tu*, 그러니까 "너"로 되어 있다.
4) 라우라가 도착하기 이전이나 그 이후에.
5) 천상의 거주지를 가리킨다.

경멸[6]의 안개 속에서 진솔한 발자국들과

14 　　신성한 빛을 뒤따르며 하늘로 지향하여라.

---

6) 라우라의 경멸은 선으로 인도하기 위한 것이기 때문에 달콤하다는 것이다.

205¹⁾

달콤한 분노, 달콤한 경멸, 달콤한 평화,
달콤한 불행, 달콤한 고통, 달콤한 괴로움,
때로는 달콤한 산들바람이나 달콤한 불꽃이
4   가득하고, 달콤하게 맞이하는²⁾ 달콤한 말이여,

영혼이여, 불평하지 말고 말없이 괴로워하고,
내가 "오직 그대만이 나의 즐거움이오." 말했던
그녀를 사랑하면서 얻은 달콤한 영광으로
8   우리를 괴롭힌 달콤한 쓰라림을 달래거라.

언젠가 혹시 달콤한 질투심에 젖어 한숨지으며
이렇게 말하는 사람도 있겠지. "이자는 자기 시대에
11   아름다운 사랑 때문에 무척 괴로워했군."

또 누구는 말하겠지. "오, 나의 눈에 적대적인 운명이여,
왜 나는 그녀를 못 보았는가? 왜 그녀가
14   더 늦게 오거나, 내가 더 일찍 오지 않았는가?"³⁾

---

1) 이 소네트의 집필 시기도 알 수 없다.
2) 페트라르카 자신이 맞이한다는 뜻이다.
3) 라우라를 보지 못해 아쉬워한다는 뜻이다.

206[1]

내가 만약 그렇게 말했다면,[2] 그 사랑으로 내가 살고,

그 사랑이 없으면 죽을 그녀의 증오를 받을 것이고,

만약 그렇게 말했다면, 내 삶은 짧고 괴로울 것이며,

4 내 영혼은 천한 주인[3]의 하녀일 것이며,

만약 그렇게 말했다면, 모든 별이 나를 적대시하고,

두려움과 질투가

내 편에 설 것이며,

내 적은 나에게

9 더욱 잔인하고 더욱 아름다울 것이오.

만약 그렇게 말했다면, 아모르는 금 화살을

---

1) 프로방스 음유시인들의 시르방트sirventes 형식을 모델로 한 칸초네로 집필 시기는 알 수 없다. 주요 내용은 라우라가 아닌 다른 여자를 사랑했다는 비난에 대한 페트라르카의 반박과 부정이다. 『칸초니에레』의 초기 연구자 중 일부는 이 작품과 관련하여 페트라르카와 라우라 사이에 말다툼이 있었을 것으로 상상하기도 했다. 거기에다 오비디우스가 『사랑의 기술Ars amatoria』에서 말했듯이, 종종 남자들은 한 여자를 사랑하는 척하면서 다른 여자를 사랑한다는 관념과 연결하기도 했다. 형식은 모두 6연으로 되어 있고, 각 연은 9행, 즉 7음절 시행 세 개와 11음절 시행 여섯 개로 구성되어 있으며, 결구는 5행, 즉 7음절 시행 세 개와 11음절 시행 두 개로 되어 있어 모두 59행이다.
2) 뒤에서 암시하듯이 만약 다른 여자를 사랑한다고 말했다면.
3) 천박한 사랑을 뜻한다.

모두 나에게 쏘고, 납 화살을 모두 그녀에게 쏠 것이며,
만약 그렇게 말했다면, 하늘과 땅, 사람들과 신들이
13   나에게 대적하고, 그녀는 더욱 잔인해질 것이며,
만약 그렇게 말했다면, 그녀는 눈먼 횃불로
곧장 나에게 죽음을 보내고
예전처럼 그대로 있을 것이며,[4]
말이나 행동에서 나에게
18   달콤하거나 친절하지 않을 것이오.

만약 그렇게 말했다면, 이 거칠고 짧은 길이
내가 원하지 않는 것으로 가득해질 것이며,
만약 그렇게 말했다면, 나를 이탈시키는 잔인한
22   열기가 그녀의 잔인한 얼음만큼 커질 것이며,
만약 그렇게 말했다면, 내 눈은 맑은 태양이나
그의 누이[5]를 보지 못하고,
여인이나 아가씨를 보지 못하고,
유대인들을 뒤쫓던 파라오가 보았듯이[6]
27   무시무시한 폭풍을 볼 것이오.

만약 그렇게 말했다면, 나의 모든 한숨과 함께

---

4) 지금까지 그랬듯이 계속 냉정할 것이라는 뜻이다.
5) 아폴로의 누이 디아나, 즉 달을 가리킨다.
6) 모세와 유대인들이 갈라진 홍해를 건너갈 때 뒤쫓던 파라오와 이집트인들이 폭
    풍에 휩쓸려 바닷물에 빠져 죽은 것을 가리킨다(「탈출기」 14장 21절 이하 참조).

연민과 예의가 나에게서 죽을 것이며,
만약 그렇게 말했다면, 내가 굴복했을 때[7]
31   그렇게 달콤하게 들리던 말이 거칠어질 것이며,
만약 그렇게 말했다면, 홀로 어두운 방에 틀어박힌
내가 젖을 뗀 날부터
영혼이 나를 떠날 때까지
떠받들고 싶고 또 그렇게 할
36   그녀가 나를 증오하게 될 것이오.

하지만 만약 그렇게 말하지 않았다면, 젊은 시절
나의 심장을 달콤하게 희망으로 열었던 그녀는
타고난 자신의 연민으로 키를 잡아
40   이 피곤한 작은 배[8]를 계속 이끌고,
변하지 말고,[9] 내가 그 이상 할 수 없어
나 자신을 잃고
더 잃을 것이 없었을 때처럼
그대로 남아 있기를 바라오.
45   그렇게 빨리 잊는 것은 잘못이지요.

나는 절대 그렇게 말하지 않았고, 황금이나
도시나 성을 줘도 그렇게 말하지 않을 것이오.

---

7) 라우라에 대한 사랑에 빠졌을 때다.
8) 페트라르카 자신의 삶을 가리킨다.
9) 원문에는 *né diventi altra*, 즉 "다른 여자가 되지 않고"로 되어 있다.

그러면 진실이 승리하여 안장에 남아 있고,

49 패배한 거짓은 땅에 떨어질 것이오.

아모르여, 당신은 나의 모든 것을 아니,

그녀가 묻거든 말해야 할 것을 말해주오.

소진되어야 할 때 먼저 죽는 자는

행복하다고 나는 세 번,

54 네 번, 여섯 번 말할 것이오.

나는 레아가 아니라 라헬을 위해 봉사했고,[10]

다른 여인과는 살 수 없을 것이니,

하늘이 우리를 부를 때

엘리야[11]의 마차를 타고

59 그녀[12]와 함께 가도록 기다릴 것이오.

---

10) 야곱은 라헬을 아내로 얻기 위해 7년 동안 라반에게 봉사했는데, 라반이 큰
    딸 레아를 아내로 준 것을 암시한다(「창세기」 29장 16절 이하 참조).

11) 구약의 인물로 불 마차를 타고 하늘로 올라갔다(「열왕기 하권」 2장 11~13절
    참조).

12) 라헬-라우라를 가리킨다.

207[1]

나는 지난 몇 년을 보낸 것처럼
다른 연구나 새로운 전략[2] 없이
시간을 보내리라고 믿었는데,
지금 나의 여인에게서 통상적인 도움을
얻지 못하니, 나에게 그런 기술을 가르쳐준
6   아모르여, 나를 어디로 인도했는지 보시오.
없으면 수많은 고통으로 살아갈 수 없을
아름답고 우아한 빛을 훔치는 도둑이 되도록
당신이 나를 이 나이에 만드니,
나 자신을 경멸해야 할지 모르겠소.
만약 지금 나에게 필요한 방식을
젊은 시절에 가졌으면 좋았을 것이오,
13   젊을 때 실수는 덜 부끄러우니까요.

내가 으레 생명력을 얻는 우아한 눈은

---

1) '바티칸 라틴 필사본 3196번'에 이 칸초네의 일부가 실려 있는데, 옆에 적힌 메
모에 의하면 1346년 쓰기 시작했고 1368년 10월 19일과 22일 사이에 완성했
다. 형식은 모두 7연으로 되어 있고, 각 연은 13행, 즉 7음절 시행 세 개와 11음
절 시행 열 개로 구성되어 있으며, 결구는 7행, 즉 7음절 시행 두 개와 11음절
시행 다섯 개로 되어 있어 모두 98행이다.
2) 라우라의 관심과 눈길을 받기 위한 것이다.

고유의 신성하고 고귀한 아름다움으로
처음에는 나에게 무척 친절했기에,
나는 자기 재산이 아니라 감추어진
외부의 도움을 받는 사람처럼 살았고,
19   눈이나 그녀에게 귀찮지 않았다오.
그런데 나 자신에게도 괴롭지만
모욕적이고 귀찮은 사람이 되었으니,
불쌍하게 굶주린 사람은
좋은 시절이라면 다른 사람들에게
비난했을 행동을 때로는 하기 때문이지요.
만약 질투가 연민의 손3)을 나에게 막았다면,
26   사랑의 굶주림과 무능력이 나를 옹호할 것이오.

그녀의 눈 없이 다른 어떤 것이
하루라도 나의 생명을 유지할 수 있을지
시험하려고 수천 가지 방법을 찾았지만,
다른 곳에서 휴식을 찾지 못하는 영혼은
지금도 천사 같은 불꽃4)으로 달려가고,
32   밀랍으로 된 나는 불로 돌아가고,
내가 갈망하는 것에 감시가
덜한 곳을 찾아 주위를 살펴보다가,
마치 나뭇가지의 새가 바로

---

3) 라우라가 연민의 마음에 페트라르카에게 눈길을 돌리는 것을 의미한다.
4) 라우라의 눈이다.

덜 두려워하는 순간 잡히는 것처럼,
그녀의 아름다운 얼굴에서
때로는 이쪽, 때로는 저쪽 눈길을 훔쳐내
39   거기에서 자양분을 얻고 불타지요.

나는 내 죽음을 먹으며 불꽃 속에 살아가니,
신기한 음식에다 놀라운 불도마뱀이지만,
기적이 아니라 아모르가 원하는 것이라오.
한때 나는 연인들의 무리 사이에서 행복한
어린 양처럼 누워 있었는데, 지금은 막바지에[5]
45   포르투나와 아모르가 으레 그러하듯이 다루니,[6]
봄에는 장미와 제비꽃이 있지만
겨울에는 눈과 얼음이 있는 것과 같지요.
그러므로 내가 짧은 삶을 위해
여기저기에서 자양분을 얻는다면,
그것은 절도라고 말하고 싶겠지만,
그렇게 풍요로운 여인은 만족해야 하니,
52   나는 그녀가 못 느끼는 그녀 것으로 살지요.

나의 삶과 습관을 바꾸게 만든
그 아름다운 눈을 처음 본 날부터 내가
언제나 무엇으로 사는지 누가 모르나요?

---

5) 삶이 끝나갈 무렵이라는 뜻이다.
6) 사랑에 빠진 사람들에게 으레 그렇듯이 불행한 상태에 빠뜨린다는 뜻이다.

온 사방으로 땅과 바다를 찾아보아도

인간의 모든 기질을 누가 알 수 있을까요?

58 저쪽 큰 강가의 어떤 사람은 냄새로 살고,[7]

여기에서 나는 불과 빛으로

약하고 굶주린 나의 생명력을 달래니,

아모르여, 당신에게 꼭 말하고 싶은데,

주인이 그렇게 인색하면 좋지 않다오.

당신은 활과 화살을 갖고 있으니,

내가 열망이 아닌 당신 손에 죽게 해주오,[8]

65 좋은 죽음은 모든 생애를 명예롭게 하니까요.

감춰진 불꽃이 불타고 커질 경우

어떤 방법으로도 더 감출 수 없다오.

아모르여, 당신 손에 붙잡힌 나는 알지요.

내가 말없이 불탔을 때 당신은 잘 보았고,

지금은 나의 비명에 나 자신이 부끄럽고

71 멀거나 가까운 사람들을 괴롭히고 있지요.

오, 세상이여, 오, 헛된 생각들이여,

잔인한 운명이여, 나를 어디로 데려가나요?

오, 어떤 아름다운 빛에서

---

7) 냄새만 먹고 사는 갠지스강 유역의 부족에 대해서는 191번 소네트 11행의 역주 참조.

8) 라우라의 눈길에 대한 굶주림으로 죽게 놔두지 말고, 차라리 아모르의 손에 죽게 해달라는 뜻이다.

나의 심장에 집요한 희망이 태어났기에,
당신의 힘으로 나를 죽음으로 이끄는
그녀는 나의 심장을 묶고 억누르는가요?
78   당신들⁹⁾이 잘못했는데 고통과 불행은 내 것이오.

그렇게 좋은 사랑에서 나는 고통을 받고
다른 사람의 잘못에 용서를 구하지만,
지나친 빛에서 눈을 돌리고
세이렌의 소리에 귀를 막아야 하는
나의 잘못도 있기에 후회하지 않으니,
84   나의 심장은 달콤한 독으로 넘친다오.
첫 화살을 쏜 자가 마지막 화살을
쏘기를 나는 기다리고 있지만,
만약 내가 옳다면, 그는 나에게
특별하게 대해줄¹⁰⁾ 마음이 없기에,
곧바로 죽이는 것은 일종의
연민이 될 것이오. 죽음으로
91   고통에서 벗어나는 자는 잘 죽는 것이니까요.

칸초네여, 달아나면서 죽는 것은 치욕이기에
나는 전쟁터에 확고히 남아 있을 것이며,

---

9) 아모르와 라우라다.
10) 원문에는 *a far altro di me che quel che soglia*, 즉 "나에게 으레 하는 것과 다르게 해줄"로 되어 있다.

이런 한숨으로 나 자신을

비난하니, 나의 운명, 눈물, 한숨,

죽음은 이렇게 달콤하구나.

이 시를 읽는 아모르의 추종자[11]여,

98   세상에 나의 불행과 견줄 만한 것은 없다오.

---

11) 원문에는 *servo*, 즉 "하인"으로 되어 있는데, 사랑에 빠진 독자들에게 하는
말이다.

208[1]

빠른 강[2]이여, 너의 이름이 나온 것처럼
알프스의 혈관[3] 주위를 갉아먹으며[4] 밤낮없이
나와 함께 내려가는 강이여, 나는 아모르가,

4   너는 자연이 인도하는 곳[5]으로 가는데,

피곤함이나 잠도 너의 흐름을 억제하지 못하니
앞에 가거라. 그리고 바다에게 조공을
바치기 전에,[6] 풀이 더 푸르고 공기가

8   더 맑게 보이는 곳[7]을 주의 깊게 보아라.

거기에 우리의 달콤하고 살아 있는 태양이 있어

---

1) 이 소네트는 1333년 여름 페트라르카가 북유럽 여행에서 돌아올 때 썼거나,
   아니면 1345년 베로나에서 프로방스로 돌아갈 때 알프스 북쪽 길을 따라 리옹
   에 도착한 다음 론강을 따라 아비뇽으로 내려가면서 쓴 것으로 보인다.
2) 론강을 가리킨다.
3) 알프스산맥에 있는 론강의 수원지를 가리킨다.
4) 론Rhône(이탈리아어 이름은 로다노Rodano)강의 어원은 "갉아먹다"를 뜻하는
   라틴어 동사 rodo(이탈리아어 동사는 rodere)에서 나왔다는 것인데, 근거 없
   는 상상의 산물이다.
5) 아비뇽을 가리킨다.
6) 강물이 바다로 흘러 들어가기 전에.
7) 아비뇽을 가리키는데, 라우라가 있으므로 그렇다는 것이다.

너의 왼쪽 기슭을 꽃피우고 장식하는데, 혹시

11 내가 늦어져 괴로워할까? (오, 무슨 희망인가!)

그녀의 아름다운 하얀 손이나 발에 입을 맞추고,

입맞춤이 말을 대신하도록 말해다오,

14 정신은 준비되어 있으나 몸이 피곤하다고.[8]

---

8) 복음서의 "마음은 간절하나 몸이 따르지 못한다"는 구절을 상기시킨다(「마태오 복음서」 26장 41절, 「마르코 복음서」 14장 38절 참조).

209[1)]

절대 떠날 수 없는 곳을 떠나면서
나 자신을 남겨둔 달콤한 언덕들[2)]이
내 앞에 가고 있고,[3)] 아모르가 지워준
4   그 사랑의 무게는 계속 나를 짓누른다오.

종종 나 자신에게 놀라니, 계속 가는데도
여러 번 헛되이 떨쳐보았던
아름다운 멍에[4)]에서 아직 멀어지지 않았고,
8   멀리 떨어질수록 더욱 가까워진다오.

마치 화살에 맞은 사슴이 옆구리에
독약 묻은 화살촉과 함께 달아나는데,
11   서두를수록 더욱 고통스러워지는 것처럼,

나를 쇠진시키면서 한편으로 즐겁게 해주는
왼쪽 가슴에 박힌 화살과 함께 나도

---

1) 이 소네트의 집필 시기는 알 수 없다.
2) 프로방스의 언덕들이다. 라우라 때문에 떠날 수 없는 곳으로, 몸은 떠나도 마
   음은 남아 있다는 것이다.
3) 떠나고 있는 페트라르카의 눈앞에 있듯이 선명하게 떠오른다는 뜻이다.
4) 사랑의 멍에다.

14   고통에 괴롭고 달아나는 데 지친다오.

210[1]

스페인의 에브로에서 인도의 젤룸[2]까지
바다의 모든 해변을 찾아보아도,
홍해에서 카스피해에 이르기까지
4   하늘에도 땅에도 다른 불사조[3]는 없다오.

어떤 상서로운 까마귀나 불길한 송장까마귀[4]가
나의 운명을 노래하고, 어떤 파르카[5]가 감을까요?
연민이 유일하게 독사처럼 귀를 막은 나는
8   행복하기를 희망했던 곳에서 불행하답니다.

---

1) 이 소네트의 집필 시기도 알 수 없다.
2) 원문에는 "이다스페Ydaspe"로 되어 있는데, 인더스강의 가장 큰 지류다. 당시
   의 지리 관념에서 사람들이 거주하는 육지의 동쪽 끝에서 서쪽 끝까지를 가리
   킨다.
3) 라우라를 가리키는데, 이 세상에 유일하다는 말이다. 불사조에 대해서는 135번
   칸초네 5행 이하 참조.
4) 원문에는 dextro corvo와 mancha cornice로 되어 있는데, corvo는 까마귀속
   전체를 지칭하고, 반면에 cornice(또는 cornacchia)는 대개 학명으로 Corvus
   corone를 가리키는데, 우리나라에서 "송장까마귀"로 부르는 종이다. dextro는
   "오른쪽"을 뜻하고 mancha는 "왼쪽"을 뜻하는데, 오른쪽은 올바르고 좋은 것
   을 상징하고, 왼쪽은 그릇되고 나쁜 것을 상징한다는 관념이다.
5) 파르카Parca(복수는 파르카이Parcae)는 로마 신화에 나오는 운명의 여신 세 자
   매로 그리스 신화의 모이라Moîρα(복수는 모이라이Moîραι)에 해당하며, 각각
   인간 운명의 실을 잣고, 감고, 자르는 것을 담당한다.

나는 그녀에 대해 말하고 싶지 않지만,

그녀는 다른 사람의 가슴을 사랑과 달콤함으로

11   채워주고 자신이 가진 것을 많이 주면서도[6]

나의 달콤함을 쓰고 잔인하게 만들려는 듯이,

나의 관자놀이가 때 이르게 하얘지는 것을

14   모른 척하고 보지 않거나 배려하지 않는다오.

---

6) 페트라르카에게는 냉정하지만 다른 사람들에게는 너그럽다는 뜻이다.

211[1]

욕망은 나를 자극하고, 아모르는 보고 안내하고,
즐거움은 나를 이끌고, 습관은 데려가고,
희망은 나를 유혹하고 다시 위로하며
4   이미 지친 심장에게 도움의 손길을 내밀고,

불쌍한 사람은 그 손을 잡고, 우리의
눈멀고 믿지 못할 안내자[2]를 깨닫지 못하고,
감각들이 지배하는데 이성은 죽었고,
8   한 모호한 욕망에 다른 욕망이 뒤따른다오.

나의 심장이 달콤하게 사로잡힌[3] 아름다운
나뭇가지들에서 덕성, 명예, 아름다움,
11   고귀한 행위, 달콤한 말이 나를 붙잡았지요.

일천삼백이십칠 년 사월 여섯째 날

---

1) '바티칸 라틴 필사본 3196번'에는 이 소네트에 대한 자필 라틴어 메모가 있는
데, 1342년경에 썼지만 배제했다가 우연히 다시 읽어보고 1369년에 수정한 작
품이라고 한다.
2) 아모르 또는 위에서 말한 희망을 가리킨다.
3) 원문에는 *s'invesca*, 즉 "끈끈이에 걸린"으로 되어 있는데, 새를 잡기 위한 끈
끈이의 은유다.

바로 첫째 시간[4]에 나는

14   나갈 길 없는 미궁으로 들어갔답니다.[5]

─────────

4) 성무일도에 의하면 대략 오전 6시에 해당한다.

5) 그러니까 1327년 4월 6일 오전 6시에 라우라를 처음 보고 사랑에 빠졌다는 말
    이다.

꿈속에서[2] 행복하고, 쇠진하고, 그림자를 껴안고,
여름 산들바람을 뒤쫓는 것에 만족하여
나는 바닥이나 해변도 없는 바다에서 헤엄치며
4　파도에 쟁기질하고, 모래에 세우고, 바람에 적고,[3]

태양이 자기 광채로 나의 시력을 이미
꺼뜨렸을 정도로 태양을 응시하고,
병들고 느린 절름발이 황소를 타고
8　방황하며 달아나는 사슴을 사냥한다오.

고통 외에 다른 모든 것에 눈멀고 지쳤으며,
그렇게 밤낮으로 더듬거리면서 단지
11　아모르와 나의 여인을 찾고, 죽음을 부른다오.

그렇게 길고도 괴로운 스무 해 동안
나는 눈물과 탄식과 고통만 얻었으니,

---

1) 12행에서 말하듯이 이 소네트는 1347년에 쓴 '기념일 시'다.
2) 현실이 아니라는 뜻이다.
3) 파도에 쟁기질하고, 모래 위에 건물을 세우고, 바람에 글을 적는다는 것으로
불가능하고 헛된 일이다. 뒤이어 나오는 표현도 마찬가지다.

14   그런 운명으로 미끼와 바늘을 물었답니다.

213[1]

하늘이 소수에게만 너그럽게 주는 우아함,
인간의 것이 아닌 진귀한 덕성,
황금빛 머리칼 아래에 성숙한 지혜,
4   소박한 여인의 모습에 신성한 아름다움,

아주 특별하면서 이례적인 우아함,
영혼 속에서 들려오는 노랫소리,
천상의 걸음걸이, 모든 단단함을 깨고
8   높은 것을 모두 낮추는 아름답고 불타는 정신,

심연[2]과 밤을 밝혀주고, 육신에서 영혼을
빼앗아 다른 사람에게 줄 만큼 강력하며,
11   심장을 돌로 만드는 그 아름다운 눈,

달콤하고 고귀한 지성으로 가득한 말,
아주 부드럽게 중단되는 한숨,
14   그런 마법들 때문에 나는 변했답니다.

---

1) 집필 시기를 알 수 없는 이 소네트는 한 문장으로 되어 있으며, 라우라의 아름
    다움을 열거한다.
2) 지옥의 어둠을 암시한다.

214¹⁾

사흘 전부터²⁾ 한쪽에 형성된 영혼은
고귀하고 새로운 것들에 관심을 기울이며
많은 사람이 존중하는 것을 경멸했지요.
아직 자신의 운명적 길을 모르는 영혼은
순진하고 자유롭게 혼자 생각에 잠겨
6   봄날 어느 아름다운 숲으로 들어갔어요.

숲속에는 전날 연약한 꽃 한 송이³⁾가
태어났는데, 그 뿌리는 자유로운 영혼이
가까이 접근할 수 없는 곳에 있었으니,
아주 새로운 형태의 올가미들이 있었고
거기에서는 자유를 잃는 것이 보상일 정도로
12   커다란 즐거움이 달려가게 이끌었어요.

---

1) 집필 시기를 알 수 없는 이 여섯 번째 세스티나는 142번 세스티나와 마찬가지
로 페트라르카 자신의 존재와 후회를 요약하여 이야기한다.
2) 여기에서 날짜는 인생의 시기들을 가리킨다. 페트라르카가 인용하는 세비야
의 이시도루스Isidorus Hispalensis(560?~636)의 『어원론Etymologiae』에 의하면,
인생의 시기는 여섯 가지로, 유년기, 소년기, 청소년기, 청년기, 장년기, 노년
기인데, 그중에서 셋째 시기인 청소년기는 스물여덟 살까지라고 했다. 사랑에
빠진 1327년 페트라르카의 나이는 스물두 살이었고, 따라서 아직 셋째 시기에
있었다.
3) 라우라의 내면적 정신을 가리키는 것으로 해석된다.

으레 길[4] 한가운데서 벗어나게 만드는,
푸른 숲을 향해 곧바로 나를 돌아서게 한
그 귀중하고 달콤하고 높고 힘겨운 보상!
그런 다음 나는 하루라도 자유로운 마음을
나에게 되돌려줄 주문이나 돌이나 특별한 풀의
18   즙액[5]을 찾아 세상을 구석구석 뒤졌지요.

하지만, 세상에, 이제야 알겠으니, 빨리
달려 들어갔다가 절름발이로 나오는 이런
운명을 갖게 만드는 그 가시투성이 숲에서
얻은 상처들을 옛날 약이나 새로운 약이
치료하기도 전에, 나의 육신은 자신의
24   최고 가치가 있는 매듭[6]에서 풀려날 것이오.

올가미와 가시가 가득한 험난한 길을,
완벽하게 건강하고 가볍고 자유로운
발바닥이 필요한 길을 나는 끝내야 한다오.
하지만 연민의 보상을 가지신 주님,
이 숲속에서 저에게 오른손을 내미시고,[7]

---

4) 삶의 길을 뜻한다.
5) 마법의 주문이나 돌, 특별한 약초를 가리킨다.
6) 육신과 영혼을 연결하는 매듭으로, 거기에서 풀려난다는 것은 죽는다는 뜻이다.
7) 도와달라는 뜻이다.

30   당신의 빛으로 저의 특이한 어둠을 밝혀주소서.

삶의 길을 가로막으면서 저를
어두운 숲의 거주자로 만들어버린
특이한 아름다움 앞의 제 상태를 보시고,
가능하다면 방황하는 동반자[8]를 자유롭게
돌려주시고, 더 나은 곳[9]에서 당신과 함께
36   보상받는다면, 그것은 당신 덕분입니다.

저의 최근 의문은 세부적으로 이런 것입니다.
저에게 어떤 장점이 있는지, 아니면 모두 끝났는지,
39   영혼이 풀려났는지, 아니면 숲에 붙잡혀 있는지.

---

8) 방황하는 자신의 영혼을 가리킨다.
9) 천국을 암시한다.

215[1]

고귀한 핏속에 소박하고 조용한 삶,
고도의 지성 속에 순수한 가슴,
젊은 꽃 속에 노년기의 결실,
4   사려 깊은 모습 속에 즐거운 영혼을

바로 이 여인에게 그녀의 별이, 아니,
별들의 왕[2]께서 모으셨으니, 진정한 영광,
합당한 칭찬, 위대한 가치, 탁월함은
8   모든 신성한 시인을 피곤하게 할 정도라오.

그녀에게서 아모르는 진솔함과 연결되고
자연스러운 아름다움, 우아한 태도,
11   침묵 속에 말하는 몸짓과 연결되고,

순식간에 밤을 밝히고 낮을 어둡게 하며,
꿀을 쓰게 만들고, 쓴 쑥[3]을 달게 만드는

---

1) 집필 시기를 알 수 없는 이 소네트는 앞의 213번 소네트와 비슷하게 라우라의 아름다움을 열거하고 있다.
2) 하느님이다.
3) 원문에는 *assentio*(현대 이탈리아어는 *assenzio*)로 되어 있는데, 쑥속의 일부 종에 대한 이름이며, 일반적으로 쓴맛이 강한 쓴 쑥(학명은 *Artemisia*

14   눈 속에는 무엇이 있는지 모르겠습니다.

---

absinthium)을 가리킨다.

216[1]

나는 온종일 울고, 불쌍한 인간들이
휴식을 취하는 밤이 되어도 울고 있는
나 자신을 발견하면 슬픔이 배가되는데,
4   그렇게 울면서 시간을 보낸다오.

슬픈 눈물 속에 눈이 소진되고, 심장은
고통 속에 소진되어, 나는 동물 중에서
가장 불행하니, 사랑의 화살이 언제나
8   평온함에서 몰아내기 때문이라오.

낮이 지나가고 밤이 지나가는 동안,[2]
불쌍하구나, 삶이라고 부르는 이 죽음의 길을
11   벌써 대부분 지나가 버렸군요.

나의 고통보다 그녀의 잘못에 더 괴로우니,
살아 있는 연민, 믿을 만한 도움은

---

1) 이 소네트의 집필 시기는 알 수 없다.
2) 원문에는 *da l'un a l'altro sole, / et da l'una ombra a l'altra*, 즉 "한 태양에
서 다른 태양으로, 한 그림자에서 다른 그림자로"로 되어 있는데, "태양"은 낮
을 뜻하고, "그림자"는 밤을 뜻한다.

14 불타는 나를 보면서도 도와주지 않는다오.

217[1)]

한때 나는 정당한 한탄과 타오르는
시들을 통해 내 생각을 들려주려 했지요,
한여름에도 얼어붙는 단단한 심장이
4 　작은 연민의 불꽃이라도 느끼게 만들고,

심장을 차갑게 뒤덮는 나쁜 안개가
내 뜨거운 말의 산들바람에 흩어지거나,
괴로워하는 나에게 아름다운 눈을 감추는
8 　그녀를 사람들이 증오하도록 말입니다.

이제 그녀에게 증오를 찾지 않고 나에게 연민을 찾지만,
증오는 원하지 않고, 연민은 받을 수 없으니,
11 　내 별자리가 그랬고, 잔인한 내 운명이 그랬다오.

그래도 그녀의 신성한 아름다움을 노래하겠소,
이 육신에서 벗어날 때, 나의 죽음은
14 　달콤하다는 것을 세상이 알도록 말입니다.

---

1) 이 소네트의 집필 시기도 알 수 없다.

218[1]

우아하고 아름다운 여인들 사이에
세상에 견줄 수 없는 그녀가 도착하면,
아름다운 얼굴로, 태양이 더 작은
4   별들에게 하는 것을 다른 여인들에게 하지요.[2]

아모르는 나의 귀에 이야기하는 것 같아요.
"이 여인이 지상에 있는 동안에는
삶이 아름답지만, 그다음에는 혼란해지고,
8   덕성이 죽고, 나의 왕국도 함께 사라질 거야."

자연이 하늘에서 해와 달을 빼앗고,
대기에서 바람을, 땅에서 풀과 나뭇잎을,
11   인간에게서 지성과 언어를 빼앗고,

바다에서 물고기와 파도를 빼앗는 것처럼,
만약 죽음이 그녀의 눈을 감기고 숨긴다면,

---

1) 집필 시기를 알 수 없는 이 소네트에는 라우라의 죽음에 대한 최초의 예감이
   서려 있다.
2) 태양이 별들을 어둡게 만들듯이 라우라가 아름다움에서 다른 여자들을 압도했
   다는 말이다.

14   세상 만물은 더욱 어둡고 황량해질 것이오.

219[1]

날이 샐 무렵 새들의 새로운 노래와 울음,
맑고 신선하고 빠른 개울을 따라
아래로 흘러가는 수정 같은 물들이
4   졸졸거리는 소리가 계곡에 울려 퍼지고,

사랑에 속임수나 실수가 전혀 없었던,
눈雪 같은 얼굴, 황금빛 머리칼의 여인[2]은
늙은 남편의 하얀 머리칼을 빗질하며
8   사랑스러운 춤의 소리[3]에 나를 깨우지요.

그렇게 깨어나는 나는 새벽과 태양에게
인사하고, 젊은 시절 나를 눈부시게 만들었고
11   지금도 그러는 다른 태양에게 인사한다오.

---

1) 이 소네트의 집필 시기도 알 수 없다.
2) 로마 신화에 나오는 새벽의 여신 아우로라Aurora(그리스 신화의 에오스)를 가
   리킨다. 아우로라는 트로이아 왕 라오메돈의 미남 왕자 티토노스를 보고 반하
   여 자기 궁전으로 납치해 남편으로 삼았고 변함없이 그에게 충실했다. 그런데
   인간으로 늙어가는 남편이 죽지 않도록 허락받으면서 영원한 젊음을 요구하는
   것을 잊었고, 결국 죽지는 않았지만 늙어 쭈그러든 티토노스는 매미로 변했다
   고 한다.
3) 처음 네 행에서 말한 자연의 소리를 가리킨다.

며칠 동안 두 태양이 함께 뜨는 것을 보았는데,

하나는 별들을, 다른 하나는 그 태양을

14 동시에 사라지게 만드는 것을 보았지요.[4]

---

4) 말하자면 태양이 별들을 사라지게 만들고, 바로 그 순간 라우라가 태양을 사라지게 만들었다는 뜻이다.

220[1]

아모르는 어디, 어느 금맥에서 황금을 가져와
금발 두 타래를 만들었나요? 어느 가시에서
장미를 꺾고, 어디에서 부드럽고 신선한
4   서리를 가져와 거기에 생명력을 주었나요?[2]

어디에서 진주들을 가져와 깨뜨려서
달콤하고 진솔하고 특별한 말을 만들었나요?
하늘보다 밝은 얼굴의 그렇게 신성하고
8   많은 아름다움을 어디에서 가져왔나요?

이제 소진될 것이 거의 남지 않을 정도로
나를 소진하게 하는 그 천상의 노래는
11   어느 하늘, 어느 천사들에게서 나왔나요?

전쟁과 평화를 주면서 나의 심장을
얼음과 불로 요리하는 그 아름다운 눈의
14   높고 귀한 빛은 어느 태양에서 태어났나요?

---

1) 집필 시기를 알 수 없는 이 소네트도 라우라의 아름다움을 열거한다.
2) 라우라의 발그스레하고 하얀 피부색을 암시한다.

221[1]

어떤 운명, 어떤 힘이나 어떤 속임수가
무장하지 않은 나를 언제나 패배하는
전쟁터로 데려가나요? 만약 내가 살아남는다면
4   기적일 것이며, 만약 죽는다면 부끄럽겠지요.

부끄러움이 아니라 이익이니, 나의 심장을
눈부시게 만들고 파괴하며, 내가 불타올라
스무 해째에도[2] 계속 타고 있는 심장 속의
8   불꽃과 밝은 빛은 너무나 달콤하니까요.

멀리서 아름다운 눈이 나타나 빛날 때면
나는 죽음의 심부름꾼들을 느끼고,
11   그러다 가까이 다가오면서 나에게 향하면

아모르는 달콤함으로 나를 찌르고 치료하는데,
나는 다시 말하거나 생각할 수 없으니,
14   재능이나 혀가 진실에 닿지 못하기 때문이지요.

---

1) 본문에서 말하는 바에 의하면 이 소네트는 1347년에 쓴 것이다.
2) 사랑에 빠진 지 20년이 지났으니까 1347년이다.

222[1]

"즐거우면서 슬프게, 함께 있으면서도 외롭게[2]
대화를 나누며 길을 가는 여인들이여,
나의 생명, 나의 죽음[3]은 어디에 있나요?
4 왜 예전처럼 당신들과 함께 있지 않나요?"

"그 태양을 기억하면 우리는 즐겁지만,
타인의 행복을 자신의 불행처럼 싫어하는
질투와 시샘이 그녀와 함께하는
8 달콤함을 우리에게 막았기에 괴롭답니다."

"누가 연인들에게 법을 부여하고 억제할까요?"[4]
"영혼은 아무도 억제하지 못하고, 육신은 분노와 난폭함이
11 억제하는데, 그것은 그녀나 우리에게서 증명되지요.

---

1) 집필 시기를 알 수 없는 이 소네트는 페트라르카가 길에서 만난 여인들과 나누
   는 대화 형식으로 되어 있다. 13~14세기의 시 전통에서 드물지 않게 활용되던
   방식이었다.
2) 그 이유는 뒤에서 설명되는데, 무엇보다 라우라와 함께하지 못하기 때문이다.
3) 라우라를 가리킨다.
4) 보에티우스의 시를 거의 그대로 번역하여 인용하고 있다. "누가 연인들에게 법
   을 부과하는가? / 사랑이 그들에게 최고의 법이라오"(『철학의 위안』 제3권 12번
   시 47~48행).

하지만 종종 심장은 얼굴에 드러나고,
그래서 우리는 그녀의 고귀한 아름다움이
14   어두워지고 눈이 온통 젖은 것을 보았지요."[5]

---

5) 여기에서 라우라가 슬퍼한 이유도 분명하게 밝혀지지 않는다.

223[1]

태양이 황금 마차를 바다에 담그고
우리의 대기와 마음이 어두워질 때,
하늘과 별들과 달과 함께 나에게는
4   괴롭고 힘겨운 밤이 시작되지요.

그리고, 불쌍하구나, 듣지 않는 사람에게
괴로움을 하나하나 모두 이야기하고
세상과 눈먼 내 운명, 아모르에게,
8   내 여인과 나 자신에게 불평하지요.

잠은 쫓겨나고 휴식은 전혀 없으며,
대신 탄식과 한숨, 영혼이 눈으로
11   보내는 눈물이 새벽까지 함께한다오.

그러다 새벽이 오고 어두운 대기를 밝히면서
나를 밝혀주지 않지만, 심장을 불태우고
14   즐겁게 해주는 태양이 혼자 고통을 위로하지요.

---

1) 이 소네트의 집필 시기도 알 수 없다.

224[1]

만약 사랑의 믿음, 거짓 없는 심장,
달콤하게 수척해지는 것, 고귀한 욕망,
고귀하게 타는 불 속의 진솔한 의욕,
4　눈먼 미궁 속에서의 기나긴 방황,

얼굴에서, 또는 두려움이나 부끄러움에
가로막혀 알아듣기 어렵게 중단되는
목소리에서 드러나 보이는 모든 생각,
8　제비꽃 색깔로 사랑에 물든 창백함,

자신보다 귀한 다른 사람이 있는 것,
고통과 분노와 괴로움을 먹고 살며
11　언제나 눈물을 흘리고 탄식하는 것,

멀리서 불타고 가까이서 얼어붙는 것이
내가 사랑함으로써 소진되는 원인이라면,
14　여인이여, 그대의 잘못인데, 고통은 내 것이라오.

---

1)　집필 시기를 알 수 없는 이 소네트도 한 문장으로 되어 있다.

225[1]

품위 있게 편안한 모습의 여인 열두 명,[2]
아니, 열두 별과 한가운데 있는 태양이,
파도를 헤친 적이 있는지 알 수 없는
4   쪽배에 즐겁고 외롭게[3] 있는 것을 보았지요.

오늘날 모든 사람이 입고 싶어 할 양털을 찾는
이아손[4]이나, 아직 트로이아가 괴로워하는 목자,[5]
세상을 아주 시끄럽게 만든 그 두 사람을
8   태웠던 배도 그와 비슷하지 않았을 것이오.

그리고 승리의 마차를 탄 그녀들을 보았는데,

---

1) 이 소네트의 집필 시기도 확정할 수 없지만 1344년 이전에 쓴 것으로 짐작된
   다. '환상'을 토대로 하는 상당히 모호한 작품이지만, 여러 가지 암시적인 의미
   를 내포하고 있다.
2) 구원자 라우라와 함께 있는 열두 명의 사도로 해석하는 학자도 있다.
3) 남자들 없이 여자들만 있으므로 외롭다고 표현했다.
4) 그리스 신화에 나오는 영웅으로 아르고호 원정대를 이끌고 콜키스로 가서 황
   금 양털을 가져왔다.
5) 헬레네를 납치함으로써 트로이아 전쟁의 원인이 되었던 파리스를 가리킨다.
   그는 트로이아의 왕자였지만 어렸을 때 버림받았고 한동안 양 떼를 보살폈기
   때문에 "목자"라고 불렸다.

나의 라우레아[6]는 소박하고 고귀한 태도로
11   한쪽에 앉아 달콤하게 노래를 불렀으니,

그건 인간의 것이나 인간의 환상이 아니었다오.
그렇게 우아한 사람들을 태우고 갔던
14   행복한 아우토메돈,[7] 행복한 티피스[8]여!

---

6) 원문에는 *Laurëa*로 되어 있는데, 라우라의 라틴어식 이름이다.
7) 그리스 신화에 나오는 인물로 아킬레스가 타는 전차의 마부였다.
8) 아르고호의 키잡이였다.

226[1]

지붕 위의 어떤 외로운 참새나 숲속의
야수도, 아름다운 얼굴을 보지 못하는
나처럼 외롭지 않았으니, 나는 다른 태양을
4   모르고, 내 눈은 다른 대상을 모른다오.

언제나 우는 것은 내 최고의 즐거움이고,
웃는 것은 고통, 음식은 쓴 쑥이자 독약,
밤은 괴로움, 맑은 하늘은 어둠이고,
8   침대는 나에게 힘겨운 전투의 현장이지요.

잠은 정말로 사람들이 말하는 것처럼
죽음의 친척이고, 생명을 유지하는
11   달콤한 생각을 심장으로부터 빼앗는답니다.

세상에 유일하게 행복하고 생명을 주는 고장,[2]
꽃이 만발한 푸른 강변, 그늘진 언덕이여,
14   나는 우는데, 너희는 나의 행복을 데리고 있구나.

---

1) 이 소네트의 집필 시기는 알 수 없다.
2) 라우라가 사는 곳이다.

227[1]

곱슬한 황금빛 머리칼을 감싸고 흩날리며,
또 그 머리칼에서 부드럽게 일어나는
산들바람이여, 그 달콤한 금발을 흩날렸다가
4   다시 모아 멋진 매듭으로 감는 산들바람이여,

네가 머무는 눈 속에서는 사랑의 말벌들[2]이
나를 찌르니, 나는 여기에서도[3] 느끼고 울며,
마치 무서워 떨고 비틀거리는 동물처럼
8   비틀거리면서 나의 보물을 찾고 있는데,

때로는 찾은 것 같고, 때로는 멀리 있고,
때로는 위안을 찾고, 때로는 실망하고,
11   때로는 원하는 것을, 때로는 진실을 발견한다오.

오, 행복한 대기여, 맑게 흐르는 강이여,
너는 아름답고 생생한 빛과 함께 남아 있어라.

---

1) 집필 시기를 알 수 없는 이 소네트는 산들바람의 주제로 돌아온다.
2) 라우라의 눈에서 퍼져 나오는 날카로운 눈길을 가리킨다.
3) 뒤에서 말하듯이 페트라르카는 지금 라우라가 있는 곳에서 멀어지고 있다.

14   왜 나는 너와 함께 방향[4]을 바꿀 수 없을까?

---

4) 원문에는 *viaggio*, 즉 "여행"으로 되어 있다. 강은 라우라가 있는 쪽으로 흘러
   가고 있는데, 페트라르카는 그 반대 방향으로 가고 있다는 뜻이다.

228¹⁾

아모르는 오른손으로²⁾ 나의 왼쪽 옆구리를
열었고, 그 안의 심장 한가운데에다
초록 월계수를 심었는데, 그 색깔은
4   모든 에메랄드를 능가하고 지치게 할 정도라오.

심장의 탄식과 함께 고통의 쟁기와
눈에서 흘러내리는 달콤한 눈물이 그 나무를
장식했으니, 향기는 다른 어떤 잎사귀도
8   견주지 못할 정도로 하늘까지 닿았지요.

명성과 영광과 덕성과 우아함,
천상의 태도 속에 순수한 아름다움은
11   그 고귀한 나무의 뿌리랍니다.

나의 가슴속에 그렇게 있으니, 어디 있든지
나는 행복에 넘치고, 진솔한 기도와 함께
14   성스러운 대상처럼 고개 숙여 공경하지요.

---

1) 이 소네트의 집필 시기도 알 수 없다.
2) 더 강한 손을 사용했다는 뜻이다.

229[1]

한때 노래했으나 지금은 울고, 노래하면서
얻은 것 못지않은 달콤함을 울면서 얻으니,
단지 높은 것만 바라는 나의 감각들은
4　결과가 아니라 원인[2]을 지향했기 때문이오.

그러므로 나는 온순함과 단호함,
잔인한 행동과 겸손하고 친절한 행동을
똑같이 갖고 있으며, 고통이 무겁지도 않고,
8　경멸의 창끝이 내 갑옷을 뚫지도 못하지요.

그러니 아모르와 나의 여인, 세상과 운명이
언제나 그렇듯이 계속되어도 좋다오,
11　나는 언제나 행복하다고 생각할 테니까요.

살든 죽든, 아니면 쇠진하든, 나보다
더 고귀한 상태는 달 아래 없고,
14　내 쓰라림의 뿌리는 달콤하답니다.

---

1) 집필 시기를 알 수 없는 이 소네트의 서두는 다음 230번 소네트의 서두와 대조
　적이다.
2) 즐거움과 고통의 원인, 즉 라우라를 가리킨다.

230[1]

한때 울었으나 지금은 노래하니, 생생한 태양이
나의 눈에 천상의 빛을 감추지 않기 때문이며,
그 안에서 솔직한 아모르는 달콤한 힘과
4 성스러운 자신의 태도를 분명히 드러내는데,

아모르는 삶의 실을 줄이려는 듯이
나의 눈에서 눈물의 강을 끌어냈기에,
다리나 얕은 여울이나 노나 돛뿐만 아니라
8 날개나 깃털도 나를 구해줄 수 없다오.[2]

나의 눈물은 깊고 넓게 흘러가니,
강변은 생각으로도 닿기 어려울 만큼
11 그렇게 멀리 떨어져 있답니다.[3]

월계수나 야자나무가 아닌 평온한 올리브나무[4]를

---

1) 이 소네트의 집필 시기도 알 수 없다.
2) 원문에는 *scampar non potienmi*, 즉 "내가 살아남게 해줄 수 없다"로 되어
  있다.
3) 눈물의 강이 아주 넓다는 뜻이다.
4) 월계수나 야자나무는 승리 또는 영광을 상징했고, 올리브나무는 평화를 상징
  했다.

연민이 나에게 보내주고, 날씨를 맑게 해주고,

14   눈물을 닦아주고, 아직 내가 살기를 원한다오.

231[1]

나는 눈물도 없고 어떤 질투도 없이
내 운명에 만족하여 살아왔기에,
더 행운 있는 다른 연인의 많은 즐거움도
4   내 고통 하나의 가치도 없다오.

지금 내 고통을 절대 후회하지 않고
줄어들기를 바라지도 않는 아름다운 눈을
매우 무겁고 어두운 안개가 뒤덮었으니,
8   내 삶의 태양이 거의 꺼져버렸답니다.

오, 자연이여, 자비롭고 잔인한 어머니여,
그렇게 아름다운 것을 만들고 해체하는
11   힘과 그런 상반된 의지는 어디서 오는가요?

하나의 생생한 원천[2]으로 모든 힘이 모이니,
오, 최고의 아버지시여, 당신의 귀한 선물을

---

1) 집필 시기를 알 수 없는 이 소네트는 뒤의 233번 소네트와 함께 라우라의 눈에
    나타난 병에서 주제를 끌어내고 있다.
2) 뒤이어 말하는 "최고의 아버지", 즉 하느님을 가리킨다.

14   어떻게 다른 자[3)]가 가져가도록 허용하시나요?

---

3) 위에서 말한 "자연"이다.

232[1)]

분노는 승리자 알렉산드로스를 압도했고
그 점에서는 필리포스[2)]보다 못하게 만들었으니,
리시포스와 피르고텔레스만 그를 조각하고
아펠레스[3)]만 그를 그렸어도 무슨 소용이 있나요?

분노는 티데우스[4)]를 광분으로 이끌었기에
그는 죽으면서 멜라니포스를 갉아 먹었고,
분노는 술라[5)]의 눈을 어둡게 했을 뿐 아니라

---

1) 이 소네트의 집필 시기도 알 수 없다. 다만 페트라르카가 1343년 봄과 여름에 읽기 시작한 대大 플리니우스의 작품에 대해 언급하는 것으로 볼 때 그 이후에 쓴 것으로 볼 수 있다. '분노'에 대한 작품으로 역사상 실존 인물이나 전설적 인물을 사례로 들고 있다.

2) 알렉산드로스의 아버지 필리포스 2세(재위 B.C. 359~B.C. 336) 왕을 가리킨다.

3) 리시포스는 기원전 4세기 그리스의 탁월한 청동 조각가였고, 피르고텔레스는 동시대의 보석 조각가였으며, 아펠레스는 동시대의 가장 탁월한 화가였다. 대大 플리니우스의 『박물지』 제7권 38장 125절에 의하면 알렉산드로스는 그들 외에 다른 사람이 자기 모습을 조각하거나 그리지 못하도록 했다고 한다.

4) 그리스 신화에서 테베를 공격한 일곱 장군 중 하나로, 멜라니포스와 싸우다가 그를 죽였으나 자신도 치명상을 입었고, 분노에 사로잡혀 죽은 멜라니포스의 골을 파먹었다고 한다.

5) 루키우스 코르넬리우스 술라Lucius Cornelius Sulla(B.C. 138?~B.C. 78)는 고대 로마의 정치가이자 장군으로 정권을 장악한 뒤 종신 독재관이 되어 민회의 권

8   완전히 장님으로 만들었고 결국에는 죽였지요.

그것을 아는 발렌티니아누스[6]까지 분노는 비슷한
형벌로 이끌었고, 많은 사람과 자기 자신에게

11   강력했던 아이아스[7]도 알았으나 분노로 죽었다오.

분노는 짧은 광기이나 억제하지 못하는 자에게는
긴 광기로, 거기에 사로잡힌 사람을

14   종종 부끄러움으로, 때로는 죽음으로 이끌지요.

한을 축소하고 각종 개혁을 단행했다. 여러 기록에 의하면 매우 잔인했고, 지
나친 분노 때문에 죽었다고 전해지기도 한다.

6) 플라비우스 발렌티니아누스 1세Flavius Valentinianus I(재위 364~375)는 로마
제국의 황제였는데 374년 로마를 침공한 게르만족의 사절과 만난 자리에서 쓰
러졌고 이듬해에 사망했다.

7) 트로이아 전쟁에서 활약한 그리스의 영웅 중 하나로 텔라몬의 아들인 소위 '큰
아이아스'를 가리킨다. 아킬레스의 갑옷을 두고 오디세우스와 다투다가 패배
한 후 분노와 광기에 사로잡혀 동료들을 공격했다가 나중에 그 사실을 깨닫고
자결했다.

233[1]

고통에 어둡고 흐려진 모습을 바라보는 동안,
세상에서 가장 아름다운 두 눈의 한쪽[2]에서
나의 눈을 병들고 어두워지게 하는 힘이
4   나왔을 때[3] 나에게는 얼마나 행운이었던가!

세상에서 유일하게 사랑하는 그녀에 대한
굶주림을 해결하기 위해[4] 돌아온 나에게
하늘과 아모르는 내 모든 은총을 한데
8   모아놓은 것보다 훨씬 덜 가혹했으니,

내 여인의 오른쪽 눈, 아니, 오른쪽 태양에서
내 오른쪽 눈으로, 나에게는 고통이 아니라
11   오히려 즐거움을 주는 병이 왔는데,

바로 지성과 날개를 가진 것처럼,

---

1) 집필 시기를 알 수 없는 이 소네트는 앞의 231번 소네트에 이어 라우라의 눈에 생긴 병을 주제로 한다.
2) 뒤에서 말하듯이 오른쪽 눈이다.
3) 라우라의 아픈 눈을 페트라르카가 바라보자 그 병이 자기 눈으로 옮아왔다는 것이다.
4) 말하자면 보고 싶은 욕망을 충족하기 위해.

하늘에서 원하는 별처럼 나에게 왔으니,

14   자연과 연민이 길을 안내했기 때문이지요.

234[1]

낮 동안 나의 격렬한 폭풍우에
항구가 되어주었던, 오, 작은 방이여,
이제 밤이 되니 낮 동안 부끄러움 때문에
4   감추고 있던 눈물의 샘이 되었구나.

많은 괴로움에 휴식과 위안이 되었던,
오, 작은 침대여, 단지 나에게만 부당하게
잔인한 상앗빛 손을 가진 아모르[2]는
8   어떤 고통의 눈물로[3] 너를 적시는가!

나는 내 비밀 장소와 휴식뿐만 아니라,
뒤쫓다 보면 때로는 높이 날아가게 했던
11   내 생각과 나 자신에게서도 달아나고,

나에게 적대적이고 증오스러운 민중을
(누가 생각이나 했을까요?) 피난처로 찾으니,

---

1) 집필 시기를 알 수 없는 이 소네트는 외로움을 찾는 35번 소네트와는 정반대
    입장을 노래하는 것처럼 보인다.
2) 여기에서 아모르는 라우라와 동일시되고 있다.
3) 원문에는 *di che dogliose urne*, 즉 "어떤 고통의 항아리로"로 되어 있는데, 눈
    물의 항아리를 가리킨다.

14   혼자 있다는 것이 그렇게 두렵답니다.

아모르는 나를 원하지 않는 곳으로 이끌고
나는 한계를 넘는 것을 바로 깨달으니,
나의 심장에 지배자로 앉아 있는 자에게
4   평소보다 훨씬 귀찮은 사람이 되었고,

현명한 키잡이가 귀한 상품을 실은 배를
암초에서 멀리 이끄는 것처럼,
나는 연약한 내 쪽배[2]를 언제나 그녀의
8   강한 자부심의 타격에서 멀리 이끌지요.

하지만 끝없는 한숨의 강렬한 바람과
눈물의 비가 이제 쪽배를 겨울밤의
11   끔찍한 바닷속으로 밀어 보냈으니,

그녀에게는 귀찮음을, 나에게는 단지
고통과 괴로움을 주고, 이제는 이미

---

1) 이 작품부터 240번 소네트까지는 1346년에 쓴 것으로 보는 학자도 있다. 그것은
   238번 소네트의 집필 시기를 그렇게 추정했기 때문인데, 그보다 앞서 1340년에
   쓴 것으로 보는 학자도 있다. 이 소네트는 다음 236번 소네트와 밀접하게 연결
   되어 있다.
2) 페트라르카의 감정 또는 자기 자신을 가리킨다.

14 돛도 없고 키도 없이 파도에 굴복했다오.

236[1]

아모르여, 나는 실수하고 내 실수를 보면서도
불타면서 불을 가슴에 안은 사람 같으니,
고통은 더욱 커지고 이성은 약해지며
4   이미 괴로움에 굴복한 것 같습니다.

아름답고 맑은 얼굴을 방해하지 않으려고
나의 뜨거운 욕망을 억제했지만, 이제는
그럴 수 없으니, 당신이 손에서 고삐를 빼앗았고,
8   영혼은 절망하여 불타기 시작했습니다.

그러므로 자기 방식을 넘어 돌진한다면,[2]
당신이 그렇게 불붙이고 자극하기 때문에
11   살기 위하여 모든 거친 길을 시도하는 것이며,

나의 여인이 지닌 천상의 귀한 선물들이
그렇게 만드니, 이제 최소한 그녀가 느끼고
14   나의 잘못을 자신에게 용서해 주기를 바란다오.

---

1) 이 소네트는 앞 소네트의 주제를 반복한다.
2) 영혼이 더 이상 자신을 억제하지 못하고 한계를 넘어선다는 뜻이다.

237[1]

바다의 파도에 그렇게 많은 물고기[2]가 없고,

어떤 밤에도 달의 하늘 위쪽 너머에서

그렇게 많은 별이 보이지 않고,

숲속에 그렇게 많은 새가 없고,

들판에는 그렇게 많은 풀이 없을 만큼

6   내 심장은 매일 밤 많은 생각을 한다오.

내가 날마다 원하는 것은, 내 안의

살아 있는 땅에서 파도를 떼어내고[3]

어느 해변에서 잠드는 마지막 저녁[4]이니,

내가 밤낮으로 홀로 찾아가는 숲도

알고 있지요, 달 아래 누구도 나만큼

12   많은 고통을 겪지 않았다는 것을.

---

1) 이 세스티나의 집필 시기는 1343년 이전으로 볼 수 있다. 형식은 전형적인 도
식으로 모두 39행으로 이루어져 있으며, 똑같은 낱말로 각운을 맞추고 있다.
이 작품은 여러 측면에서 22번 세스티나와 비교된다.

2) 원문에는 *animali*, 즉 "동물"로 되어 있다.

3) "살아 있는 땅"은 자기 육체를 가리키고, "파도"는 괴로움의 눈물을 가리킨다.
상당히 과감한 은유로 죽음으로써 삶의 노고에서 벗어나기를 원한다는 뜻이다.

4) 삶의 마지막 저녁, 그러니까 죽음을 의미한다.

평온한 밤을 보낸 적이 없고
아침이든 저녁이든 한숨으로 보내니
아모르가 나를 숲의 주민으로 만들었지요.
내가 휴식을 얻기 전에, 바다에 파도가 없고,
태양은 달로부터 자신의 빛을 얻고,
18   모든 들판에서 사월의 꽃이 죽을 것이오.[5]

낮에는 생각에 잠겨 강변에서 강변으로
쇠진하여 돌아다니고 밤에는 우니,
달[6]보다 안정된 상태가 전혀 없지요.
저녁이 어두워지는 것을 보면 곧바로
가슴에서는 한숨이, 눈에서는 눈물이
24   풀밭을 적시고 숲을 무너뜨릴 정도라오.

내 생각에서 도시는 적이고,
숲은 친구이니, 이 높은 언덕 위에서
강물[7]의 속삭임과 함께 마음을 토로하면서
밤의 달콤한 적막 속에 돌아다니고,
그래서 낮에는 줄곧 태양이 떠나고
30   달에게 자리를 내주는 저녁을 기다리지요.

---

5) 자주 반복되는 불가능한 것들의 열거다.
6) 달은 끊임없이 계속 변하기 때문에 안정된 상태가 아니라는 뜻이다.
7) 아비뇽 남쪽에서 론강으로 흘러 들어가는 뒤랑스강을 암시하는 것으로 짐작된다.

아, 내가 푸른 숲속 어딘가에서
달의 연인[8]과 함께 잠들어 있고,
저녁기도 전에 나에게 저녁을 주는 그녀[9]가
달과 아모르와 함께 그 언덕으로
혼자 와서 하룻밤을 머물고
36   낮과 태양이 영원히 바닷속에 머문다면![10]

밤의 숲속 한가운데에서 달빛과 함께
거친 강물 위에서 태어난 노래[11]여, 너는
39   내일 저녁 풍요로운 해변을 보겠지.

---

8) 그리스 신화에 나오는 미남 청년 엔디미온으로 그를 사랑한 달의 여신 셀레네는 밤마다 잠든 그를 찾아갔다고 한다.
9) 라우라를 가리킨다. 그녀가 때 이르게("저녁기도 전에") 자신을 죽음("저녁")으로 이끈다는 뜻이다.
10) 말하자면 태양이 영원히 떠오르지 않았으면 좋겠다는 뜻이다.
11) 원문에는 *canzon*, 즉 "칸초네"로 되어 있는데, 넓은 의미에서 "노래"나 "시"를 가리킨다.

238[1]

왕 같은 기질, 천사 같은 지성,
맑은 영혼, 빠른 안목, 스라소니의 눈,[2]
신속한 통찰력, 고귀한 생각,
4 진정으로 그런 가슴에 합당한

훌륭하고 온전한 판단력은
그 존엄한 축제일을 장식하기 위하여
정해진 숫자의 여인들을 선발했고, 아름다운
8 많은 얼굴 중에서 완벽한 얼굴을 골랐어요.

나이나 신분에서 최고의 다른 여인들은
한쪽으로 물러나라고 손짓으로 명령했고,
11 그 여인만 소중하게 자신에게 불렀습니다.

---

1) 이 소네트는 아비뇽을 방문한 어느 위대한 인물이 라우라에게 그녀의 아름다
움에 대한 존경의 표시로 공개적으로 입맞춤을 한 일화를 이야기한다. 아마
룩셈부르크 왕가 출신으로 신성로마제국의 황제가 되었던 카를 4세Karl IV(재
위 1355~1378)였을 것으로 추정되는데, 그는 황제로 등극하는 일에 대해 교
황 클레멘스 4세와 논의하기 위해 1346년 아비뇽을 방문했다. 다른 한편으로
1340년 아비뇽에 머물던 아초 다 코레조(121번 마드리갈에 대한 역주 참조)로
보는 학자도 있다.
2) 예리하고 날카로운 눈을 뜻한다.

그리고 친절한 태도로 눈과 이마에

입을 맞추었으니, 모두가 즐거워했고,

14   그 특이하고 달콤한 행동은 나를 질투로 채웠지요.

새벽이 될 무렵 달콤한 산들바람이
새로운 계절의 꽃들을 움직이고,
새들이 각자 노래를 시작할 때,
영혼 속의 생각들이 달콤하게 자신의
지배자를 향해 움직이는 것을 느끼니
6   나는 내 노래로 돌아가야 한다오.

그렇게 우아한 노래로 내 한숨들을
조절하여, 나에게 폭력을 가하는 라우라를
이성으로 인도하고 완화할 수 있다면!
하지만 겨울에서 꽃들의 계절이 되기 전에
나의 시나 운율에 전혀 신경 쓰지 않는
12   그 고귀한 영혼에서 사랑이 꽃필 것이오.[2]

슬프구나, 내 삶에서 얼마나 많은 눈물과
시를 이미 뿌렸고, 얼마나 많은 노래로

---

1) 이 세스티나는 다시 산들바람의 주제로 돌아온다. 형식은 전형적인 세스티나 도
식으로 모두 39행으로 되어 있고, 똑같은 낱말로 각운을 맞추고 있다. 다만 발
음이 똑같은 "산들바람l'aura"과 "라우라Laura"는 맥락에 따라 다르게 사용된다.
2) 그런 일은 일어나지 않을 것이라는 상투적인 과장법이다.

그 영혼을 소박하게 만들려고 노력했던가요!
그래도 그녀는 달콤한 산들바람에게 바위산 같으니,
산들바람은 꽃과 나뭇잎을 움직일 수 있지만
18   더 큰 힘 앞에서 아무것도 할 수 없지요.

산문이나 운문에서 읽을 수 있듯이
아모르는 신과 인간을 자기 힘으로 굴복시켰고,[3]
나는 그것을 꽃들이 처음 필 때[4] 알았지요.
이제 나의 주인도, 그의 노래[5]도,
나의 눈물이나 기도도 이 영혼을 고통이나
24   삶에서 끌어내도록 라우라를 움직일 수 없다오.

오, 불쌍한 영혼이여, 삶의 산들바람이
우리 사이에 머무는 동안, 마지막 시련에
너의 모든 재능과 모든 힘을 동원하여라.
시가 할 수 없는 것은 세상에 없으니,
시의 노래로 독사들을 홀릴 수도 있으며
30   새로 핀 꽃들로 얼음을 장식할 수 있지요.

이제 언덕에 풀과 꽃이 웃고 있으니

---

3) 베르길리우스의 「목가시*Ecloga* 10번」 69행에 의하면 *Omnia vincit Amor*, 즉
   "아모르는 모든 것을 이긴다".
4) 4월을 가리킨다. 라우라를 처음 본 것은 1327년 4월 6일이다.
5) 아모르와 아모르에게서 영감은 받은 노래들을 가리킨다.

천사와 같은 그 영혼은 사랑의
노랫소리를 듣지 않을 수 없을 것이오.
만약 우리의 사악한 운명에 더 힘이 있다면
우리의 시를 노래하고 눈물을 흘리면서
36 절름발이 황소로 산들바람을 사냥하러 갈 것이오.

나는 그물로 산들바람을 잡고, 얼음에서 꽃을 꺾고,
아모르나 노래의 힘도 신경 쓰지 않는
39 잔인한 귀머거리 영혼을 시로 유혹하고 있다오.[6]

---

6) 간단히 말해 헛수고하고 있다는 뜻이다.

240[1]

나는 아모르에게 기도하고 또 기도했지요,
만약 내가 가득한 믿음으로 올바른 길에서
벗어났다면, 그대, 달콤한 내 고통,
4   쓰라린 내 즐거움이 나를 용서해 달라고.

모든 좋은 영혼을 억제하는 이성이 욕망에게
굴복할 수 있다는 것은, 부정할 수도 없고
부정하지도 않으니, 때로는 욕망이
8   이끄는 곳으로 나는 억지로 따라간다오.

너그러운 별에서 쏟아지는 것처럼
하늘이 맑은 재능과 높은 덕성을
11   비춰주는 가슴으로 그대는 너그럽게

경멸 없이 말해야 해요. "내 얼굴이
쇠진시키는 이 사람[2]은 무엇을 할 수 있을까요?
14   이 사람은 왜 탐욕스럽고, 나는 왜 아름다운가요?"

---

1) 이 소네트는 앞의 235번과 236번 소네트의 주제를 다시 다룬다.
2) 페트라르카 자신을 가리킨다.

241[1]

그 앞에서는 감추거나 달아나거나
방어해도 소용없는 높은 주인은
불타는 사랑의 화살로 내 마음을
4 멋진 즐거움으로 불태웠고,

첫 번째 화살만으로도 쓰라리고
치명적인데, 자기 일을 진행하려고
연민의 다른 화살을 들었으며,
8 이쪽저쪽에서 심장을 찌르고 괴롭힌다오.

상처 하나는 타오르며 불과 불꽃을 내뿜고,
다른 하나는 그대의 나쁜 상태[2]에 대해
11 내 눈에서 고통으로 흘러나오는 눈물인데,

두 샘물[3]에서는 나를 태우는
불의 불티 하나도 줄어들지 않고,
14 연민에 오히려 욕망이 더 커진답니다.

---

1) 집필 시기를 알 수 없는 이 소네트는 라우라의 병에 대해 암시한다.
2) 라우라의 병을 암시한다.
3) 페트라르카의 두 눈을 가리킨다.

242[1]

"오, 방황하고 피곤한 내 심장이여, 저 언덕을 봐.
어제 우리가 그녀를 떠난 곳이야. 그녀는
한때 우리를 배려해서 후회하기도 했는데,
4   지금은 우리 눈에서 눈물[2]을 끌어내리려고 해.

너는 그곳으로 돌아가라, 나는 혼자 있어도
만족하니까. 혹시 지금까지 커진 우리의 고통을
줄일 시간이 아직 있는지 시도해 봐,
8   오, 내 고통을 예감하는 동반자[3]여."

"이제 너는 너 자신을 망각하고 심장에게
마치 아직 너와 함께 있는 것처럼 말하는구나,
11   헛되고 멍청한 생각에 가득한 불쌍한 자여!

너의 최고 욕망으로부터 떠날 때
너는 갔지만, 심장은 그녀와 함께 남았고

---

1) 집필 시기를 알 수 없는 이 소네트는 페트라르카의 서로 다른 생각 사이의 대화 형식으로 되어 있다.
2) 원문에는 *un lago*, 즉 "호수"로 되어 있는데, 눈물의 호수를 가리킨다.
3) 1행에서 말한 "심장"을 가리킨다.

14   그녀의 아름다운 눈 속에 숨었잖아."

243[1]

신선하고 그늘지고 꽃핀 초록 언덕,
온 세상에서 명성을 빼앗아 간[2] 그녀가
노래하거나 생각에 잠겨 앉아 있고
4   천상의 정신을 지상에서 증언하는 곳.

그녀를 위해 나를 떠나려 했던 나의 심장[3]은
(아주 현명했고, 돌아오지 않으면 더 현명하겠지요.)
지금 그 아름다운 발이 디뎠고, 나의 눈물로
8   젖은 풀이 어디에 있는지 헤아리면서 가고,

그녀에게 다가가며 걸음마다 말하네요,
아, 눈물과 삶에 이미 지쳐버린
11   그 불쌍한 사람[4]이 잠시라도 여기 있다면!

그녀는 미소 짓지만, 시합은 공평하지 않아요.
오, 행운 있고 성스럽고 달콤한 장소여,

---

1) 집필 시기를 알 수 없는 이 소네트는 앞선 242번 소네트의 후속편이다.
2) 다른 모든 사람의 명성을 흐리게 만들었다는 뜻이다.
3) 242번 소네트의 모티프를 그대로 이어받고 있다.
4) 페트라르카 자신을 가리킨다.

14   너는 천국인데, 나는 심장 없는 돌이라오.

244[1]

불행[2]이 나를 누르고, 더 나쁜 상황이
넓고 평탄한 길처럼 펼쳐져 두렵게 하니,
나는 당신과 비슷한 광란으로 들어갔고
4   당신과 함께 힘든 생각에 몰입해 있으니,

하느님께 전쟁 아니면 평화를 구해야 할지 모르겠소,
그 피해는 심각하고, 부끄러움은 사악하니까요.[3]
하지만 왜 괴로워하나요? 우리에 대해서는

---

1) 이 소네트는 1373~1374년에 이루어진 『칸초니에레』의 아홉 번째 최종 편
집본에 포함된 마지막 작품 중 하나다. 젊은 시절에 쓴 것으로 보이지만 일
부에서는 1372~1373년경의 작품으로 보기도 한다. 이 소네트의 수신자
는 파도바Padova의 의사이자 교수, 과학자, 시인이던 조반니 돈디Giovanni
Dondi(1330?~1388)인데, 천문 시계의 발명자였으므로 '시계의 조반니 돈디'로
일컬어진다. 페트라르카의 친구였던 그는 파도바대학교의 교수였다가 파비아
대학교로 갔고 비스콘티 가문 궁정의 의사이자 천문학자로 활동했다. 돈디는
자기 소네트에서 당시 베네치아와 파도바 사이에 벌어진 분쟁에 대해 페트라
르카의 견해를 요구했고, 그에 대한 대답으로 페트라르카는 이 소네트에서 하
느님에게 맡기라고 충고한다.
2) 베네치아와 파도바 사이의 분쟁을 가리키는 것으로 해석된다. 하지만 페트라
르카의 불안정한 건강 상태를 가리킬 수도 있다. 사실 페트라르카는 1370년
실신하여 쓰러졌고, 그때 이후로 건강을 완전히 회복하지 못했다.
3) 전쟁으로 인한 피해는 심각할 것이지만, 오만한 적에게 복종하는 부끄러움도
심각할 것이라는 뜻이다.

8   최고의 옥좌에서 이미 정해진 대로 되겠지요.

종종 건강한 눈이 잘못 보게 만드는
아모르가 당신을 속였으니, 당신이 보내는
11   커다란 영광⁴⁾에 나는 합당하지 않지만,

영혼을 저 하늘의 왕국으로 올리고
가슴에 박차를 가하라는 것이 내 충고라오,
14   길은 멀고 시간은 짧기 때문이지요.

---

4) 돈디는 자기 소네트에서 페트라르카를 아주 높게 찬양했다.

245¹⁾

오월 첫째 날에 태어난, 천국에서
그저께 꺾은 신선한 장미 두 송이,
나이 많고 현명한 연인이, 야만적인
4   사람도 사랑에 빠지게 할 정도로

매우 달콤한 말과 미소와 함께 젊은
두 연인에게 똑같이 나누어준 멋진 선물은
두 연인의 얼굴을 사랑스럽고
8   눈부신 빛깔로 물들게 했지요.

"이런 연인 쌍은 태양도 보지 못했어요."
웃고 동시에 한숨을 쉬면서 말했고,
11   둘을 껴안은 뒤 주위를 돌았답니다.

그렇게 장미와 말을 나누어주었기에,

---

1) 이 소네트도 아홉 번째 최종 편집본에 포함된 마지막 작품 중 하나다. "나이
많고 현명한" 연인이 젊은 두 연인에게 아름다운 장미를 선물하고 껴안아 준다
고 이야기하는데, 일반적으로 나이 든 연인은 센누초 델 베네(108번 소네트의
역주 참조)이고, 젊은 두 연인은 페트라르카와 라우라를 가리키는 것으로 해석
된다. 반면 페트라르카가 어느 젊은 두 연인에게 그렇게 한다고 해석하는 학자
도 있으나 설득력이 떨어진다.

지친 내 심장은 지금도 즐거움에 떨린다오,[2]
14   오, 행복한 언변이여, 오, 즐거운 날이여!

---

2) 원문에는 *s'allegra et teme*, 즉 "즐거워하고 두려워한다"로 되어 있다.

246[1]

부드럽게 한숨을 쉬면서 푸른 월계수와
황금빛 머리칼을 움직이는 산들바람은
우아하고 특별한 자기 모습으로
4   영혼이 육신에서 벗어나게 한다오.

단단한 가시들에서 태어난 새하얀 장미,
우리 시대의 영광이여, 세상에서 비슷한 것을
언제 다시 찾을까요? 오, 살아 있는 유피테르여,
8   바라건대, 그녀보다 나에게 먼저 종말을 보내주오.

자신의 태양 없이 남아 있는 세상,
공적인 커다란 피해를 보지 않고,
11   다른 빛을 갖고 있지 않은 나의 눈,

다른 것을 생각하지 않으려는 영혼,
진솔하고 달콤한 그녀의 말 외에 다른 것을

---

1) 이 소네트와 254번까지 이어지는 소네트들의 집필 시기는 알 수 없지만, 그중
   일부는 라우라가 1348년 세상을 떠난 뒤에 썼을 개연성도 있다. 이 소네트들
   은 모두 아홉 번째 편집본에 추가되었는데, 대부분 라우라의 죽음에 대한 예감
   을 표현하고 있다.

14   듣지 못하는 나의 귀를 보지 않도록 말입니다.

247

지상에서 내가 공경하는 그녀를 찬양하면서
다른 누구보다 고귀하고 신성하고 현명하고
우아하고 진솔하고 아름답게 만들기 위해
4   내 문체가 방황하는 것처럼 보일 수 있겠지요.

하지만 나에게는 정반대로 보이니, 훨씬 더
높고 섬세한 문체에 합당한 그녀가
너무 낮은 내 말을 경멸하지 않을까 두렵다오.
8   믿지 못하는 사람이 와서 그녀를 보면

분명히 말할 것입니다. "이 사람이 바라는 것은
아테네, 아르피눔, 만토바, 스미르나,[1]
11   이런저런 리라[2]를 지치게 할 것이오.

인간의 혀는 그녀의 신성한 상태에

---

1) 모두 환유로 그곳에서 태어난 위대한 인물을 가리킨다. 아테네는 탁월한 웅변
    가이자 정치가 데모스테네스Demosthenes(B.C. 384~B.C. 322)의 고향이고,
    로마 남쪽의 아르피눔Arpinum(현대 이탈리아어 이름은 아르피노Arpino)는 키
    케로의 고향이고, 만토바는 베르길리우스의 고향이고, 스미르나(현재는 튀르
    키예의 이즈미르)는 호메로스의 고향으로 알려져 있었다.
2) 고대 그리스와 로마에서 널리 사용되던 현악기다.

닿지 못할 것이고, 아모르는 선택이 아니라

14   운명으로 그의 혀를 밀고 당기고 있군요."³⁾

---

3) 페트라르카 자신의 선택으로 라우라에 대해 노래하는 것이 아니라, 운명에 의
해 그렇게 하도록 아모르에게 이끌리고 있다는 것이다.

248

자연과 하늘이 우리 사이에 가진 모든 능력을
보고 싶은 사람은 와서 그녀를 보시오,
나의 눈뿐만 아니라, 덕성을 돌보지 않는
4   눈먼 세상에서도 유일한 태양인 그녀를.

빨리 오시오, 죽음은 훌륭한 자들을
먼저 훔치고 사악한 자들을 남겨두며,
신들의 왕국[1]에서 기다리는 이 여인은
8   영원하지 않고 지나가는 아름다움이니까요.

제시간에[2] 도착하면, 놀라운 조화로
하나의 육체에 모아놓은 모든 덕성,
11   모든 아름다움, 모든 의젓한 태도를 볼 것이고,

그러면 지나친 빛에 나의 시는 벙어리이고
재능은 모욕당했다고 말할 테지만,
14   늦으면 영원히 후회해야 할 것이오.

---

1) 천국을 가리킨다.
2) 그러니까 라우라가 죽기 전에.

249

심각하게 생각에 잠긴 나의 여인과 함께
나의 심장을 두고 떠난 날[1]이 마음속에
떠오를 때, 얼마나 두려운가! 그것은
4   기꺼이 자주 생각할 것이 아니라오.

그녀는 덜 아름다운 꽃들 사이의 장미처럼
멋진 여인들 사이에 소박하게 앉아 있고,
다른 아픔[2]을 못 느끼고 두려워하는 사람처럼
8   즐겁거나 고통스럽지 않은 모습이랍니다.

예전의 우아함, 진주와 화관과
즐거운 옷과 웃음과 노래와 인간적인
11   달콤한 말을 그녀는 내려놓았지요.

그렇게 나는 의혹 속에 나의 생명을 떠났고,
지금 슬픈 전조, 불길한 생각과 꿈이 나를
14   공격하니, 하느님, 헛된 것이 되게 해주소서.

---

1) 라우라에게서 떠났을 때인데 구체적으로 언제인지는 알 수 없다.
2) 원문에는 *mal*로 되어 있고, "병"으로 옮길 수도 있다.

250

꿈속에서 나의 여인은 그 달콤하고 천사 같은
자기 모습으로 멀리서 나를 위로했는데,
이제는 놀라게 하고 슬프게 만들어
4 나는 고통이나 두려움에서 피할 수 없으니,[1]

종종 커다란 고통과 뒤섞인 진정한
연민을 그녀의 얼굴에서 보는 것 같고,
나의 심장이 즐거움과 희망을 내려놓도록
8 확실하게 이끄는 말을 듣는 것 같답니다.

"내가 당신의 젖은 눈을 남겨두고
시간에 쫓겨 떠난 (그녀는 말하네요.)
11 그 마지막 저녁[2]이 기억나지 않나요?

당시에 말할 수 없었고 말하고 싶지 않았지만,
이제 확실하고 증명된 것으로 말할게요.
14 땅에서 나를 다시 보기를 바라지 말아요."

---

1) 원문에는 *posso aitarme*, 즉 "나는 나를 도울 수 없으니"로 되어 있다.
2) 앞의 249번 소네트 2행에서 말한 것처럼 라우라에게서 떠나올 때를 가리킨다.

251[1]

오, 비참하고 끔찍한 환상[2]이여!
그러니까 고통에서나 좋은 희망에서
나의 삶을 만족시켜 주던 고귀한 빛이
4 때 이르게 꺼진 것이 사실인가요?

하지만 어떻게 그 놀라운 소문이 다른 통로로
들려오지 않고, 그녀 자신에게서 들려오는가요?
그러니 하느님과 자연이 허용하지 않고,
8 나의 슬픈 예감이 거짓이 되었으면.

나의 삶을 지탱하고 우리 시대가 존경하는
그 아름다운 얼굴의 달콤한 모습을
11 계속 희망하는 것이 나에게 필요하답니다.

만약 영원한 왕국으로 올라가기 위해
그녀가 달콤한 집[3]에서 밖으로 나갔다면,
14 내 마지막 날이 늦지 않도록 기도한다오.

---

1) 이 소네트는 앞의 250번 소네트의 후속편이다.
2) 250번 소네트의 꿈에 본 환상이다.
3) 육신을 가리킨다.

252

의혹 상태에서 나는 때로는 울거나 웃고,
두려워하거나 희망하고, 탄식과 시로
괴로움을 토로하고, 아모르는 괴로운
4   나의 심장에 모든 줄칼을 사용하고 있네요.[1]

그러니까 그 신성하고 아름다운 얼굴이
나의 눈에 자신의 처음 빛을 되돌려주거나,
(나 자신에 대해 어떻게 생각할지 모르겠소.)
8   아니면 영원한 눈물을 선고할 날이 올까요?

또 자신에게 합당한 하늘로 가기 위해 그 얼굴이,
자신을 태양으로 삼고 다른 것을 보지 못하는
11   지상의 내 눈에 신경 쓰지 않는 날이 올까요?

그런 두려움과 끊임없는 갈등 속에
의혹의 길에서 떨고 방황하는 사람처럼
14   나는 이제 예전의 내가 아니라오.

---

1) 온갖 "줄칼", 즉 고문 수단으로 고통을 준다는 뜻이다.

253

오, 달콤한 눈길이여, 신중한 말이여,
내가 너희들을 다시 보고 듣는 날이 올까?
오, 아모르가 나의 심장을 묶어
4　죽음으로 이끌고 가는 황금빛 머리칼이여,

내가 언제나 울면서 즐기지 못하는,
힘든 운명으로 주어진 아름다운 얼굴이여,
단지 고통뿐인[1] 즐거움을 가져다주는,
8　오, 감추어진 속임수와 사랑의 기만이여!

나의 생명과 생각이 거주하고 있는
아름답고 우아한 눈에서 혹시 이따금
11　약간의 진솔한 달콤함이 나에게 오면,

나의 모든 행복을 흩어버리고 나를 멀리
떠나게 하려고, 언제나 내 불행에 신속한

---

1)　원문에는 *che sol pena m'apporte*, 즉 "나에게 단지 고통만 주는"으로 되어 있다.
2)　라우라에게서 멀어지게 만드는 잦은 여행을 암시한다. 라우라의 죽음에 대
　　해서도 페트라르카는 파르마에 머무는 동안 '소크라테스'라는 별명으로 부르
　　던 플랑드르 출신 시인 루트비히 반 켐펜Ludwig van Kempen 또는 로데비크 하
　　일리겐Lodewijk Heyligen 또는 베링언Beringen의 루도비쿠스 상투스Ludovicus

14   운명은 곧바로 말馬이나 배를 준비한다오. [2)]

254[1]

나는 귀를 기울이고 있는데 달콤하고
사랑하는 나의 적에 대한 소식을 듣지 못하고,
무엇을 생각하고 말해야 할지 모를 만큼
4   심장은 두려움과 희망으로 나를 찌른다오.

한때 그런 아름다움은 해롭기도 했는데,[2]
그녀는 누구보다도 아름답고 정숙하니,
혹시 하느님께서 그런 덕성의 친구를
8   지상에서 데려가 하늘의 별로, 아니, 태양으로

만들려고 하시는지,[3] 만약 그렇다면,
내 생명, 내 짧은 휴식과 긴 고통이
11   끝나게 해주소서. 오, 힘든 떠남[4]이여,

왜 내 괴로움[5]에서 멀리 떠나게 하는가?

---

1) 라우라의 임박한 죽음의 예감에 대한 일련의 소네트 중 마지막 작품이다.
2) 그리스 신화의 헬레네를 비롯하여 아름다움 때문에 불행해진 여인들을 암시한다.
3) 그리스 신화에서 죽은 뒤에 하늘의 별자리가 된 아리아드네, 안드로메다, 칼리
    스토 등을 암시한다.
4) 앞의 두 소네트에서 암시하듯이 아비뇽에서 멀리 떠나는 것을 가리킨다.
5) 라우라를 가리킨다.

내 짧은 이야기[6]는 이미 끝났고,

14   내 시간은 인생 한중간에서 끝났다오.[7]

---

6) 고전적인 비유로 자기 삶을 가리킨다.

7) 1348년에 페트라르카는 마흔네 살이었다. 이시도루스의 인생 구분(214번 소네트 1행의 역주 참조)에 의하면, 쉰 살에 끝나는 넷째 시기인 청년기에 있었다. 이시도루스에 의하면 마지막 여섯째 시기인 노년기는 일흔 살 이후부터이고 한계는 없다.

255[1]

평온하고 행복한 연인들은 으레
저녁을 사랑하고 새벽을 증오하는데,[2]
나에게 저녁은 고통과 눈물을 배가하고,
4   아침은 더 행복한 시간이니,

그때 하늘마저 땅을 사랑할 정도로[3]
아름다움과 빛에서 아주 비슷한
두 개의 태양이 두 개의 동쪽에서
8   종종 동시에 떠오르기 때문이라오.

예전에 나뭇가지들이 처음 푸르러지고,[4]
언제나 나 자신보다 다른 사람을 더 사랑하도록
11   내 심장에 뿌리를 내렸을 때처럼 말이오.

그렇게 대립적인 두 시간이 나에게 그러하니,

---

1) 집필 시기를 알 수 없는 이 소네트에서 다시 라우라에 대한 찬양과 사랑의 노
    래로 돌아간다.
2) 저녁에 사랑의 만남이 이루어지고 새벽이 되면 끝나기 때문이다.
3) 태양의 신 아폴로가 다프네를 사랑한 것을 암시한다.
4) 아폴로가 다프네를 사랑하고 그녀가 월계수로 변해 나뭇가지가 처음 푸르러졌
    을 때를 가리킨다.

당연히 평온을 주는 시간을 원하고

14   고통을 주는 시간을 두려워하고 증오한다오.

256[1]

눈길과 말로 나를 파괴하고, 거기에다
더 큰 고통을 주려고 숨고 달아나며
나에게 달콤하고도 잔인한 눈을 감추는
4   그녀에게 내가 복수할 수 있다면!

그렇게 괴롭고 피곤한 내 생명력을
그녀는 조금씩 쇠진시키면서 빨아들이고,
밤이 되어 쉬어야 할 때
8   내 심장 위에서 사자처럼 울부짖지요.

죽음이 주거지[2]에서 쫓아내는 영혼은
나에게서 떠나고, 그 묶음에서 풀려나
11   자신을 위협하는 그녀에게로 간다오.

그녀에게 말하고 울고 껴안는데도,
혹시 듣고 있을 그녀의 잠을
14   깨우지 못하는 것이 때로는 놀랍습니다.

---

1) 집필 시기를 알 수 없는 이 소네트는 앞의 202번 소네트와 주제와 문체 면에서
    비슷해 보인다.
2) 영혼이 거주하는 육신을 가리킨다.

257[1]

열망하고 그리워하는 그 아름다운 얼굴에다
강렬하고 욕망에 넘치는 눈을 응시했을 때,
아모르[2]는 "뭘 생각해요?" 말하듯이, 내가
4 두 번째로 사랑하는 영광스러운 손으로 가렸답니다.

낚싯바늘에 걸린 물고기나 나뭇가지 사이의
끈끈이에 걸린 새처럼 사로잡힌 내 심장은,
선행에 생생한 사례가 되는 곳[3]에서
8 몰입된 감각을 진실로 돌리지 못했다오.[4]

하지만 자기 대상을 빼앗긴 눈길은
마치 꿈꾸듯이 자신의 길을 만들었으니,
11 그 길이 없다면 자기 행복은 불완전하지요.[5]

---

1) 집필 시기를 알 수 없는 이 소네트는 라우라의 얼굴과 손을 황홀하게 관조하며
   찬양한다.
2) 여기에서는 라우라와 동일시된다.
3) 선행으로 인도하는 라우라의 얼굴을 가리킨다.
4) 라우라가 손으로 얼굴을 가린 사실을 미처 깨닫지 못했다는 것이다.
5) 페트라르카의 눈길이 라우라의 얼굴에 닿을 수 있는 길을 나름대로 열지 못했
   다면, 거기에서 오는 즐거움은 불완전하다는 뜻이다.

나의 이쪽저쪽 영광[6] 사이에서 영혼이

얼마나 새로운 천상의 즐거움을 느꼈고,

14   얼마나 특별한 달콤함을 느꼈는지 모르겠습니다.

---

6) 라우라의 얼굴과 눈을 가리킨다.

258¹⁾

두 아름다운 빛에서 생생한 불꽃이
달콤하게 빛나면서 나를 향해 왔고,
동시에 현명한 심장에서 열망하듯이
4   고귀한 말의 우아한 강이 흘러나왔으니,

때로는 그날로 돌아가서²⁾ 그녀의 단호한
태도가 바뀌는 데 따라 내 생명력이
얼마나 줄어드는지 다시 생각하면,
8   기억만으로도 소진되는 것 같다오.

언제나 고통과 괴로움 속에 사는 영혼은
(고정된 습관의 힘은 얼마나 강력한지!)
11   그 이중의 즐거움³⁾ 앞에 너무나 연약하여

이례적인 행복을 맛보는 것만으로도
때로는 두려움에, 때로는 희망에 떨며

---

1) 이 소네트의 집필 시기도 알 수 없는데, 앞의 소네트와 관련된 것처럼 라우라
    의 눈길과 말에 대해 찬양한다.
2) 기억과 상상에서 돌아간다는 뜻이다.
3) 눈길과 말의 즐거움이다.

14   종종 의혹 속의 나를 떠나려고 했지요.

259[1]

나는 언제나 외로운 삶을 찾았으니,
(강변과 들판과 숲이 알고 있지요.)
하늘로 가는 길을 가로막은 이 음흉하고
4 귀먹은 사람들을 피하기 위해서였지요.

그리고 그런 내 의도가 충족되었다면,
토스카나 고장의 달콤한 공기 외에, 나는
울고 노래하는 데[2] 도와주는 소르그강의
8 아름답고 그늘진 숲속에 아직 있을 것이오.[3]

하지만 언제나 적대적인 운명은
싫지만 진흙 속에서 아름다운 보물을
11 보는 곳으로 다시 나를 몰아넣는다오.[4]

---

1) 이 소네트는 두 번째로 보클뤼즈에 살던 1342~1343년에 쓴 것으로 추정된다. 아비뇽 교황청에 대한 페트라르카의 반감을 표현하면서, 동시에 도시 생활을 싫어하고 외로운 삶을 좋아하며, 이탈리아와 보클뤼즈를 좋아하는 마음을 담고 있다.
2) 작품 활동을 가리킨다. 실제로 페트라르카는 소르그강 변의 보클뤼즈에서 많은 작품을 썼다.
3) 원문에는 "소르그강이 아직 나를 데리고 있을 것이오"로 되어 있다.
4) 번잡한 생활 속에서 상상으로 라우라를 본다는 뜻이다.

운명은 최소한 이번에는 글을 쓰는 이 손에

친구가 되었고, 아마 가치가 있을 것이니,

14   아모르가 보았고, 내 여인과 내가 알지요.

260[1]

그런 별에서 아름다운 두 눈, 모두
진솔함과 달콤함이 가득한 눈을 보았으니,
그 아모르의 즐거운 보금자리[2]에 비교하면
4 지친 내 심장은 다른 모든 것을 경멸하지요.

어느 시대든, 어느 머나먼 고장이든
찬양받는 어떤 여인도 그녀와 비교하지 마시라,
우아한 아름다움으로 그리스에는 괴로움을,
8 트로이아에는 마지막 비명을 안겨준 여인[3]도,

자신의 정숙하고 경멸에 찬 가슴을
칼로 열었던 아름다운 로마 여인[4]도,

---

1) 이 소네트와 이어지는 세 편의 소네트는 집필 시기를 알 수 없는데, 모두 아홉
번째 편집본에 추가되었다.
2) 라우라의 눈이다.
3) 그리스 신화에서 트로이아 전쟁을 유발한 헬레네를 가리킨다. 그 전쟁으로 그
리스인들은 커다란 괴로움을 겪었고, 트로이아는 결국 멸망했다.
4) 기원전 6세기 로마의 여인 루크레티아Lucretia를 가리킨다. 그녀는 '오만한 왕'
타르퀴니우스의 아들 섹스투스에게 능욕당하자 그 사실을 알린 후 자결했고,
그로 인해 로마는 왕정이 끝나고 공화정이 시작되었다. 기록에 의하면 매우 아
름다웠다고 한다.

11   폴릭세네, 힙시필레, 아르게이아[5]도.

틀리지 않다면 이 탁월함은 자연에게는
위대한 영광이고, 나에게는 최고 즐거움이지만,
14   천천히 와서 금세 가버리는 영광이라오.

---

5) 그리스 신화에서 폴릭세네는 트로이아 왕 프리아모스의 딸로 아킬레스의 사랑
   을 받았고, 힙시필레는 여자들만 살던 렘노스섬의 여왕으로 이아손과 사랑을 나
   누었다. 아르게이아는 아드라스토스 왕의 딸로 폴리네이케스의 사랑을 받았다.

지혜와 가치와 친절함의 영광스러운
명성을 지향하는 여인이라면 누구든지
세상이 나의 여인이라 부르는 적의
4   눈을 뚫어지게 바라보아야 할 것이오.

어떻게 명예를 얻는지, 어떻게 하느님을 사랑하는지,
어떻게 진솔함과 우아함이 연결되는지,
그녀가 기대하고 열망하는 하늘로 가는
8   똑바른 길이 무엇인지 거기에서 배우시오.

하지만 어떤 문체도 모방할 수 없는 말과
아름다운 침묵, 인간의 재능이 종이에다
11   설명할 수 없는 그 고귀한 태도,

눈부시게 만드는 무한한 아름다움은
거기에서 배우지 못하니, 그 달콤한 빛은
14   기술[1]이 아니라 운명으로 주어지기 때문이라오.

---

1) 인간의 능력을 가리킨다.

262[1]

"아름다운 여인에게는 생명이 귀하고,
그다음에 진정한 정숙함인 것 같구나."[2]
"순서를 바꾸세요, 어머니. 정숙함 없이
4 　아름답거나 귀중한 것은 전혀 없었고,

자기 명예를 **빼앗기게** 놔두는 사람은
여인도 아니고 살아 있지도 않으며, 혹시
그렇게 보이더라도 그런 삶은 죽음이나
8 　쓰라린 고통보다 힘들고 거칠답니다.

나는 루크레티아[3]에게 놀라지 않아요,
고통만으로 충분하지 않은 것처럼
11 　죽는 데 칼이 필요했다면 말이에요."[4]

거기에 대해 모든 철학자가 말하더라도
그들의 길은 모두 낮아 보일 테니,

---

1) 라우라의 정숙함을 찬양하는 이 소네트는 라우라가 "어머니"라고 부르는 나이 많은 여인과 라우라 사이의 대화 형식으로 되어 있다.
2) 나이 많은 여인이 라우라에게 하는 말이다.
3) 260번 소네트 10행의 역주 참조.
4) 칼이 필요 없이 고통에 압도되어 죽었다면 더 놀라웠을 것이라는 뜻이다.

14   바로 그 길⁵⁾만이 날아오를 것입니다.

---

5) 라우라가 말한 것 또는 라우라 자신을 가리킨다.

263[1]

승리와 영광의 나무여,
황제들과 시인들의 명예여,
그대는 이 짧은 내 필멸의 삶에서
4   얼마나 많은 고통과 즐거움의 날을 주었던가요!

다른 무엇보다 중요시하는 명예 외에는
아무것도 중요하지 않은 진실한 여인이여,
아모르의 끈끈이나 올가미, 그물도 두렵지 않고,
8   그대의 지혜에는 어떤 속임수도 소용없군요.

고귀한 혈통이나 우리에게 귀중한
다른 것들, 진주와 루비와 황금을
11   그대는 하찮은 짐처럼 경멸하지요.

세상에 견줄 수 없는 최고 아름다움은
정숙함의 아름다운 보물을 장식하고
14   치장하지만, 그대에게는 귀찮은 것이라오.

---

1) 이 소네트는 라우라의 죽음 이후에 쓴 것으로 짐작된다. 라우라의 아름다움을
   찬양하는 이 소네트는 『칸초니에레』의 제1부를 결론짓는 작품인 만큼 압축적
   이고 요약적인 어조가 돋보인다.

2부

264[1]

생각에 젖어 있는 나를
나 자신에 대한 강렬한 연민이 공격하여
종종 예전과는 다른 눈물[2]로
이끌고 가니, 날마다
더 가까워진 종말을 보면서
우리의 지성이 육신의 감옥에서
하늘로 올라가게 해주는 날개를
8   하느님께 수천 번 간청했기 때문이오.
하지만 지금까지 나의 기도나
탄식이나 눈물은 아무 소용이 없었고,

---

1) 라우라가 사망한 뒤 1349~1350년에 쓴 것으로 추정되는 이 칸초네는 제2부의
    시작을 알리는 작품이다. 페트라르카는 1356~1358년에 이루어진 세 번째 편집
    본부터 이미 『칸초니에레』를 두 부분으로 구별했는데, 제1부의 작품들 뒤에다
    백지 두 장을 끼워 넣어 여백을 둔 뒤 이 칸초네를 제2부의 선두로 삼았다. 이
    런 구분은 일반적으로 라우라가 살아 있었을 때에 대한 작품과 죽은 이후에 대
    한 작품으로 나누는 것으로 인식되었다. 하지만 라우라의 죽음에 대하여 명시적
    으로 언급하는 것은 267번 소네트다. 이 칸초네는 뛰어난 예술적 역량과 착상이
    돋보이는 작품으로 평가된다. 형식은 모두 7연으로 되어 있고, 각 연은 18행, 즉
    11음절 시행 열네 개와 7음절 시행 네 개로 구성되어 있으며, 결구는 10행으로
    11음절 시행 일곱 개와 7음절 시행 세 개로 되어 있어 전체 136행이다.
2) 이제는 라우라에 대한 사랑 때문이 아니라, 페트라르카 자신의 상태에 대한 의
    식 때문이다.

당연히 그렇게 되어야 하니,
설 수 있는데 중간에 넘어지는 사람[3]은
13 땅에 누워 있어야 마땅하기 때문이지요.
내가 믿는 그 자비로운 팔[4]은
아직 열려 있는 것을 보지만,
다른 사람들의 사례를 보면 두렵고,
다른 것들에 자극되는[5] 내 상태로 인해
18 두려우니, 아마 끝에 이른 모양입니다.

한 생각[6]이 마음에게 말하네요.
"아직 무엇을 원해? 무슨 도움을 기대해?
불쌍하구나, 얼마나 많은 치욕으로
너의 시간이 흐르는지 모르느냐?
신중하게 결정을 내려. 그리고
절대 행복하게 해줄 수 없고
편안하게 놔두지 않는 즐거움의
26 모든 뿌리를 가슴에서 뽑아내라.
배신하는 세상이 사람들에게 줄 수 있는
그 덧없는 거짓 달콤함에
벌써 오래전부터 싫증 나고 지쳤다면,

---

3) 능력이 있는데도 넘어지고 좌절하는 사람을 가리킨다.
4) 십자가에 못 박힌 예수 그리스도의 팔로 연민과 자비의 상징이다.
5) 아직도 지상의 가치들에 이끌리고 있다는 뜻이다.
6) 구원과 덕성에 관한 생각이다.

평온함이나 확실함이 전혀 없는 것에다
31 무엇 때문에 희망을 두느냐?
육신이 살아 있는 동안
너는 네 생각들의 고삐를 쥐고 있으니
할 수 있는 지금 단단히 조여라,
너도 알다시피, 늦으면 위험하고
36 지금 시작하는 것도 빠르지 않으니까.

더 많은 우리의 평화를 위해
앞으로 태어나기를 나도 원하는[7]
그녀의 모습이 얼마나 많은 달콤함을
너의 눈에 주었는지 잘 알잖아.
다른 사람의 횃불로는 아마
불붙을 수 없었을 네 심장으로
달려갔을 때 그녀의 모습을
44 잘 기억하고 있어야 해.
그녀는 네 심장을 불붙였는데, 만약 우리의
구원을 위해 아직 오지 않은 날을 기다리는
여러 해 동안 거짓 불꽃[8]이 지속되었다면,
이제 네 주위를 도는
49 불멸의 아름다운 하늘을 바라보면서

---

7) 더 많은 평화를 누릴 수 있도록 라우라가 앞으로 더 나은 세상에 태어나면 좋
겠다는 바람이다.
8) 지상의 행복을 향한 열정을 가리킨다.

더 행복한 희망으로 올라가라.

만약 한 번의 눈길, 말 한마디, 노래 하나가

이 아래에서 자신의 불행에도 즐거운[9]

너희들의 욕망을 충족시켜 준다면,

54   만약 그렇다면, 저 즐거움은 얼마나 클까?"[10]

다른 한편으로 힘들지만 즐거운 짐으로

달콤하면서도 쓰라린 생각[11]이

영혼 속에 앉아 심장을

욕망으로 압박하고 희망으로 부양하니,

단지 고귀하고 영광스러운 명성만을 위해

내가 불타거나 얼어붙을 때도,

창백하거나 야윌 때도 느끼지 못하고,

62   억눌러도 더 강하게 다시 태어난답니다.

그 생각은 포대기에 잠들어 있을 때부터

나날이 나와 함께 성장했으니,

무덤에 함께 묻힐까[12] 두렵습니다.

---

9) 즐겁지만 결국 자신에게 피해를 줄 것이라는 뜻이다.

10) 원문에는 *quanto fia quel piacer, se questo è tanto*, 즉 "만약 이것이 그 정도라면 저 즐거움은 얼마만큼일까?"로 되어 있는데, "이것"은 지상의 즐거움을 가리키고 "저 즐거움"은 천국에서 누릴 수 있는 즐거움을 가리킨다.

11) 페트라르카의 영광에 대한 욕망을 가리키는데, 영광을 얻는 데 수반되는 노고 때문에 "달콤하고도 쓰라리다"고 말한다.

12) 원문에는 *ch'un sepolcro ambeduo chiuda*, 즉 "한 무덤이 둘 다 파묻을까"로 되어 있는데, 여기에서 "둘 다"는 영광에 대한 욕망과 페트라르카 자신을 가리킨다.

영혼이 육신에서 벗어날 때 비로소

67 그 욕망은 영혼과 함께할 수 없을 것이나,[13]

로마인들과 그리스인들[14]이 죽은 뒤

나에 대해 말해도 한갓 바람이고,

따라서 언제나 순식간에 사라지는 것을

모으지 않을까 두려우므로

72 그림자[15]를 버리고 진실을 껴안고 싶습니다.

하지만 나에게 가득한 그 다른 욕망은

주변에 떠오르는 생각을 모두 질식시키는 것 같고,

나 자신이 아닌 다른 사람[16]에 대해 쓰는 동안

시간은 달아나고,

그 따뜻한 청명함으로 부드럽게

나를 무너뜨리는 아름다운 눈빛은

고삐로 나를 붙잡고 있으니,

80 거기에는 어떤 재능이나 힘도 소용없지요.

그러므로 내 작은 배[17]를 역청으로

완전히 칠해두어도, 그 두 매듭[18]에 의해

---

13) 영광에 대한 욕망은 죽을 때까지 사라지지 않을 것이라는 뜻이다.

14) 가장 교양 있고 오래 지속되는 작품을 남긴 사람들을 가리킨다.

15) 덧없는 지상의 가치들을 뜻한다.

16) 누구보다 특히 라우라를 가리킨다.

17) 구원을 향해 가는 것을 항해에 비유하고 있으며, 역청을 칠해두었다는 것은 떠날 준비가 되었다는 뜻이다.

18) 영광에 대한 욕망과 라우라에 대한 사랑의 매듭을 가리킨다.

암초 사이에 묶여 있다면 무슨 소용 있나요?
나의 주님, 다양한 방식으로 세상을 묶는
85   다른 매듭들에서 완전히
저를 풀어주시는 당신은 제 얼굴에서
왜 이런 부끄러움을 없애주시지 않습니까?
마치 꿈꾸는 사람처럼
눈앞에 죽음이 있는 것 같아
90   저는 막고 싶어도 무기가 없습니다.

내가 하는 것을 잘 알고 잘못 인식된
진실에 속지 않는데 아모르가 강요하니,
그는 지나치게 자신을 믿는 사람이
명예의 길을 따르게 놔두지 않는다오.
모든 감추어진 생각을 사람들이 보는
이마 한가운데로 끌어내는
쓰라리고 엄격하고 고귀한 경멸감[19]이
98   시시각각 내 심장으로 오는 것을 느끼니,
오직 하느님께만 당연한 만큼
많은 믿음으로 필멸의 존재[20]를 사랑하는 것은
큰 가치를 바라는 자에게 어울리지 않기 때문이오.
또 그 경멸감은 감각들에 이끌려

---

19) 고귀하고 덕성 있는 거부감이 내면의 감추어진 생각을 밖으로 끌어내 다른
사람들이 보게 만든다는 뜻이다.
20) 라우라를 암시한다.

103   길에서 벗어난 이성을 큰 목소리로 부르고,
        이성이 듣고 돌아올 생각을 하도록
        나쁜 습관 너머로 밀고 나가고,[21]
        나와 자기 자신에게 너무 좋았기에
        단지 나를 죽이려고 태어난 그녀를
108   눈앞에다 그려 보인답니다.

        내가 지상에 처음 왔을 때
        나 자신에 대항하여 조직할 줄 아는
        쓰라린 싸움을 감내하도록 나에게
        하늘이 얼마만큼 공간[22]을 주었는지 모르고,
        육신의 베일로 인해
        삶이 끝나는 날을 예견할 수 없지만,
        머리칼 색깔이 바뀌고, 내부에서
116   모든 욕망이 바뀌는 것을 알지요.
        이제 떠날 시간이 가까워졌고
        그리 멀지 않다고 믿기에,
        잃음을 통해 현명해지고 신중해지는 사람처럼,
        좋은 항구[23]로 인도하는 오른쪽 길로
121   떠났을 때를 다시 생각하니,
        한편으로는 부끄러움과 고통이

---

21) 오류의 길로 더 나아감으로써 돌아올 생각을 하도록 만든다는 뜻이다.
22) 삶의 시간을 가리킨다.
23) 구원을 상징한다.

나를 찌르며 뒤돌아보게 만들고,
다른 한편으로는 즐거움[24]이
감히 죽음과 협상하려고 할 만큼
126 　강력한 습관으로 놔주지 않는다오.

칸초네여, 이런 상태에서 내 심장은
분명히 죽어가고 있다고 느끼면서
두려움에 얼어붙은 눈보다 더 차가우니,
망설이기만 하면서 내 짧은 실의
131 　대부분을 벌써 실패[25]에 감았기 때문이고,
그런 상태로 떠받치고 있는 짐이
그렇게 무거운 적이 없었으니,
죽음을 바로 옆에 두고
내 삶의 새로운 충고를 찾는데,
136 　최선을 보면서 최악을 택하기 때문이라네.

---

24) 라우라에 대한 사랑의 열정이다.
25) 원문에는 *subbio*로 되어 있는데, 베틀의 용어로 날실을 감아두는 "도투마리"
　　를 의미한다.

265¹⁾

달콤하고 소박하고 천사 같은 모습 속의
거칠고 야생적인 마음, 잔인한 의지는,
만약 그런 엄격함이 오래 지속된다면,
4 나에게서 명예가 적은 전리품을 얻을 것이오.²⁾

꽃이나 풀, 나뭇잎이 피고 질 때도,
밝은 낮이 되거나 어두운 밤이 될 때도
나는 언제나 우는데, 내 운명과 내 여인,
8 아모르로 인해 괴롭기 때문이지요.

적은 물이 지속적인 시도로 대리석이나
단단한 돌을 뚫는 것을 본 기억과 함께
11 나는 단지 희망으로 살아간답니다.

울고 애원하고 사랑하는데도 때로는
감동되지 않을 만큼 단단한 심장은 없고,

---

1) 『칸초니에레』의 한 필사본에 적힌 메모에 의하면, 이 소네트는 파도바에 머물
   던 1350년 9월 21일에 집필했고 1356년 11월 6일 세 번째 편집본에 포함된 것
   으로 추정된다.
2) 잔인하고 쌀쌀한 라우라의 태도가 페트라르카의 사랑을 누그러뜨리지 못하기
   때문에 별로 효과가 없을 것이라는 뜻이다.

14   따뜻해지지 않는 차가운 의지도 없겠지요.

266[1]

사랑하는 나의 주인님, 온갖 생각이 경건하게
당신을 보도록 이끌고, 언제나 보고 있지만,[2]
제 운명이 (이제 더 악화할 수 있을까요?)
저를 고삐에 묶어 이리저리 돌게 만듭니다.[3]

4

그리고 아모르가 불어넣는 달콤한 욕망이
죽음으로 이끄는데도 깨닫지 못하고,
저의 두 빛[4]을 보고자 헛되이 열망하면서
어디에 있든지 밤낮으로 한숨만 쉰답니다.

8

---

1) 본문에서 말하는 바에 의하면 이 소네트는 1345년에 쓴 '기념일 시'이며, 나중
에 수정되어 1366년 '바티칸 라틴 필사본 3195번'에 포함되었다. 이 작품의 수
신자는 조반니 콜론나 추기경(10번 소네트 3행의 역주 참조)으로 1327년 추기
경이 된 그는 1330년 페트라르카를 가족 담당 사제로 채용하여 그의 후원자가
되었고, 1341년 페트라르카가 로마 캄피돌리오 언덕에서 계관시인으로 월계
관을 받는 데에도 결정적인 역할을 했다. 하지만 페트라르카는 정치적인 이유
로 1347년 그에게서 떠났고, 추기경은 이듬해 1348년 흑사병으로 죽었다. 이
소네트에서 페트라르카는 1343년부터 이탈리아에 머무르면서 아비뇽으로 돌
아가는 것이 지체되는 데 대해 추기경에게 용서를 구한다.
2) 상상 속에서 보고 있다는 뜻이다.
3) 계속 여행하도록 이끈다는 뜻이다.
4) 조반니 콜론나 추기경과 라우라, 또는 라우라의 두 눈을 가리킨다.

주인님에 대한 애정, 여인에 대한 사랑은,
제가 스스로 묶였기에 많은 노고와 함께
11   묶여 있는 두 개의 사슬이지요.

고귀한 기둥과 푸른 월계수를, 하나는
열다섯 해 동안, 다른 하나는 열여덟 해 동안[5]
14   가슴속에 간직했고 이제 분리될 수 없습니다.

---

5) 페트라르카는 1330년부터 조반니 추기경을 섬겼는데 15년이 지났고, 1327년 라우라를 보고 사랑에 빠졌는데 18년이 지났다는 뜻이다. 그렇다면 이 소네트를 쓴 것은 1345년이다.

267[1]

아, 아름다운 얼굴이여, 부드러운 눈길이여,

아, 고고하고 우아한 몸가짐이여!

모든 거칠고 잔인한 마음을 겸손하게 만들고,

4   겁쟁이를 용감하게 만들던 말이여!

그리고 내가 원하는 유일한 행복인

죽음의 화살이 나왔던, 아, 달콤한 웃음이여!

만약 그리 늦게 우리 사이로 내려오지 않았다면,[2]

8   최고의 통치권에 어울리는 고귀한 영혼이여!

너희들 때문에 나는 불타고, 단지 너희들 것으로

너희들 안에서 숨을 쉬는데, 너희들을 빼앗겼으니

11   다른 모든 불행보다 더 고통스럽구나.

---

1) 이 소네트는 라우라가 1348년 4월 6일 아비뇽에서 흑사병으로 죽었다는 소식
   을 전하는 루트비히 반 켐펜(253번 소네트 14행의 역주 참조)의 편지를 받은
   1348년 5월 19일 이후에 쓴 것이 분명하다. 이 소네트는 라우라의 죽음을 명
   시적으로 표현하고 있으므로, 그녀의 죽음 이후에 대한 시들로 구성된 『칸초니
   에레』 제2부의 실질적인 첫 작품으로 보기도 한다.
2) 말하자면 더 나은 시절에 태어났다면.

살아 있는 최고 즐거움에서 떠났을 때[3]

너희들은 나를 희망과 욕망으로 채웠는데,

14   바람이 그 말을 가져가 버렸구나.

---

3) "최고 즐거움", 즉 라우라가 살아 있었을 때 아비뇽을 떠났다는 뜻이다.

268[1]

어떻게 할까요? 무엇을 충고하나요, 아모르여?

이제 죽어야 할 시간인데,

내가 원하는 것보다 늦어졌다오.

내 여인은 죽었고, 내 심장을 가져갔으니,

그 뒤를 따르고 싶다면

6   이 힘겨운 시간을 중단해야겠지요.[2]

이제 여기에서 그녀를 다시 볼 수 없고

기다림은 고통이니까요.

그녀가 떠났으니

내 모든 즐거움은 눈물이 되었고,

11   삶의 모든 달콤함을 빼앗겼답니다.

아모르여, 상실감이 얼마나 쓰라리고 힘든지

당신도 느낄 테니 당신과 함께 괴롭고,

---

1) '바티칸 라틴 필사본 3196번'에 의하면 이 칸초네는 라우라의 죽음 소식을 들은 뒤에 썼고, 이후 몇 차례의 수정과 보완을 거쳐 1356년 11월 11일 세 번째 편집 본에 실렸다. 단테를 비롯한 여러 다른 시인의 영향을 받은 작품으로 평가된다. 형식은 모두 7연으로 되어 있고, 각 연은 11행, 즉 11음절 시행 일곱 개와 7음 절 시행 네 개로 구성되어 있으며, 결구는 5행, 즉 11음절 시행 세 개와 7음절 시행 두 개로 되어 있다.

2) 자살을 암시한다.

내 고통은 당신에게도 괴롭겠지요.
아니, 우리의 고통이지요, 우리의 배는
하나의 암초에 부서졌고, 우리에게
17 태양은 한순간에 어두워졌으니까요.
내 고통스러운 상태를 어떤 천재가
말로 표현할 수 있을까요?
아, 배은망덕한 고아[3] 세상이여,
너는 당연히 나와 함께 울어야 할 것이야,
22 네 안에 있던 아름다움을 그녀와 함께 잃었으니까.

네 영광이 무너졌는데 너는 보지 못하고,
그녀가 이 아래에 사는 동안 너는
그녀를 알 만한 가치도 없었고,
신성한 그녀의 발에 밟힐 가치도 없었어,
그렇게 아름다운 것은
28 자기 존재로 하늘을 장식해야 했으니까.
하지만, 불쌍하구나, 그녀가 없으면 나는
인간의 삶이나 나 자신도 사랑하지 못하여
울면서 그녀를 부르니,
많은 희망에서 그것[4]만 남아 있고
33 그것만이 아직 나를 여기에서 지탱한다오.

---

3) 이제 라우라가 없기 때문이다.
4) 울면서 라우라를 부르는 것이다.

슬프구나, 우리 사이에서 하늘과
저 위 행복의 증인이 되었던
아름다운 그녀의 얼굴은 흙이 되었고,
보이지 않는 그녀의 영혼은
여기에서 삶의 꽃에 그늘이 되어주었던
39 베일을 벗고 천국에 있지만,
나중에 또다시 입고[5]
절대로 다시 벗지 않을 것이니,
그때 우리는 지상의 아름다움보다
영원한 아름다움이 더 가치 있는 만큼
44 훨씬 아름답고 고귀한 그녀를 볼 것이오.

더욱 아름답고 더욱 우아한 내 여인은,
자기 모습이 가장 환영받는 곳처럼
내 앞에 돌아오네요.[6]
그 모습은 내 삶의 한쪽 받침대이고,
다른 받침대는 가슴속에서
50 달콤하게 울리는 그녀의 맑은 이름이라오.
하지만 그녀가 살아 있었을 때
살아 있던 내 희망도 죽었다는 사실이
기억 속에 되살아나면

---

5) 그리스도교의 관념에서 최후의 심판을 위해 부활할 때 육신의 옷("베일")을 다
   시 입는다는 뜻이다.
6) 라우라의 모습이 기억이나 상상 속에서 눈앞에 떠오른다는 뜻이다.

내가 어떻게 되는지 아모르가 알고 (바라건대)

55　지금 진리[7] 옆에 있는 그녀도 알지요.

여인들[8]이여, 지상에서 천상의 태도를 간직한

천사 같은 삶과

그녀의 아름다움을 보았던 당신들은,

나를 고통 속에 남겨둔 채

최고의 평화로 올라간 그녀보다

61　나를 위해 괴로워하고 연민을 갖기를 바라오.

내가 그녀를 따라가는 것을

운명이 오랫동안 막고 있다면,

단지 매듭을 자르는 것을 억제하도록

아모르가 나에게 말하기 때문이라오.[9]

66　그는 내 안에서 이렇게 말하지요.

"너를 이끄는 큰 고통을 억제해라,

지나친 욕망으로 인해

네 가슴이 열망하는 하늘을 잃으니까.

그곳에 죽은 것처럼 보이는 그녀가 살아 있고,

---

7)　최고의 진리인 하느님을 가리킨다.

8)　뒤이어 말하듯이 라우라의 아름다움을 알고 있던 여인들에게 하는 말이다.

9)　원문에는 *quel ch'Amor meco parla, / sol mi ritien ch'io non recida il nodo*,
　　즉 "아모르가 나에게 하는 말이 / 내가 매듭 자르는 것을 억제한다오"로 되어
　　있다. 매듭을 자른다는 것은 자살한다는 뜻이다.

자신의 아름다운 유해에 대해 미소 짓고,[10]
72   단지 너 때문에 한숨을 쉬며,
너의 시 덕분에 지금도 많은 곳에
퍼지고 있는 자신의 명성을
네가 꺼뜨리지 않기를 바라고,
자기 눈이 너에게 달콤하거나 소중했다면
77   네 목소리가 자기 이름을 빛내주기를 바라니까."

나의 칸초네여, 밝은 곳이나 푸른 곳을 피하고,
웃음이나 노래가 있는 곳에 다가가지 말고
눈물이 있는 곳으로 가라,
검은 옷에 쓸쓸한 과부인 너에게
82   즐거운 사람들은 어울리지 않으니까.

---

10) 육신은 하찮고 아무런 가치도 없는 것이기 때문이다.

피곤한 내 생각에 그늘을 드리워주던
높은 기둥과 푸른 월계수[2]가 쓰러졌으니,
북쪽에서 서쪽까지, 동쪽에서 서쪽까지[3]
4 　되찾을 희망이 없는 보물을 잃었지요.

내가 즐겁고 당당하게 살게 해주던
두 보물을, 죽음이여, 당신이 앗아갔고,
그것은 땅도, 제국도, 동방의 보석도,
8 　황금의 힘도 보상할 수 없답니다.

하지만 그것이 운명의 의지라면,
나는 슬픈 영혼, 언제나 젖은 눈으로
11 　고개를 숙일 뿐 무엇을 할 수 있겠소?

겉으로는 그렇게 아름다운 우리 삶이여,

---

1) 이 소네트는 1348년 후반에 쓴 것으로 보인다.
2) "높은 기둥"은 조반니 콜론나 추기경(10번 소네트 3행의 역주 참조)을 가리키고, "푸른 월계수"는 라우라를 가리키는데, 둘 다 1348년에 흑사병으로 죽었다. 라우라는 4월 6일, 콜론나 추기경은 7월 3일 죽었다.
3) 원문에는 *dal borrea a l'austro, o dal mar indo al mauro*, 그러니까 "북풍에서 남풍까지, 또는 인도의 바다에서 마우레타니아 바다까지"로 되어 있다.

오랜 세월에 아주 힘겹게 얻는 것을

14   하루아침에 얼마나 손쉽게 잃는지!

270[1]

아모르여, 당신이 보여주듯이, 내가
옛날 멍에로 돌아가기를 원한다면,
나를 지배하기 위해 먼저 다른
경이롭고 새로운 시험을 이겨야 하오.
내가 너무 초라해지게 땅속으로
사라진[2] 사랑하는 보물을 찾아주고,
내 삶이 머물곤 하던
8 현명하고 정숙한 심장[3]도 찾아주고,
사람들이 말하듯이 당신의 능력이
하늘에서도 크고 땅속에서도 큰 것이
사실이라면, (여기 우리 사이에서
당신의 가치와 능력은 모든

---

1) '바티칸 라틴 필사본 3196번'에 이 칸초네의 일부 연이 실려 있는데, 옆에 적
   힌 메모와 여러 가지 정황으로 볼 때 1349년 또는 1350년에 쓰기 시작하여
   1351년 4월까지 몇 차례 수정한 것으로 보인다. 이 칸초네와 이어지는 소네
   트가 새로운 사랑의 유혹에 대해 말하는 것으로 해석하는 학자도 있으나, 그
   보다 라우라의 죽음을 슬퍼하는 작품으로 보는 학자가 많다. 형식은 모두 7연
   으로 되어 있고, 각 연은 15행, 즉 11음절 시행 열두 개와 7음절 시행 세 개로
   구성되어 있으며, 결구는 11음절 시행 세 개로 전체 108행이다.
2) 원문에는 *che m'è nascosto, ond'io son sì mendico*, 즉 "나에게서 감추어져
   내가 너무 초라해진"으로 되어 있다. 죽어 땅속에 묻힌 라우라를 가리킨다.
3) 라우라의 심장이다.

고귀한 사람이 느낀다고 믿으니까요.)

내가 빼앗긴 것을 죽음으로부터 다시 빼앗아

15   아름다운 얼굴에 당신의 표지를 다시 담으세요.[4]

아름다운 얼굴에다 내 안내자였던

생생한 빛을 다시 담고, 불쌍하구나, 꺼졌지만

지금도 나를 불붙이는 (그러니 타오를 때는

어땠을까요?) 달콤한 불꽃을 다시 담아요.

그렇게 강한 욕망으로 샘이나 강을 찾는

수사슴이나 암사슴을 본 적이 없을 만큼,

많은 괴로움을 주었고 앞으로도 더 그럴

23   달콤한 습관[5]을 나는 찾고 있다오.

잘 깨닫고 있듯이, 나 자신과 내 열망은

생각만 해도 착란하게 만들고,

길 없는 쪽으로 가게 만들고,

절대로 도달할 희망이 없는 것을

피곤한 마음으로 뒤쫓게 만들어도 말입니다.

이제 당신의 부름에 복종할 가치가 없으니,

30   당신 왕국 밖에서는 지배권이 없기 때문이지요.[6]

---

4) 라우라를 되살리고 아름다운 얼굴을 복원시키라는 뜻이다.

5) 라우라에 대한 사랑의 습관이다.

6) 이제는 사랑의 부름에 복종하지 않을 정도로 아모르의 지배에서 벗어났다는
   뜻이다.

아직도 안에서 느끼듯이 그 고귀한
산들바람을 밖에서도 느끼게 해주오.
그 산들바람은 강력했으니,
노래하면서 경멸과 분노를 잠재우고,
폭풍우 치는 마음을 평온하게 해주고,
모든 어둡고 비천한 안개를 걷어내고,
내 문체를 지금은 갈 수 없는
38   높은 곳으로 올려주었답니다.
희망을 욕망에 어울리게 해주고,[7]
영혼은 지금 가장 강한 상태에 있으니
눈과 귀에게 고유의 대상을 돌려주오.
그 대상이 없으면 그들의 활동은
불완전하고, 내 삶은 죽음이라오.
첫사랑이 흙에 덮여 있는 지금
45   나에게 당신의 힘을 써도 소용없지요.

나를 짓누르던 얼음 위에 태양이었던
아름다운 눈길을 다시 보게 해주고,
내 심장이 건너가 돌아오지 않는
길목에 당신이 있어주오.
금 화살을 들고 활을 잡아,
사랑이 무엇인지 나에게 알려준
말소리와 함께 예전처럼

---

7) 욕망하는 것, 즉 라우라의 부활을 실현해 달라는 뜻이다.

53 　그 소리[8]를 듣게 해주오.

내가 잡힌 낚싯바늘과 언제나

열망하는 미끼가 펼쳐진 혀[9]를

움직이게 해주고, 내 의지는 다른 곳에서

붙잡히지 않으니까, 곱슬한

금발 사이에다 당신의 올가미를 감추고,

당신 손으로 머리칼을 바람에 날려

60 　나를 묶으면, 나를 행복하게 해줄 수 있다오.

멋지게 풀어놓든 땋아 올리든,

그 황금 올가미에서도, 달콤하면서 엄격한

눈길의 불타는 정신에서도

나를 풀어줄 자는 없으니,

숲이 나뭇잎을, 들판이 풀을

입거나 벗을 때,[10] 그 눈길은

밤낮없이 월계수나 은매화 이상으로

68 　내 안에 사랑의 욕망을 생생하게 만들었지요.

하지만 내가 달아나기 두려워하던 매듭을

죽음이 오만하게 깨뜨렸으니,

아모르여, 아무리 세상을 돌아다녀도

엮을 만한 두 번째 매듭을 못 찾을 테니,

8) 화살을 쏘는 소리다.
9) 라우라의 혀다.
10) 말하자면 봄이나 가을에, 또는 모든 계절에.

당신의 재능을 다시 시도한들 무슨 소용 있나요?
계절[11]은 지나갔고, 당신은 두려워하던
75 무기를 잃었는데, 나에게 무엇을 할 수 있겠소?

당신의 무기는 눈이었고, 거기에서
보이지 않는 불로 타오르는 화살이 나왔는데,
이성을 별로 두려워하지 않았으니,
운명에 대해[12] 인간의 방어는 소용없기 때문이지요.
생각과 침묵, 웃음과 놀이,
진솔한 자세와 친절한 태도,
일단 이해하면 천박한 영혼을
83 고귀하게 만들었을 말,
여기저기에서 칭찬이 들리던
소박하고 평온한 천사 같은 모습,
어떤 자세를 더 칭찬해야 할지
사람들을 종종 의혹에 빠뜨리던
앉은 모습과 서 있는 모습.
그런 무기로 당신은 모든 강한 심장을 이겼는데,
90 이제 무장이 해제되었으니, 나는 안전하답니다.

하늘이 당신 왕국에 복종하게 하는 영혼들을
당신은 때로는 이렇게, 때로는 저렇게 묶지만,

---

11) 사랑의 계절 또는 젊음을 가리킨다.
12) 원문에는 'ncontra 'l ciel, 즉 "하늘에 대항하여"로 되어 있다.

단 하나의 매듭에만 나를 묶을 수 있었으니,
다른 매듭을 하늘이 원하지 않았기 때문이오.
그 매듭이 깨졌으니, 나는 자유를 즐기지 못하고
울면서 외친다오. "아, 고귀한 순례자 여인이여,
어떤 신성한 판결이 나를 먼저 묶고,

98   그대를 먼저 풀어주었을까?[13]
그렇게 빨리 세상에서 거두어들인 하느님께서는
단지 우리의 욕망[14]을 불붙이기 위해
그 높고 많은 덕성을 보여주신 것이야."[15]
아모르여, 이제 분명히 나는
당신 손에 의한 새로운 상처가 두렵지 않고,
당신은 헛되이 활을 당기고 허공에 쏘니,

105 아름다운 눈이 감기면서 활의 힘이 무너졌지요.

죽음은, 아모르여, 당신의 법칙을 모두 풀어주었고,
내 여인은 이제 하늘로 갔으며

108 내 삶을 슬프고 자유롭게[16] 남겨두었다오.

---

13) 영혼을 육신에 묶고 풀었다는 뜻으로, 페트라르카가 먼저 태어났는데, 라우
    라가 먼저 죽은 것을 가리킨다.
14) 선에 대한 욕망이다.
15) 앞의 질문에 대해 자기 자신에게 대답한다.
16) 95~96행에서 말했듯이 페트라르카 자신은 자유롭지만 슬프다는 뜻이다.

271¹⁾

시간마다 헤아리면서 만 스물한 해 동안²⁾
나를 사로잡았던 불타는 매듭을
죽음이 풀었는데, 나는 그 무게를 느끼지도 못했고,
4   사람이 고통으로 죽는다는 것을 믿지도 않는다오.³⁾

아직 나를 잃고 싶지 않은 아모르는
풀밭 사이에다 다른 올가미를 펼쳤고
새로운 미끼로 다른 불을 붙였으니,
8   거기에서 살아남기는 힘들었을 것입니다.

만약 처음 고통의 많은 경험이 없었다면,
예전처럼 이제 푸른 나무가 아닌⁴⁾
11   나는 붙잡히고 불탔을 것입니다.

---

1) 이 소네트는 앞의 270번 칸초네와 같은 시기에 쓴 것이 거의 분명하다.
2) 페트라르카는 1327년 4월 6일 라우라를 처음 보고 사랑에 빠졌고, 라우라는
   1348년 4월 6일 죽었으니까 만 21년이 흘렀다.
3) 만약 그런 말이 사실이라면, 자신은 라우라의 죽음에 대한 고통으로 이미 죽었
   을 것이라는 뜻이다.
4) 이제는 젊지 않다는 뜻이다.

죽음은 다시 한번[5] 나를 해방하고,
매듭을 깨뜨리고, 불을 꺼뜨렸으니,

14   죽음에게는 힘이나 재능이 소용없지요.

---

5) 일부에서는 페트라르카가 또 다른 사랑의 유혹에 빠진 것으로 해석하기도 하
   지만, 라우라에 대한 열정에서 벗어나면서 동시에 아모르의 종속에서 벗어난
   것을 가리킨다고 해석하는 학자가 많다.

272¹⁾

삶은 달아나면서 잠시도 멈추지 않고,
죽음은 뒤에서 아주 빠르게 오고,
현재의 일들과 과거의 일들은 나에게
4   고통을 주고, 미래의 일들도 그러하며,

기억하는 것과 기다리는 것²⁾은
이쪽저쪽에서 심장을 찌르니, 솔직히
나 자신을 향한 연민이 없다면, 나는
8   벌써 이런 생각에서 벗어났을 것이오.³⁾

슬픈 가슴에 혹시 달콤한 것이 있었다면
앞으로 나와 보라.⁴⁾ 그리고 다른 쪽에서는
11   내 항해에 혼란스러운 바람들이 보이고,

---

1) 이 소네트는 1348년 라우라의 죽음 이후에 쓴 것이 분명하지만 구체적으로 언
   제인지 불분명하다.
2) 과거를 기억하는 것과 미래, 즉 죽음의 순간을 기다리는 것을 가리킨다.
3) 이미 죽었을 것이라는 뜻이다.
4) 기억 앞으로 나와 보라고 명령하는 것이며, 달콤한 것이 전혀 없다는 뜻이다.

항구[5]에도 폭풍이 보이고, 내 키잡이[6]는
이미 지쳤고, 돛대와 밧줄은 부서졌고,

14   내가 바라보던 아름다운 빛은 꺼졌다오.

---

5) 삶의 마지막 순간을 가리킨다.
6) 이성을 가리킨다.

273[1]

무엇 하느냐? 무엇을 생각해? 이제
돌아갈 수 없는 시간을 왜 뒤돌아봐?
위로받지 못한 영혼이여, 너를 태우는
4   불에다 왜 땔감을 더하는 것이야?

네가 하나하나 묘사하고 그렸던
부드러운 말과 달콤한 눈길은
땅에서 사라졌고, 잘 알다시피
8   여기에서 찾는 것은 늦었고 쓸모없어.

우리를 죽이는 것을 되살리지 말고,[2]
모호하고 그릇된 생각을 뒤쫓지 말고,
11   좋은 결과로 인도하는 확실한 생각을 뒤쫓아라.

여기에 좋은 것이 없다면 하늘을 바라보자.
살아서나 죽어서 우리의 평화를 빼앗는다면
14   그 아름다움을 본 것이 우리에게는 불행이었으니까.

---

1) 이 소네트의 집필 시기도 알 수 없다.
2) 과거에 행복했던 추억을 기억하지 말라는 뜻이다.

274[1]

나에게 평화를 다오, 오, 힘든 생각들이여.
아모르와 포르투나, 죽음이 내 안에서
다른 적을 찾지 못하고 주위와 문 앞에서
4   전쟁을 벌이는 것으로 충분하지 않으냐?

그리고 너, 내 심장이여, 지금도 예전처럼
나에게만 충실하지 않고 잔인한 안내자들[2]을
받아들이고 있으며, 그 재빠르고 날렵한
8   나의 적들과 공모자가 되었구나.

네 안에다 아모르는 자신의 비밀 정보를 펼치고,
포르투나는 자신의 모든 화려함을 늘어놓고,[3]
11   죽음은 나에게 남은 것을 깨뜨려야 하는

---

1) 이 소네트의 집필 시기도 알 수 없다. 앞의 273번 소네트에서 자기 영혼에게 말
   한 것과 대조적으로 여기에서 페트라르카는 자기 생각들과 심장에게 말한다.
2) 위에서 말한 아모르와 포르투나, 죽음을 가리킨다. 이어서 말하는 "적들"도 마
   찬가지다.
3) 계속해서 전쟁의 은유로 말하고 있다. 아모르의 "비밀 정보"는 사랑의 유혹을
   계속하라는 비밀 지령을 암시하고, 포르투나는 화려한 승리를 자랑하고 있으
   며, 죽음은 라우라의 죽음이 가져온 "타격"을 상기시킴으로써 자신을 절망적
   인 극단으로 몰고 간다는 뜻이다.

그 타격의 기억을 펼쳐놓고 있는데,

나는 모든 불행을 네 탓으로 돌리니까,

14   네 안에서 불안한 생각들은 오류로 무장하는구나.

275[1]

내 눈이여, 우리의 태양은 어두워졌어.
아니, 하늘로 올라가 거기에서 빛나고,
거기에서 다시 만나려고 우리를 기다리니,
4   우리가 늦어지면 아마 괴로울 것이야.

내 귀여, 천사 같은 말소리는 지금
더 잘 이해하는 자들이 있는 곳[2]에 있어.
내 발이여, 너의 영역은 이제 너를 움직였던[3]
8   그녀가 있는 곳까지 닿지 않아.

그런데 너희들은 왜 이런 고통을 주는 거야?
너희들이 이제 땅에서 그녀를 보고, 듣고,
11   만나지 못하게 막은 원인은 내가 아니야.

죽음을 비난해. 아니, 찬양해야 해.
묶고 동시에 풀며, 열고 동시에 닫으며
14   눈물 뒤에 사람들을 즐겁게 만들어주니까.

---

1) 이 소네트의 집필 시기도 알 수 없다. 여기에서는 자신의 눈, 귀, 발에게 말한다.
2) 천사들이나 축복받은 자들이 있는 천국이다.
3) 라우라가 있는 곳으로 걸어가게 만들었다는 뜻이다.

276[1]

청명하고 천사 같은 모습이 갑작스럽게
떠나면서 내 영혼을 커다란 고통과
어두운 공포 속에 남겨두었기에,
4   나는 말함으로써 고통을 줄이려고 한답니다.

정당한 고통은 당연히 탄식으로 이끌고,
그 원인이 된 자[2]가 알고, 아모르가 알듯이,
삶을 가득 채우는 고통에 대해
8   내 심장은 다른 치유책이 없습니다.

유일한 치유책을, 죽음이여, 당신이 빼앗았고,
그 아름다운 얼굴을, 행복한 땅이여,
11   당신이 지금 덮고 간직하고 있으면서,

쓸쓸하고 눈먼 나를 어디에 남겨두었기에,
내 눈의 달콤하고 사랑스럽고 평온한
14   빛이 이제 나와 함께 있지 않은가요?

---

1) 이 소네트의 집필 시기도 알 수 없다.
2) 죽음을 가리킨다.

277[1]

만약 아모르가 새로운 충고를 하지 않는다면
어쩔 수 없이 삶을 바꾸어야 할 것이며,[2]
욕망은 살아 있고 희망은 죽었기에
4   큰 고통과 두려움이 슬픈 영혼을 짓누르고,

따라서 나의 삶은 온통 혼란스러워지고,
위로받지 못하고, 밤낮으로 울고,
부서지는 바다에서 키도 없이 피곤해지고,
8   믿음직한 안내자도 없이 불안한 길에 있지요.

상상 속의 안내자가 인도하고 있으니,
진짜 안내자는 땅속에, 아니, 하늘에 있고,
11   거기에서 아주 밝게 내 심장에 빛나지만,

눈에는 빛나지 않으니, 고통스러운 베일[3]이
눈에게 열망하는 빛을 가로막고,
14   나에게는 때 이르게 머리칼을 희게 만들지요.

---

1) 이 소네트의 집필 시기도 알 수 없다.
2) 죽어야 할 것이라는 뜻이다.
3) 지상의 고통을 겪는 육신을 가리킨다.

278[1]

가장 아름답고 꽃피는 시절에
아모르가 우리에게 가장 영향을 줄 때,
지상의 껍질을 땅에 남겨두고
4   내 생명의 산들바람은 나를 떠났고,

생생하고 아름답고 가볍게[2] 하늘로 올라가
거기에서 나를 지배하고 이끈답니다.
아, 다른 삶의 첫째 날이 될 마지막 날[3]은
8   왜 나를 육신에서 벗겨내지 않는가요?

내 생각들이 그녀를 뒤쫓아 가듯이,
영혼이 가볍고 거침없고 즐겁게 그녀를
11   뒤따른다면 그 많은 고통에서 벗어날 텐데.

나 자신이 나에게 큰 짐이 되기 때문에
머뭇거리는 것은 바로 내 괴로움이오.

---

1) 마지막 행에서 알 수 있듯이 이 소네트는 1351년 4월 6일에 쓴 것이다. 라우라
   가 죽은 뒤에 쓴 첫 번째 '기념일 시'다.
2) 원문에는 *nuda*, 즉 "벌거벗고"로 되어 있는데, 육신을 벗어버렸다는 뜻이다.
3) 죽는 날로, 그것은 저승 삶의 첫째 날이 될 것이다.

14   오, 얼마나 멋진 죽음이었는지, 오늘이 셋째 해라오!

새들이 지저귀거나, 푸른 나뭇잎이
여름 산들바람에 가볍게 움직이거나,
맑은 물결이 나지막이 속삭이는 소리가
4 꽃피고 시원한 강변에서 들려올 때면,

사랑의 생각에 앉아 글을 쓰는 곳에서,[2]
우리에게 하늘을 보여주었고 지금은 땅속에 묻힌
그녀를 보고 들으며, 멀리서 아직 살아 있고
8 나의 한숨에 대답한다는 것을 깨닫는답니다.

그녀는 연민에 젖어 말하지요. "오, 무엇 때문에
그대는 때 이르게 쇠진해지고, 무엇 때문에
11 슬픈 눈에서 괴로움의 강물을 흘리나요?

나 때문에 울지 마오, 나의 삶은 죽음으로써

---

1) 이 소네트는 페트라르카가 마지막 네 번째 보클뤼즈에 살던 1351~1353년에
쓴 것으로 보이는데, 본문에서 말하는 것을 볼 때 1352년 여름으로 추정된다.
『칸초니에레』 후반부의 주요 주제 중 하나로 꿈이나 환상 속에서 라우라가 하
늘에서 내려와 페트라르카를 위로한다는 것이다.
2) 1352년 여름에 쓴 서간문에서 페트라르카는 보클뤼즈의 어느 채소밭이 공부
하고 글을 쓰기에 아주 좋은 곳이라고 했다.

영원해졌고, 눈을 감는 것처럼 보였을 때,

14 　　영원한 빛[3] 속에서 눈을 떴으니까요."

---

3) 논란의 여지는 있으나 일반적으로 하느님으로 해석한다.

280[1]

보고 싶은데 못 보던 것을 어디서도[2]
나는 그렇게 명백하게 보지 못했고,
그렇게 자유롭게 머무르지 못했고,
4   사랑의 탄식으로 하늘을 채우지도 못했고,

탄식하기에 믿음직하고 외진 장소들이
그렇게 많은 계곡을 전혀 본 적이 없고,
아모르가 키프로스[3]나 다른 해안에 그렇게
8   달콤한 둥지를 갖고 있다고 믿지 않는답니다.

강물은 사랑에 대해 말하고, 산들바람과
나뭇가지, 작은 새, 물고기, 꽃, 풀은
11   모두 함께 나에게 영원히 사랑하라고 하지요.

---

1) 이 소네트도 마지막 네 번째 보클뤼즈에 살던 1351~1353년에 쓴 것으로 보이
   며, 특히 평온하게 작품 활동에 몰두하던 1352년 여름일 것으로 추정된다. 여
   기에서도 보클뤼즈의 풍경이 중요한 배경으로 제시된다.
2) 원문에는 *Mai non fui in parte ove*, 즉 이어서 열거하는 이러이러한 "장소에
   있어본 적이 없다"로 되어 있다. 당시 머물고 있던 보클뤼즈 같은 곳이 어디에
   도 없다는 뜻이다.
3) 고전 신화에서 베누스는 바다에서 태어나 곧바로 키프로스로 간 것으로 믿었
   고, 따라서 키프로스는 베누스와 아모르의 고향이라고 생각했다.

하지만 하늘에서 나를 부르는 그대여,
때 이른 그대의 죽음을 기억하며 내가
14 세상과 달콤한 유혹을 경멸하도록 기도해 주오.

281[1]

다른 사람들을, 또 가능하다면, 나 자신을 피해
달콤한 은신처[2]로 가면서 몇 번이나
한숨으로 주위의 대기를 깨뜨리고
4   풀밭과 가슴을 눈물로 적셨던가!

몇 번이나 의혹에 사로잡혀
그늘지고 어둑한 장소에 홀로 앉아,
죽음이 앗아갔고, 그래서 내가 자주 부르는
8   고귀한 즐거움을 상상 속에서 찾았던가!

때로는 요정이나 다른 여신의 모습으로
소르그강의 아주 맑은 바닥에서 나와
11   강변에 앉는 것을 보았고,

때로는 마치 살아 있는 여인처럼
신선한 풀밭에서 꽃들을 밟으면서
14   나에 대해 염려하는 모습을 보았답니다.

---

1) 이 소네트도 네 번째 보클뤼즈에 살던 1351~1353년에 쓴 작품이다.
2) 보클뤼즈를 가리킨다.

282[1]

죽음이 깨뜨린 것이 아니라 인간적인
방식을 뛰어넘어 아름답게 만들어준 눈으로
고통스러운 나의 밤들을 위로하러
4   자주 돌아오는 행복한[2] 영혼이여,

그대의 모습으로 나의 슬픈 날들을
즐겁게 해주니 얼마나 고마운지요!
그렇게 나는 그대의 아름다운 것들을
8   전에 있던 곳에서 생생히 되찾기 시작했고,

오랫동안 그대에 대해 노래하러 가던 곳에
이제는 보다시피 울면서 가는데,
11   그대가 아닌 나의 괴로움에 대해 슬퍼하지요.

많은 고통 속에서 유일한 휴식을 발견하니,
그대가 돌아올 때 걸음걸이와 목소리와

---

1) 이 소네트도 네 번째 보클뤼즈에 살던 1351~1353년에 쓴 작품이다. 이 소네
트를 비롯하여 286번까지 다섯 편의 소네트는 꿈이나 환상 속에 나타나는 라
우라를 주제로 한다.
2) 천국에서 영원한 축복을 누리고 있기 때문이다.

14   얼굴과 의상으로 알아보고 깨닫는 것이라오.

283[1]

죽음이여, 당신은 누구보다[2] 아름다운 얼굴을
창백하게 만들었고, 아름다운 눈을 꺼뜨렸고,
뜨거운 덕성들로 불붙은 정신을
4   가장 아름답고 우아한 매듭에서 풀었군요.

나의 모든 행복을 순식간에 앗아갔고,
전혀 들어본 적 없는 부드러운 목소리를
침묵시켰고, 나를 한숨으로 가득 채웠으니,
8   보거나 듣는 모든 것이 지겹답니다.

나의 여인은 연민이 안내하는 곳으로
많은 고통을 위로하러 자주 돌아오니,
11   이 삶에서 나에게 다른 도움은 없으며,

그리고 그녀가 어떻게 말하고 빛나는지
다시 말할 수 있다면, 인간뿐만 아니라
14   호랑이나 곰의 심장까지 사랑으로 태울 것이오.

---

1) 이 소네트의 집필 시기는 정확히 알 수 없지만 어쨌든 1348년 이후의 작품이다.
2) 원문에는 *che mai si vide*, 즉 "전혀 본 적이 없는"으로 되어 있다.

284[1]

아주 짧은 시간에 아주 빠른 생각으로
죽은 내 여인이 나에게 나타나니,
큰 고통에 약은 충분하지 않으나, 그녀를
4 보는 동안 아무것도 나를 괴롭히지 않는다오.

나를 십자가에 묶어놓고 있는[2] 아모르는
영혼[3]의 문지방에서 그녀가 여전히 현명하고
달콤한 모습으로, 부드러운 목소리로
8 나를 죽이는 것을 보고 전율하지요.

여인이 자기 집에 당당하게 들어가듯이
평온한 얼굴로 어둡고 무거운 심장에서
11 슬픈 생각들을 쫓아준답니다.

그 강한 빛을 견디지 못하는 영혼은
한숨을 쉬며 말하지요. "그대가 눈으로

---

1) 집필 시기를 알 수 없는 이 소네트도 환상 속에 나타나는 라우라에 대해 노래
한다.
2) 계속해서 괴롭힌다는 뜻이다.
3) 상상력을 암시한다.

14   이 길을 열었던 날과 시간은 축복받으소서!"

285[1]

어떤 자상한 어머니도 사랑하는 아들에게,
어떤 여인도 사랑하는 남편에게
그렇게 많은 한숨과 배려로 불안한 상태에
4   믿음직하게 충고하지 못했을 정도로,

그녀는 영원하고 높은 안식처[2]에서
무거운 내 망명의 삶을 바라보고,
이중의 연민이 가득한 눈길과
8   예전의 애정으로 자주 나에게 돌아오니,

때로는 어머니처럼, 때로는 연인처럼
진솔한 불로 타오르거나 떨며 이 망명길에서
11   피하거나 따라야 할 것을 말해주고,[3]

우리 삶에서 일어나는 것들을 보여주며
늦지 않게 영혼을 위로 올리라고 부탁하니,

---

1) 집필 시기를 알 수 없는 이 소네트는 라우라가 환상 속에 나타남에 대한 소네트 중 가장 뛰어난 작품으로 꼽히며, 한 문장으로 되어 있다.
2) 천국이다.
3) 원문에는 *nel parlar mi mostra*, 즉 "말 안에서 나에게 보여주고"로 되어 있다.

14   그녀가 말하는 동안 나는 평온과 휴식을 얻지요.

286[1)]

여기에서 나의 여인이었고, 지금은
하늘에 여전히 살아 있고, 느끼고,
가고, 사랑하고, 숨을 쉬는 것 같은
4   그녀에게서 들리는 한숨의 우아한 산들바람을

묘사할 수 있다면, 얼마나 뜨거운 욕망을
불러일으키겠는가! 내가 길 중간에서 지칠까,
뒤로 아니면 왼쪽[2)]으로 갈까 염려하여 그녀는
8   내가 있는 곳으로 서둘러 돌아온답니다.

똑바로 위로 가라고 가르치고,
부드럽고 자애롭고 나지막한 속삭임의
11   올바른 부탁과 순수한 인도를 이해하는 나는

가르침대로 나 자신을 통제하고 이끌어야 하니,
돌멩이도 울게 할 만큼 힘을 가진
14   그녀의 말에서 나오는 달콤함 때문이라오.

---

1) 이 소네트의 집필 시기도 알 수 없다.
2) 죄와 타락을 암시한다.

나의 센누초여, 당신은 나를 고통스럽고
외롭게 남겨두었지만, 나는 스스로 위로하니,
당신이 죽은 사람처럼 사로잡혀 있던
4   육신에서 높이 날아 올라갔기 때문이오.

이제 당신은 남극과 북극을 동시에 보고,
떠도는 별들과 그 비스듬한 길[2]을 보고,
우리의 시야가 얼마나 짧은지 보고 있기에
8   당신의 즐거움으로 나의 고통을 줄여준다오.

하지만 부탁하건대 셋째 하늘[3]에서
구이토네, 치노, 단테, 우리의 프란체스키노,[4]

---

1) '바티칸 라틴 필사본 3196번'의 메모에 의하면 이 소네트는 1349년 11월 28일
   전에 쓴 것으로 센누초 델 베네의 죽음(108번 소네트의 역주 참조)을 애도한
   다. 그리고 금성의 하늘에 올라갔을 센누초의 영혼에게 구이토네, 치노, 단테,
   프란체스키노 등에게 안부를 전해달라고 부탁한다.
2) 행성들과 비스듬한 황도대를 가리킨다.
3) 사랑하는 사람의 영혼들이 있는 금성의 하늘이다.
4) 구이토네 다레초Guittone d'Arezzo(1230?~1294)는 아레초 출신의 시인이자 수
   도자였고, 치노는 치노 다 피스토이아(70번 칸초네 40행의 역주 참조)를 가리
   킨다. 프란체스키노 델리 알비치Franceschino degli Albizzi(14세기 초반~1358)
   는 피렌체 출신 시인으로 페트라르카와 센누초의 가까운 친구였다.

11   그리고 그 모든 무리에게 인사를 전해주오.

        나의 여인에게는 이렇게 말할 수 있소,
        나는 눈물로 살며, 그녀의 아름다운 얼굴과
14   신성한 일을 기억하면서 야수가 되었다고.

288[1]

거친 언덕[2]에서 달콤한 들판을 바라보며
나는 대기를 온통 한숨으로 채웠으니,
거기에서 꽃필 무렵과 열매 맺을 무렵의
4   내 심장을 가져간 그녀가 태어났고,

하늘로 올라갔으니, 갑작스러운 떠남에
피곤한 나의 눈이 멀리에서
헛되이 그녀를 찾느라고 주변에
8   마른 곳이 전혀 없게[3] 만들었다오.

이 언덕의 어떤 덤불이나 돌멩이도,
이 강변의 어떤 푸른 잎이나 나뭇가지도,
11 이 계곡의 어떤 꽃이나 풀잎도,

이 샘물에서 나오는 어떤 물줄기도,
이 숲의 어떤 야생적인 짐승도
14 나의 고통이 얼마나 쓴지 알고 있지요.

---

1) 이 소네트는 네 번째 보클뤼즈에 살던 1351~1353년에 쓴 작품이다.
2) 보클뤼즈를 둘러싸고 있는 산들을 가리킨다.
3) 주변을 온통 눈물로 적셨다는 뜻이다.

289[1]

여기에서 하늘의 매우 친절한 친구였던
고귀한 나의 불꽃, 아름다움 중 최고 아름다움은
나에게는 때 이르게 자기 고향으로,
4   자신에게 합당한 별[2]로 돌아갔지요.

이제 나는 깨어나기 시작했으니, 그녀가
나의 행복을 위해 나의 욕망을 거부했고,
젊은 시절의 불붙은 욕망을 달콤하고도
8   쓰라린 눈길로 억제했다는 것을 압니다.

아름다운 얼굴과 부드러운 경멸로 불타면서
내가 구원을 생각하게 해준 그녀와
11   고귀한 충고에 감사를 드립니다.

오, 우아한 대책[3]과 합당한 효과들이여,

---

1) 집필 시기를 알 수 없는 이 소네트와 다음 290번 소네트는 라우라의 냉정함이
   페트라르카의 행복을 위한 사려 깊은 태도였다고 노래한다.
2) 라우라에게 합당한 금성의 하늘이다.
3) 원문에는 *arti*, 즉 "기술들"로 되어 있는데, 라우라와 페트라르카 자신의 신중
   한 태도와 대책을 의미한다.

한쪽은 언어의 작업으로, 다른 쪽은 눈길로,[4]

14   나는 그녀에게 영광을, 그녀는 나에게 구원을 주었다오.

---

4) 페트라르카 자신은 라우라를 찬양하는 시들로 그렇게 했고, 라우라는 페트라르카에게 보내는 눈길로 그렇게 했다는 뜻이다.

290[1]

세상일이란 어떤지! 가장 싫어하던 것을
지금은 좋아하고 즐기며, 지금은 보고 느끼니,
나는 구원을 얻기 위해 괴로움을 겪었고,
4 영원한 평화를 위해 짧은 고통을 겪었다오.

오, 희망이여, 오, 언제나 그릇된 욕망이여,
연인들에게는 백배나 그릇된 욕망이여!
지금 하늘에 앉아 있고 땅에 누워 있는 그녀가
8 나를 만족시켜 주었다면 얼마나 불행했을까요!

하지만 눈먼 아모르와 귀먹은 나의 마음은
나를 탈선시켜 생생한 힘으로
11 죽음이 있는 곳으로 가도록 강요했지요.

나의 길을 좋은 항구로 이끌었고,
내가 죽지 않도록 불경하고 불타는 욕망을
14 부드럽게 억제한 그녀는 축복받으소서.

---

1) 이 소네트의 집필 시기도 알 수 없다.

291[1]

하늘에서 아우로라가 장밋빛 얼굴과
황금빛 머리칼로 내려오는 것을 볼 때면
아모르가 공격하여 나는 창백해지고
4   한숨을 쉬며 말하지요. "여기 라우라[2]가 있군요.

오, 행복한 티토노스여, 당신은 사랑스러운
보물을 다시 껴안을 시간을 잘 알지만,
나는 달콤한 월계수를 어떻게 해야 할까요?
8   다시 보고 싶다면 내가 죽어야 하니까요.

당신들의 헤어짐은 힘들지 않으며,
당신의 하얀 머리칼[3]을 싫어하지 않는
11   그녀가 최소한 밤에는 돌아오는데,

나의 밤은 슬프고, 낮은 어두우니,
내 생각들을 가져가 버린 그녀는

---

1) '바티칸 라틴 필사본 3196번'의 메모에 의하면 이 소네트는 1349년 11월 28일
직전에 쓴 작품이다.
2) 원문에는 "라우라 오라Laura ora"로 되어 있는데, 일종의 말장난으로 1행에서
"아우로라" 앞에 정관사를 붙여 쓴 "라우로라l'Aurora"와 발음이 똑같아진다.
3) 티토노스는 영생을 얻었으나 영원한 젊음을 얻지 못했기 때문이다.

14   나에게 자기 이름밖에 남기지 않았어요."

292¹⁾

내가 아주 뜨겁게 말하던 눈,
나를 나 자신에게서 분리했으며
그래서 다른 사람들과 다르게 만들었던
4   얼굴과 손과 팔과 발,

지상에서 천국을 만들면서
눈부시게 반짝이던 천사 같은 웃음,
순금으로 빛나던 곱슬한 머리칼은 이제
8   아무것도 못 느끼는 한 줌의 먼지라오.

그런데도 나는 살아 있어 괴롭고 화가 나니,
커다란 폭풍에 휩싸인 무방비의 배 안에
11   무척 사랑하던 빛도 없이 남아 있다오.

이제 여기에서 나의 사랑 노래가 끝날 것이니,
익숙했던 재능의 영감은 말라버렸고
14   나의 노래²⁾는 이제 눈물로 돌아섰답니다.

---

1) 1348~1351년에 쓴 것으로 짐작되는 이 소네트는 1356~1358년에 이루어진
   세 번째 편집본에서 제2부를 결론짓는 마지막 작품이었던 것으로 보인다.
2) 원문에는 *cetera*로 되어 있는데, 고대부터 널리 사용되던 현악기다.

293[1]

시로 쓴 내 한숨들의 목소리가
그렇게 귀중하다고 생각했다면,
처음 탄식할 때부터 세련된 문체로
4   훨씬 많은 숫자로 썼을 것입니다.

내가 말하게 했고, 내 생각들의
꼭대기에 있던 그녀가 죽었으니,
이제 거칠고 어두운 시를 우아하고 맑게
8   만들 수 없고, 달콤한 줄칼[2]도 없답니다.

그리고 당시 모든 내 관심은 어떻게든
고통스러운 심장을 토로하는 것이었지,
11   명성을 얻으려는 것이 아니었어요.

눈물의 영광을 찾지 않으면서 울고 싶었고,
이제는 즐겁게 해주고 싶지만,[3] 그 도도한 여인은
14   지치고 말 없는 나를 뒤따르라고 부르네요.

---

1) 이 소네트는 1348년 이후에 쓴 것은 분명하지만 정확한 집필 시기는 알 수 없다.
2) 시를 다듬고 정교하게 만드는 재능이나 역량을 가리킨다.
3) 이제는 독자 대중을 즐겁게 해주고 싶다는 뜻이다.

294[1]

천하고 낮은 곳의 고귀한 여인처럼 그녀는
내 심장 속에 아름답고 생생하게 있었는데,
마지막 걸음 이후[2] 이제 나는 단지 필멸이 아니라
4   죽은 것처럼 되었고, 그녀는 불멸[3]이 되었지요.

자신의 모든 행복을 빼앗기고 박탈당한 영혼,
자신의 빛이 사라진 벌거벗은 아모르는
연민으로 돌멩이도 깨뜨려야 할 것이나,
8   그 고통[4]을 이야기하거나 쓸 자가 없으니,

큰 고통에 짓눌린 나의 귀 외에는
모든 귀가 귀먹은 심장 안에서 울고,
11   나에게는 한숨만 남아 있기 때문이지요.

정말로 우리는 먼지이고 그림자이며,
정말로 눈먼 욕망은 무절제하고,

---

1) 이 소네트의 집필 시기도 알 수 없다.
2) 말하자면 죽은 뒤에.
3) 원문에는 *diva*, 즉 "여신"으로 되어 있다.
4) 원문에는 "그들의 고통"으로 되어 있는데, 페트라르카 자신의 영혼과 아모르
의 고통이라는 뜻이다.

14   정말로 희망은 거짓이라오.

295¹⁾

내 생각들은 자신의 대상에 대해
부드럽게 함께 이야기하곤 했습니다.²⁾
"이제 연민을 느끼고,³⁾ 늦어진 것을 후회하겠지.
4   아마 우리에 대해 걱정하거나 희망할 거야."

마지막 날과 마지막 시간이
이 현세의 삶을 빼앗아 간 다음 그녀는
하늘에서 우리의 상태를 보고 듣고 느끼니,
8   그녀에 대한 다른 희망은 남아 있지 않아요.

오, 고귀한 기적이여, 행복한 영혼이여,
나왔던 곳으로 곧바로 되돌아간
11   오, 높고 드물고 전례 없는 아름다움이여!

자신의 위대한 덕성과 나의 열광으로
세상에서 빛나고 유명해진 그녀는 하늘에서

---

1) 이 소네트의 집필 시기도 알 수 없다.
2) 뒤이어 생각 중 하나가 하는 말에서 드러나듯이, 라우라가 죽기 전에 이야기를
   나누었다는 뜻이다.
3) 원문에는 *pietà s'appressa*, 즉 "연민이 가까이 오고"로 되어 있다. 라우라가 이
   제 페트라르카의 사랑에 연민을 느낄 것이라고 상상한다.

14   자기 선행에 대한 영광을 누리고 있지요.[4]

---

4) 원문에는 *à* 〔…〕 *corona et palma*, 즉 "왕관과 야자나무를 갖고 있지요"로 되어 있다.

296[1]

여러 해 동안 감추어 다니던 달콤하고
쓰라린 타격과 고결한 감옥[2]에 대해
나는 으레 비난했는데, 지금은 사과하고
4   오히려 존중하며 귀중하게 간직하고 있지요.

질투하는 파르카들이여, 나의 올가미에
우아하고 빛나는 실[3]을 감았던 실패와
그 귀중한 금 화살[4]을 너무 갑자기 잘랐으니,
8   나는 인간의 관습 이상으로 죽음을 원했답니다!

그녀가 살았을 때 자연스러운 자기 방식을
바꾸지 않을 만큼 즐거움과 자유와
11 생명을 열망하는 영혼은 없었으니,

다른 여인을 위해 노래하기보다 오히려
그녀를 위해 언제나 탄식하고, 그 상처에

---

1) 이 소네트의 집필 시기도 알 수 없다.
2) 사랑을 감옥에 비유하고 있다.
3) 페트라르카를 사랑의 올가미로 사로잡은 라우라의 생명의 실이다.
4) 라우라의 빛나는 눈길을 가리키는 것으로 해석되기도 한다.

14   만족하여 죽고, 그 매듭에 묶이기를 원합니다.

297[1]

커다란 두 적, 아름다움과 정숙함[2]이
얼마나 평화롭게 연결되어 있었던지,
연결되어 자신과 함께 있었던 이후로
4   신성한 영혼은 전혀 불화를 못 느꼈는데,

지금은 죽음에 의해 분리되고 흩어졌으며,
하나[3]는 칭찬하고 자랑하는 하늘에 있고,
다른 하나[4]는 수많은 사랑의 화살을 쏘던
8   아름다운 눈을 뒤덮은 땅속에 있답니다.

우아한 행동, 높은 곳에서 나온
소박하고 현명한 말, 아직도 흔적이 있는
11   나의 심장에 상처를 주었던 달콤한 눈길은

이제 사라졌으니, 내가 늦게 따라간다면,

---

1) 이 소네트의 집필 시기도 알 수 없다.
2) 원문에는 의인화하여 대문자로 되어 있다. 아름다움과 정숙함은 함께할 수 없
   다는 관념이 널리 퍼져 있었지만, 라우라는 두 가지를 모두 조화롭게 갖고 있
   었다는 것이다.
3) 정숙함이다.
4) 아름다움이다.

아마 이 피곤한 펜으로 아름답고

14   고귀한 이름을 신성하게 해야 할 것이오.

298[1]

내 생각들을 피하면서 흩뜨려 버렸고,
내가 얼어붙으면서 불타던 불을 꺼뜨렸고,
괴로움으로 가득하던 휴식을 끝낸
4   세월을 뒤돌아서서 바라보고 있노라면,

사랑의 속임수들에 대한 믿음은 깨졌고,
내 모든 행복은 두 부분으로 나뉘어
하나는 하늘에, 다른 하나는 땅에 있으며,[2]
8   내 괴로움의 보상은 사라진 것을 깨닫고

깜짝 놀라면서 벌거벗은 나를 발견하니,
모든 극단적인 운명이 부러울 정도로
11   나 자신이 두렵고 괴롭답니다.

오, 나의 별이여, 포르투나여, 운명이여, 죽음이여,
나에게 언제나 달콤하면서 잔인한 날들이여,

---

1) 후기에 쓴 것은 분명하지만 이 소네트의 집필 시기도 알 수 없다. '바티칸 라틴
   필사본 3196번'에 적힌 메모에 의하면 이 소네트는 친구였던 로마의 귀족이자
   정치가 안젤로 토세티Angelo Tosetti(?~1363)에게 보낸 것으로 보인다.
2) 라우라의 영혼은 하늘에 있고, 육신은 땅에 있다는 뜻이다.

14 너희는 나를 얼마나 낮은 상태로 떨어뜨렸는지!

299[1]

조그마한 움직임[2]으로 내 심장을
이쪽저쪽으로 돌리던 이마는 어디 있는가?
내 삶의 흐름에 빛을 던져주던
4   아름다운 눈썹과 두 눈은 어디 있는가?

가치와 지식, 지혜, 신중하고
소박하고 달콤한 말은 어디 있는가?
오랫동안 나를 자신들의 의지대로 만들던
8   그녀 안에 모인 아름다움들은 어디 있는가?

지친 영혼에게 휴식과 위로를 주었고,
내 생각들을 모두 드러내 보이던
11   너그러운 얼굴의 고귀한 모습은 어디 있는가?

내 삶을 잡고 있던 그녀는 어디 있는가?
절대로 마를 날이 없을 내 눈과
14   불쌍한 세상이 얼마나 보고 싶어 하는지!

---

1) 집필 시기를 알 수 없는 이 소네트는 '어디 있는가?'라는 고전적 주제를 다룬다.
2) 눈썹의 움직임을 가리킨다.

300[1]

탐욕스러운 땅이여, 네가 얼마나 부러운지!
내가 볼 수 없는 그녀를 안고 있으며,
내 모든 고통에 휴식을 찾았던
4 아름다운 얼굴 모습을 앗아갔으니!

하늘이 얼마나 부러운지! 아름다운 사지에서
풀려난 영혼을 탐욕스럽게
자기 안에 받아들여 가두고 있으면서
8 사람들에게 자신을 드물게 열어주니까!

내가 언제나 열정적으로 찾던 그녀를
운명으로 지금 성스럽고 달콤한 동료로
11 데리고 있는 영혼들[2]이 얼마나 부러운지!

잔인하고 가혹한 죽음이 얼마나 부러운지!
그녀 안에서 내 생명을 꺼뜨렸고, 아름다운

---

1) 이 소네트는 네 번째 보클뤼즈에 살던 1351~1353년에 쓴 것으로 보인다. '바
   티칸 라틴 필사본 3196번'의 라틴어 메모에는 이 소네트와 앞의 159번 소네트,
   303번 소네트를 음악가 톰마소 봄바시(154번 소네트의 역주 참조)에게 보낸다
   고 적혀 있다.
2) 라우라와 함께 천국에 있는 영혼들이다.

14   그녀의 눈 속에 있으면서 나를 부르지도 않다니!

301[1]

나의 탄식들로 가득한 계곡이여,
종종 나의 눈물로 불어나는 강이여,
이쪽저쪽 초록 강변이 가두고 있는
4   물고기들, 방황하는 새들, 야생 동물들이여,

나의 한숨들로 따스하고 맑은 대기여,
쓰라리게 안내하는 달콤한 오솔길이여,
전에 좋아했으나 지금은 싫고, 아직도
8   습관처럼 아모르가 데려가는 언덕이여,

너희들에게서 옛 모습을 잘 알아보지만,
불쌍하구나, 즐거운 삶에서 끝없는 고통의
11   숙소가 되어버린 나에게서는 아니라오.[2]

여기에서 나의 행복을 보았으니, 아름다운
자기 유해를 땅에 남기고 하늘로 올라간
14   장소를 보러 이 오솔길로 돌아온다오.

---

1) 이 소네트도 네 번째 보클뤼즈에 살던 1351~1353년에 쓴 것으로 보이며, '바티칸 라틴 필사본 3196번'에 들어 있다.
2) 자신에게서는 옛 모습을 찾아볼 수 없다는 뜻이다.

302[1]

내 생각은 찾아도 땅에서는 찾을 수 없는
그녀가 있던 곳으로 나를 이끌었고,
그곳 셋째 하늘이 안고 있는 자들 사이에서
4   더 아름답고 덜 도도한 그녀를 보았지요.

내 손을 잡으며 말하더군요. "욕망대로 된다면,
그대는 나와 함께 이 하늘에 있을 거예요.
나는 그대에게 많은 고통을 주었고,
8   때 이르게 내 삶을 마감했습니다.

내 행복은 인간의 지성이 이해할 수 없고,
나는 그대가 무척 사랑했고 저 아래 남은
11   내 멋진 베일[2]과 그대만을 기다리고 있어요."

오, 왜 내 손을 놓고 침묵했는가요?
그렇게 정숙하고 연민 어린 말소리에

---

1) 이 소네트도 네 번째 보클뤼즈에 살던 1351~1353년에 쓴 것으로 보이며, 마
   찬가지로 '바티칸 라틴 필사본 3196번'에 들어 있다.
2) 지상에 남겨둔 자신의 육신을 가리킨다. 나중에 최후의 심판을 위해 부활할 때
   육신을 다시 입기 위해 기다린다는 뜻이다.

14   하마터면 나는 하늘에 남을 뻔했답니다.

303[1]

좋았던 시절에 우리 생각들에 우호적인
이 강변[2]에서 나와 함께 머물렀고,
우리의 옛날 계산을 마무리하기 위해

4 나와 강과 함께 이야기하던 아모르여,

꽃, 잎, 풀, 그늘, 동굴, 물결, 우아한 산들바람,
막힌 계곡, 높은 언덕, 양지바른 경사지여,
내 사랑의 고통과 너무 강하고

8 많았던 폭풍들의 피난처여,

오, 푸른 숲에서 방황하는 주민들[3]이여,
요정들이여, 수정같이 맑은 물의 시원한

11 수초 바닥에서 먹고사는 너희들[4]이여,

그렇게 밝았으나 지금은 죽음처럼 어두운
나의 날들이여, 그렇게 세상에서 모든 것은

---

1) 이 소네트도 네 번째 보클뤼즈에 살던 1351~1353년에 쓴 것으로 보이며, 마
   찬가지로 '바티칸 라틴 필사본 3196번'에 들어 있다.
2) 보클뤼즈의 소르그강 변이다.
3) 동물들, 특히 새들을 가리킨다.
4) 물고기들을 가리킨다.

14   태어날 때부터 자기 운명을 갖고 있지요.

304[1]

심장이 사랑의 벌레들에게 갉아 먹히고
사랑의 불꽃에 불타는 동안
나는 외롭고 한적한 언덕들에서
4 　우아한 야수의 흩어진 흔적을 찾았고,

잔인해 보이던 그녀와 아모르에 대해
시에서 감히 불평하려고 했는데
재능과 시가 그 나이에는 미숙했고
8 　불확실한 생각들과 어울리지 않았다오.

그 불은 꺼졌고 작은 대리석[2]이 덮고 있지만,
많은 사람에게 그랬듯이, 만약 세월과 함께
11 　내가 노년까지 계속 그렇게 나아갔다면,[3]

지금을 갖추지 않은 시들로 무장하고

---

1) 1350년 여름 바르바토 다 술모나Barbato da Sulmona(?~1363)에게 쓴 라틴어
  편지와 일부 일치하기 때문에 이 소네트도 당시 함께 쓴 것으로 보는 학자도
  있다. 바르바토는 나폴리 궁정에서 일하던 문인으로 1341년부터 페트라르카
  와 우정을 맺었다.
2) 무덤이나 관을 상징한다.
3) 마치 라우라가 죽지 않은 것처럼, 노년까지 사랑의 불 속에서 살았다면.

노련한 문체로 노래함으로써 바위도

14　깨뜨리고 달콤함에 울게 했을 것이오.

305[1]

자연이 그 이상 아름답게 짤 수 없었던
매듭에서 풀려난 아름다운 영혼은,
즐거운 생각들로부터 눈물로 돌아선
4   나의 어두운 삶에 대해 하늘에서 생각한다오.

한때 달콤한 그대 모습을 나에게 엄하고
잔인하게 만들었던 잘못된 판단[2]을
가슴에서 없애고, 이제 완전히 안심하고
8   나에게 눈을 돌리고 나의 한숨을 듣는군요.

소르그강이 태어나는 커다란 절벽[3]을 봐요.
거기에서 풀과 강물 사이에 그대의 기억과
11   고통만 먹고 사는 사람이 보일 것입니다.

그대의 거처가 있고, 우리의 사랑이

---

1) 이 소네트도 네 번째 보클뤼즈에 살던 1351~1353년에 쓴 것으로 보인다.
2) 일반적으로 라우라의 판단으로 해석하지만, 일부 학자는 페트라르카를 구원하기 위해 라우라가 일부러 보인 엄한 태도에 대한 페트라르카의 잘못된 판단으로 해석한다.
3) 소르그강 발원지의 절벽이다(117번 소네트 2행의 역주 참조).

태어난 곳[4]에서 그대는 떠나면 좋겠소,

14   사람들에게서 보기 싫은 것을 보지 않도록.

---

4) 라우라가 묻혀 있는 아비뇽을 가리킨다. 『암브로시우스의 베르길리우스』에 적힌 조문의 글에서 추정되는 바에 의하면 라우라는 아비뇽에 있는 프란체스코 수도회의 공동묘지에 묻혀 있다.

영광스러운 걸음으로 하늘로 가는
올바른 길을 나에게 보여준 태양은
최고의 태양[2]으로 돌아가면서 나의 빛[3]과
4   지상의 자기 감옥을 돌 몇 개로 덮었기에,

나는 한 마리 야생 동물이 되었고,
방황하는 외롭고 지친 발로 나에게는
험한 황무지인 세상에서 무거운 심장을
8   이끌고 젖은 눈을 내리깔고 다닌답니다.

그렇게 그녀를 보았던 곳들을 찾아다니고,
아모르여, 나를 괴롭히는 당신만이
11   함께 가면서 어디로 갈지 보여주는군요.

그녀를 발견하지 못하고, 아베르누스 호수와
스틱스[4]에서 멀리 떨어진 최고의 길로 향한

---

1) 이 소네트도 네 번째 보클뤼즈에 살던 1351~1353년에 쓴 것으로 보인다.
2) 원문에는 대문자로 되어 있는데, 하느님을 가리킨다.
3) 페트라르카에게 빛이 되었던 라우라의 눈이다.
4) 아베르누스Avernus(이탈리아어 이름은 아베르노Averno) 호수는 이탈리아 남부
   나폴리 서쪽 쿠마이Cumae(이탈리아어 이름은 쿠마Cuma)의 분화구에 있는 호

14   그녀의 신성한 흔적들만 발견하지요.

수로 고대 로마인들은 여기에 저승으로 내려가는 입구가 있다고 믿었고, 스틱
스는 그리스 신화에서 저승에 흐르는 강이다. 여기에서는 지옥을 가리킨다.

307[1]

아모르가 묶고 죽음이 나를 풀어주는
아름다운 매듭에 합당한 노래로 날아가는 것이,
날개 고유의 힘보다 펼치는 자[2]의 힘 덕택에
4   나는 충분하게 가능하다고 믿었는데,

큰 무게에 구부러지는 가지보다 그 일에
훨씬 약하고 느리다는 것을 깨닫고 말했지요.
"너무 높이 오르면 떨어지는 법이고,
8   하늘이 거부하는 것을 인간이 잘할 수 없지."

탁월한 문체나 언어뿐 아니라 재능의 펜도
자연이 나의 달콤한 매듭을 짜면서
11   날아간 곳으로 날아갈 수 없을 것입니다.

아모르가 그 뒤를 따랐는데 얼마나 놀랍게
장식했는지, 나는 바라볼 가치도 없었지만
14   그것이 바로 나의 운명이었답니다.

---

1) 구체적인 집필 시기를 알 수 없는 이 소네트는 은유의 유희가 두드러지는 작품
   이다. 이어지는 두 편의 소네트와 함께 라우라의 찬양을 주제로 한다.
2) 아모르를 가리킨다.

308¹⁾

내가 아르노를 소르그로 바꾸고, ²⁾
예속된 풍요를 자유로운 가난으로 바꾸게³⁾ 한 그녀는
나의 삶을 지탱하던 자신의 신성한 아름다움을
4   쓰라림으로 돌렸기에 나는 괴롭고 초라하다오.

그때부터 다가올 시대가 사랑하고
존중하도록 고귀한 아름다움들을
시로 묘사하려고 헛되이 노력했지만,
8   나의 문체로는 아름다운 얼굴을 그릴 수 없어요.

그래도 다른 여인이 아닌 그녀만의 장점들,
그녀에게 하늘의 별처럼 흩어져 있는 장점들을
11   한 개나 두 개라도 그리려고 시도하는데,

세상에서 짧지만 밝은 태양이었던

---

1) 이 소네트도 네 번째 보클뤼즈에 살던 1351~1353년에 쓴 것으로 보이며, 앞 소네트와 마찬가지로 라우라를 찬양한다.
2) 라우라에 대한 사랑으로 인해 아르노강이 흐르는 고향 피렌체를 떠나 소르그 강이 흐르는 프로방스 지방으로 갔다는 것이다.
3) 아비뇽의 타락한 교황의 궁정에서의 예속된 생활을 버리고, 가난하지만 자유로운 보클뤼즈의 생활을 선택했다는 것을 암시한다.

신성한 부분에 이르게 되면 거기에서
14 　대담함과 재능, 기술이 부족해진답니다.

우리 시대에 세상에 나타났지만
함께 머물려 하지 않은 놀랍고 고귀한 기적,
하늘이 보여주기만 하고 별의 구역들[2]을
4   장식하기 위하여 다시 데려간 기적을

보지 못한 사람들에게 그려 보여주라고
나의 혀를 처음 풀어준 아모르가 원했으니,
이후로 그 작업에 재능과 시간, 펜,
8   종이, 잉크를 수천 번 헛되이 썼지요.

시가 아직 최고점에 이르지 못했다는 것을
내면에서 알고 있으며, 지금까지 사랑에 대해
11   말하거나 쓰는 사람은 누구나 알 것입니다.

생각할 줄 아는 사람은 모든 문체를 능가하는
말 없는 진실을 인정하고 탄식하지요. "그래,

---

1) 집필 시기를 알 수 없는 이 소네트도 라우라의 아름다움을 찬양할 수 없음에
   대해 노래한다.
2) 원문에는 *chiostri*, 즉 "수도원들"로 되어 있는데, 고유의 별이 있는 천구들을
   가리킨다.

14   살아 있는 그녀를 본 눈은 행복하도다."

310[1]

제피로스[2]는 돌아오고, 좋은 날씨와
꽃과 풀, 그 달콤한 가족,
지저귀는 프로크네, 우는 필로멜라,[3]
4   하얗고 발그스레한 봄을 데려옵니다.

풀밭은 웃고 하늘은 맑아지고,
유피테르는 즐겁게 자기 딸[4]을 바라보고,

---

1) 이 소네트와 311번 소네트는 네 번째 보클뤼즈에 살던 1351~1353년, 특히
   1352년 봄에 쓴 것으로 보인다. 돌아오는 봄의 즐거움과 시인의 울적함 사이
   의 대비라는 전통적인 주제를 노래하는 이 소네트는 탁월한 문체로 14~15세
   기에 널리 모방의 대상이 되었다.
2) 그리스 신화에서 서풍의 신으로, 제피로스가 돌아왔다는 것은 따스한 서풍이
   불어오는 봄이 되었다는 뜻이다.
3) 나이팅게일과 제비를 가리킨다. 그리스 신화에서 아테네의 왕 판디온에게는
   두 딸 프로크네와 필로멜라가 있었는데, 프로크네는 트라키아의 왕 테레우스
   와 결혼하여 아들을 낳았다. 그런데 테레우스는 처제 필로멜라를 겁탈한 뒤 발
   설하지 못하도록 혀를 잘라버렸다. 그 사실을 알게 된 프로크네는 복수하기 위
   해 아들을 죽여 그 고기를 테레우스가 먹게 한 뒤 필로멜라와 달아났다. 테레
   우스에게 쫓기던 두 자매는 신들에게 애원했고, 신들은 둘을 새로 변하게 해주
   었다(오비디우스, 『변신 이야기』 제6권 424~674행 참조). 일반적으로 프로크
   네는 나이팅게일이 되고 필로멜라는 제비가 되었다고 한다. 하지만 출전에 따
   라 반대로 프로크네가 제비로 변했고 필로멜라는 나이팅게일로 변했다고 이야
   기하기도 한다.
4) 베누스를 가리킨다. 고전 신화에서 베누스는 유피테르의 딸로 보기도 한다. 여
   기에서는 유피테르, 즉 목성이 베누스, 즉 금성의 빛나는 모습과 마주하고 있
   는 것으로 해석하는 학자도 있다.

대기와 강물과 땅은 사랑으로 가득하고,

8   모든 동물은 사랑에 몰두하지요.

하지만, 불쌍하구나, 나에게는 그 열쇠를

하늘로 가져간 그녀가 심장 바닥에서

11   끌어내는 무거운 한숨들이 돌아오고,

노래하는 새들과 꽃피는 들판,

아름다운 여인의 진솔하고 우아한 몸짓은

14   나에게 황무지이며, 거칠고 야생적인 야수라오.

311[1]

자기 새끼들이나 사랑하는 짝의 죽음을
부드럽게 슬퍼하는 것 같은 나이팅게일은
하늘을 달콤함으로 채우고, 들판을
4 　조화롭고 연민 어린 소리로 채우며

밤새도록 나와 함께하면서
가혹한 나의 운명을 떠올리게 하니,
죽음이 여신[2]도 지배한다고 믿지 않았던
8 　나 자신 외에는 탄식할 것이 없다오.

오, 확신하는 자는 얼마나 쉽게 속는지!
태양보다 밝은 그 아름다운 두 빛이
11 　어두운 흙이 되리라고 누가 생각했을까요?

잔인한 나의 운명이 원하는 것을 이제 알겠으니,
이 아래에서 즐겁고 지속되는 것은
14 　전혀 없다는 것을 울며 살아가면서 배운답니다.

---

1) 이 소네트는 네 번째 보클뤼즈에 살던 1352년 봄에 쓴 것으로 보이는데, 나이
팅게일의 구슬픈 노래를 주제로 한다.
2) 라우라를 여신으로 보고 있다.

312[1]

맑은 하늘에서 움직이는 방황하는 별들도,
평온한 바다에 역청을 칠한 배들도,
들판에 잘 무장한 기사들도,
4 멋진 숲속에 즐겁고 날랜 짐승들도,

기다리던 행복에 대한 새로운 소식도,
고귀한 문체로 장식된 사랑의 말도,
맑은 샘과 초록 풀밭 사이에서
8 정숙하고 아름다운 여인들의 달콤한 노래도,

다른 어떤 것도 내 심장에 절대 닿지 못하리니,
내 눈에 유일하게 빛이며 거울[2]이었던
11 그녀는 자신과 함께 내 심장을 묻어버렸지요.

길고 무거운 삶이 나에게는 지겹기에
죽음을 부르니, 보지 않았다면 더 좋았을 것을
14 다시 보고 싶은 커다란 욕망 때문이라오.

---

1) 이 소네트의 구체적인 집필 시기는 알 수 없다.
2) 안내자였다는 뜻이다.

313[1]

불쌍하구나, 불 한가운데서
위안과 함께 살던 시절이 이제 지나갔고,
내가 울고 시로 썼던 그녀는 지나갔지만,[2]
4   나에게 펜과 눈물[3]을 남겨두었지요.

우아하고 성스러운 얼굴은 지나갔지만,
지나가면서 달콤한 눈을 내 심장에 꽂았으니,
전에 내 것이던 심장은 자신을 아름다운
8   망토에 감쌌던 그녀를 따라 떠나갔답니다.

그녀는 땅속으로 가져갔고, 또 지금 확고한
자신의 정숙함에 어울리는 월계관으로 장식되어
11   영광을 누리고 있는 하늘로 가져갔지요.[4]

그렇게 나를 강제로 여기에 붙잡고 있는

---

1) 이 소네트의 구체적인 집필 시기도 알 수 없다.
2) 뒤의 4행과 마찬가지로 두운을 맞추기 위해 같은 단어를 사용했다. 의역하여 "죽었다"로 옮길 수도 있지만, 지상에서의 삶을 순례로 보는 중세의 관념에 의하면 "지나가는" 과정이라고 볼 수도 있다.
3) 시로 쓰고 슬퍼해야 할 것을 의미한다.
4) 페트라르카의 심장을 땅속과 하늘로 가져갔다는 뜻이다.

내 필멸의 베일에서 풀려나 그들⁵⁾과 함께

14　　탄식을 벗어난 행복한 영혼들 사이에 있다면!

_____

5) 자신의 심장과 라우라를 가리킨다.

314[1)]

내 마음이여, 너는 네 고통을 예감하고
즐겁던 시절에 이미 걱정하고 슬퍼했으며,
사랑하는 모습에서 너무나도 강렬하게
4   미래의 고통에 대한 휴식을 찾았는데,

그녀의 행동과 말과 얼굴과 옷,[2)]
고통과 뒤섞인 이례적인 연민을 보고,
만약 모두 예감했다면 말할 수 있었으리라.
8   "이제 내 달콤한 날들의 마지막 날이구나."

오, 얼마나 달콤한 순간[3)]이었는지,
불쌍한 영혼이여! 이제 다시 볼 수 없는
11   눈을 보았던 그 순간, 내가 떠나면서

가장 믿음직한 두 친구처럼 그 눈에게
나의 가장 고귀한 부분인 소중한 생각들과
14   심장을 맡겼을 때 우리는 얼마나 타올랐는지!

---

1) 이 소네트의 집필 시기도 알 수 없다.
2) 라우라가 죽은 뒤의 모습이다.
3) 마지막 만남의 순간을 뜻한다.

315[1]

꽃피고 푸르렀던 모든 시절은 지나갔고,
전에 내 심장을 태우던 불이 벌써
미지근해짐을 느꼈고, 죽음으로 떨어지는
4   삶은 내려가는 지점에 도달했지요.

사랑스러운 나의 적은 벌써 조금씩
자신의 염려들에 대하여 안심하기
시작했으며,[2] 그녀의 달콤한 진솔함은
8   내 쓰라린 고통을 즐거움으로 바꾸었지요.

아모르가 정숙함과 함께 화합하는 시간이
가까워졌고, 연인들이 함께 앉아 자신들에게
11   일어나는 것에 대해 이야기하게 되었지요.

그런데 죽음이 내 행복한 상태를,

---

1) 이 소네트의 집필 시기도 알 수 없다. 이 소네트와 이어지는 두 편의 소네트는
   모두 T 자로 시작하고 똑같은 주제를 다룬다. 이제 마흔 살이 넘으면서 사랑의
   열정도 줄어들고 감정이 완화되면서 라우라와 함께 편안하게 대화를 나눌 수
   있었을 텐데, 그녀의 죽음으로 불가능해지게 된 것을 후회한다.
2) 라우라의 태도가 누그러지기 시작했다는 뜻이다.

아니, 희망[3]을 질투했고, 무장한 적처럼
14   길 한복판에서 공격했답니다.

---

3) 자신의 행복한 상태란 단지 희망이었을 뿐이라는 뜻이다.

316

이제 커다란 전쟁에 평화나 휴전을
찾을 때가 되었고, 만약 우리의 불평등을
평등하게 해주는 자[1]가 즐거운 걸음을 뒤로
4   돌리지 않았다면, 아마 그렇게 되었을 것이오.

전에는 아름다운 눈으로 나를 이끌었고
이제 내가 생각으로 뒤따라야 하는 그녀는,
마치 바람에 안개가 흩어지는 것처럼,
8   갑자기 자기 삶을 보내버렸기 때문이지요.

머뭇거릴 시간이 없었으니, 나이와 머리칼[2]이
습관을 바꾸었고, 따라서 내 고통에 대해
11   그녀와 이야기해도 의혹이 없었을 것이오.

분명히 지금 하늘에서 보고 나에 대해
괴로워할 그녀에게 나의 긴 노고들을
14   얼마나 진솔한 한숨과 함께 말했을까!

---

1) 모든 사람을 똑같이 만들어주는 죽음을 가리킨다.
2) 늙어가면서 하얗게 변한 머리칼이다.

317[1]

악습들을 벗고 덕성과 영광을 입는
성숙하고 현명한 나이가 되었을 때
아모르는 길고 혼란스러운 나의 폭풍에
4   평온한 항구를 보여주었답니다.

아름다운 눈에는 벌써 나의 심장이 비쳤고
깊은 충실함은 이제 귀찮지 않았어요.
아, 사악한 죽음이여, 오랜 세월의 결실을
8   그렇게 순식간에 빨리 깨뜨리다니!

만약 살아 있었다면 그 정숙한 귀에다
달콤한 내 생각의 오래된 짐을 말하면서
11   내려놓는 순간이 왔을 것이며,

그러면 나와 그녀의 머리칼과 얼굴이
변한 상태에서, 그녀는 아마 한숨을 쉬면서
14   몇 마디 거룩한 말로 대답했을 것입니다.

---

1) 이 소네트도 주제에서 앞의 두 소네트와 밀접하게 연결되어 있다.

318[1]

도끼나 바람에 쓰러지듯이
뿌리 뽑힌 나무가 쓰러지면서
고귀한 잎들을 땅에 뿌리고
4   헐벗은 뿌리를 태양에 드러낼 때,

다른 나무도 보았으니, 아모르는 나의 대상으로,
칼리오페와 에우테르페[2]는 나의 주제로 선택했으며,
나무줄기나 벽에 들러붙는 담쟁이덩굴처럼
8   나의 심장을 휘감고 거주지로 삼은 나무였어요.

그 살아 있는 월계수에 불타는 나의 한숨과
고귀한 생각들이 둥지를 틀곤 했지만
11   아름다운 가지에서 잎을 떨어뜨리지 않았는데,[3]

하늘로, 믿음직한 자기 거주지로 옮겨가면서
뿌리를 남겼으니, 거기에는 괴로운 목소리로

---

1) 이 소네트의 집필 시기도 알 수 없다.
2) 학문과 예술을 수호하는 아홉 쌍둥이 무사 여신 가운데 으뜸인 칼리오페는 서
    사시를 담당하고, 에우테르페는 음악과 서정시를 담당한다.
3) 월계수-라우라의 순수함을 훼손하지 않았다는 뜻이다.

14   아직도 부르는 자가 있고, 대답하는 자는 없답니다.[4]

319[1]

나의 날들은 어떤 수사슴보다 빠르게
그림자처럼 달아났고, 나의 행복은
눈 깜박할 사이보다 짧았지만, 청명한 몇 시간을
4   마음속에 달콤하면서 쓰라리게 간직하고 있지요.

불안정하고 오만하고 불쌍한 세상이여,
너에게 희망을 두는 자는 완전히 장님이니,
네 안에서 나의 심장을 빼앗겼고, 이제는 흙이 되어
8   뼈와 신경을 연결하지 못하는 사람이 갖고 있다오.

하지만 아직 살아 있고 영원히 살아 있을
가장 좋은 부분[2]은 높은 하늘에서 자신의
11   아름다움으로 내가 더욱 사랑하게 만드니,

지금 그녀는 어떠한지, 어디에 사는지,
우아한 그녀의 베일을 다시 보면 어떨지
14   생각하는 순간에도 내 머리칼은 변한다오.

---

1) 집필 시기를 알 수 없는 이 소네트는 '바티칸 라틴 필사본 3196번'에 들어 있다.
2) 원문에는 *forma*, 즉 "형식"으로 되어 있는데, 정신이나 영혼을 가리킨다.

320[1)]

나의 오랜 산들바람[2)]을 느끼고, 달콤한 언덕들이
보이니, 하늘이 부를 때까지 나의 눈을
즐겁고 열렬하게 해주었고, 지금은 눈물 젖고
4   슬프게 하는 아름다운 빛이 태어난 곳이라오.

오, 덧없는 희망이여, 어리석은 생각이여!
풀들은 짝을 잃었고,[3)] 강물은 혼탁하며,
그녀가 살던 보금자리는 차갑고 텅 비었으니,
8   내가 사는 그곳에 죽어 누워 있고 싶었다오,

나의 심장을 불태운 그녀의 아름다운 눈과
우아한 발바닥에서 마침내 많은 노고에 대한
11   약간의 위안을 희망하면서 말입니다.[4)]

---

1) 이 소네트와 다음 321번 소네트는 1351년 마지막 네 번째로 보클뤼즈에 돌아
   오면서 썼을 개연성이 높다.
2) 보클뤼즈와 프로방스에서 불어오는 바람이다.
3) 원문에는 *vedove*, 즉 "과부들이고"로 되어 있는데, 꽃이 피어 있지 않다는 뜻
   이다.
4) 만약 자신이 먼저 죽었다면, 무덤에 찾아오는 라우라의 발길과 눈에서 위로받
   는 희망을 품었을 것이라는 뜻이다.

나는 잔인하고 인색한 주인[5]을 섬겼으니,

나의 불이 앞에 있는 동안 내내 불탔고

14   지금은 흩어진 재를 슬퍼하고 있다오.

---

5) 아모르를 가리킨다.

321[1]

이곳이 나의 불사조가 황금빛과 자줏빛
깃털[2]을 입었고, 자기 날개 아래
나의 심장을 간직했고, 지금도
4   말과 탄식을 끌어내는 둥지인가요?

오, 내 달콤한 고통의 최초 뿌리여,
타오르는 나를 생생하고 즐겁게 해주던
빛이 나온 아름다운 얼굴은 어디 있나요?
8   그대는 땅에서 유일했고, 지금은 하늘에서 행복하지요.

그리고 나를 여기에 초라하고 외롭게 남겨두었으니,
언제나 고통에 가득한 채 그대에 의해
11   신성해진 곳에 돌아와 인사하고 경배하면서,

그대가 하늘로 가는 마지막 비행을 했고
그대의 눈이 낮처럼 환히 비추던
14   언덕 주위에서 어두운 밤을 본답니다.

---

1) '바티칸 라틴 필사본 3196번'에 실려 있는 이 소네트는 1351년에 쓴 것으로 보이며 주제와 문체 면에서 앞의 320번 소네트와 비슷하다.
2) 라우라의 금발과 피부를 가리키는 것으로 해석하기도 한다.

아모르가 불꽃을 일으키고 연민이
자기 손으로 만든 것 같은 그 시구들을
젖지 않은 눈과 평온한 마음으로
4   나는 절대 볼 수 없을 것입니다.

전에는 지상의 싸움들에서 불패의 정신이었고
지금은 하늘에서 달콤함을 많이 내려주는
당신은 죽음이 빼앗아 간 문체를
8   이탈한 시들[2]에게 다시 인도해 주었다오.

내 여린 잎사귀들[3]의 다른 작업[4]을 당신에게

---

1) 1351년에 썼을 개연성이 높은 321번 소네트와 1365년에 쓰기 시작한 323번
   칸초네 사이에 배치된 것으로 볼 때 이 소네트는 그 중간에 쓴 것으로 추정된
   다. 이 작품은 자코모 콜론나 주교(10번 소네트 3행의 역주 참조)에게 보낸 것
   이다. 라틴어 서간문에 의하면 자코모 주교는 1341년 4월 페트라르카가 계관
   시인의 월계관을 받은 일에 대해 멋진 시로 축하해 주었으나 바로 그해 9월에
   죽었기 때문에, 거기에 대한 화답을 나중에야 하게 되었다고 한다. '바티칸 라
   틴 필사본 3196번'에서도 이 소네트 옆에 라틴어로 "아주 늦은 나의 대답"이라
   는 메모가 적혀 있다.
2) 라우라의 죽음 이후로 예전의 문체처럼 우아하고 밝지 않은 페트라르카 자신
   의 시들을 가리킨다.
3) 은유로 젊은 시절의 재능을 의미한다.

보여주리라 믿었는데, 어떤 잔인한 별이
11   우리 둘을 질투했나요, 오, 고귀한 보물이여!

내가 심장으로 보고 언어로 공경하는 그대 안에서,
달콤한 한숨이여, 영혼은 평온해지는데
14   누가 때 이르게 그대를 나에게 감추고 가로막나요?

---

4) 라틴어 서간문에서 밝히고 있듯이 1338년부터 쓰기 시작한 서사시 『아프리카』
의 초고를 가리킨다.

323[1]

어느 날 혼자 창문가에 있었고,
바라보기만 해도 벌써 피곤해질 정도로
새롭고 많은 것들이 보였지요.
오른쪽에서 유피테르를 불타오르게 할 만한
사람 얼굴의 동물 한 마리[2]가 나타났는데
6   하얀색과 까만색 두 마리 사냥개[3]에게 쫓겼고,
사냥개들은 그 고상한 동물의
이쪽저쪽 옆구리를 아주 세게 물어
순식간에 죽음의 고갯길로 이끌었고,
거기에서 돌 속에 갇힌
대단한 아름다움을 때 이른 죽음이 엄습했고,

---

1) '바티칸 라틴 필사본 3196번'에는 이 칸초네가 3연부터 실려 있는데, 그 옆의 메모에 의하면 1365년과 1368년 10월 13일 사이에 완성된 것으로 추정된다. '환시幻視의 칸초네'로 불리는 작품으로 라우라의 죽음과 이 세상 모든 가치의 덧없음에 대한 여섯 가지의 알레고리로 이루어져 있다. 순서대로 보자면 사냥개 두 마리에게 물려 죽는 동물, 암초에 걸린 배, 벼락에 쓰러진 월계수, 심연 속으로 사라진 샘, 부리로 자기 몸을 찢는 불사조, 작은 뱀에게 물려 죽는 라우라가 등장한다. 형식은 6연으로 되어 있고, 각 연은 12행으로, 11음절 시행 열 개와 7음절 시행 두 개로 되어 있고, 결구는 3행, 즉 11음절 시행 두 개와 7음절 시행 한 개로 구성되어 있어 모두 75행이다.
2) 동물 형상의 라우라를 암시한다.
3) 시간을 상징하며, 각각 낮과 밤을 가리킨다.

12   그 가혹한 운명에 나는 한숨을 쉬었습니다.

그리고 깊은 바다에서 배 한 척을 보았는데,
비단으로 엮은 밧줄과 황금 돛과
온통 상아와 흑단[4]으로 만들어졌고,
바다는 평온하고 산들바람은 부드러웠으며,
구름 한 점도 하늘을 가리지 않았고
18   배에는 풍요롭고 귀한 짐이 가득했지만,
갑작스러운 폭풍이
동쪽에서 대기와 파도를 뒤흔들었고,[5]
배는 암초에 부딪혔어요.
오, 얼마나 슬픈 일인지!
무엇에도 뒤지지 않는 커다란 풍요로움이
24   순식간에 가라앉았고, 좁은 공간[6]이 감추었어요.

시원한 숲속에 젊고 매끈한 월계수에서
거룩한 가지들이 솟아났으니,
천국에서 자라는 나무 같았고,
그 그늘에서는 다양한 새들의
달콤한 노래와 다른 많은 즐거움이 흘러나와

---

4) 귀한 물건들을 가리키는 것으로 볼 수도 있고, 라우라의 아름다움을 암시하는
   것으로 해석할 수도 있다.
5) 동쪽에서 불어온 폭풍은 1348년 동양에서 전파되었다고 믿었던 흑사병을 암
   시한다.
6) 무덤을 암시한다.

30 나를 세상에서 떼어냈는데,
내가 뚫어지게 바라보자
주위의 하늘이 변했고 어두워졌으며,
벼락이 강타했고,[7] 그 행복한 나무는
뿌리부터 순식간에 뽑혀버렸으니,
나의 삶은 슬퍼졌고
36 그런 그늘을 다시 얻지 못한다오.

바로 그 숲속의 바위에서
맑은 샘[8]이 솟아나 우아하게 졸졸거리면서
시원하고 달콤한 샘물을 흘려보냈으니,
한적하고 시원하고 그늘진 멋진 자리에는
목동이나 농부가 아닌 요정이나 무사 여신이
42 그곳에 어울리게 노래하며 다가가는데,
나는 거기에 앉았고, 그런 화음과
그런 광경의 달콤함을 음미하는 동안
심연이 하나 열리더니
샘과 그 장소를 가져가는 것을 보았고,
그래서 지금도 고통을 느끼고
48 기억만 해도 당황하게 된답니다.

---

7) 월계수는 벼락을 맞지 않는다고 알려져 있는데(24번 소네트 1~2행의 역주 참
조), 벼락을 맞아 뿌리까지 뽑혔다는 것은 라우라의 죽음이 순리에 어긋나는
이례적인 사건이었다고 주장하는 것 같다.
8) 그리스의 헬리콘산에서 솟아나는 두 개의 샘 아가니페와 히포크레네(7번 소네
트 7행의 역주 참조)를 상기시킨다.

양쪽 날개는 자줏빛으로 장식되고
머리가 황금빛인 이상한 불사조를
깊고 한적한 숲속에서 보았는데,
뿌리 뽑힌 월계수와 땅이 집어삼킨 샘에
도착할 때까지 처음에는
54 불멸의 천상적인 것을 본다고 생각했지요.
그런데 모든 것은 종말을 향해 날아가니,
나뭇잎들이 땅에 흩어지고 줄기가 부러지고
그 생생한 샘물이 마른 것을 보고,
마치 경멸하듯이 자기 자신을 향해
부리를 돌렸고, 순식간에 사라졌기에,
60 나의 심장은 연민과 사랑에 불탔습니다.

마지막으로 나는 꽃과 풀 한가운데에서
생각만 해도 떨리고 타오를 정도로 아름답고
우아한 여인이 생각에 잠겨 가는 것을 보았는데,
소박하지만 아모르에게는 도도하고
황금과 하얀 눈縊으로 함께 짠 것 같은
66 순백의 치마를 입고 있었지만,
위쪽 끝부분[9]은
검은 안개에 휩싸여 있었으며,
조그마한 뱀이 발꿈치를 물었고,

---

9) 머리를 가리킨다.

마치 꺾은 꽃처럼 시들더니
안심하고 즐겁게[10] 떠나버렸어요.

72 　　아, 세상에 지속되는 것은 눈물뿐이라오!

칸초네여, 너는 말할 수 있단다.
"이 여섯 가지 환시는 내 주인에게

75 　　죽고 싶은 달콤한 욕망을 주었답니다."

---

10) 천국으로 가는 즐거움 때문이다.

324[1]

아모르여, 나의 희망과 놀라운 충실함[2]의
보상이 꽃피고 있었을 때,
3   연민을 기대하던 그녀를 빼앗겼다오.

아, 무자비한 죽음이여, 잔인한 삶이여!
죽음은 나를 고통에 빠뜨렸고
나의 희망을 참혹하게 꺼뜨렸으며,
의지와 반대로 삶은 나를 이 아래에 잡아두고,
8   가버린 그녀를 나는 따라갈 수 없으니
그녀가 허용하지 않기 때문이지요.
그런데도 계속하여
심장 한가운데에 나의 여인이 앉아 있으니,
12   나의 삶이 어떤지 그녀는 보고 있다오.

---

1) 이 발라드는 '바티칸 라틴 필사본 3196번'에 실려 있는데, 몇 군데의 메모에 의
하면 1348년 9월에 집필하여 1356년 2월 7일 수정했고, 1368년 10월 31일 '바
티칸 라틴 필사본 3195번'에 옮겨 적은 작품이다. 『칸초니에레』의 마지막 여덟
번째 발라드다. 형식은 후렴이 3행, 즉 11음절 시행 두 개와 7음절 시행 한 개
로 구성된 '중간 발라드'로, 후렴 하나에 9행의 연 하나, 즉 11음절 시행 여섯
개와 7음절 시행 세 개로 구성되어 있다.
2) 라우라에 대한 사랑의 충실함이다.

325[1]

나는 침묵할 수 없는데,

하늘에서 듣고 있는 여인에게

영광을 바치고 싶은 마음에

내 언어가 반대의 효과를 줄까 두렵다오.

아모르여, 당신이 가르쳐주지 않으면,

고귀한 겸손함이 자기 안에

집중하여 감추는 그 거룩한 일을 내가

8   어떻게 인간의 언어로 표현할 수 있겠습니까?

지금은 풀려난 아름다운 감옥에

고귀한 영혼이 아직 오래 있지 않았을 때,[2]

나는 처음으로 그녀를 보았으니

그 해와 내 삶의 사월이었고,[3]

그래서 곧바로 주위 풀밭으로

---

1) 이 칸초네는 1348년 이후에 쓴 것은 분명하지만 구체적인 집필 시기는 알 수 없다. 포르투나를 동원하여 상당히 이례적인 방식으로 라우라를 찬양하는 작품이다. 형식은 7연으로 되어 있고, 각 연은 15행으로, 11음절 시행 열두 개와 7음절 시행 세 개로 되어 있고, 결구는 7행, 즉 11음절 시행 여섯 개와 7음절 시행 한 개로 구성되어 있어서 모두 113행이다.

2) 라우라가 아직 젊었을 때라는 뜻이다.

3) 라우라를 처음 본 것은 1327년 4월 6일이었고, 당시 페트라르카는 스물세 살이 될 무렵이었다.

꽃을 모으러 달려갔지요, 그렇게 장식하면
15 그녀의 눈이 좋아하리라는 희망으로.

벽은 설화석고, 지붕은 황금, 문은 상아,
창문은 사파이어로 되어 있었고,[4]
거기에서 내 심장에 첫 번째 한숨이 닿았고,
마지막 한숨도 닿을 것이며,
거기에서[5] 화살과 불로 무장하고,
월계관으로 장식된
아모르의 심부름꾼들이 나왔으니,
23 그들을 생각하면 지금 그렇듯이 떨립니다.
그 한가운데에 멋진 금강석으로 된
사각형의 흠 하나 없는 높은 옥좌가 보였고,[6]
거기에 아름다운 여인이 홀로 앉아 있었고,
앞에는 수정 기둥이 하나 있었으며,
그 안에는 모든 생각이 글로 적혀 있었는데,
밖으로 매우 투명하게 비쳐
30 나를 즐겁게 했고 자주 한숨을 쉬게 했지요.

날카롭고 불타오르고 눈부신 무기들[7]과

---

4) 라우라의 아름다움을 귀한 재료로 장식한 건물에 비유하고 있다.
5) 건물로 비유되는 라우라, 특히 그녀의 눈을 가리킨다.
6) 금강석은 라우라의 순수함과 정숙함을 상징하고, 사각형은 안정감을 상징한다.
7) 아모르의 심부름꾼들이 무장하고 있는 무기들이다.

푸른 승리의 표지에 대항하는
전투장에서는 유피테르와 아폴로와
폴리페모스[8]와 마르스도 패배하고, 언제나
새롭게 솟아나는 눈물이 있는 그곳에 도착한
나 자신을 보았고, 도움을 받을 수 없는 나는
붙잡혀 끌려간 곳에서
38 이제 나가는 길이나 기술도 모른다오.
하지만 울고 있는 사람이 때로는
눈과 마음을 즐겁게 해주는 것을 보듯이,
나를 감옥에 잡아두고 있으며
살아 있을 때 유일하게 완벽했던 그녀가
발코니에 있는 것을
열렬하게 바라보기 시작했으니,
45 나 자신과 고통을 잊을 정도였지요.

나는 땅에 있었고, 심장은 천국에 있었으며,
달콤하게 모든 걱정을 잊으면서
살아 있는 내 모습이 대리석으로 변하고
경이로움으로 가득 차는 것을 느꼈을 때,
매우 신속하고 확신에 찬 여인[9]이
나이는 많아도 얼굴은 젊은 모습으로

---

8) 그리스 신화에 나오는 외눈박이 거인 키클롭스 중 하나로 트로이아 전쟁이 끝나
고 귀향하던 오디세우스와 부하들을 잡아먹으려다가 눈을 찔려 장님이 되었다.
9) 뒤에서 상세하게 묘사하듯이 포르투나다.

내 얼굴과 눈썹의 표정을

53   뚫어지게 응시하더니 말했어요.

"나와 함께 상담해라,

나는 네가 생각하는 것보다 능력이 많고

순식간에 즐겁거나 슬프게 만들 줄 알며,

바람보다 가볍게 세상에서

네가 보는 것을 지배하고 바꾸니까.

독수리처럼 눈을 저 태양에 고정하고

60   그동안 내 말에 귀를 기울여라.

그녀가 태어난 날, 너희들 사이에

행복한 효과를 유발하는 별들이

높고 선택받은 곳에서

사랑으로 서로가 서로에게 조화로운 상태였어.[10]

베누스와 그녀의 아버지[11]는 너그러운 모습으로

고귀하고 아름다운 곳들을 지배했고,

불경하고 잔인한 빛들[12]은

68   하늘 전체에 거의 흩어져 있었지.

태양은 그렇게 아름다운 날을 펼친 적이 없었고,

대기와 땅은 즐거워했고,

---

10) 우호적인 별들이 조화로운 위치에 있었다는 뜻이다. 이 구절에 대한 천문학적 해석을 토대로 라우라는 1308년 2월 22일 태어났다고 주장한 학자도 있다.

11) 유피테르를 가리킨다(310번 소네트 6행의 역주 참조).

12) 화성과 토성을 가리킨다(31번 소네트 13행의 역주와 41번 소네트 9행 참조).

물은 바다와 강에서 평온했어.
우호적인 많은 빛 사이에서
멀리 구름 하나가 마음에 들지 않았는데,
연민이 하늘을 다른 식으로 돌리지 않는다면,[13]
75   그 구름이 눈물로 바뀔까 두렵구나.

솔직히 말해 가질 자격도 없었던
이 낮은 삶으로 왔을 때,
보기에 경이로운 그녀는
설익었는데도 이미 성스럽고 달콤하며
순금 안에 끼운 순백의 진주[14] 같았고,
때로는 기어가고 때로는 불안한 걸음에도[15]
나무, 물, 흙이나 돌을
83   푸르고, 맑고, 부드럽게 했고,
손이나 발로 풀을 신선하고 풍요롭게 했고,
아름다운 눈으로 들판에 꽃이 피게 했고,
바람과 폭풍을 잠잠하게 했고,
방금 젖을 뗀 혀로
아직 더듬거리는 목소리로
자신이 하늘의 빛을 얼마나 지니고 있는지
90   눈멀고 귀먹은 세상에 분명히 보여주었지.

---

13) 정해진 운명을 바꾸지 않는다면.
14) 라우라의 금발에 둘러싸인 얼굴을 가리키는 것으로 해석된다.
15) 아기처럼 아직 제대로 걷지도 못했을 때를 뜻한다.

그런 다음 나이와 덕성에서 성장하면서
세 번째 꽃핀 시절[16]에 이르렀고,
그런 우아함과 아름다움은
태양이 전혀 본 적 없을 것이며,
눈은 즐거움과 정숙함으로 가득하고
말은 달콤함과 구원으로 가득했어.
그녀에 대해 너만 아는 것을 말하기에는

98   모든 혀가 벙어리가 될 거야.[17]
얼굴은 천상의 빛으로 빛나기에
너희들의 눈은 오래 바라볼 수 없고,
그녀의 아름다운 지상의 감옥에서
나오는 불로 네 심장은 가득하고,
더 달콤하게 타오른 심장이 전혀 없는데,
그녀의 갑작스러운 떠남이 너에게는

105   쓰라린 삶의 원인이 될 것 같구나."

내 불행을 슬프고 확실하게 예견하는 그녀는
그렇게 말하고 우리의 실을 잣는
그 변덕스러운 바퀴[18]로 몸을 돌렸으니,
내 칸초네여, 오래 지나지 않아

---

16) 청소년기를 가리킨다(214번 세스티나 1행의 역주 참조).
17) 말로 표현할 수 없다는 뜻이다.
18) 포르투나의 바퀴다.

내가 죽을 정도로 열망하는 그녀를
쓰라리고 잔인한 죽음이 꺼뜨렸는데,
112   더 아름다운 육신을 죽일 수는 없었지.

326[1]

오, 잔인한 죽음이여, 이제 당신은 능력의
극단적인 일을 했고, 아모르의 왕국을
초라하게 만들었고, 아름다움의 꽃과
4   빛을 꺼뜨려 작은 구덩이에 가두었으며,

이제 우리의 삶을 벌거벗게 했고,
모든 장식과 고귀한 영광을 파괴했지만,
절대 죽지 않는 가치와 명성은
8   당신의 능력을 벗어나니, 헐벗은 뼈나 가지세요.

다른 부분[2]은 하늘이 갖고, 그 광채를
더 멋진 태양처럼 자랑하고 즐거워하며,
11   세상에서는 선인들이 언제나 기억할 테니까요.

새로운 천사여, 저 위에서 승리의 영광에 있는
그대의 심장을 나에 대한 연민이 압도하게 해주오,
14   여기에서 그대의 아름다움이 나의 심장을 압도했듯이.

---

1) 집필 시기를 알 수 없는 이 소네트의 서두는 앞의 325번 칸초네의 마지막 구절
을 상기시킨다.
2) 영원한 부분인 영혼을 가리킨다.

327[1]

달콤한 월계수의 그늘과 위로와
산들바람과 냄새와 그 꽃핀 모습,
내 피곤한 삶의 빛이자 휴식을
4 온 세상을 휩쓸어 가는 그녀[2]가 빼앗았다오.

우리에게 태양을 그 누이[3]가 가리듯이
고귀한 나의 빛이 나에게서 사라졌기에,
죽음에 반대되는 도움을 죽음에게 청하니,[4]
8 그런 어두운 생각들로 아모르는 나를 채우지요.

아름다운 여인이여, 그대는 짧은 잠을 잤고,
이제 영혼이 자기 창조주 안으로 들어가는 곳에서,
11 선택받은 영혼들 사이에서 깨어났군요.

나의 시가 무엇인가 할 수 있다면,
그대 이름의 영원한 기억은 여기에서,

---

1) 이 소네트의 구체적인 집필 시기도 알 수 없다.
2) 죽음을 가리킨다. 이탈리아어에서 죽음은 여성명사다.
3) 달을 가리킨다. 달이 태양을 가린다는 것은 일식을 뜻한다.
4) 자신도 죽게 해달라고 부탁한다는 뜻이다.

14   고귀한 지성들 사이에서 신성해질 것이오.

328[1]

불쌍하구나, 이 짧은 삶에서 내가 본
너무 적은 즐거운 날들의 마지막 날이 왔고,
슬프고 음울한 날들을 예감한 듯
4   심장을 녹아내리는 눈으로 만들었어요.

익숙한[2] 열이 공격하게 될 병든
신경과 맥박과 생각을 느끼는 사람처럼,
온전하지 못한 내 행복의 종말이
8   빠르게 오는 것을 모르는 사이에 느꼈지요.

아름다운 눈은 지금 하늘에서 구원과
생명을 내려주는 빛으로 빛나고 행복하지만,
11   내 불쌍하고 가난한 눈을 여기 남겨두면서

정숙하고 경이로운 불꽃들과 함께 말했다오.
"사랑스러운 친구[3]여, 여기 편안히 남아 있어요.

---

1) 구체적인 집필 시기를 알 수 없는 이 소네트와 이어지는 소네트 두 편은 314번
   소네트와 마찬가지로 라우라와의 마지막 만남과 슬픈 예감을 주제로 한다.
2) 주기적으로 반복되어 익숙해졌다는 뜻이다.
3) 라우라의 눈이 페트라르카의 눈에게 하는 말이다.

14　　여기가 아닌 다른 곳에서 다시 만날 거예요."

329[1]

오, 날이여, 시간이여, 마지막 순간이여,
나를 가난하게 만들려고 공모한 별들이여!
오, 믿음직한 눈길이여, 절대로 행복하지 않을
4   내가 떠날 때 무엇을 말하고 싶었지?

이제야 나의 아픔을 알고, 이제야 다시 느끼니,
나는 믿었어, (아, 헛되고 근거 없는 믿음이여!)
내가 떠나면서 전체가 아닌 부분만 잃는다고.[2]
8   바람은 얼마나 많은 희망을 휩쓸어 가는가!

하늘에서는 벌써 정반대로 정해졌고,
내가 살게 해주던 고귀한 빛이 꺼질 것이라고
11   그녀의 달콤하고 쓰라린 모습에 적혀 있었지만,

내 눈앞에는 내가 보는 것을
보지 못하게 만드는 베일이 드리워 있었지,
14   내 삶을 갑자기 더 슬프게 만들려는 것처럼.

---

1) 이 소네트의 구체적인 집필 시기도 알 수 없다.
2) 라우라가 죽으리라는 것을 예상하지 못했다는 말이다.

330[1)]

그 우아하고 달콤하고 사랑스럽고 진솔한 눈길은
말하는 듯했어요. "나에게서 가져갈 수 있는 것을 가져가요.
그대가 여기에서 움직이기 힘든 발을 움직인 뒤에는
4   나를 다시 보지 못할 테니까요."

표범보다 재빠르면서 너의 고통을
예견하는 데 게으른 지성[2)]이여,
지금 보듯이 나를 괴롭히고 불태우는 것을
8   어떻게 그녀의 눈에서 보지 못했는가?

그 눈은 말없이 이례적으로 반짝이면서
말했다오. "오랫동안 아주 부드럽게
11   나를 비춰주었던, 오, 친구 빛[3)]이여,

나를 하늘이 기다려. 너에게는 이르게 보이겠지만,
나를 여기 잡아두었던 분이 매듭을 풀고,

---

1) 이 소네트의 구체적인 집필 시기도 알 수 없다.
2) 페트라르카 자신의 지성이다.
3) 라우라의 눈이 페트라르카의 눈에게 하는 말이다.

14 　　화가 나겠지만,[4] 네 매듭은 늙어가기를 원하셔."

---

4) 원문에는 *per farv'ira*, 즉 "너를 화나게 만들기 위해"로 되어 있다. 라우라가 죽은 뒤에도 페트라르카의 눈은 계속 살아가는 것에 화가 날 것이라는 뜻이다.

331[1]

나는 내 삶의 샘물에서 멀어지곤 했고,[2]
내 의지가 아니라 운명에 따라
땅과 바다를 돌아다니곤 했으니,
언제나 심장을 기억과 희망으로 부양하면서
아모르가 도움을 주었고 얼마나 쓰라린지
6 아모르가 아는 그런 망명으로 갔지요.
이제 나는, 불쌍하구나, 손을 들고,[3]
내 달콤한 희망을 빼앗아 간 잔인하고
폭력적인 운명 앞에 무기를 내려놓습니다.
단지 기억만 남아 있고,
그 기억만으로 커다란 욕망을 부양하니,
12 약하고 굶주린 영혼은 쇠약해지네요.

달리는 말에게 음식이 부족해지면

---

1) 이 칸초네의 구체적인 집필 시기도 알 수 없다. 후반부에서는 앞의 소네트 세
   편과 마찬가지로 라우라와의 마지막 만남에 대해 노래한다. 형식은 5연으로
   되어 있고, 각 연은 12행으로, 11음절 시행 열한 개와 7음절 시행 한 개로 되
   어 있고, 결구는 4행, 즉 11음절 시행 세 개와 7음절 시행 한 개로 구성되어 있
   어서 모두 64행이다.
2) 라우라가 있는 프로방스 지방을 떠나 이탈리아로 자주 여행한 것을 암시한다.
3) 항복의 표시다.

빨리 달리게 하던 힘이 줄어들면서
어쩔 수 없이 달리기를 늦춰야 하듯이,
세상을 벌거벗기고 내 심장을 슬프게 하는 자[4]가
쓰러뜨린 그 귀중한 영양분이
18 내 피곤한 삶에서 사라지면서
나에게 달콤함은 시시각각 쓰라려지고,
멋진 즐거움은 귀찮아지니, 그 짧은 길을
완수하고 싶지 않고[5] 두렵습니다.
바람 앞의 안개나 먼지처럼 나는
이제 순례를 끝내기 위해 달아나고,
24 만약 운명이라면 그렇게 되기를 바라오.

내 삶의 빛이던 그녀 때문이 아니라면
이 인간의 삶을 나는 전혀 좋아하지 않았으니,
(종종 함께 이야기하는 아모르가 알지요.)
내가 살게 하던 영혼이 지상에서 죽고
하늘에서 다시 태어난 후, 그 뒤를 따르는 것이
30 (그럴 수 있다면) 나의 최고 욕망이지요.
하지만 언제나 괴로워할 것이 있으니,
나에게 다른 충고[6]를 해주기 위해

---

4) 죽음을 가리킨다.
5) 짧은 삶을 더 빨리 마무리하고 싶다는 뜻이다.
6) 뒤이어 말하듯이 라우라보다 먼저 죽었다면 행복한 죽음을 맞이했을 것이라는
   충고다.

아모르가 그 아름다운 눈을 통해 보여준
내 상태를 잘 깨닫지 못했기 때문인데,
슬픔과 절망 속에 죽은 사람에게는
36   그 전에 죽는 것이 행복한 죽음이지요.

내 심장이 으레 머무르던 눈에다,
내 가혹한 운명이 질투하여
그 풍요로운 거주지에서 추방할 때까지,
아모르는 내 오랜 욕망의 길에 곧바로
일어날 일을 자기 손으로
42   연민 어린 글씨로 적어두었지요.
내가 죽으면서 내 삶[7]이 함께 죽지 않고
오히려 나의 최고 부분[8]이 살았다면
아름답고 달콤한 죽음이 되었을 텐데,
이제 죽음이 희망을 흩어버렸고,
약간의 흙이 내 행복을 덮고 있는데,
48   나는 살아 있으니, 생각만 해도 떨린답니다.

만약 필요할 때[9] 내 지성이
나를 조금 도와주고, 다른 욕망이
다른 곳으로 벗어나게 하지 않았다면,

내 여인의 얼굴에서 분명히 읽었겠지요.

"그대는 모든 달콤함의 끝에,

54 커다란 쓰라림의 시작에 이르렀어요."

그것을 깨달았다면, 그녀 앞에서

죽어갈 이 베일과 이 귀찮고 무거운

육신으로부터 달콤하게 풀려나,

하늘에서 그녀의 자리를 준비하는 것을 보러

그녀보다 먼저 갈 수 있었을 텐데,

60 이제 하얀 머리칼로[10] 뒤에 가야 한다오.

칸초네여, 평온하게 사랑하며 사는 사람을 보면

말해다오. "행복할 때 죽으세요.

적시에 죽는 것은 고통이 아니라 피난이니,

64 잘 죽을 수 있는 사람은 망설이지 말아요."

---

10) 원문에는 *con altro pelo*, 즉 "다른 털로"로 되어 있다.

332[1)]

너그러운 내 행운과 행복한 삶,[2)]
밝은 낮들과 평온한 밤들,
시와 운율로 울려 퍼지게 하던
달콤한 문체와 우아한 한숨들이
순식간에 고통과 눈물로 돌아섰으며,
6   삶을 증오하고 죽음을 열망하게 했지요.

잔인하고 쓰라리고 무자비한 죽음이여,
당신은 내가 절대로 즐겁지 않고
모든 삶을 눈물 속에 이끌며
어두운 낮과 괴로운 밤을 이끌게 하는군요.
무거운 한숨은 운율로 표현되지 않고
12   가혹한 고통은 모든 문체를 압도한다오.

---

1) 『칸초니에레』에서 유일한 이중 세스티나로 후기 작품인 것은 분명하지만 구체적
인 집필 시기는 알 수 없다. 아마 1369년 일곱 번째 편집본, 소위 '말라테스타 편
집본'에 포함된 작품일 것이다. 라우라의 죽음으로 인해 페트라르카가 자기 죽
음을 열망하는 심경을 노래한다. 이중 세스티나이므로 형식은 두 배인 12연으
로 되어 있고, 각 연은 11음절 시행 여섯 개로 구성되었으며, 결구는 11음절 시
행 세 개로 되어 있고, 똑같은 낱말로 각운을 맞추고 있다.
2) 라우라가 살아 있었을 때의 행복한 삶을 회상하고 있다.

내 사랑의 문체는 어디로 인도되었나요?
분노와 죽음에 대해 말하도록 인도되었지요.
고귀한 심장이 생각에 잠겨 즐겁게 들었던
시와 운율은 지금 어디로 갔으며,
밤을 지새우던 사랑의 이야기는 어디 있나요?
18   지금은 눈물에 대해서만 말하고 생각한다오.

전에는 욕망으로 눈물이 달콤했기에
모든 거친 문체가 달콤한 맛을 냈고,
내가 모든 밤을 지새우게 했는데,
이제는 눈물이 죽음보다 더 쓰고
즐겁고 진솔한 눈길을 볼 희망이 없기에
24   나의 낮은 운율에는 높은 주제랍니다.

아모르는 내 운율의 분명한 목표를
아름다운 눈 속에 두었다가 이제 눈물 속에 두었기에,
고통스럽게 즐거운 시절을 기억하면서
나는 생각으로 문체를 바꾸고 있으며,
창백한 죽음이여, 당신에게 부탁하오니,
30   괴로운 밤에서 나를 꺼내주십시오.

내 잔인한 밤에서 잠은 달아났고
거친 운율에서 예전의 소리가 달아났기에
죽음 외에 다른 것은 다룰 줄 모르고
그렇게 내 노래는 눈물로 바뀌었지요.

아모르의 왕국에 그렇게 다양한 문체는 없으니
36   전에 즐거웠던 만큼 지금은 슬프답니다.

누구도 나보다 행복하게 살지 않았는데,
이제 누구도 밤낮으로 나보다 슬프게 살지 않고,
고통이 배가되면서, 눈물 젖은 운율을
심장에서 끌어내는 문체가 배가되지요.
희망으로 살다가 이제는 눈물로 살며,
42   죽음에 대항하여 죽음만 바랄 뿐입니다.

죽음이 나를 죽였는데, 오로지 죽음만이
내 한숨과 눈물을 즐거움으로 만들어주던
그 행복한 얼굴을 다시 보게 해주고,
아모르가 내 약한 문체를 올려주면,
선택받은 생각들을 운율로 짜던 밤의 비와
48   달콤한 산들바람을 다시 보게 해줄 수 있답니다.

오르페우스가 운율 없이 에우리디케를 데려왔듯이,[3]
내 라우라를 죽음에게서 데려올 수 있을 만큼
연민 어린 문체를 만약 갖고 있다면

---

3) 그리스 신화에서 뛰어난 음악가 오르페우스는 죽은 아내 에우리디케를 다시
   데려오기 위해 저승으로 내려갔고, 음악으로 하데스까지 감동하게 하여 데려
   가도 좋다는 허락을 받았으나, 금지 사항을 어기고 도중에 뒤돌아보았기 때문
   에 결국 데려오지 못했다.

어느 때보다 행복하게 살 수 있을 텐데!
만약 그럴 수 없다면, 어느 날 밤이
54   이 눈물의 두 샘을 이제 감겨주었으면.

아모르여, 많고 많은 세월 동안 나는
커다란 고통을 괴로운 문체로 노래했고,
당신에게 덜 잔인한 밤을 바라지도 않으며,
그래서 이제는 죽음에게 간청한다오,
나를 여기에서 데려가, 운율로 울고 노래하는
60   그녀가 있는 곳에서 행복하게 해달라고.

내 피곤한 문체가 높이 올라갈 수 있어서
분노와 눈물에서 벗어나 지금 아름다움으로
하늘을 즐겁게 만드는 그녀에게 닿는다면,
죽음이 그녀에게 밝은 낮을, 나에게는
어두운 밤을 주기 전에 혹시 좋아했을
68   바뀐 문체⁴⁾를 그녀는 충분히 알아볼 텐데.

아모르에 대해 듣거나 운율로 말하며
더 나은 밤을 위해 한숨짓는 당신들이여,⁵⁾
비참함의 항구요 눈물의 끝인 죽음이
이제는 나에게 귀를 막지 않도록 부탁해 주오,

---

4) 라우라가 살아 있었을 때의 문체가 죽은 뒤에는 바뀌었다는 뜻이다.
5) 사랑에 빠진 사람들에게 하는 말이다.

모든 사람에게 슬프지만 내게는 즐거울 수 있는[6]

72 그 오래된 방식[7]을 한 번만이라도 바꿔달라고.

죽음은 하룻밤이나 며칠 밤에 나를

즐겁게 해줄 수 있으니, 내 눈물을 끝내달라고

75 거친 문체와 괴로운 운율로 간청합니다.

---

6) 죽음이 다른 모든 사람에게는 슬프겠지만 자신에게는 즐거울 수 있다는 뜻이다.
7) 사람들의 간청에 귀를 기울이지 않고 예기치 않게 찾아가는 죽음의 방식을 가리킨다.

333[1]

괴로운 시들이여, 귀중한 나의 보물을
땅속에 감추고 있는 단단한 돌에게 가서,
육신은 어둡고 낮은 곳에 있지만
4   하늘에서 대답하는 그녀를 불러라.

그리고 말해다오, 나는 이미 사는 것에,
이 끔찍한 파도와 항해하는 것에 지쳤지만,
흩어진 그녀의 가지들[2]을 주워 모으면서
8   한 걸음 한 걸음 그녀를 뒤따르고 있으며,

살아 있던 그녀와 죽은 그녀, 아니, 지금도
살아서 불멸이 된 그녀에 대해 세상이 알고
11   사랑하도록 이야기하고 있다고 말해다오.

벌써 가까워진 나의 건너감[3]을 깨닫고
즐거워하며 나를 만나러 오고, 지금
14   천국에 있는 상태로 나를 부르고 이끌기를.

———————

1) 이 소네트도 후기에 쓴 것은 분명하지만 구체적인 집필 시기는 알 수 없다.
2) 월계수─라우라의 은유다.
3) 죽음을 가리킨다.

334[1]

만약 정숙한 사랑이 보상받을 수 있다면,
연민도 으레 그러는 만큼 해줄 수 있다면,
나의 여인에게 충실함은 세상에서
4   태양보다 분명하니까 보상받을 것이오.

전에 그녀는 나를 두려워했지만, 지금
내가 원하는 것은 언제나 똑같다는 것을
분명히 알 것이며, 만약 내 말을 듣고 얼굴을
8   보았다면, 이제 내 마음과 심장을 알 것이오.

그러니 연민에 가득한 모습으로 나에게
돌아올 때[2] 보이는 것처럼, 하늘에서도
11   많은 내 한숨에 슬퍼하기를 바라며,

이 육신을 내려놓을 때 나를 위해
그리스도와 순수함의 진정한 친구인
14   축복받은 사람들[3]과 함께 와주기를 바란다오.

---

1) 이 소네트의 구체적인 집필 시기도 알 수 없다.
2) 꿈속이나 환상에서 돌아온다는 뜻이다.
3) 원문에는 이교도 영혼들과 구별하기 위해 "우리 사람들"로 되어 있다.

335[1)]

많은 여인 사이에서 한 여인을 보았는데,
천상의 영혼들과 똑같아 보이는 그녀를
거짓이 아닌 모습으로 바라보는 동안
4   사랑의 떨림이 내 심장을 공격했지요.

단지 하늘에만 이끌린 사람처럼 그녀에게는
세속적이거나 필멸의 것이 전혀 없었어요.
그녀와 함께 가고 싶어 자주 타올랐고
8   얼어붙은 내 영혼은 두 날개를 펼쳤지요.

하지만 내 지상의 무게에 비해 너무 높았고,
잠시 후 완전히 시야에서 벗어났으니, [2)]
11   생각만 해도 여전히 얼어붙고 무감각해진다오.

많은 사람을 슬프게 하는 자[3)]가
그 아름다운 몸으로 들어가는 길을 찾은,

---

1) 이 소네트의 구체적인 집필 시기도 알 수 없다.
2) 라우라가 죽어 하늘로 올라간 것을 암시한다.
3) 죽음을 가리킨다.

14   오, 아름답고 높고 빛나는 창문[4]이여!

---

4) 라우라의 눈을 가리킨다.

336[1]

레테도 쫓아낼 수 없는[2] 그녀는
자기 별의 빛으로 완전히 불타는
꽃피는 나이였을 때 보았던 그대로
4 내 마음으로 돌아오네요, 아니, 그 안에 있지요.

처음 만났을 때처럼 정숙하고 아름답게
내면에 집중하여 홀로 있는 그녀를 보며 나는
외치지요. "바로 그녀야. 아직 살아 있어."
8 그리고 달콤한 말을 선물로 요구한답니다.

그녀는 때로는 대답하고, 때로는 말하지 않아요.
틀려도 나중에 바로잡는 사람처럼 나는
11 내 마음에게 말하지요. "너는 속았어.

알고 있잖아, 일천삼백사십팔 년

---

1) 이 소네트의 집필 시기는 정확하게 알 수 없는데, 마지막 3행은 211번 소네트
   의 마지막 3행과 비슷하다. '바티칸 라틴 필사본 3195번'에서 『칸초니에레』의
   마지막 31편, 그러니까 336번부터 366번 작품까지 원고의 오른쪽 모서리에다
   페트라르카는 1에서 31까지 아라비아 숫자를 적어두었는데, 최종 판본과 비교
   해볼 때 순서는 약간 바뀌었지만, 각 작품의 새로운 위치를 가리킨다.
2) 레테, 즉 망각의 강도 페트라르카가 잊게 할 수 없다는 뜻이다.

사월 여섯째 날, 첫째 시간에

14 그 축복받은 영혼은 육신에서 나갔어."

337[1]

향기에 있어서나 색깔에 있어서
향기롭고 빛나는 동방[2]의 과일과 꽃과
풀과 나뭇잎을 능가했으니, 서방은
4 그 모든 희귀한 탁월함[3]을 자랑했으며,

모든 아름다움, 모든 타오르는 덕성이
으레 머무르던 그 달콤한 나의 월계수는
자기 그늘에 나의 주인과 나의 여신이
8 정숙하게 앉는 것을 보곤 했어요.

한때 나는 선택받은 생각들의 보금자리를
그 고귀한 나무에 두었고, 불과 얼음 속에
11 불타오르고 떨면서 너무 행복했답니다.

세상이 그녀의 완벽한 영광으로 가득했을 때
하느님께서는 하늘을 장식하기 위하여
14 당신에게 어울리는 그녀를 다시 데려가셨지요.

---

1) 이 소네트도 후기에 쓴 것은 분명하지만 구체적인 집필 시기는 알 수 없다.
2) 당시에 동방은 탁월한 보석과 향료의 산지로 알려져 있었다.
3) 라우라의 아름다움을 암시한다.

338¹⁾

죽음이여, 당신은 세상을 태양 없이 어둡고
차갑게 남겨두었고, 아모르를 눈멀고 무기력하게,
우아함을 벌거벗게, 아름다움을 병들게 했고,
4   절망한 나에게 무거운 짐을 남겨두었군요.

예절은 추방되었고 정숙함은 가라앉았지요.
나만 괴로운데 혼자 괴로워할 것이 아니니,
당신이 덕성의 밝은 뿌리를 뽑아버렸기 때문이며,
8   첫째 가치를 꺼뜨렸는데, 무엇이 둘째일까요?²⁾

땅과 대기와 바다는 인류를 위해
울어야 할 것이니, 그녀가 없으면 마치
11   꽃 없는 풀밭이나 보석 없는 반지 같지요.

그녀가 있는 동안 세상은 그녀를 몰랐어도
지금 여기 남아 울어야 하는 나는 알았고,
14   내 눈물³⁾로 지금 아름다워지는 하늘도 알았다오.

---

1) 이 소네트도 후기에 쓴 것은 분명하지만 구체적인 집필 시기는 알 수 없다.
2) 라우라에 버금갈 만한 가치는 없다는 뜻이다.
3) 페트라르카가 지금 울게 하는 라우라를 가리킨다.

339[1)]

하늘이 나의 눈을 열어준 만큼 노력과
아모르는 날개로 높이 올려주었기에,
나는 모든 별이 단지 한 사람에게 뿌려준
4   특별하고 우아해도 필멸의 것들을 알았는데,

너무나 특이하고 다양한 다른 것들,
고귀하고 영원한 천상의 형식들은
지성을 넘어서는 것이었기 때문에
8   나의 약한 시력이 견딜 수 없었지요.

따라서 나의 찬양[2)] 덕분에 지금 하느님께
기도해 주는 그녀에 대해 내가 쓰고 말한 것은
11   그 무한한 심연에는 작은 물방울이었으니,

펜은 재능 너머까지 펼쳐질 수 없고,
인간이 아무리 태양에 눈을 고정해도
14   더 빛날수록 덜 보기 때문이지요.

---

1) 이 소네트도 후기에 쓴 것은 분명하지만 구체적인 집필 시기는 알 수 없다.
2) 페트라르카가 시에서 라우라를 찬양한 것을 가리킨다. 그에 대한 보답으로 라
   우라가 페트라르카를 위해 기도해 준다는 것이다.

340[1]

달콤하고 소중하고 고귀한 내 담보[2]를
자연[3]이 빼앗았고 지금 하늘이 보살피니,
오, 일상적이었던 내 삶의 받침대여,
4   그대의 연민은 왜 그렇게 나에게 늦나요?

그대는 내 꿈에 그대를 보게 해주었는데,
지금은 어떤 위안도 없이 내가 불타게 하니,
누가 그것을 늦어지게 하고 있나요?
8   하지만 저 위에는 분노나 경멸이 없지요.

반면에 이 아래에서는 무척 자비로운 마음도
때로는 타인의 괴로움을 즐기고,[4] 그래서
11   아모르가 자기 왕국에서 패배하기도 하지요.

---

1) 이 소네트도 후기에 쓴 것은 분명하지만 구체적인 집필 시기는 알 수 없다. 이
   소네트와 이어지는 세 편의 소네트는 모두 282~286번 연작시와 마찬가지로
   꿈속에 나타나는 라우라를 주제로 한다.
2) 라우라를 가리킨다.
3) 의인화하여 대문자로 쓰고 있는데, 죽음을 가리킨다. 죽음도 자연의 일부이기
   때문이다.
4) 원문에는 *si pasce delli altrui tormenti*, 즉 "타인의 괴로움으로 자신을 부양하
   고"로 되어 있다. 위에서 말한 "분노와 경멸"로 인해 복수하는 것을 암시한다.

나의 내면을 보고 나의 고통을 느끼며,
유일하게 많은 고통을 끝내줄 수 있는 그대여,
14 그대의 그늘[5]로 나의 한숨을 잠재워 주오.

---

5) 꿈속에 나타나는 것을 암시한다.

341[1]

아, 어떤 연민, 어떤 천사가 그렇게 빨리
나의 고통을 하늘 위로 전해주었나요?[2]
으레 그랬듯이 나의 여인이 불쌍하고
4   슬픈 심장을 평온하게 달래주기 위해

달콤하고 정숙하게 돌아오는 것을 느끼고,
소박함이 넘치고 오만함이 없는 모습으로
나를 죽음에서 다시 데려가 살게 해주니,[3]
8   삶이 이제는 지겹지 않게 되었답니다.

단지 우리 둘만이 이해하는 말이나
자기 모습으로 사람들을 축복받게
11   해줄 수 있는 그녀는 축복받았지요.

"충실한 사람이여, 그대 때문에 괴롭지만

---

1) 이 소네트의 구체적인 집필 시기도 알 수 없으나 340번 소네트와 밀접하게 연
결된 것으로 보아 비슷한 시기의 작품으로 짐작된다.
2) 앞 소네트에서 라우라가 꿈에 나타나지 않아 괴롭다고 탄식했는데, 그 소식이
곧바로 하늘의 라우라에게 전해졌다는 뜻이다.
3) 꿈속에 나타나는 라우라 덕택에 죽지 않고 살아간다는 말이다.

우리의 선을 위해 나는 단호했었어요."[4]

14   태양을 멈출 만한 다른 것들과 함께 말한다오.

---

4) 라우라가 냉정하게 대한 것은 두 사람의 구원을 위해 그랬다는 뜻이다.

342[1]

나의 주인이 언제나 풍부하게 가진 음식인
눈물과 고통을 지친 심장에게 먹이고,
그 쓰라리고 깊은 상처를 생각하면서
4   나는 종종 전율하고 창백해진답니다.

하지만 살아 있었을 때 첫째나 둘째도
비슷한 여인이 없었던 그녀는 내가 수척해지는
침대로 와서 가까스로 바라볼 정도로
8   연민 어린 모습으로 가장자리에 앉지요.[2]

무척이나 열망하던 그 손으로
나의 눈을 닦아주고, 필멸의 인간은 전혀
11   들어본 적이 없는 말로 달콤함을 준답니다.

"절망하는 자에게 지식이 무슨 소용이 있나요?
울지 마오, 그대는 충분히 울지 않았나요?
14   내가 죽지 않은 것처럼 당신이 살기를!"

---

1) 이 소네트의 구체적인 집필 시기도 알 수 없다.
2) 꿈속에 나타난다는 뜻이다.

343[1]

지금 하늘을 장식하고 있는 우아한 눈길,
금발의 머리를 숙이는 모습과 얼굴,
나를 달콤하게 해주었고 지금은 괴롭게 하는
4   그 천사 같고 온화한 목소리를 생각하면,

내가 아직 살아 있다는 것이 정말 놀랍고,
아름다움과 정숙함 중에 어느 것이 더한지
의혹에 빠뜨리던 사람[2]이 새벽 무렵에[3] 빨리
8   도와주지 않으면 나는 더 살지 못할 것이오.

오, 얼마나 달콤하고 정숙하고 경건한 환대인지!
나의 고통에 대한 기나긴 이야기를
11   얼마나 주의 깊게 듣고 기억하는지!

---

1) 이 소네트의 구체적인 집필 시기도 알 수 없다. 340번 소네트에서 시작된 연작
   시의 마지막 작품이다.
2) 라우라를 가리킨다. 그녀의 아름다움과 정숙함 중에서 무엇이 더 우세한지 말
   하기 어렵다는 뜻이다.
3) 새벽의 꿈에 나타나기를 바란다는 뜻이다. 전통적으로 새벽에 꾸는 꿈이 더 진
   실하다고 믿었다.

밝은 낮이 그녀를 뒤흔드는 것 같으면,[4)]

모든 길을 아는 그녀는 이쪽저쪽 빰과

14   눈이 젖은 채 하늘로 돌아간답니다.

---

4) 낮이 밝으면서 꿈속의 라우라가 떠나게 한다는 뜻이다.

344¹⁾

언제였는지 모르나 한때 사랑은 아마
행복했을 텐데 지금은 무엇보다 쓰라리니,
내가 커다란 고통과 함께 그랬듯이
4   배우는 사람은 진실을 잘 알지요.

우리 시대의 영광이었고 지금은 완전히
하늘을 장식하고 빛내고 있는 그녀는
살아 있었을 때 짧고 귀한 위로를 베풀었는데,
8   지금은 나를 모든 휴식에서 쫓아냈습니다.

나의 모든 행복을 잔인한 죽음이 빼앗았고,
그 아름답고 풀려난 영혼의 커다란 행복은
11   불행한 내 상태를 위로해 줄 수 없다오.

울고 노래하던 방식을 이제는 바꿀 수 없고,
영혼 속에 응집된 고통을 밤낮없이
14   혀와 눈으로 토로하고 쏟아낼 뿐이랍니다.²⁾

---

1) 이 소네트도 후기에 쓴 것은 분명하지만 구체적인 집필 시기는 알 수 없다.
2) 고통을 혀로 하는 말로 토로하고, 눈으로 쏟는 눈물로 표출한다는 뜻이다.

345[1]

내가 노래하고 불타게 만든 그녀에 대해,
만약 사실이라면, 그릇된 것을 말하고
탄식하기 시작한 나의 혀를 사랑과 고통이 강요해
4   가지 않아야 할 곳으로 가게 했으니,

축복받은 그녀는 나의 어려운 상태를 충분히
위로해야 하고, 나의 심장은 그녀가 살았을 때
언제나 가슴속에 간직했던 그분과
8   가까워진 것을 보며 위로를 찾아야 하지요.

그리고 나도 평온해지고 자신을 위로하며,
이 지옥[2]에서 그녀를 다시 보고 싶지 않고
11   오히려 죽고 싶고 외롭게 살고 싶으니,

천사들과 함께 어느 때보다 아름답게
그녀와 나의 영원한 주님에게 날아 올라간
14   그녀를 내면의 눈으로 보기 때문이라오.

---

1) 이 소네트도 후기에 쓴 것은 분명하지만 구체적인 집필 시기는 알 수 없다.
2) 지상 세계를 가리킨다.

346[1]

하늘에 사는 축복받은 영혼들과
선택받은 천사들은, 나의 여인이 건너간
첫날에 경이로움과 연민에 넘쳐
4   그녀 주위에 모여 자기들끼리 말했지요.

"이게 무슨 빛이며, 무슨 새로운 아름다움이오?
이렇게 아름다운 영혼이 방황하는 세상에서
여기 높은 집[2]으로 올라온 적은
8   이 모든 시대에 전혀 없었어요."

그녀는 주거지를 바꾼 것에 만족하여
가장 완벽한 영혼들과 함께 머무르며
11   이따금 몸을 돌려 내가 뒤따르고 있는지

바라보면서 마치 기다리는 것 같기에,
나는 모든 생각과 욕망을 하늘로 올리고
14   서두르라는 그녀의 기도를 듣는답니다.

---

1) 이 소네트도 후기에 쓴 것은 분명하지만 구체적인 집필 시기는 알 수 없다. 이
   작품에서는 마치 라우라를 신격화하는 것처럼 보인다.
2) "방황하는 세상", 즉 지상 세계와 대비되는 하늘 또는 천국을 가리킨다.

347[1]

여인이여, 우리의 원리[2]와 함께 즐겁게
그대의 고귀한 삶에 어울리게
높고 영광스러운 자리에 앉아 있으며,

4   진주나 자줏빛과 다른 것으로 장식된 여인이여,

오, 여인들의 고귀하고 드문 기적이여,
이제 모든 것을 보시는 그분의 얼굴 안에서
내가 수많은 눈물과 잉크를 쏟게 만든

8   그 순수한 충실함과 나의 사랑을 보고,

그대를 향한 나의 심장이 지금 하늘에서처럼
땅에서도 그랬고, 그대 눈의 태양[3] 외에는

11   다른 것을 원하지 않았음을 느낄 테니,

세상에서 오로지 그대에게 향했던
오랜 괴로움을 보상하기 위해서라도

---

1) 이 소네트도 후기에 쓴 것은 분명하지만 구체적인 집필 시기는 알 수 없다. 이
   소네트와 이어지는 두 편의 소네트는 서로 다른 방식으로 공통의 주제를 다루
   는데, 하늘에서 라우라와의 최종적인 만남을 염원한다.
2) 원문에는 대문자로 되어 있으며 창조주 하느님을 가리킨다.
3) 눈의 광채를 의미한다.

14   내가 빨리 당신들⁴⁾에게 가도록 기도해 주오.

---

4) 천국에 있는 축복받은 영혼들을 가리킨다.

348[1]

가장 아름다운 눈에서, 어느 때보다 빛나는
가장 밝은 얼굴에서, 황금과 태양마저
덜 아름답게 만드는 아름다운 머리칼에서,
4 가장 달콤한 말과 달콤한 웃음에서,

아모르에게 가장 반역적이던 자들까지
움직이지도 않고 정복한 팔에서,
손에서, 가장 아름답고 날렵한 발에서,
8 천국에서 형성된 아름다운 몸에서

나의 정신은 생명력을 얻었는데, 지금은
천상의 왕과 날개 달린 전령들[2]이 갖고 있고,
11 나는 눈멀고 헐벗은 채 여기 남아 있지요.

고통에 단 하나 위안을 기다리고 있으니,
나의 모든 생각을 아는 그녀가 나에게
14 그녀와 함께 있는 은총을 얻어주는 것이지요.

---

1) 이 소네트도 후기에 쓴 것은 분명하지만 구체적인 집필 시기는 알 수 없다.
2) 하느님과 천사들을 가리킨다.

349[1]

나의 여인이 나를 자신에게 부르려고 보내는
전령의 소리를 이제나저제나 듣는 것 같으니,
안으로나 밖으로 나는 변하고 있으며
4   오래 지나지 않아 얼마나 변했는지

이제 나 자신도 겨우 알아볼 정도로
예전의 삶을 모두 추방해 버렸지요.
언제일지 알면 좋겠지만,[2] 어쨌든
8   그때는 분명히 가까이 와 있을 것이오.

오, 행복한 그날이여, 지상의 감옥에서
벗어나면서 이 나의 무겁고 빈약한
11   필멸의 옷을 찢어지고 흩어지게 놔두고,

이렇게 빽빽한 어둠에서 멀리 떠나고
아름답고 청명한 곳으로 높이 날아올라
14   나의 주님과 여인을 보게 될 그날이여!

---

1) 이 소네트도 후기에 쓴 것은 분명하지만 구체적인 집필 시기는 알 수 없다.
2) 라우라가 자신을 언제 부를지 알면 좋겠다는 뜻이다.

350[1]

바람이고 그림자이며, 아름다움이라는 이름의
이 덧없고 연약한 우리의 모든 선이
한 몸에 있었던 적은 우리 시대 외에
4   전혀 없었고, 그것은 나의 고통이었으니,

자연은 하나를 부유하게 만들기 위해
다른 자들을 가난하게 만들려고 하지 않는데,
지금 모든 선물을 하나에게 주었기 때문이오.
8   (아름답거나 그렇다고 믿는 여인은 용서해 주오.)[2]

그런 아름다움은 옛날이나 최근에 없었고
앞으로도 없겠지만, 감추어져 있었으므로
11   방황하는 세상은 가까스로 깨달았지요.

그리고 곧바로 사라졌기에, 오로지 그녀의
거룩한 눈이 즐거워하도록, 하늘이 나에게 제공한
14   짧은 시야를 바꾸는 것[3]이 유용할 것이오.

---

1) 이 소네트도 후기에 쓴 것은 분명하지만 구체적인 집필 시기는 알 수 없다.
2) 미소를 머금게 하는 삽입구다.
3) 라우라가 있는 천국에 합당한 시야로 바꾼다는 뜻이다.

351[1]

정숙한 사랑과 연민으로 가득한
평온한 거부, 달콤한 단호함,
나의 어리석고 불붙은 욕망을 억제한
4   (이제야 깨닫지만) 우아한 경멸,

최고의 친절함과 최고의 정숙함으로
환하게 빛나던 고귀한 언변,
모든 천한 생각을 나의 심장에서 뽑아낸
8   아름다움의 샘, 덕성의 꽃,

때로는 올바르게 금지되는 것을
감행하려는 마음을 단호하게 억제하고,
11   때로는 나의 약한 삶을 신속하게 위안하며

사람을 행복하게 만드는 신성한 눈길,
그 아름다운 다양함[2]은 다른 길로 갔을
14   내 구원의 뿌리가 되었습니다.

---

1) 이 소네트도 후기에 쓴 것은 분명하지만 구체적인 집필 시기는 알 수 없다. 한 문장으로 구성된 작품으로 일련의 명사구를 열거하면서 라우라를 찬양한다.
2) 위에서 열거한 라우라의 아름다움을 가리킨다.

352¹⁾

태양보다 더 밝은 눈을
매우 달콤하게 돌리고, 지금도
내 마음속에 울리는 생생한
4   말과 탄식을 하던 행복한 영혼이여,

정숙한 불로 타오르던 나는 그대가
어느 때보다 지금 나에게 현존하는 모습으로,
사람²⁾이 아니라 천사가 그러하듯이,
8   풀과 제비꽃 사이로 발을 내딛는 것을 보았는데,

그 모습을 그대는 창조주에게 돌아가면서
땅에 남겨두었고, 고귀한 운명으로 그대에게
11   주어졌던 그 우아한 베일도 남겨두었지요.

그대가 떠나면서 아모르와 친절함도
세상에서 떠났고, 태양은 하늘에서 떨어졌고,
14   죽음이 달콤해지기 시작했답니다.

---

1) 이 소네트도 후기에 쓴 것은 분명하지만 구체적인 집필 시기는 알 수 없다.
2) 원문에는 *donna*, 즉 "여인"으로 되어 있다.

353[1]

즐거운 시간과 낮은 등 뒤에 남고
밤과 겨울이 옆에 있는 것을 보고,
지나간 세월을 노래하면서, 아니면
4　울면서 가는 방황하는 작은 새여,

너의 무거운 괴로움을 아는 것처럼
나의 비슷한 상태를 알고 있다면,
이 절망한 사람의 품 안으로 와서
8　고통스러운 괴로움을 함께 나누어라.

나에게서는 죽음과 하늘이 앗아갔지만[2]
네가 슬퍼하는 동반자는 살아 있을 수 있으니,
11　우리의 입장이 똑같을지 모르겠지만,

환영받지 못하는 계절과 시간[3]이
달콤하고 쓰라린 시절을 기억하면서
14　연민과 함께 너와 이야기하도록 이끄는구나.

---

1) 이 소네트도 후기에 쓴 것은 분명하지만 구체적인 집필 시기는 알 수 없다.

2) 원문에는 *son tanto avari*, 즉 "무척 탐내고"로 되어 있다.

3) 늦가을과 저녁 시간으로 이제 쇠퇴의 길로 접어든 삶을 상징한다.

354[1]

이제 하늘 왕국의 주민이자
불멸이 된 그녀에 대해 말하도록,
아모르여, 피곤하고 약한 문체와
4   지친 재능에게 손을 내밀어 주고,

그녀를 가질 가치가 없었던 세상이
그런 덕성, 그런 아름다움을 갖지 못했다면,
주인님, 나의 시가 그녀를 칭찬하는 목표에
8   도달하게 해주오, 혼자서는 오르지 못하니까요.

그가 대답하네요. "하늘과 내가 할 수 있는
모든 것, 좋은 충고와 진솔한 대화,
11   그녀의 모든 것을 죽음이 앗아갔구나.

아담이 처음 눈을 뜬 날부터 그런 아름다움은
없었던 것 같은데, 이제 나는 울면서 말하고,
14   너는 울면서 쓴다는 것으로 충분하리라."[2]

---

1) 이 소네트도 후기에 쓴 것은 분명하지만 구체적인 집필 시기는 알 수 없다.
2) 그런 사실이 라우라에 대한 칭찬으로 충분할 것이라는 뜻이다.

355[1]

오, 눈멀고 불쌍한 인간들을 속이면서
달아나는 시간이여, 오, 변덕스러운 하늘이여,
오, 바람이나 화살보다 빠른 날들이여,
4 이제 경험으로[2] 너희들의 속임수를 깨닫지만,

너희들을 용서하고 나 자신을 비난한단다,
자연은 너희들에게 날도록 날개를 펼쳐주었고
나에게는 눈을 주었는데, 나는 단지 고통만 보았고,
8 그래서 부끄러움과 고통만 얻을 뿐이니까.

지금은 더 안전한 곳으로 눈을 돌리고
끝없는 괴로움을 끝내야 할 때인데,
11 그 시간도 벌써 지나가 버렸고,

아모르여, 나의 영혼은 당신의 멍에가 아니라
고통에서 떠나니, 얼마나 힘든지 당신이 알겠지만,
14 역량이란 우연이 아니라 멋진 기술이라오.

---

1) 이 소네트도 후기에 쓴 것은 분명하지만 구체적인 집필 시기는 알 수 없다.
2) 원문에는 라틴어 *ab experto*로 되어 있다.

356¹⁾

피곤한 나의 휴식에 신성한 산들바람이
빽빽하게 불어오기에, 내가 느꼈고 지금도
느끼는 고통을 그녀에게 과감하게 말하니,²⁾
4   그녀가 살았을 때는 말하지 못했을 것이오.

나는 그 오랜 괴로움의 시초가 되었던
사랑스러운 눈길에 대해 말하기 시작하고,
이어서 불쌍하면서도 만족한 나를 아모르가
8   어떻게 날마다 매 순간 쇠진시켰는지 말하지요.

그녀는 침묵하고 있어도 연민에 젖어
나를 응시하고, 그러는 동안 한숨을 쉬며
11   정숙한 눈물로 얼굴을 적시니,

나의 영혼은 고통에 압도되어
울면서 자기 자신에게 분노하고,³⁾

---

1) 이 소네트도 후기에 쓴 것은 분명하지만 구체적인 집필 시기는 알 수 없다.
1373~1374년에 완성한 『칸초니에레』의 최종 편집본에 포함된 작품이다.
2) 나중에 밝혀지듯이 꿈속에서 라우라에게 말한다.
3) 라우라를 괴로워하게 만든 것에 대한 분노다.

14   잠에서 풀려나 자신으로 돌아온답니다.

357¹⁾

세상에서 나를 인도했고, 지금은
더 나은 길을 통해 고통 없는 삶으로 인도하는
사랑스럽고 믿음직한 안내자를 따라갈 때까지
4 　매일 하루가 천 년보다 긴 것 같고,

세상의 속임수들도 내가 알고 있기에
나를 붙잡을 수 없고, 수많은 빛이
하늘에서 나의 심장 안으로 비치니, 나는
8 　시간²⁾과 피해를 헤아리기 시작하지요.

죽음의 위협을 두려워하지 않아야 하니,
왕께서는 강하고 변함없이 따르게 하시려고
11 　더 큰 고통으로 죽음을 겪으셨으며,³⁾

최근에 죽음은 나에게 운명으로 주어진
그녀의 모든 혈관으로 들어갔지만,

---

1) 후기에 쓴 것은 분명하지만 구체적인 집필 시기는 알 수 없는 이 소네트도
　 1373~1374년에 완성한 『칸초니에레』의 최종 편집본에 포함되었다.
2) 지나간 세월 또는 라우라와 헤어진 시간을 가리키는 것으로 해석될 수 있다.
3) 예수 그리스도가 십자가에 못 박혀 죽은 것을 가리킨다.

14   평온한 그녀 얼굴을 뒤흔들지 못했으니까요.[4]

---

4) 대담하게도 라우라의 죽음을 그리스도의 죽음과 대비시킨다.

358[1]

죽음은 달콤한 얼굴을 쓰라리게 만들 수 없지만,
달콤한 얼굴은 죽음을 달콤하게 만들 수 있지요.
잘 죽는 데 다른 안내자가 필요할까요?[2]
4 그녀는 모든 선을 배우는 곳으로 나를 안내했고,

당신의 피를 아끼지 않으시고
발로 지옥의 문[3]을 무너뜨리신 그분은
당신의 죽음으로 나를 위로하시는 것 같네요.
8 그러니 죽음이여, 와라, 나에게는 오는 것이 좋아요.

그리고 늦지 마오, 지금이 좋은 때이니까.
만약 지금이 아니라면, 나의 여인이 이 삶에서

---

1) 후기에 쓴 것은 분명하지만 구체적인 집필 시기는 알 수 없는 이 소네트도
   1373~1374년에 완성한 『칸초니에레』의 최종 편집본에 포함되었다. 앞의 357번
   소네트에서 그리스도의 죽음과 라우라의 죽음을 대비한 것과 밀접하게 연결된
   주제를 다룬다.

2) 앞의 357번 소네트에서 말한 그리스도와 라우라의 죽음이 좋은 선례가 되었다
   는 뜻으로, 뒤이어 그 이유를 설명한다.

3) 원문에는 *tartaree porte*, 즉 "타르타로스의 문들"로 되어 있는데, 그리스 신화
   에서 타르타로스는 지하 세계의 깊은 심연이자 그곳을 다스리는 신이다. 예수
   그리스도는 부활한 직후 지옥의 림보Limbo 또는 고성소古聖所에 내려가 덕성
   있는 영혼들을 그때 처음으로 열린 천국으로 데려갔다고 한다.

11   건너갔을 때 바로 그 순간이 적시였다오.

   그 이후 나는 하루도 제대로 살지 못했지요,
   그녀와 함께 길을 갔고, 함께 목적지에 이르렀고,
14   그녀의 발과 함께 내 일과[4]도 끝났으니까요.

---

4) 삶을 상징한다.

359[1]

우아하고 믿음직한 나의 위로가
피곤한 나의 삶에 휴식을 주기 위해
신중하고 달콤한 말과 함께
4   침대의 왼쪽[2] 가장자리에 앉을 때,
연민과 두려움에 창백해진 나는 말하지요.
"오, 행복한 영혼이여, 지금 어디에서 오나요?"
그녀는 아름다운 품에서 야자나무 가지와
월계수 가지를 꺼내면서 말합니다.
"밝은 엠피레오[3] 하늘과
그 신성한 곳에서 출발하여

---

1) 이 칸초네의 집필 시기에 대한 견해는 학자마다 다르다. 1347년에서 1351년
   사이에 썼다는 학자도 있고, 그 후에 썼다는 학자도 있고, 페트라르카 생애의
   마지막 해인 1374년에 썼다고 주장하는 학자도 있다. 어쨌든 『칸초니에레』의
   마지막 편집본에 포함된 작품이다. 앞의 여러 소네트에서 다룬 주제와 마찬가
   지로 꿈속에 나타난 라우라와 페트라르카가 주고받는 대화로 구성되어 있다.
   몽상적인 대화에서는 아직 하늘과 땅 사이에서 동요하는 페트라르카의 영혼이
   주요 문제로 제시된다. 형식은 6연으로 되어 있고, 각 연은 11행, 즉 11음절 시
   행 아홉 개와 7음절 시행 두 개로 되어 있고, 결구는 5행, 즉 11음절 시행 세 개
   와 7음절 시행 두 개로 구성되어 모두 71행이다.
2) 심장이 있는 쪽이다.
3) 엠피레오Empireo는 중세 가톨릭의 우주관에서 가장 높은 최고의 하늘로 '불의
   하늘'을 뜻한다. 그곳에 하느님과 함께 천사들과 축복받은 영혼들이 있다고 믿
   었다.

11   오로지 그대를 위로하러 왔어요."

행동과 말로 나는 겸손하게 감사한 다음
묻지요. "그대는 어디에서 내 상태에 대해
알았나요?" 그러자 그녀는 말하지요. "그대가
15   지치지 않고 흘리는 눈물의 슬픈 물결이
한숨의 산들바람과 함께 그 많은 공간을 거쳐
하늘까지 닿고, 나의 평온함을 뒤흔든답니다.
내가 이 비참한 곳에서 떠나
더 나은 삶에 도달한 것을
그대는 무척이나 싫어하는데,
그대가 표정과 말에서 보여준 만큼
22   나를 사랑했다면 즐거워해야 할 거예요."

나는 말했지요. "어둠과 괴로움 속에 남아 있는
나 자신에 대해 슬퍼할 뿐이오.
그대가 하늘로 올라간 것은
26   가까이에서 보는 것처럼 분명히 알아요.
만약 그대의 선행에
영원한 구원이 예정되지 않았다면,
어떻게 하느님과 자연은
젊은 심장 하나에 많은 덕성을 넣었겠어요?
여기 우리 사이에서 고귀하게 살았고
곧바로 하늘로 날아 올라간
33   오, 귀중한 영혼이여.

그대 없이 혼자 초라하고 아무것도 아닌 나는

언제나 우는 것 외에 무엇을 해야 할까요?

사랑의 시련을 겪지 않도록

37　　차라리 요람에서 젖 먹을 때 죽었다면!"

그녀는 말하지요. "왜 아직도 울고 쇠약해지나요?

땅에서 날개를 들어 올리고,

지상의 것들과

그대의 이 달콤하고 그릇된 잡담을

정확한 저울에 달아보고,[4] 진정으로

나를 사랑한다면, 이 가지 중 하나를 들고

44　　나를 뒤따르는 것이 훨씬 나았어요!"

그래서 나는 말하지요. "그 두 가지가

무엇을 의미하는지 물어보고 싶었어요."

그러자 그녀는 말하지요. "그대 자신이 대답해 봐요,

48　　그대의 펜이 하나[5]를 무척 공경하니까요.

야자나무는 승리이며, 아직 젊었던 나는

세상과 나 자신을 정복했지요. 월계수는

성공[6]을 뜻하는데, 나는 거기에 합당하니,

---

4) 정확하게 평가해 보라는 뜻이다.

5) 라우라의 상징인 월계수의 가지다.

6) 원문에는 *triumpho*로 되어 있고, 따라서 똑같이 "승리"로 옮길 수도 있다. 위에서 야자나무의 의미는 *victoria*라고 했다.

나에게 힘을 주신 주님 덕택이라오.
다른 것들에 이끌린다면, 이제 그대는
그분을 향하고, 그분께 도움을 청하세요,
55 그대 길의 끝에 그분과 함께 있도록 말이에요."

나는 말하지요. "이것이 아직도 나를 묶고 있는
금발이고 황금 매듭이며, 이것이 나의 태양이었던
아름다운 눈인가요?" 그녀는 말하지요. "바보처럼
59 속지 말고, 바보처럼 말하거나 믿지도 마오.
나는 하늘에서 기뻐하는 순수한[7] 정신이고,
그대가 찾는 것은 오래전부터 흙이라오.
하지만 그대를 괴로움에서 끌어내려고
이렇게 보이게 했고, 또다시 그럴 것이니,[8]
더욱더 아름답고, 그대에게
더 사랑스럽고, 거칠면서 경건한 모습으로[9]
66 그대와 나의 구원을 얻게 할 것이오."

나는 울고, 그녀는 손으로
나의 얼굴을 닦아주고, 이어서
달콤하게 한숨을 쉬고,

---

7) 원문에는 *ignudo*, 즉 "벌거벗은"으로 되어 있는데, 육신이 없다는 의미다.
8) 나중에 최후의 심판을 위하여 부활할 때 육신을 다시 갖춘다는 뜻이다.
9) 살았을 때 그랬듯이 페트라르카에게 단호한 태도를 보일 것이라는 말이다.

바위도 깨뜨릴 수 있는 말로 화를 내고,[10]
71   그런 다음 그녀는 떠나고, 잠이 깬다오.

---

10) 페트라르카의 눈물, 즉 아직도 약한 모습에 화를 낸다는 뜻이다.

360[1]

달콤하고도 잔인한 나의 오래된 주인은
우리 본성의 신성한 부분을 장악하고
그 꼭대기에 앉아 있는
여왕[2] 앞에 소환되었고,[3]
황금이 불 속에서 정련되듯이,
죽음을 두려워하고 이성을 요구하는 사람처럼
나는 두려움과 공포,
8   고통이 가득한 채 거기에 출석하여
말을 꺼냅니다. "여인이시여, 젊은 시절
나는 왼쪽 발을 그[4]의 왕국에 내디뎠는데,

---

1) 이 칸초네의 집필 시기에 대한 견해는 다양하지만 어쨌든 『칸초니에레』의 최종
   편집본에 포함된 작품이다. 뒤따르는 '참회의 소네트' 다섯 편과 마지막 366번
   칸초네와 함께 『칸초니에레』 전체를 마무리하는 것처럼 보인다. 정의의 심판관
   역할을 하는 이성 앞에서 페트라르카 자신과 아모르가 서로를 고발하고 비난
   한다는 상황 설정은 상당히 해학적으로 보이기도 한다. 그러면서 페트라르카
   의 사랑과 실존적 삶을 총체적으로 집약하고 개괄하는 작품이다. 형식은 모두
   10연으로 되어 있고, 각 연은 15행으로, 11음절 시행 열한 개와 7음절 시행 네
   개로 되어 있으며, 결구는 7행, 즉 11음절 시행 다섯 개와 7음절 시행 두 개로
   구성되어 있어 전체 157행이다.
2) 이성을 가리킨다. 이탈리아어에서 이성은 여성명사로 여기에서는 의인화하고
   있다.
3) 페트라르카가 고발하여 소환된 것이다.
4) 아모르를 가리킨다. 때로는 "이자"라고 부르기도 한다.

거기에서는 오로지
분노와 경멸만 얻었고, 매우 다양하고
수많은 괴로움을 겪었기에
결국 무한한 나의 인내심은 굴복했고,
15   나는 삶을 증오하게 되었습니다.

그래서 지금까지 지나간 나의 삶은
불과 고통이었으니, 이 잔인한 유혹자를
섬기려고 얼마나 많은 정숙하고 유익한 길,
얼마나 많은 즐거움을 낭비했는지요!
이 파렴치한 자에 대한 나의 정당하고
엄숙한 여러 고발과 불행한 나의 상태를
잘 표현할 수 있을 만큼
23   유능한 말을 어떤 재능이 갖고 있을까요?
오, 꿀은 적고, 쓸개즙과 알로에즙은 많군요!⁵⁾
그는 나를 사랑의 대열로 유혹한
거짓 달콤함으로 나의 삶을
얼마나 많은 쓰라림에 젖게 했는지요!
만약 틀리지 않는다면, 나는
땅에서 높이 올라갈 준비가 되어 있었는데,
30   평온함을 빼앗고 나를 고통 속에 넣었습니다.

---

5) 사랑에 대한 격언 같은 정의로 달콤함보다 쓰라림이 더 많다는 뜻이다. 당시에
   알로에즙은 매우 쓴 맛으로 유명했다.

이자[6]는 하느님을 합당한 것보다 덜 사랑하고
나 자신을 덜 보살피게 했고,
한 여인 때문에 나는
모든 생각에 똑같이 소홀했습니다.
그것에 대해 그가 유일한 충고자였고,
젊은 욕망을 언제나 잔인한 숫돌에
날카롭게 갈았기에 나는
38   거칠고 난폭한 그의 속박에 휴식을 희망했지요.
불쌍하구나, 밝고 고귀한 재능과
하늘이 부여한 다른 소질이 무슨 소용이 있나요?
머리칼이 변하고 있는데,
집요한 욕망을 바꿀 수 없으니까요.
내가 고발하는 이 잔인한 자는
그렇게 모든 것에서 자유를 빼앗았고,
45   쓰라린 나의 삶을 달콤한 습관으로 감쌌습니다.

나에게 황량한 나라들,
잔혹하고 약탈적인 도둑들, 날카로운 가시밭들,
가혹한 사람들과 풍습들,
여행자를 괴롭히는 모든 오류,
산, 계곡, 늪, 바다, 강,
온 사방에 펼쳐진 올가미,
위험과 노고가 함께하는

---

6) 아모르를 가리킨다.

53   이상한 나날들의 겨울을 찾게 했고,[7]
      그도, 내가 달아나는 다른 적[8]도
      나를 한순간도 놔두지 않으니,
      가혹하고 쓰라린 죽음이 때 이르게
      나에게 오지 않은 것은,
      나의 고통과 괴로움을 먹고 사는
      이 폭군이 아니라
60   하늘의 연민이 나의 구원을 보살피기 때문이지요.

      나는 그의 것이기에 잠시도 평온하지 않고
      평온해질 희망도 없으며, 나의 밤들은
      잠을 추방했고, 어떤 마법이나 약초로도
      잠을 다시 불러들일 수 없습니다.
      속임수와 무력으로 그는 내 마음의
      주인이 되었고, 그 이후로 어느 고장에 있든지
      울리는 종소리를 들었습니다.[9]
68   나의 말이 사실이라는 것을 그도 압니다.

---

7) 페트라르카가 젊은 시절부터 했던 많은 여행을 암시한다. 라틴어 서간문과 『비
    밀』에서 페트라르카는 라우라에 대해 잊기 위해 여행을 많이 했다고 하지만,
    사실은 전혀 다른 목적으로 한 여행들이다.
8) 원문에는 여성형으로 되어 있고, 라우라를 가리킨다.
9) 원문에는 *non sonò poi squilla*, [⋯] *ch'i' non l'udisse*, 즉 "내가 듣지 못한 종
    소리는 울리지 않았습니다"로 되어 있다. 밤에 아모르가 자신을 부르기 위해
    울리는 종소리 때문에 잠을 잘 수 없었다는 뜻이다.

벌레가 썩은 나무[10]를 그렇게 갉아 먹지 못했을 만큼,
이자는 나의 심장 안에 둥지를 틀고
죽음으로 위협하면서 갉아 먹었으니까요.
거기에서 나의 눈물과 고통,
말과 탄식이 나왔고, 그로 인해
나와 다른 사람들도 피곤합니다.

75   나와 그를 아는 당신이 판결해 주십시오."

나의 상대방[11]은 신랄한 비난으로 시작합니다.
"오, 여인이여, 다른 쪽도 들어보십시오.
이 파렴치한 자[12]가 출발하는 진실이
전부 말해줄 테니까요.
이자는 젊은 나이에 말, 아니,
거짓말을 파는 기술[13]에 몰두했고,
나의 즐거움으로 그 지겨움에서 벗어났는데,

83   부끄럽지도 않은 것처럼
나에게 불평하는군요. 지금 슬퍼하지만,
나는 종종 그의 불행을 원하는 욕망에 맞서,
그가 비참함이라 부르는 달콤한 삶 속에서

---

10) 원문에는 *legno vecchio*, 즉 "늙은 나무"로 되어 있다.

11) 아모르다.

12) 페트라르카를 가리킨다. 때로는 "이자"라고 부르기도 한다.

13) 아버지의 뜻에 따라 젊었을 때 법학을 공부한 것을 암시한다. 법학이 거짓말을 파는 기술이라는 페트라르카의 부정적인 견해는 서간문에서도 자주 나타난다.

순수하고 깨끗하게 살게 해주었고,
혼자서는 절대 오르지 못할 곳까지
내가 그의 지성을 올려준 덕택에 그는
90   어느 정도의 명성에 올라갔지요.

그도 알듯 위대한 아가멤논과 고귀한 아킬레스,[14]
당신들의 쓰라린 땅[15]에서의 한니발,
그리고 역량과 행운에서
누구보다 뛰어난 다른 사람[16]을 나는
마치 각자의 별이 정해놓은 것처럼
하녀와의 천한 사랑에 빠뜨렸는데,
그[17]에게 탁월하고 선택받은
98   수많은 여인 중에서 하나,
루크레티아가 로마에 다시 돌아오더라도
하늘 아래 절대 보지 못할 여인을 골라주었고,
또한 그녀에게 매우 달콤한 말,
우아한 노래를 주었기에,

---

14) 『일리아스』에 의하면 아가멤논과 아킬레스는 한 여자로 인해 심하게 다투고
   갈라서게 되었다. 트로이아 전쟁 당시 아킬레스는 전리품으로 얻은 브리세이
   스를 데리고 있었는데 아가멤논이 빼앗아 갔기 때문이다.
15) 이탈리아를 가리킨다. 포에니 전쟁 당시 한니발(53번 칸초네 65행의 역주 참
   조)은 이탈리아반도 전역을 휩쓸면서 오랫동안 머물렀는데, 남부 풀리아 지
   방에서 어느 창녀에게 유혹되었다고 한다.
16) 스키피오 아프리카누스(53번 칸초네 37행의 역주 참조)를 가리키는데, 그도
   하녀와 사랑에 빠진 적이 있다고 한다.
17) 페트라르카를 가리킨다.

그녀 앞에서는 천하거나 심각한 생각이

절대 지속될 수 없었답니다.

105   그것이 이자에게는 속임수라네요.

그것이 쓸개즙이었고, 분노와 경멸이었다는데,[18]

어떤 여인의 모든 것보다 훨씬 달콤하지요.

좋은 씨앗에서 나쁜 결실을 수확하니,[19]

그게 파렴치한 사람에게 봉사한 자의 보상이군요.

그를 나의 날개 아래 인도했기에

여인들과 기사들이 그의 시를 좋아했고,

매우 높이 올려주었기에 그의 이름은

113   뜨거운 재능들 사이에서 빛나고,

어떤 곳에서는 즐겁게

그의 시들을 간직하고 있답니다.[20]

아마 그는 법정의 목쉰 잡담꾼이나

하찮은 사람이 되었을 테지만,

나의 학교에서, 또 세상에서

유일한 그녀에게서 배운 것을 통해,

120   나는 그를 높여주고 유명하게 해주었지요.

---

18) 앞의 12행과 24행에서 페트라르카가 비난한 표현을 그대로 사용한다.

19) 선에서 악을 거둔다는 속담 같은 표현이다.

20) 페트라르카의 사랑의 시들은 상당히 유명했고 널리 퍼져 있었으며, 서간문에서 주장하는 바에 의하면 속어로 쓴 시들이 라틴어 작품보다 인기가 많았다고 한다.

커다란 봉사에 대해 깊게 말하자면 나는
많은 나쁜 행동에서 그를 억제했는데,
어떤 상황에서도 그가 천한 것을
좋아하게 만들 수 없었기 때문이니,
그의 심장에 고귀한 흔적을 남기고
자신과 비슷하게 만든 그녀에게
충실한 사람이 된 후에는 생각과 행동에서
128   수줍어하고 회피적인 젊은이가 되었지요.
그녀와 나에게서 받은 고귀하고
예외적인 것을 모두 비난하는군요.
어떤 밤의 유령[21]도 그가 나에게 대하듯이
오류들로 가득하지 않을 것인데,
그는 우리[22]를 안 뒤부터
하느님과 사람들의 은총을 받았지요.
135   그것을 이 오만한 자는 불평하고 후회하네요.

게다가 이것이 모든 것을 넘어서는데,
잘 판단하는 사람에게는 창조주를 향해
올라가게 해주는 필멸의 것들[23]을 통해
하늘까지 날도록 내가 날개를 주었으니,
그 자신의 희망 속에 어떤 덕성들이

---

21) 악몽을 암시한다.
22) 아모르와 라우라를 가리킨다.
23) 라우라의 아름다움을 암시한다.

얼마나 많이 있는지 하나하나

그 모습을 잘 응시한다면

143 높은 최초 원인으로 올라갈 수 있기 때문이지요.

그것을 그는 시에서 말한 적도 있는데,

이제는 내가 연약한 그의 삶에

기둥으로 준 그 여인과 함께

나를 잊었군요." 그 순간 나는

눈물의 비명을 지르면서 외칩니다.

"나에게 주었지만 바로 다시 빼앗았어요."

150 그는 말하지요. "내가 아니라, 그녀를 곁에 원한 그분이라오."

마침내 둘[24] 다 정의로운 의자[25]를 향하고

나는 떨리는 목소리로, 그는 높고 엄한 목소리로

각자 자신을 위해 말을 끝냅니다.

"고귀한 여인이여, 당신의 판결을 기다립니다."

그러자 그녀는 미소를 지으며 말합니다.

"당신들의 주장을 듣게 되어 기쁘지만,

157 그런 다툼에는 시간이 더 필요합니다."

---

24) 페트라르카 자신과 아모르다.

25) 이성이 앉아 있는 법정의 자리다.

361[1]

민음직한 나의 거울은 피곤한 영혼,
변화된 외모, 쇠약해진 힘과 민첩성을
종종 나에게 보여주며 말합니다.
4   "더 이상 숨지 마. 너는 이제 늙었어.

모든 것에서 자연에 복종하는 것이 좋아,
세월은 자연과 다투도록 강요하니까."
그리고 곧바로 물이 불을 꺼뜨리듯이
8   길고 무거운 잠[2]에서 나는 깨어나고,

우리의 삶은 날아가고, 단 한 번밖에
살 수 없다는 것을 분명히 깨닫고,
11   지금은 아름다운 매듭에서 풀려났지만,

세상에 살았을 때, 내가 틀리지 않는다면,
모든 여인의 명성을 빼앗았기에 혼자였던

---

1) 구체적인 집필 시기를 알 수 없는 이 소네트는 『칸초니에레』 최종 편집본에 포함되었다. 이 작품을 비롯하여 365번까지 다섯 편의 소네트는 모두 참회와 하느님에게 귀의를 주제로 한다.
2) 사람들을 사로잡는 편견들의 잠을 암시한다.

14   그녀의 말이 심장 한가운데에서 울린답니다.

362¹⁾

생각의 날개로 자주 하늘로 날아가는 나는
마치 찢어진 베일을 땅에 남기고
자기 보물²⁾과 함께 그곳에 있는
4   영혼 중 하나처럼 보일 정도랍니다.

나를 창백해지게 하는 그녀의 말을 들으며
때로는 심장이 달콤한 전율로 떨리지요.
"친구여, 이제 그대를 사랑하고 존중한답니다.
8   그대의 태도와 머리칼이 바뀌었으니까요."

그녀는 나를 주님께 안내하고, 나는
몸을 숙이고 이쪽저쪽 얼굴³⁾을 볼 수 있게
11   허용해 달라고 겸손하게 기도합니다.

그분께서는 말하지요. "너의 운명은 분명히 정해졌고,
아직 스무 해나 서른 해 늦어지는 것이

---

1) 이 소네트는 마지막 세 번째로 파르마에 머무르던 1347년 말부터 1351년 여름
   사이에 쓴 것으로 보인다. 이 소네트와 이어지는 소네트 세 편은 모두 여섯 번
   째 편집본, 일명 '말라테스타 이전 편집본'에 실려 있다.
2) 축복받은 영혼들과 함께 있는 하느님을 가리킨다.
3) 말하자면 라우라와 하느님의 얼굴이다.

14   너에게 지나쳐 보이겠지만, 길지 않단다."

363[1]

죽음은 나를 눈부시게 만들던 태양을 꺼뜨렸고,
온전하고 확고하던 눈은 어둠 속에 있으며,
나를 춥고 덥게 만들던 그녀는 흙이 되었고,
4   나의 월계수는 죽고 이제 참나무와 느릅나무[2]뿐이니,

거기에서 나의 선[3]을 보면서도 한편으로 괴롭지요.
내 생각을 대담하거나 놀랍게 만들던 자도 없고,
얼리거나 덥히던 자도 없고, 희망으로 채우거나
8   고통으로 채우던 자도 이제 없답니다.

나를 그렇게 오랫동안 괴롭혔으며
찌르고 달래주던 자의 손에서 벗어나
11   이제는 쓰라리면서 달콤한 자유 상태이니,

눈짓만으로 하늘을 다스리고 지배하시며
공경하고 감사하는 주님께로
14   삶에 지치고 피곤한 나는 돌아갑니다.

---

1) 이 소네트에서는 참회와 하느님에게 귀의한다는 주제가 더욱 강조된다.
2) 원문에는 *olmi*로 되어 있는데, 느릅나무속*Ulmus*에 속하는 나무들을 가리킨다.
3) 이제 자기 생각을 하느님에게로 올릴 수 있기 때문이다.

364[1]

아모르는 스물한 해 동안[2] 불 속에서 즐겁고,
고통 속에서 희망에 넘쳐 불타게 했고,
여인과 저의 심장이 함께 하늘로 올라간 다음
4   다시 열 해 동안 울게 했습니다.

이제 저는 지쳤고, 덕성의 씨앗을
거의 꺼뜨린 수많은 오류에 대하여
저의 삶을 참회하면서, 높으신 하느님,
8   저의 마지막 부분을 경건하게 당신께 바치니,

평화를 찾고 괴로움을 피하는 데에,
더 나은 용도에 썼어야 하는데
11   낭비한 삶에 대해 후회하고 슬프답니다.

저를 이 감옥[3]에 가두신 주님,
저를 영원한 저주에서 꺼내 구해주십시오.

---

1) 이 소네트는 서두에서 말하는 바에 의하면 1358년 4월 6일에 쓴 '기념일 시'다.
2) 1327년 4월 6일 라우라를 처음 본 날부터 1348년 4월 6일 죽을 때까지 정확히
   21년이다.
3) 육신의 감옥이다.

14   저의 잘못을 알고 있으니 변명하지 않겠습니다.

365[1]

혹시 저를 높여주었을 수도 있는
날개를 갖고 있으면서 날아오르지 않고
필멸의 대상을 사랑하는 데 보낸
4 저의 지나간 세월을 슬퍼하고 있습니다.

하늘의 보이지 않는 불멸의 왕이시여,
당신은 저의 불경하고 부끄러운 잘못을 아시니,
연약하고 일탈한 영혼을 도와주시고
8 당신의 은총으로 그 결점을 채워주시어,

제가 고통과 폭풍 속에 살았다면
평화와 항구에서 죽고, 지상에 머무름이
11 헛되었다면 최소한 진솔한 떠남이 되게 해주소서.

다른 희망은 없다는 것을 당신께서 아시니,
저에게 남은 약간의 삶과 죽음을
14 당신의 손으로 빨리 도와주십시오.

---

1) 이 소네트는 앞의 두 소네트와 거의 비슷한 시기에 쓴 작품으로 보인다.

366[1]

태양을 입고 별들의 왕관을 쓰고,[2]
최고의 태양[3]이 좋아하시어 자신의 빛을
안에 감추셨던[4] 아름다운 성모마리아여,
당신에 대해 말하도록 사랑이 나를 이끌지만,
사랑으로[5] 당신 안에 자리하신 그분[6]과

---

1) 이 칸초네의 정확한 집필 시기는 알 수 없지만, 여섯 번째 편집본에 실린 것으로 미루어볼 때 1360년대 후반일 것으로 추정하는 학자도 있다. 『칸초니에레』의 마지막을 장식하는 작품으로 여러 가지 측면에서 흥미로운 관찰과 분석의 대상으로 유명하다. 예를 들어 형식에서 360번 칸초네와 함께 모두 10연으로 되어 있는데 『칸초니에레』에서 연이 가장 많은 칸초네다. 그리고 서문 역할을 하는 1번 소네트와 변증법적인 대비를 보이고 있으며, 단테가 『신곡』 「천국」의 마지막 노래인 33곡에서 성모마리아에게 올리는 기도를 명시적으로 모방하고 있는 것도 흥미롭다. 여기에서 페트라르카는 성모마리아에게 올리는 기도를 통해 자기 삶과 사랑의 과정을 총체적으로 되돌아보면서 요약한다. 형식은 모두 10연으로 되어 있고, 각 연은 13행, 즉 11음절 시행 열 개와 7음절 시행 세 개로 되어 있고, 결구는 7행, 즉 11음절 시행 네 개와 7음절 시행 세 개로 되어 있어 전체 157행이다.
2) "태양을 입고 발밑에 달을 두고 머리에 열두 개 별로 된 관을 쓴 여인"(한국천주교주교회의, 『새번역 성경』, 「요한 묵시록」 12장 1절).
3) 원문에는 대문자로 되어 있고, 하느님을 가리킨다.
4) 뒤에서 분명하게 드러나듯이, 성령으로 예수 그리스도가 성모마리아의 몸 안에서 육화한 것을 의미한다.
5) 인류에 대한 사랑이다.
6) 성모마리아에게서 육화하여 태어난 예수 그리스도다.

6   당신의 도움 없이는 시작할 수 없습니다.
       믿음으로 부른 사람에게 언제나
       잘 대답하신 당신에게 기도하오니,
       성모마리아여, 인간사의
       극단적인 비참함에 대한 연민으로
       몸을 돌린 적이 있다면, 제 기도를 들어주시고,
       저는 땅에 있고, 당신은 하늘의 여왕이지만,
13   저의 괴로움에 도움을 주십시오.

       축복받고 신중한 처녀들 모임[7]의 하나,
       아니, 가장 밝은 등불[8]을 가진 첫째인
       현명한 성모마리아여,
       오, 죽음과 포르투나의 타격을 막아주시고
       고통받는 사람들이 살아남을 뿐 아니라
19   승리하게 해주시는 확고한 방패여,
       오, 여기 어리석은 인간들 사이에서
       타오르는 눈먼 열기[9]에 위안이여,
       성모마리아여, 사랑하는 당신 아들의

---

7) 「마태오 복음서」 25장 1~13절에 나오는 열 처녀의 비유에 대한 언급이다. 슬기로운 처녀 다섯 명은 등과 기름을 잘 준비하고 있다가 신랑을 맞이했고, 어리석은 처녀 다섯 명은 준비하지 않고 있다가 신랑을 맞이하지 못했다. 여기에서 신랑은 예수 그리스도를 상징한다.
8) 성령의 선물을 상징한다.
9) 세속적인 열정들을 가리킨다.

부드러운 사지에서 잔인한 상처[10]를
슬프게 보았던 그 아름다운 눈을 돌리시어
도움받지 못하고 당신에게 도움을 청하는
26   저의 위험한 상황을 보십시오.

당신 아들의 어머니이자 고귀한 딸이며,
이 삶[11]을 비춰주고 다른 삶을 장식하며
모든 면에서 온전하고 순수한 성모마리아여,
오, 눈부시고 높은 하늘의 창문이여, 당신을 통해
당신의 아들이자 최고 아버지의 아들께서는
32   최후의 날에 우리를 구원하러 오셨지요.
축복받은 성모마리아여,
지상의 다른 모든 여인[12] 중에서
오직 당신만이 선택받았고
하와의 눈물을 즐거움으로 바꾸었습니다.[13]
최고의 왕국에서 이미 왕관을 받은
오, 끝없이 축복받은 분이여,
39   제가 그분[14]의 은총을 받게 해주십시오.

---

10) 십자가에 못 박힌 예수 그리스도의 상처다.
11) 지상의 삶이다. 뒤이어 말하는 "다른 삶"은 천국의 삶이다.
12) 원문에는 *soggiorni*, 즉 "체류들"로 되어 있는데, 지상의 삶을 일종의 순례로
    보는 관념에서 나온 표현이다.
13) 그리스도가 인간을 원죄에서 구원했기 때문이다.
14) 예수 그리스도를 가리킨다.

진정하고 가장 고귀한 겸손함으로
저의 기도를 들을 수 있는 하늘로 올라가신,
은총이 가득하고 거룩한 성모마리아여,
당신은 어둡고 **빽빽한** 오류가 가득한 세상을
밝혀주는 정의의 태양,
45 연민의 샘을 낳으셨고,
달콤하고 귀한 이름 세 개를 당신 안에 모았으니,
어머니이자 딸이며 신부[15)]입니다.
영광의 성모마리아여,
우리의 올가미를 풀고 세상을
행복하고 자유롭게 해주신 왕의 여인이여,
그분의 거룩한 상처 속에서 제 심장이
52 평온해지기를 기도합니다, 진정한 축복의 원천[16)]이여.

비슷한 여인이 첫째나 둘째도 없었고
아름다움으로 하늘이 사랑한
세상에 전례 없이 유일한 성모마리아여,
거룩한 생각, 자비롭고 정숙한 태도는
당신의 풍요로운 처녀성 안에서
58 진정한 하느님께 생생하고 거룩한 성전이 되었지요.

---

15) 삼위일체의 교리에 의하면 이 세 가지 이름 또는 관계가 모두 합당하다.

16) 원문에는 *beatrice*로 되어 있는데, "행복하게 해주는 여인" 또는 "축복을 주
는 여인"이라는 뜻이다. 고유명사, 즉 이름으로 많이 사용되며, 라틴어로는
베아트릭스Beatrix다.

오, 마리아여, 달콤하고 경건한 처녀여,

당신의 기도를 통해

오류가 넘치던 곳에 은총이 넘친다면,

당신을 통해 제 삶은 행복해질 수 있습니다.

마음의 무릎을 꿇고 기도하오니,

저의 안내자가 되어주시고

65 저의 굽은 길을 좋은 결과로 바로잡아 주십시오.

영원히 변하지 않고 밝은 성모마리아여,

모든 충실한 키잡이의 믿음직한 안내자,

이 폭풍우 치는 바다의 별이여,

제가 키도 없이 얼마나 무서운

폭풍우 안에 있는지 생각해 보십시오,

71 벌써 마지막 비명이 가까이 있습니다.

하지만, 부정하지 않으니, 죄지은

저의 영혼은 오로지 당신을 믿습니다.

성모마리아여, 기도하오니,

당신의 적이 저의 불행에 웃지 않게 해주시고,

우리의 죄로 인해 하느님께서

우리를 구원하려고 당신의 처녀 배 안에서

78 사람의 육신을 취하셨다는 것을 기억하십시오.

성모마리아여, 얼마나 많은 눈물,

얼마나 많은 희망과 기도를 헛되이 뿌렸는지

저에게는 단지 고통과 심각한 피해뿐입니다!

아르노 강변에서 태어난 이후[17]
때로는 이곳, 때로는 저곳을 찾아다닌
84 저의 삶은 고난이었을 뿐입니다.
여인의[18] 아름다움과 행동과 말이
저의 모든 영혼을 방해했답니다.
거룩하고 고귀한 성모마리아여,
아마 저의 마지막 해 같은데, 늦지 마십시오.
화살보다 빠른 저의 날들은
비참함과 죄들 사이에서 가버렸고,
91 죽음만이 저를 기다리고 있습니다.

성모마리아여, 흙이 된 그녀는 살았을 때
눈물로 사는 저의 심장을 고통 속에 놔두고도
수많은 저의 고통을 전혀 몰랐고, 알았더라도
일어난 일은 그대로 일어났을 것이며,[19]
그녀가 다른 것을 원했다면,
97 저에게는 죽음이고, 그녀에게는 오명이었겠지요.
이제 당신은 하늘의 여인, 우리의 여신이니,
(만약 그런 말이 합당하고 어울린다면)

---

17) 페트라르카는 1304년 7월 20일 피렌체 남쪽의 도시 아레초에서 태어났는데
    그 옆으로 아르노강이 흐른다.
18) 원문에는 *mortal*, 즉 "필멸의" 또는 "인간의"로 되어 있는데, 라우라에 대한
    사랑을 암시한다.
19) 말하자면 라우라가 자신의 고통을 알았다고 해도 아무런 변화가 없었을 것이
    라는 뜻이다.

고귀한 감각의 성모마리아여,

당신은 모든 것을 보고, 모든 것이

당신의 큰 역량에는 아무것도 아니니,

저의 고통을 끝내주십시오,

104 당신에게는 영광, 제게는 구원이 될 테니까요.

저의 모든 희망인 성모마리아여,

매우 절박한 저를 도와주시고

극단적인 고갯길에 놔두지 마십시오.

저를 보지 말고 저를 창조하신 분을 보시고,

저의 가치가 아니라 저의 안에 있는 그분의 모습[20]이

110 당신을 움직여 이 낮은 사람을 보살펴 주소서.

메두사[21]와 저의 오류는 저를

헛되이 눈물 흘리는 돌로 만들었지요.

성모마리아여, 당신은 거룩하고

경건한 눈물로 지친 저의 심장을 채우시니,

최소한 마지막 눈물은,

처음의 건강한 서원이 그랬듯이,

117 지상의 진흙 없이 경건하게 해주소서.

자만심의 적이며 자애로운 성모마리아여,

---

20) "하느님께서는 이렇게 당신의 모습으로 사람을 창조하셨다"(한국천주교주교
회의, 『새번역 성경』, 「창세기」 1장 27절).

21) 라우라를 가리킨다.

공동의 원리[22]에 대한 사랑이 당신을 이끌어
참회하는 비천한 심장을 불쌍히 여기소서.[23]
덧없는 필멸의 흙 약간을 저는
놀라울 만큼 충실하게 사랑했는데,
123 고귀한 당신에게는 어떻게 해야 하겠습니까?
만약 아주 초라하고 비천한 상태에서
당신의 도움으로 다시 일어설 수 있다면,
성모마리아여, 당신의 이름으로
제 생각들과 재능과 문체, 언어와 심장,
눈물과 한숨을 정화하고 거룩하게 만들겠습니다.
더 나은 길목으로 저를 안내하시고,
130 변화된 제 욕망을 기꺼이 받아들여 주소서.

날[24]은 다가오고 그리 멀지 않으며
세월은 그렇게 달려가고 날아가는데,
유일하고 혼자인 성모마리아여,
때로는 양심이, 때로는 죽음이 심장을 찌릅니다.
당신의 아들, 진정한 사람이자
진정한 하느님께 부탁하시어,
137 저의 마지막 정신을 평화 속에 받아들이게 해주소서.

---

22) 하느님을 가리킨다.
23)ᆞ 원문에는 라틴어 *miserere*로 되어 있다.
24) 죽음의 날이다.

옮긴이 해제

페트라르카에 대하여

프란체스코 페트라르카의 삶은 끊임없는 유랑처럼 보인다. 한 곳에 오래 정착하지 못하고 이탈리아와 프랑스의 여러 곳을 돌아다니면서 살았다. 페트라르카는 1304년 7월 20일 피렌체 남쪽의 도시 아레초에서 태어났다. 아버지 피에트로 디 파렌초Pietro di Parenzo, 일명 페트라코 씨ser Petracco는 피렌체의 공증인으로 단테의 정치적 동료였는데, 함께 복잡한 정쟁의 소용돌이에 휘말려 1302년부터 망명의 길을 걷게 되었고 당시에는 아레초에 머무르고 있었다. 그는 고국 피렌체로 돌아가기 위하여 노력했으나 망명 생활은 길어졌고, 1309년 교황청이 프랑스 남부 프로방스 지방의 작은 도시 아비뇽으로 옮겨가자, 일자리를 찾기 위해 페트라르카가 여덟 살이 되던 1312년 아비뇽에서 북동쪽으로 20여 킬로미터 떨어진 카르팡트라Carpentras로 이주했다.

1316년 페트라르카는 아버지의 뜻에 따라 몽펠리에대학교에서 법학을 공부하기 시작했으나 법학보다는 고전 작품의 연구에 이끌렸다. 이어서 1320년에는 법학 공부를 마무리하기 위하여 동생 게라르도와 함께 이탈리아의 저명한 볼로냐대학교로 갔고, 거기에서 6년 동안 공부하다가 1326년 아버지가 사망한 뒤 아비뇽으로 돌아왔다. 바로 이듬해 1327년 4월 6일 아비뇽의 생트 클레르 성당에서 라우라와의 운명적인 만남이 이루어졌다. 『칸초니에레』에서 노래하는 사랑의 대상을 처음 본 것이다.

고전 공부에 몰두하기 위해 후원자를 찾던 페트라르카는 롬베즈의 주교 자코모 콜론나를 섬기기 시작했고, 이어서 1330년부터 그의 형 조반니 콜론나 추기경의 수행원이 되었다. 바로 그해 페트라르카는 성직의 길을 선택하고 독신으로 살아갈 것을 맹세했으며, 실제로 이후 여러 곳에서 성직록beneficium을 받으면서 평생 결혼하지 않았다. 하지만 여러 여인과의 사이에서 몇 명의 자녀를 두었다. 로마의 명문 콜론나 가문을 섬기면서 페트라르카의 활동 범위는 넓어졌고, 1333년 여름에는 가문의 사절로 파리와 리옹, 리에주 등 유럽 북부를 여행하기도 했다.

콜론나 가문의 배려로 1337년 초에는 영원한 도시 로마를 방문하여 찬란했던 고전 문화의 흔적을 돌아보기도 했다. 그리고 그해 여름 아비뇽 동쪽의 마을 퐁텐드보클뤼즈에 작은 집을 마련하여 살기 시작했다. 소르그강 변에 있는 집은 『칸초니에레』에 실린 많은 시를 비롯하여 다양한 작품이 탄생한 곳이다. 여러 차례에 걸쳐 이탈리아의 많은 도시를 여행하고 체류하는 기간을 제외하고는 상당히 오래 보클뤼즈에 살았다.

처음에는 1337년부터 1340년 말까지 보클뤼즈에 살다가 이탈리아로 떠났는데, 시인으로서 최고 영광인 월계관을 받기 위해서였다. 페트라르카는 파리와 로마에서 계관시인으로 월계관을 수여하겠다는 제안을 거의 동시에 받고 로마를 선택했다. 그리고 1341년 4월 8일 로마의 캄피돌리오 언덕(라틴어 이름은 카피톨리누스 언덕)에서 성대한 의식과 함께 로마 원로원이 수여하는 계관시인의 월계관을 머리에 썼다(일부에서는 월계관 수여 날짜를 특정할 수 없고 4월 8일에서 17일 사이에 받았다고 보기도 한다). 그런 다음 파르마로 가서 1342년 3월까지 체류했다.

그리고 두 번째로 1342년 3월부터 1343년 9월까지 보클뤼즈에 살았고, 이후 다시 나폴리를 거쳐 파르마에서 1345년 가을까지 체류했다. 그다음에 세 번째로 1347년 말까지 보클뤼즈에 살았고, 또다시 이탈리아로 건너가 파르마, 파도바, 만토바 등에서 머물렀다. 그러면서 1350년 희년을 맞이하여 로마를 순례하러 가던 중 오래전부터 자신을 흠모하던 조반니 보카치오Giovanni Boccaccio (1313~1375)를 만났는데, 두 시인 사이의 애정 어린 우정은 죽을 때까지 이어졌다. 1351년 여름 다시 보클뤼즈로 돌아왔고 1353년까지 그곳에서 평온하게 창작 활동에 전념했다.

하지만 1352년 페트라르카는 자신에게 적대적인 감정을 품고 있던 새로운 교황 인노켄티우스 6세Innocentius VI(재위 1352~1362)에게 격렬한 비난의 글을 쓴 다음 아비뇽을 떠나기로 결심했다. 그리하여 이듬해 1353년 5월 이탈리아로 건너갔고, 거의 갑작스러운 결정으로 밀라노에 머무르면서 영주 비스콘티 가문을 섬기게 되었다. 비스콘티 가문의 사절로 프라하, 파리 등을 잠시 방문한 것을 제외하면 이후에는 줄곧 이탈리아에서 살았다. 밀라노 외에 거주한 곳은 주로 파도바와 베네치아였고, 베로나, 만토바에 머무르기도 했다.

파도바의 영주 프란체스코 다 카라라Francesco da Carrara(1325~1393)는 페트라르카와 절친한 사이였는데, 그는 1368년 파도바 남쪽의 아름다운 에우가네이Euganei 언덕에 자리한 마을 아르콰Arquà(현재의 이름은 아르콰 페트라르카)에 있는 집과 토지를 선물했다. 페트라르카는 그 집을 수리하여 1370년부터 그곳에서 평온하게 여생을 보내다가 1374년 7월 18일과 19일 사이 밤에, 그러니까 70회 생일 전날 밤에 세상을 떠났다. 페트라르카의 유해는 지금 그곳 교구 본당의 뜰 가운데에 있는 무덤에 안치되어 있다.

『칸초니에레』에 대하여

『칸초니에레』는 페트라르카가 평생에 걸쳐 쓴 서정시들의 모음집으로, 다양한 형식의 시로 구성되어 있다. 구체적으로 보면 소네트 317편, 칸초네 29편, 세스티나 9편, 발라드 7편, 마드리갈 4편 등 모두 366편이다. 이 서정시 모음집을 가리켜 일반적으로 '칸초니에레Canzoniere'라고 부른다. '리메Rime'라고 부르기도 하지만, '리메'는 단테를 비롯한 다른 시인의 모음집에도 많이 사용된다. 우리말로 옮기자면 『시집』 또는 『노래집』 정도가 될 것이다. 하지만 페트라르카가 자필로 쓴 원고에 적힌 원래의 라틴어 제목은 *Francisci Petrarchae laureati poetae Rerum vulgarium fragmenta*, 직역하면『계관시인 프란체스코 페트라르카의 속어로 쓴(또는 세속적인) 단편적 시들』이다. 평생에 걸쳐 쓴 시를 모아놓았기 때문에 통일성이 부족하다는 의미에서 그렇게 부른 것이다. 시집 전체에 대한 서문 역할을 하는 1번 소네트에서 페트라르카는 거기에 실린 작품들을 가리켜 "흩어진 시들rime sparse"이라고 부른다. 하지만 그런 명시적인 지적에도 불구하고 이 시집은 체계성과 통일성을 특징으로 한다. 각 작품은 놀라울 정도로 유기적으로 서로 연결되어 있으면서 동시에 치밀한 구상하에 배치된 것처럼 보인다.

페트라르카가 언제부터『칸초니에레』의 서정시들을 쓰기 시작했는지 정확하게 알 수는 없다. 아마 볼로냐대학교에서 공부할 때부터 시를 쓰기 시작한 것으로 보인다. 다만 여러 가지 정황으로 미루어볼 때 현재까지 우리에게 전해진 작품 중에는 1327년, 그러니까 라우라를 처음 보고 사랑에 빠지기 전에 쓴 작품은 없는 것으로 추정된다. 가장 나중의 작품들은 1360년대 말에 쓴 것으로 보인다. 그 구체적인 증거로 문헌학자들은 194번과 197번 소네트, 그리고 323번 칸초네를 제시한다. 특히 323번 칸초네는 1365년에 시작하여 1368년에 최종적으로 완성된 작품으로, 라우라의 죽음과 이 세상 모든 세속적 가치의 덧없음에 대한 여섯 가지 환시幻視로 이루어져 있다.

이 모든 것을 종합해 보면『칸초니에레』는 거의 40년에 걸쳐 쓴 시를 한데 엮어놓고 있지만 무질서한 모음집이 아니다. 페트라르카는 오랜 기간에 걸쳐 꼼꼼하게 『칸초니에레』를 정리하고 수정하고 편집한 것으로 알려져 있다. 그 구체적인 편집 과정에 대해서는 학자에 따라 서로 의견이 다르지만, 미국의 이탈리아학자로 페트라르카의 생애와 『칸초니에레』와 관련된 탁월한 연구 성과들로 유명한 어니스트 해치 윌킨스Ernest Hatch Wilkins(1880~1966)에 의하면 무려 아홉 번이나 새롭게 편집했다고 한다. 지금까지 전해지는 다양한 형태의 필사본에서 그런 추론이 가능하다. 페트라르카의 시가 담긴 필사본은 수백 종이 넘으며, 따라서 체계적으로 정리하기 어렵지만 여러 자료를 통하여 개략적인 편집 과정을 추정해 볼 수 있다.

필사본 중에서 가장 중요한 것으로 바티칸 도서관에 보관된 소위 '바티칸 라틴 필사본 3195번'과 '바티칸 라틴 필사본 3196번'을 들 수 있다. '바티칸 라틴 필사본 3195번'은 1886년에 『칸초니에레』의 최초 원본으로 인정되었고, 이후에 나온 판본들은 대부분 이것을 토대로 한다. 이 필사본의 텍스트 중에서 일부는 페트라르카가 직접 자필로 썼고, 일부는 1364년에 고용한 필경사 조반니 말파기니Giovanni Malpaghini(1346?~1417)가 옮겨 쓴 것이다.

그리고 '바티칸 라틴 필사본 3196번'은 소위 '초고들의 필사본'으로 페트라르카가 자필로 쓴 스무 장의 종이가 포함된 귀중한 자료인데, 특히 『칸초니에레』의 편집 과정에 대한 중요한 정보를 제공한다. 일부 작품에 대하여 페트라르카가 집필과 수정 시기, 심지어 시간까지 상세하게 적어두었기 때문이다. 이 필사본에 담겨 있는 텍스트는 다양하다. 그중에서 일부 텍스트는 '바티칸 라틴 필사본 3195번'으로 옮겨 적었고, 나머지는 라틴어 서간문이나 다른 작품의 단편들로 이루어져 있다. 이 필사본은 르네상스 시대의 탁월한 인문주의자 피에트로 벰보Pietro Bembo(1470~1547) 추기경이 소유하고 있다가 최종적으로 바티칸 도서관이 소장하게 되었다.

그리고 수많은 필사본 외에 최초 인쇄본은 1470년 베네치아에서 간행되었는데, 게르만 출신의 출판업자 요한Johann과 벤델린 폰 슈파이어Wendelin von Speyer(이탈리아어 이름은 조반니Giovanni와 빈델리노 다 스피라Vindelino da Spira)가 출판한 것이다. 현재 소수만 전해지는 이 인쇄본은 이탈리아어로 쓴 작품 가운데 최초로 인쇄된 판본이기도 하다.

개략적으로 정리해보면 『칸초니에레』의 편집 작업은 1342년 8월 21일부터 시작하여 1374년 페트라르카가 죽기 직전까지 계속되었다. 1342년 8월 21일 첫 번째 편집이 이루어졌다는 것은 '바티칸 라틴 필사본 3196번'에 적혀 있는 메모에서 추론된다. 거기에 최종 편집본에서 34번으로 배치된 소네트가 실려 있는데, 그 옆에 라틴어로 ceptum transcribi ab hoc loco. 1342 augusti 21, hora 6, 그러니까 "1342년 8월 21일 여섯째 시간, 여기에서부터 옮겨 쓰기 시작함"이라는 메모가 적혀 있다. 그리고 옮겨 적은 뒤에 지운 것처럼 두 줄로 소네트를 지웠고, 그렇게 모두 14편의 소네트가 지워져 있다. 당시에는 대략 25편의 시로 이루어진 소박한 모음집이었을 것으로 추정되며, 이후 점차 작품 수가 늘어나면서 새롭게 편집되었을 것이다. 때로는 다른 시들을 추가하면서 기존의 배치

순서를 일부 바꾸었고, 따라서 끊임없이 새로운 모습으로 재탄생하게 되었다.

마지막 편집본은 1373~1374년에 완성되었는데, 이전의 편집본에다 다른 시들을 추가하고 새롭게 배치하여 완성된 '바티칸 라틴 필사본 3195번'이다. 이 편집본에서 페트라르카는 263번 소네트 다음에 백지 두 장을 끼워 넣어 여백을 두었는데, 이것을 토대로 『칸초니에레』는 제1부와 제2부로 구분된다고 해석한다. 일반적으로 제1부는 라우라가 살아 있었을 때의 작품들이고, 264번 칸초네부터 시작되는 제2부는 라우라가 죽은 뒤의 작품들로 보는 것이다. 그러나 라우라의 죽음에 대하여 명시적으로 언급하는 것은 267번 소네트이며, 따라서 이 작품을 제2부의 실질적인 출발점으로 보기도 한다.

주제와 내용

그렇게 꼼꼼하고 오랜 편집 과정을 거쳐 탄생한 『칸초니에레』는 상당히 체계적이고 조화로운 구성을 보인다. 주제나 내용에서도 그렇다. 여기에 실린 작품은 대부분 라우라에 대한 사랑을 노래하고 있으나 대략 30편은 정치, 종교, 윤리, 우정 등에 대한 작품들이다. 마치 주제의 다양함을 통해 단조로움을 깨뜨리려는 것처럼 보인다.

그리고 라우라에 대한 사랑과 관련해서도 다양하고 흥미로운 해석의 가능성이 열려 있다. 먼저 『칸초니에레』에서 노래하는 라우라가 누구인가를 둘러싸고 여러 가지 논쟁과 추측이 있는데, 일반적으로 위그 드 사드의 아내였던 로르 드 노베일 것이라고 본다. 그녀는 아비뇽 근처 코몽쉬르뒤랑스 또는 그 위쪽의 르 토르에서 태어난 것으로 추정된다. 로르의 이탈리아어 이름이 라우라인데, 그 이름은 월계수를 뜻하는 라틴어 '라우루스laurus'에서 유래했다. 고전 신화에서 월계수는 아폴로와 다프네의 비극적인 사랑에서 탄생했는데, 페트라르카는 그런 이미지와 관념을 라우라에게 투영하여 작품의 소재로 삼기도 했다.

페트라르카는 라우라가 실제로 존재한 여인인 것처럼 이야기한다. 1327년 4월 6일 아비뇽의 성당에서 처음 보고 사랑에 빠졌는데, 라우라는 그를 냉정하게 대했으며, 그런데도 불타오르는 사랑이 더욱더 강렬해졌다는 것이다. 라우라가 병에 걸렸거나 개인적인 일로 슬퍼하는 모습에 대해서도 노래한다. 그리고 정확히 21년이 지난 1348년 4월 6일 라우라가 흑사병으로 죽었는데, 이탈리아를 여행하던 페트라르카는 뒤늦게 동료 시인의 편지를 받고 그 사실을 알게 되었다고 이야기한다. 그런 구체적인 언급들은 『칸초니에레』이외의 다른 글들에서도 찾아볼 수 있고, 따라서 현실에서 실제 있었던 사랑 이야기처럼 보인다. 라우라를 처음 만난 날을 기념하는 12편의 '기념일 시'도 그런 느낌을 더해준다.

그러나 다른 한편으로 그 모든 것은 단순히 문학적 장치일 뿐이라는 해석도 가능하다. 사실 중세 유럽의 시인들에게 소위 '궁정 사랑courtly love'은 널리 유행한 주제였고, 특히 프로방스 지방과 이탈리아의 음유시인들을 통하여 보편화되어 있었다. 페트라르카는 르네상스 시대의 시인으로 볼 수도 있고, 단테의 베아트리체와는 달리 라우라는 천사의 이미지가 아니라 현실적인 지상 세계의 여인처럼 묘사된다. 하지만 그렇다고 해서 중세 문학의 테두리에서 완전히 벗어났다고 단정하기는 어렵다.

그렇다면 이전 시인들처럼 라우라에 대한 사랑은 시인 자신의 내면적 삶을 표현하기 위하여 활용한 방편이었다고 해석할 수 있다. 페트라르카는 초기 그리스도교 신학자 아우렐리우스 아우구스티누스를 정신적이고 도덕적인 삶의 모델로 삼았다. 따라서 아우구스티누스의『고백록』처럼『칸초니에레』에서 시를 통하여 자신의 영혼과 내밀한 대화를 나누고 내적인 고뇌와 번민을 이야기한다는 것이다. 그런 해석을 뒷받침하려는 것처럼『칸초니에레』는 삶의 허무함이나 덧없음에 대한 인식을 바탕에 깔고 있다. 서문 역할을 하는 1번 소네트에서 페트라르카는 "세상에서 즐거운 것은 덧없는 꿈이라는 것"을 분명히 깨달았다고 말한다. 그리고 마지막 작품인 366번 칸초네는 성모마리아의 영광을 찬양하면서 자신의 영혼에 자비와 연민을 베풀어주고 평화와 안식을 달라고 기도한다. 단테가『신곡』의 마지막 노래에서 성모마리아에게 기도하는 것과 비슷하다.

라우라에 대한 사랑이 대부분을 차지하고 있지만 군데군데 다른 주제의 작품도 포함되어 있다. 가장 두드러진 예는 이탈리아의 분열과 갈등에 대한 애정 어린 염려와 비판이다. 당시 이탈리아는 크고 작은 나라로 분열되어 끊임없는 내부 전쟁에 시달리고 있었다. 페트라르카는 이탈리아의 아름다운 도시들이 복잡한 정치 싸움의 소용돌이에 휘말려 자기들끼리 서로 싸우고 결과적으로 외세를 불러들이는 불합리하고 어리석은 상황을 날카롭게 비판했다. 단테가 『신곡』 여러 곳에서 혼란스러운 피렌체와 이탈리아에 대해 한탄한 것과 같은 맥락이다. 그중에서도 특히 "나의 이탈리아여"로 시작하는 128번 칸초네는 그런 내부 전쟁에서 돈을 주고 게르만 용병들을 고용하는 데 따른 폐해를 강한 어조로 비난하는데, 그 주제에 대해서는 나중에 마키아벨리가 『군주론』에서 체계적으로 비판하면서 자국 군대의 중요성을 강조했다. 그러면서 마키아벨리는 이 칸초네의 93~96행을 『군주론』의 마지막을 장식하는 결구로 인용하고 있다.

그리고 소위 '아비뇽 유수'와 함께 교황청이 로마를 떠나 아비뇽으로 이전한 것에 페트라르카는 강하게 반대했고, 그로 인해 심해진 교황청의 부패와 타락에 대해서도 격렬하게 비판했다. 특히 136~138번 소네트를 비롯한 여러 작품에서 아비뇽을 바빌론에 비유하면서 교황에게 하루빨리 원래의 자리인 로마로 돌아가라고 촉구했다.

그뿐만 아니라 여러 기회에 동료 시인이나 지인에게 보내는 다양한 주제의 시도 포함되어 있다. 여러 가지 선물을 보내면서 덧붙이는 작품도 있고, 화답의 시도 있으며, 심지어 집필에 필요한 책을 빌려달라고 부탁하는 시도 있다. 이렇게 다양한 주제는 『칸초니에레』에 새롭고 신선한 분위기를 끌어들이는 역할을 한다.

또 한 가지 『칸초니에레』에서 흥미로운 것은 숫자 유희다. 페트라르카는 라우라와 관련된 것을 숫자 6과 연결하려고 노력하는 것처럼 보인다. 단테가『새로운 삶Vita nuova』과『신곡』에서 베아트리체를 숫자 3 또는 3의 3배수인 9와 연결하기 위해 온갖 노력을 기울인 것과 비슷해 보인다. 물론 그것은 우연의 일치나 추측에 불과할 수도 있다. 단테처럼 그 이유를 구체적으로 설명하지 않기 때문이다. 단테는 9가 3의 3배수이며, 3은 바로 삼위일체의 신비한 숫자이기 때문이라고 밝히고 있다.

무엇보다 페트라르카가 라우라를 처음 본 날은 1327년 4월 6일이고, 그녀가 페스트로 사망한 날은 그로부터 정확히 21년이 지난 1348년 4월 6일이다. 라우라의 라틴어 이름 라우레아Laurea를 구성하는 알파벳의 숫자도 6이다. 그리고『칸초니에레』에 실린 작품은 모두 366편이다. 보통 1년은 365일인데, 여기에다 서문 역할을 하는 1번 소네트를 더하면 366이 된다. 그러니까 페트라르카에게 중요한 숫자 6이 두 개이고, 삼위일체의 완벽한 숫자 3이 하나로 되어 있다. 그리고 그 인수를 모두 합하면 15가 되고, 다시 그 인수를 합하면 6이 된다. 일부에서는 라우라가 사망한 해가 1348년인데, 그해는 바로 윤년으로 366일이었다는 사실과 연결하기도 한다.

그 외에도 흥미로운 숫자 놀이를 쉽게 찾아볼 수 있다.『칸초니에레』는 크게 보아 두 부분으로 나뉘는데 제2부는 264번 칸초네부터 시작한다. 그런데 라우라를 처음 만난 4월 6일부터 시작하면 264번째 날은 바로 12월 25일, 그러니까 그리스도의 탄생일이자 이 칸초네와 함께 페트라르카가 정신적으로 새로이 탄생한 날이 된다. 반면에 7월 20일, 즉 페트라르카의 생일부터 출발하면 제1부의 마지막 작품인 263번 소네트에 이르는 날은 4월 8일이 되는데, 그날은 바로 페트라르카가 1341년 로마에서 계관시인으로 월계관을 머리에 쓴 날이다. 이 두 가지 의미 있는 날을 결합하면 시인으로서의 영광과 라우라에 대한 사랑이 『칸초니에레』 제1부의 끝과 제2부의 시작을 장식하고 있다.

물론 그것은 우연의 일치일 수 있다. 하지만 단테에게서도 분명히 드러나듯이 특정 숫자에 대한 의미 부여와 애착은 당시 유럽인들에게 널리 퍼져 있던 일종의 유행으로 보인다. 그리고 그것은 아마 10세기 무렵부터 유대인들을 중심으로 퍼진 신비주의 사상 카발라Kabbalah(또는 Cabbala, Qabbalah)의 영향이었을 것으로 짐작된다. 카발라에는 숫자들이 지닌 신비로운 힘에 대한 믿음도 포함되어 있는데 그런 수비학數祕學이 사람들의 관심을 끌었다. 페트라르카도 그런 영향을 받았을 수 있다. 그 증거로 숫자 6을 억지로 라우라와 연결한 것처럼 보이는 부분도 있다. 라우라를 처음 만난 1327년 4월 6일이 예수의 수난일이라고 주장하는 것이 대표적인 예다. 예수의 수난일은 부활절과 함께 해마다 유동적으로 바뀌는 성금요일이다. 그런데 1327년 4월 6일은 금요일이 아니라 월요일이었고, 예수의 수난일은 4월 10일이었다. 어쨌든 『칸초니에레』에서 찾아볼 수 있는 그런 숫자 놀이는 독자의 관심과 흥미를 자극하기에 충분하다.

페트라르카와 인문주의

페트라르카의 명성은 인문주의와도 연결되어 있고 페트라르카는 '인문주의의 아버지'로 일컬어지기도 한다. 키케로가 말한 '후마니타스humanitas' 정신을 구현하기 위한 토대를 마련했다는 것이다. 그것은 고전 문헌들을 읽고 즐기며 연구하는 작업으로 대학교에서 법학보다 문학에 이끌려 열정을 기울이면서 나타난 자연스러운 결과다. 그렇게 고전 문인들의 작품을 연구하고 주석을 붙이는 문헌학의 토대를 세웠고, 평생 그런 작업에 몰두하면서 페트라르카는 사람들이 부러워할 만큼 훌륭한 장서를 많이 소장한 도서관을 갖추기도 했다. 특히 당시에 알려지지 않은 고전 작품들을 발굴하여 소개하고 연구한 성과는 인문주의의 발전에 결정적인 영향을 주었다.

『암브로시우스의 베르길리우스Virgilio ambrosiano』가 그 대표적인 성과다. 페트라르카는 베르길리우스의 주요 저술에 4세기 말 로마의 문법학자 세르비우스의 해설이 붙은 필사본을 가지고 연구하면서 그 여백에다 여러 가지 주석과 메모를 남겼는데, 그중에는 라우라에 대한 소중한 정보들도 담겨 있다. 나중에는 시에나 출신의 화가 시모네 마르티니에게 부탁하여 표지에 세밀화를 그려 넣어 장식하게 했다. 이 필사본은 현재 밀라노의 암브로시우스 도서관Biblioteca Ambrosiana에 소장되어 있다.

그런 활동이 널리 퍼지면서 르네상스의 정신이라 할 수 있는 인문주의가 확립된 것이다. 인문주의의 원천인 고전 문헌들은 당연히 고대 로마의 공식 언어였던 라틴어로 된 것이다. 그런데 로마가 멸망하면서 라틴어는 일상생활에서 보편적으로 쓰이지 않게 되었다. 그래도 교황청의 공식 언어로 상류 계층 사람들과 성직자들은 어렸을 때부터 라틴어를 공부해 사용했다. 반면에 보통 사람들은 지방마다 오랜 세월에 걸쳐 자연스럽게 형성된 고유 언어를 사용했는데, 일반적으로 속어volgare라고 부르는 언어이다(그것은 '민중vulgus의 언어'를 의미하므로 '민중어'로 옮기는 것이 바람직하다고 생각한다).

『칸초니에레』는 피렌체의 속어로 쓴 작품이다. 그것은 바로 단테가 『신곡』을 쓴 언어다. 페트라르카는 피렌체에서 태어나지도 살지도 않았지만 스스로를 피렌체 사람이라고 여겼다. 아버지가 피렌체의 공증인이었다는 사실을 고려하면 그렇게 생각할 수도 있다. 피렌체의 속어는 단테와 페트라르카, 보카치오에 의해 탁월한 언어라는 사실이 증명되면서 표준 이탈리아어로 정착했다. 지금도 이탈리아 지방마다 고유의 사투리가 남아 있다는 사실을 고려하면 이들 세 시인이 후대에 얼마나 큰 영향을 남겼는지 짐작할 수 있다.

그런데 인문주의의 붐을 일으킨 페트라르카는 당연히 라틴어가 최고의 언어라고 생각했다. 따라서 라틴어 작품들을 통해 성공과 명성을 얻고 싶었고, 운문과 산문으로 많은 작품을 썼다. 『비밀Secretum』, 『탁월한 인물들에 대해De viris illustribus』, 『아프리카Africa』, 『고독한 생활에 대해De vita solitaria』, 『종교적 여유에 대해De otio religioso』 등의 저술과 많은 라틴어 서간문을 남겼다. 속어로 쓴 작품은 『칸초니에레』와 미완성으로 남은 『승리들Triumphi』뿐이다. 속어로 시를 쓰는 일은 라틴어 작업에서 벗어나는 휴식 또는 여흥이라고 생각했다. 그런데 정작 그가 유명해지게 된 것은 바로 속어로 쓴 사랑의 시들을 통해서였다. 예상과 달리 사람들이 자신의 속어 시를 더 좋아한다는 사실은 그도 알고 있었다. 그리고 나중에 『칸초니에레』가 근대 유럽 문학의 발전에 더 많이 공헌한 것도 사실이다.

그렇게 페트라르카는 라틴어와 속어 두 분야에서 큰 업적을 남겼다. 물론 그 성격은 약간 다르다. 고전 문헌 연구와 라틴어 작품을 통해 르네상스의 본질인 인문주의의 확립에 공헌했고, 『칸초니에레』를 통해 이탈리아어와 유럽 문학의 발전에 커다란 영향을 주었다. 그것은 인문학자로서 또 시인으로서 페트라르카의 뛰어난 역량을 실증적으로 보여준다.

『칸초니에레』의 영향

『칸초니에레』는 페트라르카가 살던 당시부터 많은 사랑을 받았고 필사본으로 널리 유포되었다. 단테의 『신곡』보다 앞서 인쇄본으로 출판되었고 화려한 세밀화로 장식된 판본뿐 아니라 소박한 형태로도 나왔다. 인문주의가 퍼지면서 다른 속어 작품들과 함께 관심의 대상에서 약간 멀어지기도 했으나 15세기 후반부터 다시 주목받기 시작했다.

16세기에 이탈리아의 뛰어난 인문학자이며 시인이었던 피에트로 벰보 추기경은 『속어론Prose della volgar lingua』(1525)에서 본받아야 할 이탈리아어 운문의 모델로 페트라르카의 『칸초니에레』를 들었다. 그리고 산문의 모델은 보카치오의 『데카메론』이라고 했다.

단테의 『신곡』을 제치고 『칸초니에레』를 선정한 이유는 오랜 편집 과정에서 여러 번 작품을 다시 읽고 꼼꼼하게 다듬으면서 형성된 단일하고 통일적인 문체 때문이었을 것이다. 벰보의 주장은 문인들 사이에 커다란 반향을 불러일으키면서 '페트라르카주의', 즉 그의 문체를 모방하는 것이 유행하게 되었다.

『칸초니에레』는 유럽 문학에도 많은 영향을 주었다. 소네트를 비롯하여 칸초네, 세스티나 등의 시 형식은 페트라르카에 의해 새롭게 정립되었다. 특히 이탈리아에서 창안된 소네트는 『칸초니에레』를 통해 유럽에서 가장 즐겨 사용되는 형식 중 하나가 되었다. 그뿐만 아니라 라우라에 대한 사랑을 노래하면서 보여준 탁월한 은유와 착상은 시인들의 마음을 사로잡았다.

19세기에 들어와 『칸초니에레』는 더욱 새로운 모습으로 관심의 대상이 되었다. 근대 이탈리아의 대표적 시인 자코모 레오파르디 Giacomo Leopardi(1798~1837)와 노벨문학상을 수상한 시인이자 평론가 조수에 카르두치 Giosuè Carducci(1835~1907) 등 탁월한 문인, 학자 들이 새롭게 소개하고 해석하면서 명실상부한 고전 작품으로 자리매김했다.

고전 작품이 으레 그렇듯이 『칸초니에레』는 문학뿐 아니라 다른 예술 분야에도 영감을 불어넣어 탁월한 예술 작품의 탄생에 공헌했다. 대표적인 예로 프란츠 리스트 Franz Liszt(1811~1886)는 47번, 104번, 123번 소네트를 피아노곡의 선율로 표현했다. 그렇게 『칸초니에레』는 후대에 많은 영향을 주었고, 시간과 공간을 넘어 오늘날의 우리에게도 감동과 여운을 준다.

프란체스코 페트라르카 연보

1304년 7월 20일 피렌체 남쪽 도시 아레초에서 태어남. 아버지는 피렌체의 공증인 피에트로 디 파렌초이고, 어머니는 엘레타 칸자니Eletta Cangiani.

1312년 아버지가 교황청이 옮겨간 프랑스 남부의 아비뇽에서 북동쪽으로 20여 킬로미터 떨어진 카르팡트라로 이주함.

1316년 아버지의 뜻에 따라 몽펠리에대학교에서 동생 게라르도와 함께 법학을 공부하기 시작했으나 법학보다 고전 문학 작품에 이끌림.

1318년 어머니가 죽음.

1320년 동생 게라르도와 함께 이탈리아의 볼로냐대학교에서 법학을 공부하기 시작함.

1326년 아버지가 죽고 아비뇽으로 돌아옴.

1330년 로마 명문 가문의 조반니 콜론나 추기경을 섬기기 시작하면서 성직자가 되어 독신으로 살아갈 것을 서약함.

1333년 봄과 여름 사이에 유럽 북부의 여러 지역을 여행함.

1336년 연말에 로마를 방문하기 위해 출발하여 이듬해 1월 로마에 도착함.

1337년 아비뇽 동쪽의 퐁텐드보클뤼즈에 작은 집을 사서 살기 시작함. 이후 몇 차례 이탈리아를 여행하고 오래 머무르기도 했으나 주로 이곳에서 생활함. 사생아 아들 조반니가 태어남.

1341년 4월 8일 로마에서 계관시인으로 월계관을 받음. 로마에서 돌아가던 중 아초 다 코레조의 초대로 파르마에 머무르다가 1342년 초에 보클뤼즈로 돌아감.

1343년 사생아 딸 프란체스카가 태어남. 아초 다 코레조의 두 번째 초대로 12월 말부터 파르마에 머무르다가 1345년 후반 돌아감.

1350년 희년을 맞이하여 로마로 순례하러 가던 중 보카치오와 만남.

1353년 아비뇽을 떠나 밀라노에 머무르면서 비스콘티 가문을 섬기기 시작함. 이후 이탈리아 북부의 여러 도시에서 생활함.

1368년 파도바 남쪽 에우가네이 언덕 마을 아르콰에 있는 땅과 집을 선물로 받고 집을 수리하여 1370년부터 살기 시작함.

1374년 70회 생일 전날인 7월 18일과 19일 사이 밤에 아르콰의 집에서 죽음.

이 책은 대우재단의 지원을 받아 연구 및 출간되었습니다.

김운찬

한국외국어대학교 이탈리아어과와 동 대학원을 졸업했고, 이탈리아 볼로냐대학교에서 움베르토 에코의 지도로 화두話頭에 대한 기호학적 분석으로 박사 학위를 취득했다. 현재 대구가톨릭대학교 명예교수로 재직하고 있다. 지은 책으로 『현대 기호학과 문화 분석』, 『『신곡』 읽기의 즐거움』, 『움베르토 에코』가 있으며, 옮긴 책으로 단테의 『신곡』, 『향연』, 아리오스토의 『광란의 오를란도』, 타소의 『해방된 예루살렘』, 에코의 『논문 잘 쓰는 방법』, 『이야기 속의 독자』, 『일반 기호학 이론』, 『문학 강의』, 칼비노의 『우주 만화』, 『교차된 운명의 성』, 파베세의 『달과 불』, 『레우코와의 대화』, 『피곤한 노동』, 비토리니의 『시칠리아에서의 대화』, 마그리스의 『작은 우주들』 등이 있다.

칸초니에레

....

대우고전총서 061

1판 1쇄 찍음 | 2024년 8월 26일
1판 1쇄 펴냄 | 2024년 9월 13일

지은이 | 프란체스코 페트라르카
옮긴이 | 김운찬
펴낸이 | 김정호

책임편집 | 임정우
디자인 | 이대응

펴낸곳 | 아카넷
출판등록 | 2000년 1월 24일(제406-2000-000012호)
주소 | 10881 경기도 파주시 회동길 445-3
전화 | 031-955-9510(편집) 031-955-9514(주문)
팩시밀리 | 031-955-9519
www.acanet.co.kr

ⓒ 김운찬, 2024

Printed in Paju, Korea

ISBN 978-89-5733-940-4 94880
ISBN 978-89-89103-56-1(세트)